운명의 고리

책머리에

지금 창밖에는 겨울을 재촉하는 보슬비가 내리고 있다. 계절이 가고 있음을 궂은비가 알려주지 않아도 달력이 먼저 알려준다. 이민와 바쁘게 살다보니 내 인생의 여름은 이미 가버린 지 오래고 어느새 가을의 끝자락에 서 있다.

그 여세를 몰아 삼년이 되기 전에 '아버지의 검정' 고무신을 출간했다. 얼마 후 여러 개의 박스에 가득한 책을 받아들곤 자랑스레 출판기념회를 열었다. 마침 연휴가 끝나는 날이어서 피곤하련만 서슴없이 찾아준 지인들에게 한권씩 나누어 주며 모두 읽어주리라 믿었다.

그나마 다행인 것은 읽은 사람들의 반응이 좋았다. 그것이 격려 차원인지 진심인지 알 수는 없으나 그냥 믿기로 했다. 어떤 목사님은 연락처를 몰라 다방면으로 수소문하다 출판사에 문의해서 겨우 알아냈다며 타주에서 전화로 격려해 주었다. 또 주변에 있는 지인은 자신의 이야기와 흡사하다고 독후감을 써 오기도 했다. 이런저런 사연속에 분에 넘치는 용기로 장편소설을 쓰기 시작했다.

소설 속 박정임의 일생을 통해 이 시대 마지막 여인상을 조명하려고 애썼다. 남존여비 사상이 건재하던 시절에 우리 세대와 어머니들이 어떻게 살아왔는지 후손에게 알리고 싶어서이다. 남자들 뒤에서 이름 없이 묻힌 여인들의 눈물과 뼈를 깎는 인내가 오늘의 번영에 한몫 한 것은 누구도 부인할 수 없는 일이다.

요즈음 들어 여자들의 기가 세어져 남자들을 압도한다는 말이 떠돌지만 길에서 여자가 남자를 해쳤다는 말은 듣기 어렵다. 그것은 여자들이 육체적으로 힘이 약한 것도 이유 중에 하나이겠으나 아직도 남자가 여자를 무시하는 잔재가 남아있다는 반증이 아닐까한다. 우리가 살아온 격동기를 직접 듣고 본 대로 쓰는 소설은 이 세대가 끝나면 막을 내릴 가능성이 크다. 물론 몇 십 년 후에는 시대물이나 역사소설로 쓰여질 것이다.

비록 무명작가의 초라한 소설이지만 막상 끝내고 나니 상실감이 먼저 찾아온다. 애써 글을 써도 같이 웃고 울어 줄 독자가 없으면 어쩌나 하는 걱정이 앞서기 때문이다. 그렇다해도 글쓰기를 멈추지는 않을 것이다. 틈틈이 써놓은 동화집 출간이 끝나면 한 여인이 성공 신화를 이루는 또 다른 소설에 도전해볼 참이다.

<차　　례>

책머리에 2

눈 내리던 날 7
소풍 오던 날 20
창포 꽃 안고 가버린 을순이 28
시대는 변해가고 39
자동차 타고 시집가던 날 65
열등감은 폭력을 불러왔다 79
고난의 문은 열리고 107
서글픈 서울 살이 129
폭풍이 쓸고 간 자리 144
꾸어다 놓은 보릿자루 160
뒤 틀리는 인생 174
사람보다 서열 높은 견공들 182
불어 온 바람에 치맛자락이 194
소용돌이 219
아들아 아들아 사랑하는 내 아들아 229
폭풍이 쓸고 간 자리 249
해가 지면 달이 뜨려나 285
연극은 끝났다 293

눈 내리던 날

밤새 눈이 내렸지 싶다. 그렇다고 눈 오는 소리를 들었다는 건 아니다. 아니다. 사르륵사르륵 소리가 들렸던 것 같기도 하다. 어린 시절에도 그랬다. 꿈속인양 문 밖이 어수선했던 밤, 아침이면 크고 작은 장독 뚜껑들은 저마다 하얀 모자를 둘러쓰고 있었다.

정임이는 잠자리를 털고 일어나 창밖을 보았다. 예상대로 앞산은 첫눈에 푹 파묻혀 있었다. 온 천지에 수북이 쌓인 눈을 보는 순간 어린 시절 즐겼던 놀이가 떠올랐다. 앞집 사는 을순이와 첫눈 오는 날 눈 위에 발자국을 찍어가며 길을 만들던 놀이다. 불현듯 그 시절로 돌아가 둘이 했던 놀이를 혼자라도 해보고 싶었다.

밤새 내린 눈으로 있었던 길은 감추어졌으니 남보다 먼저 발자국을 찍으면 내가 만든 길이 되는 셈이다. 호랑이는 가죽을 남기고 사람은 이름을 남긴다고 했다. 박정임이라는 이름 석 자를 가족 외에 몇 명이나 기억하고 있을까? 지금까지 한 남자의 아내요, 자식들 어머니로 살았을 뿐, 박정임으로 살지 못했다.

시집와 오십 년을 사는 동안 자신의 목소리를 내본 적이 없다. 숨죽이며 긴 세월을 살면서 행복한 날수가 얼마나 될까. 아기 낳을 때였을까, 아니면 시집가던 날이었나, 그것도 아니라면 아이들이 잠든 모습을 볼 때였나? 하기야 행, 불행을 어떻게 따져가며 계산할 수 있으랴.

사십여 년 전, 그 남자가 준 반짝이 머리핀은 아직도 장롱 맨 아래 칸에 숨어있다. 갑자기 머리핀이 궁금했다. 얼른 일어나 머리핀을 찾아 머리에 꽂아보았다. 잠시 스쳐간 그 남자를 떠올리니 죽음을 앞두고도 새삼 가슴이 아리다. 어째서 아직도 버리지 못했을까? 녹슨 머리핀은 다시 장롱 맨 아래 칸에 넣어두었다.

사람들은 행복에 관한 말을 참 많이 한다. 욕심을 버리고 마음을 비울 때 비로소 행복이 깃든다고 하지만 정임이 마음은 비어있었다. 더 높은 곳을 바라보지 않았다. 남들과 비교하지도 않았다. 살아보니 이론과 실제는 조금 달랐다. 행, 불행은 마음대로 선택해서 누리는 게 아니었다. 고통의 날들이 이어지는 중에도 행복은 바람처럼 스쳐가기는 했다. 그러나 오래 머무르진 않았다.

아내와 어머니라는 미명하에 일생동안 희생을 강요받으며 살아야 했던 것은 운명이라 해야겠다. 착한 척, 하려고 그런 게 아니다. 하늘이 두려워 그런 것은 더욱 아니다. 운명의 고리를 끊어버리면 다른 길이 있다는 건 알고 있었다. 그리고 끊을 수도 있었다. 그러나 여린 가슴이 허락하지 않아 그냥 그 자리에 있었을 뿐이다.

인간은 이미 선과 악을 함께 지니고 태어난다. 키가 자라며 자아가 깃들 때 악이 선을 지배하면 악한 사람, 선이 악을 지배하면 선한 사람으로 나누어지는 것뿐이다. 선과 악이라 하면 극과 극이다. 그렇다면 흑과 백으로 나누어져야 하겠으나 사람 사는 세상에선 흑백을 가르는 선이 모호한 데가 있다.

정임이는 이 세상에 소풍오던 날부터 키가 자라는 내내 부모가 이끄는 대로 살았다. 어느새 꽃은 활짝 피어나고 부모 뜻을 따라 관례대로 결혼했다. 그후 배우자와 자식들 뒷바라지에 온 힘을 쏟아 부었다. 일생 동안 나는 없고 가족만 있었다. 주어진 의무가 끝나고 나만을 위한 삶을 여생이라 한다. 여생은 무엇인가. 덤으로 얻어지는 삶이나, 남은 생을 말 함이다. 단순히 남은 생을 여생이라 한다면 열 살짜리 남은 삶도 여생에 속한다. 그러나 열 살짜리 남은 삶을 가리켜 여생이라 하지 않는다. 평균수명을 훌쩍 넘긴 늙은이에게만 해당되는 것으로 보아 죽을 나이가 되었는데 살아있으면 그게 바로 여생이다.

예전에는 환갑 지난 사람의 남은 삶이 여생이었고 이십 년 전쯤에는 칠순이 지나면 여생이었다. 이제는 그것도 옛말이 된 듯하다. 백세시대에 사는 지금은 구십 세를 넘은 사람에게만 노인이라는 호칭이 따른다하니 그때를 여생이라 해야겠다.

정임이가 육십 구세 되던 해에 칠십이 세였던 남편이 세상을 떠났다. 그때부터 혼자만의 생활이 시작되었다. 인생의 전반부는 이미 지나갔으니 이제부터 제이의 삶이라 여기고 새롭게 살기로 했다. 하지만 그건 이루지 못할 꿈이었다. 남편 떠나고 얼마 자나지 않아 신은 배 한 척을 내어주며 돌아오지 못할 강을 건너라 한다.

몇 개월 전이다. 머리가 아파 처방전이라도 받으려고 병원을 찾아갔다. 오랜 기다림 끝에 만난 의사는 몇 마디 대화를 나누다 표정이 변했다. 조금 잘 듣는 진통제만 처방해주면 좋으련만 간호사를 시켜 이 방 저 방으로 끌고 다니며 사진만 찍으라 했다. 그리곤 며칠 후 다시 오라는 말을 끝으로 예약날짜를 잡아주었다.

정임이가 어렸을 때는 감기만 들어도 머리가 아팠고, 일하기 싫어도 머리가 아팠다. 두통에 시달린 적이 어디 한두 번이던가. 그때마다 어머니는 키니네를 먹였다. 두통뿐이 아니다. 배 아파도 키니네, 학질에도 키니네, 모든 통증에 키니네는 만병통치약이었다. 현대인에게도 만병통치약이 있기는 하다. 아스피린이다. 아스피린에 여러 가지 효능이 있어 몸살감기도 아스피린, 성인병도 아스피린, 근육통도 아스피린, 심지어 삔 데도 아스피린이다.

정임이는 두통이 시작되었을 때 병원에 가지 않았다. 쓸데없이 시간만 빼앗기기 싫어서였다. 매일 상추밭에 일하러 가야했기에 집에 굴러다니는 아스피린을 찾아 한두 알씩 먹었다. 아스피린도 얼마간 잘 듣는다 싶었는데 요즈음 들어 만병통치약도 듣지 않았다. 아스피린 대신 조금 강한 두통약이 필요해서 병원을 찾은 것뿐이다. 삼일 후 다시 병원에 간 정임이는 두려움으로 의사를 똑바로 보지 못했다. 의사는 환자 심정은 아랑곳없이 표정 없는 얼굴로 담담하게 말한다.

"중요한 이야기 입니다. 혼자 오셨습니까?"

"예, 저한테 말씀하세요. 상관없습니다."

"충격이 크실 겁니다. 애석하게도 뇌암입니다."

"뇌암이라니요. 머리가 조금 아팠을 뿐인데요."

"그것도 말기에 가깝군요, 이정도면 그동안 상당히 통증이 있었을 텐데요."

"네 요즈음 들어 심하게 아팠습니다. 치료하면 살 수는 있나요?"

"단정지어 말하기는 어렵습니다. 치료에 따라 생존기간은 약간 늘어날지 모르겠지만 장담 할 수 없습니다. 힘내세요. 최선을 다해 치료하겠습니다."

의사가 힘내라 한다고 힘이 난다면 얼마나 좋으랴만 머리를 망치로 얻어맞은 것처럼 진찰실이 빙빙 돌았다. 예전에도 마른하늘에서 날벼락 몇 번 떨어진 적이 있기는 하다. 남들은 일생동안 한 번도 안 맞는 벼락을 세 번이나 맞았으니 이제 벼락 맞는 일은 없을 줄 알았다. 자식 때문에 두 번이나 맞았고, 남편 떠날 때 한 번 더 맞았는데도 신은 정임이 몫으로 벼락 한 방을 남겨두었던 모양이다.

스물두 살에 시집와, 호강 한번 해본 적이 없다. 네 명의 아이 중, 셋째는 간난 아기 때 허망하게 죽고, 장남은 열아홉, 젊은 나이에 농약 먹고 자살했다. 남은 두 아이는 시집 장가보내 한숨 놓았다. 또 평생 속만 썩이던 남편도 삼년 전에 세상을 떠나 어깨를 짓누르던 짐을 내려놓았으니 여생만은 편하게 살아볼 참이었다.

요즈음 시중에 떠도는 말이 있다. 늙어서 혼자 사는 여자를 만고강산에 비유하는 우스갯소리다. 만고강산이란 무엇인가. 오랜 세월 변함없이 이어져 온 산천경계란 말이 아니던가. 남편 없는 세상을 자유로운 산천경계에 비유한 말일 게다. 정임이도 만고강산을 유람하듯 여유로운 삶을 기다렸고 이제야 눈앞에 다가왔다고 생각했다.

그러나 신의 계획은 달랐다. 신은 정임이에게만은 끝까지 인색했다. 머리가 조금 아팠을 뿐인데 죽을병이라니. 진단이 내려진 뒤에는 두려움보다 오히려 분노가 치밀었다. 착하게 살려고 노력한 보람도 없이 악한 사람이나 선한 사람이나 같은 선상에서 같은 곳을 향해 가고 있었다.

정임이는 머리 아프기 전에 가끔 정신이 깜박거리기는 했다. 예상하지 못한 행동을 할 때마다 치매가 의심스러워 치매와 건망증 차이를 검토하기도 했다. 한편 남들도 늙어가며 건망증이 심해지는 것을 보며 크게 염려하지 않았다. 하지만 건망증은 개선되지 않았고 오히려 두통까지 찾아왔다. 두통 역시 심각하게 생각하지 않았다. 두통의 원인은 셀 수 없이 많다고 하지 않던가. 더욱이 두통이나 건망증은 누구에게나 올 수 있는 것이니 좋은 쪽으로 판단하고 또 몇 개월이 지나갔다.

그것이 엊그제부터 통증 강도가 심해지고 가끔 신체균형이 잡히지 않았다. 게다가 툭하면 구토까지 일어나 자식들 권유로 뒤늦게 병원을 찾은 것이다. 암 진단을 받고 분노가 치미는 것도 잠시뿐, 대상도 없는 처지에 화만 내고 있기에는 시간이 없었다.

무엇을 어떻게 해야 하나. 도무지 갈피가 잡히지 않는다. 그래도 인생의 마무리는 해야 하리라. 사람은 어두운 동굴 속에 갇혀있어도 꿈을 꾼다. 더듬어서라도 앞으로 가면 출구가 있으리라는 희망이 있으니까. 정임이는 빛을 찾아 더듬지 않기로 했다. 장장 칠십 년 넘게 이런저런 꿈을 꾸었지만 만족하게 이룬 꿈은 없다. 꿈이 이루어지지 않는다고 꿈을 꾸지 않을 수는 없는 일이다.

하기야 남들에게는 꿈이랄 것도 없는 소소한 일들이 정임이 꿈이었다. 그 꿈이란 오로지 새끼들을 배불리 먹이는 거였다. 그래도 내 일이 있으니 붙잡고 버틸만은 했다. 그나마 다행인 것은 자식들도 이제는 남들과 어깨를 나란히 하며 제몫을 단단히 하고 있으니 헛꿈만 꾼 건 아니라고 보아야겠다.

살아있는 사람은 누구나 꿈을 꾼다. 정임이도 일생동안 꿈만 쫓다 어느새 황혼길에 들어섰다. 황혼길에 들어섰으니 다 산 거라고 꿈을 포기한 것은 아니다. 인생 말년의 끝을 부여잡고 또 꿈을 꾸었다. 여생을 즐겁게 살아보는 것이었다.

사람은 저마다 꿈을 꾸지만 모두 같을 수는 없다. 처해진 상황에 따라 인생을 뒤바꿀 만큼 큰 꿈도 있고 소박한 꿈도 있다. 어떤 아이는 세계적인 갑부를 꿈꾸고, 당장 끼니거리가 없는 가난한 아이는 떡 한 조각이라도 주우면 잠시 배고픔을 면할 거라는 꿈이 있다. 그 바램이 곧 꿈이 아니던가. 바램이 있다는 건 내일을 기다려야하는 명분이 있다는 이야기다.

그러나 정임이에게는 이제 명분이 없다. 아니 삶에 지쳐 명분 따위는 필요 없다고 해야겠다. 그렇다고 죽음이 두렵지 않다는 말은 아니다. 살고 싶어도 어차피 이루지 못할 꿈인 걸 알기에 명분 없는 수술은 받지 않기로 했다. 암에 걸린 사실을 자식들에게 알려야 하나 잠시 망설이다가 알리지 않기로 했다. 알린다 한들 대책도 없는 터에 오히려 새끼들을 고통 속에 빠지게 할 것이다.

남편이 떠난 뒤 인생은 대단한 게 아니라는 것을 새삼 깨달았다. 한 사람이 장장 칠십 년 넘게 살다 갔지만, 어떤 흔적도 남지 않았다. 어차피 티끌만도 못한 인생인데 이별 연습을 한다고 무슨 소용이 있겠는가. 혼자 왔다 혼자 가는 여정이었으니 마무리도 혼자하기로 했다.

자식들이 어렸을 때 그렇게 고생을 시켰는데도 기억에 없는 모양이다. 제 어미에게 원망 한마디 없이 지극 정성이다. 어느 날 갑자기 가버린다면 자식들 가슴에 한을 남길지도 모를 일이나 제어미가 죽어가는 모습을 바라보는 고통만은 덜어주고 싶었다. 집으로 돌아와 먼저 한 일은 집주인에게 간병을 부탁하는 것이었다. 병원 다녀온 지 삼일 만에 두 아이 부부는 아이들까지 데리고 우르르 몰려왔다.

"바쁠 텐데 어떻게 다 같이 왔어?"

"이제는 사업이 자리 잡혀서 하루 이틀 쉬어도 상관없어요. 종업원끼리 잘 꾸려가거든요. 그리고 엄마와 단판 지을 것도 있어서 나들이 삼아 남매가 약속하고 같이 왔어요. 엄마도 큰 병이 아니라는 진단을 받았고 자식들까지 떼로 몰려오니까 기분 좋지? 이제는 우리도 결말을 지어야지요. 누구와 살고 싶어요? 사위와 며느리 중에 하나 골라잡아요. 우리는 어머니 뜻에 무조건 찬성하기로 합의가 끝났으니까."

"골라잡다니. 무슨 그런 말을. 아무튼 고맙다. 몇 달만 기다려봐.

겨울이나 지나고 그때 답을 주마."

"에이 엄마두, 내년으로 미룰 필요가 없잖아요. 쇠뿔은 단김에 빼라던데."

"앞산 설경이 좋아서 그래. 너희 아파트는 두 집 다 빌딩에 가려서 코앞도 제대로 안 보이잖아."

"엄마는 시인이 되어야 했는데 아쉽네. 그런데 머리가 아직도 아파? 지난번 검진하기 전보다 더 말랐네."

"독한 약을 먹었더니 소화가 안 되나 봐. 아직 어지럼증으로 구역질이 나서 밥을 덜 먹기도 했고."

"식사는 꼬박꼬박 챙겨 드세요. 늙으면 밥심으로 버틴다잖아요."

"알았어. 약 먹고 있으니 어지럼증만 가라앉으면 괜찮아질 게야."

"어머님 제가 야채죽 한 냄비 끓여놓고 갈게요. 꼬박꼬박 챙겨 드세요."

"언니 무슨 소리예요. 우리집에 요리사가 둘씩이나 있는데."

영문 모르는 딸은 제 어머니에게 마지막 효도인 것도 모르는 채, 야채죽 한 냄비를 끓여놓고 돌아섰다. 올 때처럼 우루루 몰려 나가는 자식들 뒤를 정임이가 황급히 따라 나섰다.

"애들아 잠간 돌아서 봐."

"엄마 왜 그래요? 할 말 있어요?"

"아니다. 그냥 불러보고 싶어서."

"에이 엄마도 싱겁기는. 내년 봄에는 꼭 우리와 함께 사는 거예요. 그때까지 비닐하우스는 나가지 말아요. 그리고 늦어도 한 달에 한 번씩은 올 테니까 기다리지 말구요."

"알았다. 어서 가."

정임이는 대화가 오갈 때 자식들을 하나도 빼지 않고 흐릿한 눈동자에 담아두었다. 그러나 자식들은 제어머니를 내년 봄에는 싫건 보려니 하고 건성으로 몇 마디 남긴 후 미련 없이 차에 올랐다. 이내 아이들을 실은 차는 쏜살같이 달아나버리고 정임이만 남겨진 채, 우두커니 서 있었다.

해가 뜨고, 지는 날 수에 따라 정임이 안색도 달라져갔다. 한달이 가까워 올 무렵 며느리가 김장김치를 가져오겠다는 전화를 했다. 그때는 이미 뼈에 가죽만 붙어있어서 얼굴을 보여줄 수가 없었다. 갑자기 핑계거리가 떠오르지 않아 추위로 인부들이 모자라 농장일이 바쁘니 다음에 오라고 미루었다. 영문을 모르는 며느리는 아직도 비닐하우스에 가느냐고 한마디 하고 넘어갔다. 자식들은 수시로 전화로 안부를 물으며 어머니 말을 그대로 믿었다. 평소에 쌓인 믿음이다. 어제도 통증을 견지지 못해 화장실벽을 하도 긁어대어 손톱이 빠질 지경이었다.

정임이는 세상을 떠난 뒤를 대비해 아들딸에게 편지 한통씩을 남겨 두었다. 전세 명의도 이미 두 아이 이름으로 바꾸어 놓았다. 또 어제 오후에는 집주인을 시켜 자식들에게 이천만원 씩 송금했다. 지난 삼개월간 간병인에게 지급한 돈도 이미 육백만원이 넘었다. 다시 병원에 들어가면 돌아오지 못할 것이라 여기고 한 일이다.

정임이가 머지않아 만나게 될 사람들은 얼마나 그리운 이들인가. 아버지, 어머니, 굶어 죽은 간난 아기, 스스로 삶의 끈을 놓아버린 큰아들에게까지 할 말이 많다. 아버지 어머니에게는 고달팠던 인생살이를 하소연 해야겠고 부모 앞에 먼저 가버린 아들은 정신이 번쩍 나게 야단쳐야겠다. 그러나 손 한번 써보지 못하고 허망하게 죽은 어린 것에게는 무슨 말로 속죄하나. 그리고 보니 징글징글했던 남편이 빠졌다. 남편에게는 살아서 못한 멱살잡이라도 한번 하고 넘어가야 하리라.

정임이는 속옷을 꺼내어 천천히 팔에 꿰었다. 뼈에 가죽만 붙은 가느다란 팔은 꽉 쥐면 바스라 질 것 같다. 화장대 앞에 앉아 거울을 보니 푹 패인 눈가로 검은 띠가 둥글게 쳐져, 판다곰을 닮았다. 요즈음 들어 가끔 눈이 더 가물거려 흐릿하게 보이던 사물이 오늘따라 잘도 보인다.

언제라도 남에게 동정 받는 건 자존심 상하는 일이다. 아무래도 화장을 해야 할 것 같다. 우선 크림을 얼굴에 골고루 펴 발랐다. 그동안 크림도 아까워 팥알만큼 발랐지만 이제는 아낄 이유가 없다. 크림을 넉넉히 발라도 피부가 촉촉한 느낌이 없다. 기초화장품이 크림뿐이니 달리 방법이 없어 다시 듬뿍 찍어 바르고 파운데이션을 덧입혔다. 얄궂게도 허연 파운데이션은 푹 패인 고랑에 빠져 이리 저리 뭉쳐 다니며 허우적댄다. 정임이는 일일이 고랑을 펴가며 차근차근 문질러 대었다.

입술에 립스틱을 바르려고 집어들 때 얼핏 떠오르는 게 있었다. 스무 살 때인가, 아니면 열아홉 살 때인가, 기억이 가물가물하다. 타지에 살다 고향에 다니러온 친구 언니를 마을 사람들은 양색시라고 수군거렸다. 수다스런 아주머니들과 달리 정임이 눈에는 언니의 양장한 모습이 멋져 보였다.

그중에 눈길을 사로잡은 건 입술에 바른 앵두 색 립스틱이다. 정임이는 언니가 가르쳐 주는 대로 정성스레 립스틱을 발랐다. 그러나 마음먹은 대로 그려지지 않아 몇 번이나 다시 그렸는지 모른다. 겨우 그린 붉은 입술이 하도 예뻐서 자랑스레 집으로 왔다. 그게 화근이었다. 대문 앞에서 딱 마주친 어머니는 깜짝 놀라 뒤로 한걸음 물러섰다. 그것도 잠시뿐 싸리 빗자루를 집어 들고 엉덩이를 후려쳤다.

"이년이 미쳤나. 쥐 잡아 먹었나? 얼른 주둥이 닦지 못해. 되지 못하게 양색시 흉내나 내고."

"서울 여자들은 다 바른다던데."

"서울 여자는 무슨 놈의 서울 여자. 어서 주둥이나 닦아. 혼삿길 막힌다."

아깝기는 해도 순종하는 마음으로 치마 끝을 뒤집어 입술을 말끔히 지웠다. 그때가 어제인 듯 새삼 그립다. 잠시 생각을 더듬다 이내 입술은 조금 작게 그리고 눈썹은 짓게 마무리하니 그런대로 깔끔해 보인다.

오늘따라 거울에 비추인 내복이 유난히 눈에 뜨인다. 며칠 전 수의를 장만 할 때 덤으로 받은 핑크색 내복이다. 그리고 보니 일생동안 새 내복을 몇 번이나 샀던가? 누군가에게 얻어 입고 아이들이 입던 걸 주워 입은 기억이 더 많다.

마음이 바쁜 것 같기도 하고 서둘러야 할 이유가 없는 것 같기도 하다. 더구나 누가 기다리는 것도 아니지 않던가. 필요한 것들은 늘 머리맡에 놓아두어 수선 떨 필요도 없다. 안채가 조용한 것으로 보아 주인아주머니는 아직도 아침잠에서 깨어나지 않은 모양이다.

혼자 두꺼운 외투까지 챙겨 입고 진통제 몇 알을 먹은 후 막 대문을 나서는데 전화벨소리가 들렸다. 틀림없이 두 아이 중에 하나일 게다. 하지만 돌아서지 않았다. 어미 임종이 가까웠음을 알려주는 일은 신새벽 보다 산을 다녀온 후가 좋을듯해서였다.

수희는 통장에 들어온 돈을 확인하고 아침에 눈 뜨자마자 수화기부터 집어 들었다. 아직 새벽인데도 받는 사람이 없다. 다시 걸었다. 역시 받지 않는다. 혹시 농장일이 바빠 새벽부터 일을 간 건 아닌가

하는 생각이 들었다. 하지만 뜬금없이 목돈이 들어왔으니 확실히 알아보고 넘어가야 할 것 같았다.

이제 두어 달만 지나면 함께 살터인데 예고 없이 목돈을 보낸 엄마 의중이 궁금해 전화한 것인데 새벽부터 안 받는다. 그 순간 알 수 없는 불안감이 밀려왔다. 수희는 실례를 무릅쓰고 안채에 전화를 걸었다. 안주인은 잠시 망설이다 잠에서 깨지 않은 목소리로 줄줄이 불어대었다.

날벼락 치는 소리는 꿈결인 듯, 귀에서 멀어져 가고 수화기는 손에서 떨어졌다. 잠시 후 영호와 통화하는 수희 발등에선 불이 활활 타올라 껑충껑충 튀어 올랐다. 통화는 하는 둥 마는 둥 끝내고 두 아이는 번개처럼 뛰어나가 차에 시동을 걸었다. 이어서 바퀴가 안 보이게 달려도 오늘따라 엄마 집은 멀기도 하다.

정임이는 자식들의 발바닥에 불이 붙은 것도 모르는 채, 대문을 나설 때 외투 무게가 제법 버거웠다. 게다가 이미 다리에 힘을 잃어 산을 오를성싶지 않았지만 죽기 전에 내 발로 걸어보고 싶어서 가는 데까지 가 보기로 했다. 아직도 못 다 내린 듯, 흰 눈이 듬성듬성 떨어지는 산마루가 오늘따라 더 아름답다. 오랜 세월 살아왔던 세상이 이토록 아름다웠나 싶어, 다시 올려다보았다. 역시 아름답다.

잠시 망설이다 담 모퉁이를 돌아 산길로 접어들었다. 해가 뜨려는지 산등성이에 붉은 빛이 감돌고 있었다. 산비탈로 몇 걸음 옮기며 큰 길을 힐끗 돌아보았다. 새벽잠을 설친 트럭 한 대가 눈길을 조심스레 기어가고 있다. 이내 트럭에서 눈을 돌렸다. 지금 산마루에 떠오르는 찬란한 태양이 기울기 전에 자식들은 저 길로 달려오리라. 생명이 있는 것들은 언젠가 이별하는 법. 구태여 설쳐댈 필요는 없다

힘없는 발걸음이어도 눈은 뽀드득거리며 정임이가 살아있음을 일깨워 준다. 산길 초입에 버티고선 바싹 마른 감나무 가지에 눈이 쌓여있다. 가지 끝에 앉은 까치 두 마리가 고개를 갸웃거리며 내려다본다. 까치는 사람을 보아도 울 생각을 안 한다. 까치가 울지 않아도 좋다. 혼자가 아니어서 더 좋다.

눈 쌓인 소나무 아래로 파란 솔잎이 보인다. 살아있음이다. 보잘것없는 파란 솔잎에서 생명을 느끼는 순간 가슴이 요동치며 살고 싶다고 함성을 질러대었다. 다 포기한 줄 알았는데 아직도 꿈이 있었던 모양이다. 남들처럼 아흔 살, 백 살까지 살고 싶다.

엄동에 이렇게 따뜻할 수 있다는 말인가. 엄마 품처럼 포근해서 참 좋다. 산길 초입은 경사가 심하지 않아 조금 오를 수 있었다. 그러나 금세 오르막이 되어 더는 오를성싶지 않았다. 게다가 머리까지 아파와 집으로 돌아가려고 몸을 돌리는 순간 눈이 흐릿해지더니 다리가 꺾이며 풀썩 주저앉았다. 아차 할 틈도 없이 방금 찍은 발자국 위로 구르기 시작했다. 구르면서 언뜻, 자신이 찍은 발자국이 눈에 들어왔다. 누구의 방해도 받지 않고 잘도 지워진다.

신통하게도 잠시 굴렀을 뿐인데 통증은 씻은 듯이 가라앉았다. 아쉬움으로 미처 오르지 못한 아슴한 산등성이를 바라보았다. 그곳에는 그토록 그리워하던 앞서간 사람들이 다 있었다. 정임이는 반가움에 벌떡 일어나 달려갔다. 발걸음은 점점 빨라지고 새털처럼 가벼이 공중으로 날아오른다. 족쇄가 풀렸다.

소풍 오던 날

분명히 저들을 향해 가는데 머리는 과거로 돌아가기 시작했다. 선명한 영상이다. 생전에는 네 살 이전에 있었던 일은 기억하지 못했다. 그러나 지금은 어머니 태중에 있을 때부터 조금 전까지 빠짐없이 떠오른다.

젊은 어머니와 아버지는 네 번째 임신에 기대가 컸다. 시어머니 기대는 더 컸다. 밥은 먹고 살만했던 집에서 시어머니 위세는 대단했다. 맏며느리는 시집오던 이듬해부터 내리 딸만 셋을 낳았다. 그나마 둘은 죽고 하나만 살았다. 시어머니는 손녀들이 죽어 거적에 쌓여 나갈 때 애석한 기색이 없었다. 딸밖에 낳을 줄 모르는 며느리는 시어머니 눈에 예쁘게 보일리가 없다. 그런대로 정임이가 부모 공양도 잘하고 부지런해서 따라다니며 구박하지는 않았다. 그러나 부지런한 것과 아들 못 낳는 건 다른 문제였다.

사람들이 말하기를 임산부 배가 뒤에서부터 두리뭉실하면 아들이고, 앞으로 볼록 튀어나오면 딸이라 했다. 야속하게도 며느리 배가 또 앞으로 튀어나오더니 태어난 아이는 계집아이였다. 딸 낳은 죄는 온전히 며느리 몫이었다. 시어머니는 해산 뒤처리 끝에 아기를 아랫목으로 밀어놓으며 기어코 한마디 하고 넘어갔다.

"아이고 삼신할미도 무심하시지 내리 딸만 넷이나 보내주다니. 얘야, 이제는 어쩔 수 없구나. 친정으로 가거라. 네 남편은 우리집장

손이다."

"어머님 죄송합니다. 그동안 살아온 정으로 보아 불쌍히 여기시고 한번만 더 기다려주세요. 그때도 아들을 못 낳으면 제 발로 나가겠습니다."

"알았다. 다음에 또 딸을 낳으면 소실이라도 들일 터이니 그리 알아라."

아내가 해산하던 날 말없이 나갔던 남편은 한 달 후, 돌아와 아기에게 정임이라는 이름을 지어주었다. 어느새 겨울이 두 번 가고 며느리는 또 해산을 했다. 아들이었다. 시어머니는 그제야 얼굴이 환해지며 처음으로 손수 미역국을 끓여 주었다.

산모는 미역국 한 그릇, 얻어먹는 것으로 끝났지만 혜택은 정임이에게 돌아갔다. 남동생을 보았다는 이유였다. 게다가 어머니는 내리 아들 둘을 더 낳았다. 할머니는 어린 손자들보다 정임이를 더 애지중지 했다. 아들 낳는 물꼬를 텄다는 것이다. 할머니 특혜로 먹는 것 입는 것 모두 정임이가 우선이었다. 그렇다고 늘 행운만 있는 건 아니어서 손자 셋 중에 아래로 둘이 죽었다. 할머니는 큰 손자만이라도 살아 있음을 천운으로 알았다.

어머니는 소망하던 아들은 낳았어도 행복한 일상으로 이어진 것은 아니다 밖으로 나돌기를 즐겨하던 아버지는 노름으로 전답을 반 이상 날려 보내고 한동안 돌아오지 않았다. 가장도 없는 터에 농지까지 줄어드니 다섯 식구 생활은 궁색해지기 시작했다.

사립문을 마주한 앞집 사는 정임이 동갑내기 을순이는 두 살 때부터 정임이네 밥상머리에 끼어 앉았다. 형편이 넉넉했던 정임이네는 어린 게 먹으면 얼마나 먹겠나싶어 모른 체 넘어갔다. 그것은 형편이 넉넉할 때 이야기고 집안이 기울어진 터에 일곱 살짜리 을순이까지 먹이는 건 부담스러웠다. 그러나 철없는 을순이는 끼니때마다 정임이 밥그릇에 수저를 꽂았다.

할머니가 알아듣게 말해도 을순이는 막무가내로 안방문을 넘나들었다. 어쩔 수 없이 끼니때가 되면 엉성한 사립문을 걸어 잠갔고 을순이는 문밖에서 정임이를 불러대었다. 정임이는 을순이 목소리만 들리면 밥상머리에 차분히 앉아있지 못했다. 허겁지겁 퍼먹고 찐 감자 한개를 치마 속에 감추어 냉큼 뛰어나갔다. 그러나 아침을 건너뛴 을순이는 식은 감자보다 된장국 냄새가 솔솔 풍기는 안방문을 뚫어지게 바라보았다.

이듬해 여덟 살짜리 동갑내기 사촌오빠가 소학교 입학식에 가려고 할머니한테 인사하러 들렀다. 사촌오빠를 데리고 가는 작은아버지를 따라 정임이와 을순이도 학교에 갔다. 하지만 학생들 틈에 끼이지는 못했다. 울상이 되어 돌아온 정임이는 할머니 치마꼬리를 잡고 늘어졌다.

"할머니 나도 학교 갈래."

"계집애가 무슨 학교를 간다는 거야? 학교는 머슴애들만 가는 거라고."

"할머니는 아무것도 모르면서. 내가 보니까 여자애들이 네 명이나 있던데."

"네 명이나 있다고? 그렇다면 우리 이쁜 강아지도 보내야겠네. 둘째야. 정임이도 학교가고 싶단다. 내일 집에 들러서 데리고 가거라."

"어머님, 계집애가 학교 다닌다고 친척들이 가만히 보고 있지 않을 텐데요."

"그건 나중 일이고 조용히 데리고 가."

"알겠습니다. 제가 학교에 알아보고 다시 오겠습니다."

삼일 후 정임이는 작은아버지를 따라 학교에 갔다. 마을에서 첫 번째 여학생이 된 것이다. 을순이도 학교 가겠다고 울고불고 난리를 피웠지만, 을순이 아버지는 말없이 고개만 저었다. 그렇다고 을순이가 미련을 버린 건 아니다. 정임이가 학교 가려고 책보자기를 허리에 매고 나서면 을순이도 따라나섰다. 그리곤 냉큼 책보자기를 빼앗아 제 허리에 둘렀다.

"정임아 책보자기 두르니까 나도 학생 같아?"

"응. 너도 함께 다니면 좋을 텐데."

"우리 아버지는 다른 말은 다 들어주는데 학교는 못 가게 해."

둘이 종알거리며 걷다보면 어느새 학교 앞이다. 정임이는 교실로 들어가고 을순이는 혼자 남아 교실 창가를 넘실거리기도 하고 운동장에 쪼그리고 앉아 돌멩이로 땅바닥에 무언가 그렸다. 그렇다고 날마다 운동장에 해만 뜨는 건 아니다. 가끔 소나기가 쏟아지면 을순이는 화들짝 놀라 교실 모퉁이 처마 밑으로 잽싸게 들어간다. 잠시 주춤거리다 머리에 흐르는 빗물을 털어내곤 벽에 기대어 선 채, 두 손에 낙수를 받으며 알 수 없는 노래를 마음대로 지어서 불러대었다. 학교 소사는 을순이를 교문 밖으로 쫓아내려고 애썼지만 매번 숨바꼭질로 끝나고 말았다.

그해 여름 을순이가 돌림병에 걸렸다. 염병이다. 사람들은 장티푸스를 염병이라 부르며 환자가 발생한 집은 오고가기를 꺼렸다. 그도 그럴 것이 가족 중에 한 사람이 걸리면 모두 앓아 눕는 집도 허다하기 때문이다. 날이 갈수록 앞집 아이도 죽어나가고 뒷집 할아버지도 죽어나갔다.

을순이도 그중에 하나였다. 불행히도 을순네는 환자에게 먹일 먹거리조차 없었다. 다행히 정임이네가 쌀 한 말을 보내주어 미음은 끓여 먹일 수 있었다. 하지만 다른 집들과 달리 한약을 지어먹일 수가 없었다. 그렇다고 죽어가는 딸을 바라만보며 손 놓고 있을 수도 없는 일이다. 급한 대로 가마솥 밑에 눌러 붙은 검댕이를 긁어 먹이는 게 부모가 병든 딸에게 할 수 있는 전부였다.

날마다 미음 몇 모금과 검댕이만 삼키며 꼼짝 못하고 누워있던 을순이 숨소리가 점점 잦아들었다. 그나마 가냘픈 숨소리마저 들리지 않자 을순이 어머니는 외동딸이 숨을 거둔 줄 알고 억장이 무너져 내려 몸져누워 버렸다. 옆에서 함께 지켜보던 을순이 아버지는 눈물을 삼키며 딸을 윗목으로 밀어 놓았다.

염병으로 죽은 아이를 마냥 집에 둘 수는 없는 노릇이다. 해지기 전에 매장하려고 을순이 아버지가 이불을 들치다 흠칫 놀라 뒤로 물러앉았다. 놀랍게도 죽은 줄 알았던 아이는 손발을 꼼지락거리며 가늘게 숨을 내뿜고 있었다. 을순이는 죽지 않았다. 그 후 열흘 만에 일어나 먼저 한 일은 제어머니 몰래 정임이네 사립문 앞에 서있는 거였다. 마을에서 열다섯 명이나 죽어나갔지만, 을순이가 살아난 것은 정임이네 덕이라고 을순이 어머니는 노래를 불렀다.

을순이는 웬만큼 건강이 회복되어 마음대로 바깥나들이를 하게 되자 또 학교를 따라다니기 시작했다. 정임이가 수업을 끝내고 나오면 설익은 개복숭아나 능금을 치마에 가득 담아들고 기다렸다. 둘이는 시어빠진 능금을 물어뜯으며 곧장 숲길로 들어섰다.

풀숲에 있던 메뚜기가 아이들 발자국 소리에 놀라 펄쩍 뛰어올랐다. 을순이는 정임이에게 손짓으로 움직이지 말라 이르고 살금살금 다가가 풀잎에 붙은 메뚜기를 잽싸게 움켜쥐었다. 잡은 메뚜기를 정임이에게 건네주면 가느다란 풀줄기에 꿰어들고 을순이 뒤만 졸졸 따라다녔다. 때로는 메뚜기 등에 또 한마리가 업혀있을 때도 있다. 을순이는 두 마리를 한꺼번에 잡아채곤 함성을 지르며 팔짝팔짝 뛰었다.

해거름에 집으로 가는 길은 괜히 마음만 바쁘다. 숲길을 벗어나 논둑으로 내려서면 메뚜기가 떼 지어 벼 잎에 붙어 있다. 재수 좋은 메뚜기들이다. 둘이는 메뚜기 떼는 본체만체하고 달음박질치며 집으로 돌아갔다. 집에 도착해서 메뚜기를 구우려고 풀줄기를 들여다보면 반은 떨어져 나가고 줄기만 늘어져 있었다. 가마솥 바닥에 잘 구워진 메뚜기는 둘이 먹기에 감질났다.

이튿날 하굣길에 재수 없는 방아깨비 한 마리가 을순이 눈에 포착된다. 을순이는 살금살금 다가가 잽싸게 움켜쥐고 풀밭에 철퍼덕 주저앉아 방아를 찧으라고 다그쳤다. 방아깨비는 연신 무릎을 접었다 폈다를 반복하며 살길 찾아 몸부림친다. 을순이는 방아깨비와 박자 맞추어 고개를 까딱대며 까르륵거렸다.

“정임아, 방아깨비가 말을 알아듣나봐.”

을순이가 방아깨비를 흔들며 말하는 바람에 다리 하나가 떨어져 나갔다.

“에구에구 불쌍해. 을순아 그냥 놓아줘.”

” 방아깨비한테 미안해서 어쩌나. 많이 아프겠다.”

을순이는 미련 없이 방아깨비를 손에서 놓았다. 방아깨비가 사람 손을 벗어났다고 해서 금세 호로록 날아가진 못한다. 힘든 노역으로 잠시 바닥에 머무르다 풀잎 사이로 살며시 숨어들었다. 집으로 가는 숲길이 끝나면 멀리 마을이 보이고 천수답이 시작된다. 물이 제법 찰랑거리는 논바닥에 우렁이가 엉금엉금 기어 다녔다.

"정임아, 저기 우렁이 좀 봐. 되게 크다. 들어가서 잡자."

"주인한테 야단맞으면 어떻게 해."

"괜찮아. 벼 포기만 안 다치게 잘 잡으면 돼."

활달하고 거침없는 을순이는 얌전하고 소극적인 정임이를 늘 선동했다. 둘이는 논둑에 고무신을 벗어놓고 논으로 들어갔다. 막상 물속으로 들어가면 밖에서 볼 때와 다르게 우렁이 찾기는 쉽지 않다. 우렁이는 어슬렁거리는 것 같아도 벼 잎 사이에 숨거나 진흙 속에 묻혀있기 때문에 하릴없이 풍류를 즐기던 놈들만 잡히게 마련이다.

검정고무신 두 짝도 못 채우는 우렁이로 양쪽 집에서 나누어 끓이기에는 턱없이 모자란다. 두 집 중에 한 집에서 우렁이 된장찌개를 끓이지만 대개는 정임이네 부엌에서 끓였다. 멍석위에 밥상이 놓이고 두 가족이 모여 앉는다.

"형님, 정임이와 을순이는 전생에 자매였나 봐요. 생전 싸울 줄을 모르잖아요."

"누가 아니래. 을순이가 안 보이면 찾아다니느라 아무것도 못한다니까."

"을순이도 마찬가지지요. 아침에 눈뜨면 정임이부터 찾는다니까요. 형님이 을순이를 잘 걷어 먹여서 너무 염체 없어요. 우리도 갚을 날이 오면 참 좋으련만."

"그것도 옛날이야기지. 지금은 우리 재산이 반으로 줄어 들어서 을순이에게 밥 한술도 못 주잖아. 아우님 미안해."

"때가되면 우리 머리 위에도 태양이 떠오를까요? 을순이 아버지는 그 희망으로 산답니다."

"아우님 나는 그게 무슨 말인지 못 알아듣겠네. 해는 날마다 뜨잖아."

"에구 그 해를 말하는 게 아닌 것 같아요. 함부로 말하면 잡혀 간다던데. 나도 자세히는 몰라요. 형님도 아무 말 마세요."

하굣길에 우렁이 잡는 일도 그리 오래가진 못했다. 어느새 정임이가 사학년이 되자 친척들이 학교 문제를 들춰내었다.

"계집아이를 밖으로 내돌리면 안 된다고. 제 이름 석자만 쓰면 되지, 많이 배워서 뭐에 쓸 거야. 아들을 제대로 가르쳐야지. 여자는 시집가서 아기나 잘 낳고 일만 잘하면 된다니까."

고집 센 어른들의 편견으로 학교는 딱 삼년 다니고 끝났다. 그나마 다행인 것은 이름 석 자 말고도 읽고 쓰는 것까지 가능했다. 이웃집 을순이는 학교 교실에서 공부하지 않았어도 읽기는 가능했다. 그렇다고 서당 개 삼년에 풍월을 읊은 건 아니다.

창포 꽃 안고 가버린 을순이

정임이가 열세 살 되던 해 음력 오월이다.

"정임아, 창포 뽑으러가자. 우리 엄마가 많이 뽑아오라고 하더라고."

"알았어."

정임이는 텃밭에 있는 제 어머니에게 고함을 질러댄다.

"엄마~~ 을순이하고 창포 뽑으러 갔다올께. 아궁이에 하지감자 좀 구워 놔. 갔다 오면 배고프니까."

물자가 귀했던 여인들은 빨래할 때나 머리감을 때 재에서 뽑아낸 잿물을 사용했다. 비누가 없어서 그런 건 아니다. 먹고 살기도 어려운 터에 비누까지 사는 걸 사치로 알았기에 손수 만들어 쓴 것이다. 그 창포가 지천인 웅덩이는 마을에서 삼십 분 거리에 있었다. 정임이는 매해 단오날이 가까워지면 을순이와 함께 창포 뽑으러 웅덩이로 갔다. 특히 을순이 어머니는 창포를 말려두었다가 수시로 창포물에 머리 감기를 즐겨했다.

둘이 누런 황톳길을 앞서거니 뒤서거니 걷는 길가로 잡초가 무성하다. 발목을 덮는 풀 속에 이름 모를 생명체가 숨어있다. 살아있는 것들은 나름대로 생존경쟁이 치열하다. 크고 작은 풀 틈바구니에 숨은 채, 작은 얼굴만 내민 제비꽃도 그중에 하나다. 바람이 간지럼 태우는지 보라색꽃잎을 흔들어 댄다. 날아가던 하얀 나비 한 마리가 잠시 머뭇거리다가 이내 사라져 버린다.

부지런한 농부가 길섶 빈자리에 심어놓은 콩 포기가 콩을 듬성듬성 매단 채, 잡초 틈에서 안간힘을 다해 버티고 있다. 가을이 되어 얼마라도 수확해 콩떡을 만들어주면 새끼들 입이 호사할 것이다.

산 밑부터 죽 늘어선 천수답 벼가 뿌리를 제대로 내린 듯, 짙은 녹색으로 물들었다. 해마다 그런 건 아니다. 가뭄으로 논바닥이 거북이 등처럼 갈라지면 하늘만 바라보는 농부들 가슴은 거북이 등보다 더 딱딱하게 말라붙는다. 다행히 금년은 논에 물이 찰랑찰랑해서 농부들 입 꼬리가 위로 쭉 올라갔다.

저만치 앞서가는 이웃집 아저씨가 똥지게를 지고 뒤뚱거리며 가고 있다. 똥물 한 방울도 아까운 듯 발걸음이 조심스럽다. 이웃마을 초입에 있는 자기네 배추밭으로 가는 것이다. 출렁거리는 똥지게 뒤로 어린 막내아들과 검둥개가 한눈을 팔며 멀찍이 따르고 있다. 이런 모습을 지나가는 객이 본다면 그림 같은 풍경이라고 할 것이나 당사자들은 허리가 휘도록 바쁘다.

봄은 작년에도 왔고 내년에도 올 것이다. 엊그제 제비가 왔는데 어느새 여름이 문턱을 넘어서고 있다. 하늘에 구름 한 자락이 떠있고 참새 떼는 나뭇가지에 빼곡히 매달려 시끄럽게 지저귄다. 무엇에 놀랐을까? 참새 떼가 일제히 날아오르자 구름이 가던 길을 멈추고 두리번거린다.

"정임아 새들이 짹짹거리는 건 무엇일까? 노랫소리 같기도 하고 울음소리 같기도 하고."

"글쎄 잘 모르겠어. 새도 배고플 때 울고, 배부르면 노래하지 않을까?"

"나도 새처럼 하늘 높이 날 수 있다면 좋겠다."

"높이 날아 무엇 하게?"

" 세상 끝까지 갈 수 있잖아. 나는 산 너머에 무엇이 있는지 참 궁금해."

두 아이가 재잘거리는 동안 어느새 웅덩이에 다다랐다. 엊그제 비가 제법 오더니 웅덩이 가에 난 풀은 더 무성해지고 물은 황토 빛이 되었다. 작은 웅덩이 위로 바람이 스치면 한낮에 심심하던 해는 바람타고 내려와 물결 위에 자리를 잡고 앉는다. 이내 흔들리는 물결 따라 물고기 비늘처럼 은빛을 쏘아올리고 물결이 출렁일 때마다 눈부신 잠자리는 풀잎 끝에 매달린 채, 졸고 있다.

황톳빛 물가로 죽 늘어선 노란 창포꽃이 오늘따라 더 화사하다. 꽃 위로 하얀 나비 한마리가 앉을자리를 찾아 빙빙 돌며 한 폭의 그림을 완성해 준다. 사위가 하도 조용해서 개구리 첨벙거리는 소리가 오늘따라 유난히 크게 들린다.

종달새 몇 마리가 하늘로 솟구쳐 올라 구름 사이를 오르내리며 숨바꼭질하느라 분주하다. 바람도 가만히 있지 못한다. 밭 매는 아낙네 이마에 흐르는 땀방울을 닦아주며 재 너머 이웃마을 소식을 가만가만 전해준다. 정겨운 세상이다.

둘이는 검정 고무신을 나란히 벗어놓고 웅덩이로 내려갔다. 물속에서 발자국을 옮길 때마다 작은 소음과 함께 파문이 인다. 우선 꽃을 꺾어 다발을 만들어 한쪽에 가지런히 놓아두었다. 이내 허리를 바짝 구부리고 창포를 뽑기 시작했다. 그렇다고 창포가 단번에 쑥쑥 뽑히는 건 아니다. 진흙탕에 묻힌 창포뿌리를 호미로 잘라가며 조금씩 뽑아내는 소리가 정적을 깬다. 수영을 즐기던 붕어 한마리가 깜짝 놀란 듯, 온몸을 흔들며 저쪽 풀숲으로 숨어버린다. 어느새 창포가 제법 쌓였다. 동작이 빠른 을순이가 먼저 창포 뿌리를 물속에 담가 진흙을 말끔히 씻어냈다.

정임이는 함지박을 잊고 온 게 조금 아쉬웠다. 둘이는 물이 줄줄 흐르는 창포를 두 손으로 모아 쥐고 바닥에 휙휙 뿌렸다. 그래도 물기는 남았다. 아직도 축축한 창포를 그대로 가슴에 안았다. 을순이도 풀잎으로 묶어 놓았던 창포꽃 두 다발을 집어 들었다. 한 다발은 정임이 주고 한 다발은 제집 옹기항아리에 꽂으려는 것이다. 욕심껏 챙길 필요는 없다. 내일도 오고 모레도 오면 되니까. 집을 향해 몇 발자국 앞서가던 을순이가 갑자기 멈추어 섰다.

"정임아, 오줌 마려운데 여기서 싸고 갈까?"

"에이, 어떻게 아무데나 오줌을 싸. 빨리 집에 가서 싸자."

"보는 사람도 없는데 어때. 급해서 집까지 못갈 것 같아."

"그럼 내가 사람이 오나 볼게 얼른 싸고 와."

을순이는 길가 풀숲으로 들어가고 정임이는 창포를 한쪽에 내려놓고 흙탕물에 젖은 옷을 이리저리 돌려가며 짜고 있었다. 바로 옆에서 개구리 한 마리가 펄쩍 뛰어오르며 어디론가 급하게 가고 있다. 벼 잎 사이에 숨은 벌레 잡기에 분주하던 참새떼가 수선스레 날아올라 하늘을 올려다보았다. 저쪽 하늘 끝에 검은 구름이 이는 것으로 보아 소나기가 한줄금 쏟아질 것 같다.

그때였다. 풀숲에 쪼그려 앉았던 을순이가 고함치며 펄쩍 뛰어올랐다. 무심코 돌아본 정임이 눈에 흔들리는 물체가 보였다. 뱀 한마리가 을순이 발밑에서 기어 나와 황톳길을 가로질러 사라지는 게 아닌가. 을순이는 창포 뽑느라 참았던 오줌이 하도 급해서 풀잎에 가려진 뱀 위에 쌌던 모양이다.

을순이는 사색이 되어 후다닥 길가로 튀어나왔다.

"을순아 뱀한테 물렸어?"

"그런 것 같아. 하지만 허벅지가 따끔하기만 했는데."

"독사면 어떻게 하지? 을순아 내가 빨리 가서 어른들을 모셔올께."

"정임아, 독사한테 물리면 죽는 거야?"

"죽기는 왜 죽어. 저번에 홍식이 아버지도 뱀한테 뒤꿈치를 물렸는데 안 죽었잖아. 내가 한번 볼께."

정임이는 을순이 치마를 들치고 살펴보았다. 흔적이 없다.

"안 물었나봐. 아무것도 없어."

"따끔했는데. 지금도 이상해."

"이리 누워봐."

정임이는 길바닥에 누운 을순이 허벅지를 들여다보았다. 역시 흔적이 없었다. 다시 팬티를 걷어 올리고 자세히 들여다보았다. 있다. 허벅지 위쪽으로 불그스름한 자욱이 또렷이 보인다. 독사에 물리면 끈으로 묶어주어야 한다는 어른들 말이 떠올랐다. 창포 묶었던 허리끈으로 묶으려고 했지만, 너무 위쪽이어서 묶을 수 없었다.

"을순아 가만히 누워있어. 절대로 움직이지 마. 움직이면 독이 빨리 퍼진다고 하더라고. 얼른 가서 어른을 모시고 올께."

"정임아 빨리 와. 무서워 죽겠어."

정임이는 쏜살같이 마을로 달려갔다. 집에는 아무도 없었다. 을순네 집에도 아무도 없다. 모두 논이나 밭으로 일하러 간 모양이다. 피살이도 해야 하고 밭에는 잡초가 무성한 시기가 아닌가. 정임이는 골목길을 뛰어가며 다급하게 소리 질렀다.

"나와 봐요. 나와 봐요. 을순이가 뱀한테 물렸어요."

겁에 질린 어린아이 악쓰는 소리는 허공을 맴돌고 마을엔 정적만 흘렀다. 한참 지난 뒤 늙은이 두엇이 느리게 사립문을 밀고 내다보았다. 그러나 웅얼거리는 것 외에는 도움이 되지 못했다. 정임이는 다시 마을에서 가까운 밭으로 뛰어갔다. 한낮의 고함 소리에 마을청년 두 명이 급하게 다가왔다.

"오빠 을순이가 뱀한테 물렸어."

"뭐야? 어서 가보자."

마을사람 몇몇이 황톳길을 따라 우르르 몰려갔을 때 을순이는 있어야 할 곳에 없었다. 모두 흩어져 주변을 살펴보았지만 보이는 건 논둑에 떨어진 을순이의 고무신 한 짝 뿐이었다. 당황한 사람들은 모두 흩어져 찾기로 했다. 조금 후 청년 하나가 겨우 찾아낸 을순이는 콩밭에 누운 채, 하늘을 바라보고 있었다. 을순이를 본 사람들은 장승처럼 서있을 뿐, 아무것도 할 수 없었다.

을순이를 물은 뱀은 독사였다. 아마도 혼자 온 들판을 휘젔다 콩밭까지 굴러가 바닥에서 나댄 모양이다. 멀거니 하늘을 바라보는 을순이 눈동자는 이미 게슴츠레 풀어졌고 코피가 흘러 숨쉬기가 벅찬 듯, 힘겹게 몰아쉬고 있었다. 작은 체구에 심장이 가까운 곳을 물려 독이 빨리 퍼진 것이다.

"을순아. 나야. 정임이."

을순이는 머리에 진흙을 뒤집어쓴 채, 고개를 돌리지 못했다. 허공을 바라보는 눈가로 눈물이 조금 번졌다. 정임이는 얼른 을순이 손을 잡았다. 약간 부어오른 손은 미세하게 떨리고 있었다.

"을순아 걱정하지 마. 오빠들이 읍내 병원으로 빨리 데려다줄 꺼야."

하지만 을순이는 어떤 반응도 보이지 않았다. 모두 머뭇거릴 때 청년 하나가 을순이를 제 등에 업히라고 나섰다. 청년 등에 업힌 을순이는 걸음을 옮길 때마다 손발이 덜렁거렸다. 뒤따라가던 정임이는 갈 때와 올 때 사물이 그대로여서 오히려 당황스러웠다. 아까 그 길을 웃으며 걸어갔던 을순이는 지금 죽어가는데 새들은 여전히 나뭇가지에 매달려 재잘거리고 지나가던 바람마저 을순이 뺨을 어루만지며 가는 봄을 아쉬워한다. 달라진 건 을순이 뿐이었다.

가난한 중에도 더 가난했던 을순네는 외지에서 왔다는 이유로 양지쪽에 화전도 차례가 오지 않았다. 골짜기에 밭 한 뙈기 만들었지만, 참나무 그늘에 가리어 옥수수조차 변변히 수확하지 못했다. 한쪽 다리를 절름거리는 을순이 아버지가 나무해서 장에 내다 팔아도 밥 한번 배불리 먹을 수 없었다. 나무꾼이 된 것도 다리를 심하게 저는 탓에 일꾼으로 써주는 사람이 없었기 때문이다.

을순이 아버지가 태어날 때는 절름발이가 아니었다. 중농의 외아들로 중학교 오학년 때 독립운동에 뛰어들었다. 독립운동 자금책으로 해외 접선자에게 돈을 전해주다 발각되어 도망자 신세가 되었다. 아들이 도망 다니는 동안 아들이 무슨 일을 하는지도 모르는 부모가 경찰서에 끌려갔다.

아버지는 초죽음 된 채, 삼일 만에 들것에 실려 나왔다. 그나마 안방에 누워 바지에 생똥칠 하다 이틀 만에 꽃상여 타고 선산으로 갔다. 어머니도 크게 다르지 않았다. 경찰서에 머무는 일주일 동안 온갖 고문과 성추행을 당하다 집이라고 돌아와 보니 남편은 이미 산으로 간 후였다. 어머니는 그 밤으로 대들보에 하얀 천을 걸었다. 그리곤 상주도 없는 꽃상여 타고 동구 밖을 빠져 나갔다.

을순이 아버지는 만주로 가기로 했으나 두만강을 건너지 못했다. 국경을 넘기 전에 체포되었고 재판 끝에 일 년 언도를 받았다. 감옥살이가 시작되었지만 아들은 부모에게 소식을 전할 길이 없었다. 을순이 아버지는 담장 밖의 일은 아무 것도 모르는 채, 감옥살이 일

년 만에 석방되었다. 처음 경찰서로 잡혀갈 때 꼿꼿한 두 다리로 걸어갔지만 나올 때는 한쪽 다리를 심하게 절었다.

절름거리며 부모님을 찾아 집으로 가보니 토방에는 낯선 게다가 놓여있었다. 인기척이 나자 내다보는 사람은 부모님 대신 일본사람이었다. 집은 이미 일본사람 소유가 되었고 전답은 국가에 환수되었던 것이다. 저는 다리로 독립운동을 더는 할 수 없었다. 그나마 감시대상으로 순사들 등살에 떠돌다 부모 잃은 처녀를 만나 가정을 꾸리고 산골로 들어와 칩거했다. 처녀는 어려서부터 하도 못 먹어서 덩치가 작아 힘든 일은 잘 못했다.

마을 사람들은 십오 년 전에 흘러들어온 을순네에 대해 아는 게 없었다. 그러나 을순이 아버지는 경우가 바르고 세상살이에 밝아 무시하진 않았다. 을순네는 양식이 떨어지는 이른 봄에는 멀건 시래기 죽으로 연명하고 그마저 없으면 맹물로 배를 채우는 날도 많았다. 부부 중 한사람이라도 건강해야 하련만 둘 다 시원치 않아 품팔이조차 여의치 않았다. 그나마 여름에는 먹거리 찾기가 조금 수월했다. 들로 산으로 먹을 것을 찾아다니면 살아있는 것들이 많아서다.

독립군의 딸 을순이는 개구리 잡는 선수였다. 개구리가 논배미에 알을 낳기 시작할 때부터 을순이 눈에 뜨이기만 하면 생을 마감했다. 가끔 을순이가 아궁이에 들어갈 듯, 엎드려 있으면 개구리를 굽고 있다는 걸 정임이는 알고 있었다. 개구리뿐이 아니다. 쥐, 참새, 산과일이나 들판에 널린 풀도 귀한 음식이 되었다. 그렇다고 남의 밭에 들어가 고구마를 캐 먹거나 무를 뽑아먹는 일은 없었다.

그마저 없는 겨울에는 소나무 속껍질을 씹어 먹거나 남의 집 담장 밑에서 황토를 긁어 먹었다. 황토를 파먹다 들키면 가끔 집주인의 불호령이 떨어지기도 했다. 밑을 파내면 담장이 무너진다는 것이다.

사람은 누구나 제 어머니 배를 빌려 세상으로 온다. 그러나 주어진 삶은 제각각이다. 운 좋게 부잣집에서 태어난 사람은 서산으로 넘어가는 해가 아쉬워 값비싼 보약을 들이마시며 지는 해를 잡아매려 안간힘을 쓴다. 그러나 가난한 집에서 태어난 을순이 해는 동천에서 떠오르다 말고 지상으로 툭 떨어졌다. 짧다.

을순이가 왔다. 막상 집으로 오기는 했어도 방으로 들어가지 못했다. 밖에서 비명횡사했다는 이유로 마을사람들이 꺼려했기 때문이다. 길에서 죽으면 원귀가 되어 집으로 따라와 사람을 해친다는 것이다. 그나마 을순이 아버지는 귀신을 믿지 않았던 까닭에 사립문 안까지는 들인 것이다.

을순이의 작은 몸뚱이는 어질러진 마당가운데 거적으로 덮어놓고 제 어머니가 돌아오기를 기다리고 있었다. 산에서 약초 캐다 뒤늦게 쫓아온 을순이 어머니는 거적을 들춰내고 소리를 잃은 사람처럼 말없이 겅중겅중 뛰기만 했다. 그것도 잠시뿐, 느닷없이 폭 꺼꾸러지며 정신줄을 놓아버렸다. 아주머니 하나가 물 한 바가지를 을순이 어머니 얼굴에 확 뿌렸다. 그제야 겨우 눈을 뜨고 마당에 누운 채, 죽은 딸을 가만히 바라보았다.

정임이 어머니가 두 아이 먹으라고 묻어 놓았던 감자 타는 냄새가 아직도 남아 있다. 을순이 어머니는 갑자기 생각난 듯, 벌떡 일어나 정임이네 부엌으로 들어갔다. 불길은 이미 사그라지고 재만 남은 아궁이에서 감자를 남김없이 꺼내었다. 아직도 따뜻한 감자를 소중한 보물인양 치마에 담아 돌아왔다. 이미 반은 타버린 감자를 정성껏 베껴내어 부스러지고 깨진 조각을 소꿉놀이처럼 호박잎에 올려, 을순이 머리맡에 놓으며 가만히 속삭였다.

"배고프지? 감자가 다 익었다. 어서 먹어라. 내 딸 을순아."

을순이 어머니는 집으로 돌아와 처음으로 입을 열었다. 사람들은 아무도 숨을 쉬지 않았다. 방안에 들어앉은 을순이 아버지도 죽은 듯 말이 없다. 담장 위 호박잎은 축 늘어진 채, 숨죽이고 극성스레 날아다니던 파리도 벽에 찰싹 달라붙어 움직이지 않았다. 을순이 어머니는 부스스 일어나 무디어진 가위를 찾아들었다. 이내 땅바닥에 철퍼덕 주저앉아 창포물에 감던 머리를 한 움큼씩 잘라내었다. 오래지않아 을순이 어머니의 작은 머리는 민둥산이 되었다.

정임이 어머니는 방으로 들어가 을순이 새 옷을 챙겨 왔다. 새 옷이라고 해봐야 여기저기 기운 옷이다. 어린아이와 남자들은 대문 밖으로 내보내고 을순이를 말끔히 씻겨 깨끗한 옷으로 갈아 입혔다. 절차가 끝날 때까지 아무도 울지 않았다. 을순이 어머니도 멀거니 바라만 보았다.

정임이 어머니는 그제야 문밖에 대고 사람들을 불렀다. 밖에서 기다리던 사람들은 조용히 들어와 마당가로 빙 둘러섰다. 아저씨 하나가 토방 모퉁이에 세워진 지게를 가져다 작대기로 받쳐놓았다. 잠시 머뭇거리던 청년이 가마니를 칼로 타개어 을순이를 둘둘 말아 지게에 올렸다. 가마니는 을순이를 다 가리지 못해 찢어진 검정 고무신을 신은 두 발이 삐죽이 나와 있다. 정임이는 뱀독으로 봉긋이 솟아오른 을순이 발을 잡았다.

"을순아 미안해. 그냥 미안해. 많이 보고 싶을 거야."

정임이는 을순이 발을 차마 놓지 못하고 꼭 움켜쥐고 있었다. 이웃집 아저씨는 정임이 손을 가만히 떼어놓고 지게를 지고 사립문 밖으로 나섰다. 그 뒤를 청년 몇 명이 삽을 들고 따르고, 정임이도 함께 가려고 사립문을 나섰다. 정임이 어머니는 슬그머니 다가와 딸의 손을 잡아 끌고 집으로 들어가 버렸다.

사람들은 지게가 골짜기 사이로 사라질 때까지 말없이 바라보았다. 구름도 가던 길을 멈추고 꽃도, 새도, 나비도 잠시 날개를 접었다. 을순이 어머니와 아버지는 끝까지 내다보지 않았다.

독립군의 딸 을순이는 매일 먹이 찾아 해매이던 골짜기로 갔다. 을순네 집에서는 굴뚝에 연기가 오르지 않았고 단 한 번도 우는 소리나 말소리가 들리지 않았다. 을순이 어머니는 이틀 동안 남편 옷 정리와 집안 청소를 말끔히 해놓고 해질 무렵 골짜기로 갔다. 이튿날 새벽 을순이 아버지는 달랑 삽 하나 들고 골짜기를 다녀왔다. 그 후에 을순이 아버지를 아무도 보지 못했다.

을순이 아버지가 사라지자 마을사람들은 살림살이를 나누어 갖기로 했다. 그러나 쓸 만한 물건은 많지 않았다. 그런대로 하나씩 나누어갈 때 베개를 가져간 사람은 베개 속에서 태극기를 찾아들고 사시나무 떨듯 떨어대었다. 물론 태극기는 그날 밤으로 을순이와 을순이 어머니 무덤 앞에 깊이 묻혔다.

정임이 어머니는 딸이 보이지 않으면 을순네 집으로 갔다. 정임이는 빈집 툇마루에 쪼그리고 앉아 울고 있었다. 딸을 야단치며 집으로 데리고 오지만, 정임이 어머니도 수시로 을순네 사립문에 기대어 골짜기를 바라보며 우두커니 서있었다. 그해 여름 을순네 집 마당에 잡초가 자라고 이듬해는 사립문이 틀어지고 울타리가 넘어지기 시작했다. 삼년 후 집은 흔적 없이 사라지고 영순네 텃밭이 되었다.

시대는 변해가고

을순이 떠나고 두 달 후, 8월 15일에 일제로부터 해방되었다. 그토록 기다리던 밝은 태양은 떠올랐건만 을순네 식구는 거기에 하나도 없었다. 마을사람들이 을순네 집으로 몰려와 만세를 외칠 때 정임이 어머니는 하도 애석해서 어린 딸의 손을 부여잡고 또 울고 또 울었다.

해방이 되었다고 해도 읍내와 달리 산골은 조용했다. 예전처럼 사람도 드나들지 않았고 배고픈 것도 그대로였다. 그래도 봄이면 뒷산에는 진달래가 피고 앞산에서 뻐꾸기가 울었다. 태양이 작열하는 여름날에는 더위로 신작로에 열기가 솟아오르고 자고나면 호박순이 두세 뼘씩 자랐다. 가을이면 앞마당에 노적가리가 쌓이고 산에는 낙엽이 졌다. 겨울엔 대문 앞 감나무 가지에 까치가 앉아 울고 하얀 눈은 골목길을 덮었다.

정임이가 열다섯 살이 되며 어머니는 부엌일을 다 맡겼다. 하기야 새삼스런 일은 아니다. 이미 오래전부터 부엌에서 잔심부름을 하고 있었기에 순리대로 인계받은 것이다. 그러나 어머니를 거들 때와 달리 간이 들쑥날쑥 했다. 어머니는 일터에서 돌아오면 먼저 부엌으로 들어와 일일이 간을 보아가며 싱거우면 간장을 더 넣고 짜면 물을 부었다.

무책임한 가장 대신 할머니, 어머니, 언니까지 논밭으로 헤매고 다녔다. 아버지는 집으로 돌아와도 있는 것 같기도 하고 없는 것 같기도 했다. 또 아버지가 한동안 돌아오지 않아도 자식들은 궁금해 하지 않았다. 어머니는 가끔 신작로를 망연히 바라보았고 할머니만 날이 어두워질 때까지 대문 앞에 서있었다.

어제가 오늘인 듯, 오늘도 어제처럼 변화 없는 날들이 지나갔다. 비슷한 일상 속에서도 무언가 꾸준히 진행되었다. 세월은 어머니 얼굴에 주름을 만들어 주고 남동생은 읍내 중학교에 들어갔다. 지금까지는 입에 풀칠이나 하며 가끔 옷가지 정도만 장만하면 되었지만, 남동생이 중학생이 되어 현금이 더 필요했다.

할머니는 해수병이 심해져서 밤낮으로 콜록대었다. 어머니는 할머니에게 일손은 놓으라 강권해도 할머니는 쉽게 꺾이지 않았다. 일거리를 주지 않으면 방안에 들어앉아 콩이라도 고르겠다고 고집을 피웠다. 그나마 오래 견디지 못하고 따뜻한 햇살이 비취던 봄날, 혼자 집을 지키다 돌아오지 못할 먼 길을 떠나갔다.

여자들이 꾸려가는 집안은 늘 궁기가 흘렀다. 정임이도 부엌에만 머물 수 없었다. 들일이 바쁜 날은 논밭으로 나가 할머니가 하던 일을 대신했다. 봄이면 산으로 올라가 돈 될 만한 것을 찾았다. 두릅도 따고, 산나물도 캐고, 고사리도 꺾었다. 장날이면 잘 손질해 놓은 것들을 어머니는 머리에 이고 이십 리를 걸어 장으로 갔다. 온가족이 아들에게 희망을 걸어 뒷바라지한 보람은 있었다. 비록 반에서 삼등했지만 마을에서는 천재로 통했다.

어느새 다섯 번이나 해가 바뀌더니 전쟁이 일어났다고 했다. 6 25 사변이다.

"전쟁이 났다고 하더라고."

"무슨 전쟁? 일본 놈들이 다시 쳐들어왔나."

"북쪽에서 밀려온다고 하더라고."

"같은 나라끼리도 전쟁하나? 잘못 알았겠지."

외부와 소통이 불편한 마을 사람들은 정세를 정확하게 모르고 있었다. 또 전쟁이 일어났다고 해도 일상생활이 크게 달라진 것도 없다. 인민군을 본다거나 누가 잡혀가는 일도 없어 마을은 어제처럼 오늘도 평화로웠다.

그러나 며칠이 지나며 지상과 달리 하늘이 시끄러워지기 시작했다. 구름이나 흐르고 새만 날아다니던 하늘에 커다란 물체가 처음 뜨던 날, 이집 저집에서 볼만한 풍경이 벌어졌다. 기껏해야 여우나, 늑대 우는소리 밖에 들어보지 못하던 사람들은 천지를 휩쓸 듯한 굉음에 산이 무너지는 줄 알고 어른 아이 할 것 없이 얼른 방으로 들어가 이불을 뒤집어썼다. 소리가 사라진 후 대문 앞에 나와, 둘러보아도 하늘은 무너지지 않았고 앞산도 뒷산도 그대로 있었다.

의문은 곧 풀렸다. 읍내를 드나들던 마을 청년이 시커먼 물체는 전투기고, 굉음은 먼 곳에서 폭탄 떨어지는 소리라고 가르쳐 주었다. 하지만 마을 사람들은 8 15 해방 때 폭탄으로 일본이 망했다는 말은 들었지만 본 적은 없다. 전투기나 폭탄이 무엇인지 몰라 묻고 또 물었다. 청년 역시 폭탄이 떨어지면 많은 사람이 죽는다는 것 외에는 시원스런 대답은 하지 못했다.

그 후 하늘에선 정찰기가 떠다니고 폭격기들은 편대를 지어 날아다녔다. 골목에서 놀던 작은 아이들은 하늘에서 폭음이 들리면 두려움을 견디지 못해 본능적으로 싸리 울타리에 찰싹 들러붙었다. 그도 그럴 것이 폭격기가 날아가는 소리는 귀청이 떨어질 만큼 요란스러웠다. 게다가 한쪽으로 비스듬히 날아가는 모양새가 금세 머리위로 떨어질 것처럼 위태롭게 보였다. 그것도 수시로 반복되며 언제부터

인지 어른 아이 할 것 없이 고개를 치켜들고 구경하게 되었다.

그렇다고 구경거리만 있는 건 아니다. 전쟁이 일어난 열흘 후 정임이 아버지가 집으로 들어오며 가져온 소식은 사람들의 정신을 쏙 빼어놓았다. 이웃 면 면장은 친척집에 숨어 있다가 조카 고발로 죽창에 찔려 죽었고 마음씨 좋은 읍장도 총 맞아 죽었다고 했다. 심지어 이웃 간에도 사이가 좋지 않았던 사람을 모함해서 죽음으로 몰아넣는다는 것이다. 그리되면 죽음은 소문으로만 끝나는 먼 곳 이야기가 아니다. 그날로 온 마을은 알 수 없는 긴장감에 휩싸였다.

정임이 아버지가 집으로 돌아온 삼일 후였다. 가족들이 모두 들에 나가 정임이 혼자 집안일을 하고 있었다. 우선 빨랫줄에 걸린 빨래를 걷어 마루에 던져놓고 텃밭으로 들어갔다. 상추를 뜯어 소쿠리에 담아들고 허리를 쭉 펴며 일어설 때 어디선가 두런거리는 소리가 들렸다. 무심코 돌아보니 좁은 골목으로 낯선 남자들이 막 들어서고 있었다. 그길로 쭉 오면 정임이네 사립문 앞이다. 만약에 저들이 빨갱이라면 자신도 면장이나 읍장처럼 꼼짝없이 죽창에 찔리거나 총 맞아 죽을 판이다. 빠르게 스치는 상상만으로도 정임이 얼굴은 하얗게 질려버렸다.

얼른 피하고 싶었지만 사립문을 열고 도망가기에는 시간이 없었다. 더구나 작년에 싸리 울타리를 새로 만들어놓아 부수고 나가기도 어려웠다. 급한 마음에 부엌으로 들어가 물항아리 뒤에 숨었다. 한참이 지나도 그들은 집으로 들어오지 않았다. 궁금증을 이기지 못해 부엌문 틈으로 살펴보니 울타리 밖에서는 청년 셋이 얼굴을 맞대고 수군거리고 있었다. 그 모습은 더 큰 두려움을 불러왔다.

덩치 큰 청년들이 집으로 들어오면 막힌 공간에서는 도망치기 어렵다는 생각이 들었다. 얼른 뒤꼍으로 돌아가 굴뚝 옆에 쌓인 장작

더미 뒤에 숨었다. 좁은 틈에 엎드려 있으려니 거친 숨소리에 장작 더미가 무너질 지경이다. 문밖에서 주인을 찾는 소리가 들렸다. 물론 정임이는 땅에 코를 박은 채, 숨죽이고 있었다. 잠시 후 들리는 발자국 소리로 보아 놈들은 이미 앞마당까지 들어온 모양이다.

"실례합니다. 우리는 당사무소에서 나왔습니다."

"………"

당사무소에서 나왔다 하니 빨갱이가 틀림없다.

"안에 사람이 있는 것을 보았습니다. 어서 나오세요."

조금 전, 빨래 걷을 때 멀리서 보고 온 모양이다. 이미 알고 왔다는데 더는 숨어 있을 수 없었다. 그들의 비위를 건드리지 않으려고 일어설 때 심장이 펄떡대어 정신이 들락날락했다. 넘어지지 않으려고 애써 균형 잡힌 걸음으로 집 모퉁이를 돌아서며 빨갱이들 얼굴보다 손을 먼저 보았다. 웬일인지 그들 손에는 사람을 찔러 죽일 죽창이 없었다. 게다가 어깨에 따발총도 메지 않았다. 오히려 티 없이 밝은 모습은 딱 사촌 오빠를 닮았다. 청년 중에 하나가 짓궂은 표정으로 장난스레 말을 걸어온다.

"에이, 사람이 있으면서 왜 안 나와요. 구장네 집 좀 물어보려고 왔는데."

그제야 정임이 심장은 제 할일을 찾았고 눈동자도 원래 있던 자리로 돌아갔다. 하지만 목소리만은 제 본분을 찾지 못했다.

"캑캑캑 구 구 구장 아저씨네는 피살이 하러 논에 가가갔을 거예요."

"기왕 여기까지 왔으니 용건을 편지로 남기고 가려고요. 그래야 시간을 절약할 수 있거든요. 미안하지만 안내해 줄 수 있나요?"

"저저기 보이는 오른쪽 골목으로 가다 왼쪽으로 돌아가고 두 번째 모퉁이로 도도돌아가면 대문앞에 미류나무가."

"하하하 우리는 머리가 나쁜 모양입니다. 도저히 못 외우겠어요. 마을이 텅 비었는지 물어볼 사람이 없더라고요. 아가씨가 구장네 집까지 안내해주면 고맙겠네요. 해지기 전에 재 너머 이웃 마을도 들렀다 가야 하거든요. 미안하지만 도와주세요."

청년 하나가 앞으로 다가오며 말을 건넨다. 정임이는 지금까지 친척 오빠 외에는 마을 청년하고도 긴 말을 나누어 보지 않았다. 더구나 낯선 남자와 마주 서본 적도 없다. 부끄러움에 붉어진 얼굴로 사립문을 잘 닫아 놓고 앞장섰다. 조금 전에 말을 걸어온 청년이 빠른 걸음으로 다가와 옆에서 보조를 맞추어 걷는다.

"내 이름은 김기환입니다. 부모님은 읍내에서 기름집을 하시구요. 나는 전쟁 전에 국민학교 선생이었습니다. 실례지만 아가씨 이름은 무엇입니까?"

"……"

"이 마을은 내 담당이어서 앞으로 자주 올 것 같으니 편의상 이름은 알고 지냈으면 좋겠네요. 이름을 알려주시겠습니까?"

"박○○이예요."

"네? 안 들립니다. 더 크게 말 해봐요."

"박정임 이라고요."

얼떨결에 내지른 소리에 뒤따라오던 청년들이 낄낄거린다. 맑은 웃음소리가 퍼지는 골목엔 청춘 남녀만 있을 뿐, 붉은 깃발은 없었다. 정임이는 몇 마디 말이 오고가는 사이에 빨갱이도 이웃과 다르지 않다는 걸 알았다. 구장네 집은 예상대로 비어있었다. 그들은 무언가 적은 종이를 방문 틈에 꽂아놓고 재 너머로 가버렸다.

이튿날 구장은 마을 앞 정자나무 아래로 아이들을 불러 모았다.

정임이는 어머니 부탁으로 동수를 데리고 갔다. 혹시 열여섯 살짜리 아들이 끌려갈까 염려되어 어머니가 시킨 일이다. 그곳에는 어제 다녀간 세 청년이 있었다. 정임이는 동수만 그들 곁으로 보내고 조금 떨어진 길가에 앉았다. 정임이를 본 기환이는 아이들 옆으로 오라고 손짓을 한다. 하지만 알 수 없는 경계심으로 못 본척했다.

동수는 마을에서 하나뿐인 중학생이라는 이유로 아이들 우두머리가 되었다. 그 날부터 아이들을 불러 모으는 일이나 청년들 잔심부름은 동수 몫이 되었다. 동수만 그들을 도운 게 아니다. 구장도 집집마다 찾아다니며 어른들을 불러 모았다. 공산주의 사상을 교육시켜야하기 때문이다.

온종일 들일에 지친 사람들은 밤중에 끌려 나와 마지못해 앉아있기는 해도 사상은 관심 없었다. 하지만 함께 농사지어 똑같이 나누어 먹는다는 말에 가난한 사람들은 솔깃했다. 그중에 유난히 눈에 뜨이는 사람이 있었다. 작은 밭뙈기 하나 없이 품팔이로 생계를 이어오던 쇠돌이 아버지다. 그동안 한 번도 들어보지 못한 꿈같은 말에 감동해서 연신 박수를 쳐대자 청년들은 눈도장을 찍어두었다.

아이들 모임도 크게 다르지 않았다. 떼 지어 덤벼드는 모기 쫓기에 바빠, 청년들의 열변을 듣는 아이가 없었다. 그렇다고 끝까지 딴전만 피우는 건 아니다. 평소에 들어보지 못한 노래는 호기심을 불러일으키기에 충분했다. 청년들이 가르쳐주는 대로 박자 맞추어 흥겹게 불러대었다.

삼일 후 쇠돌이 아버지는 읍내로 나갔다가 붉은 완장을 팔에 두르고 돌아왔다. 그 붉은 완장은 마을 사람들에게 위력을 발휘했다. 마을에서 가장 존재감 없던 사람을 하루아침에 유지로 바꾸어준 것이다. 전에 그를 무시했던 사람들은 눈만 마주쳐도 비굴한 웃음을 띠

우며 슬그머니 눈길을 피했다.

쇠돌이 아버지 기세는 기어코 하늘을 찌르고 말았다. 붉은 완장의 여세를 몰아 마을 부자인 큰어르신을 아바이 동무라 부르며 어깨를 툭툭 쳐대었다. 전에는 큰어르신 앞에서 고개도 똑바로 못 들던 쇠돌이 아버지가 큰어르신 어깨를 툭툭 치는 것을 보며 마을사람들의 기는 단숨에 꺾여버렸다.

게다가 쇠돌이 아버지는 공무에 바빠 품팔이할 시간이 없다고 했다. 그날부터 쇠돌이네 먹거리는 어르신 광에서 나갔다. 전에는 보리밥도 제대로 못 먹었으면서 이제는 쌀가마니를 흘끔거렸다. 이유는 있었다. 보리밥을 먹으면 읍내로 심부름 갔을 때 높은 사람 앞에서 시도 때도 없이 방구가 나와 여간 힘든 게 아니라는 것이다.

그나마 지금까지 한 번도 마음껏 먹어보지 못한 쌀가마니만 욕심내었을 뿐, 반찬거리는 쇠돌이 어머니가 알아서 해결했다. 가끔 열무김치나 오이소박이라도 담그면 한 대접 퍼들고 어르신네 대문 앞에서 서성거렸다. 쇠돌이 아버지와 달리 쇠돌이 어머니는 음식을 싸들고 와서도 연신 굽실거렸다.

온 마을을 통틀어 삶에 변화가 온 사람은 쇠돌이 아버지뿐이다. 모두 평범한 농사꾼들만 살았기에 아무도 죽창 들고 찾아오지 않았다. 늘 하던 대로 날이 새면 논밭으로 나가고 해가 지면 집으로 들어왔다. 물론 때때로 사상교육을 받는 것은 귀찮은 일이고 수시로 들리는 전투기 소음에 신경도 쓰인다. 하지만 가까운 곳에서 전투가 벌어지지 않아 전쟁 중이라는 것도 잊고 살만큼 조용했다.

정임이네 집에서 십분 거리에 꽤 넓은 채마 밭이 있다. 양지쪽 밭, 두 필지는 오래 전에 아버지가 노름빚으로 팔아버려 산 밑으로 하나 남은 밭이다. 밭에는 봄부터 가을까지 온갖 푸성귀가 자라고 있다. 그나마 저녁이면 일찍 산그늘이 밭을 드리우고 가끔 배고픈 산짐승들이 내려온다.

칠월 하순 어느 날 아침부터 장대비가 한차례 쏟아졌다. 비가 그친 후, 정임이는 저녁 반찬으로 쓸 고추를 주우러 밭으로 나갔다. 고추는 빗물을 흠뻑 뒤집어 쓴 채, 햇빛에 반짝이고 있었다. 그나마 다행인건 바닥에 떨어진 고추가 많지 않았다. 그래도 저녁반찬으로 쓸 고추는 필요했다.

정임이는 고춧대가 얼기설기 어우러진 밭이랑으로 들어갔다. 아쉬운 대로 치마 끝을 적셔가며 고추를 따기도 하고 줍기도 해서 작은 소쿠리에 가득 담았다. 돌아오려니 장대비에 푹 젖은 흙이 고무신에 달라붙어 발자국 떼기가 힘들었다. 신발을 풀에 비벼가며 흙을 떼어 내려고 산 밑 오른쪽 밭둑으로 올라섰을 때다.

뒤쪽에서 부스럭거리는 소리가 들려 무심코 돌아섰다. 안타깝게도 맞은편에선 거무스름한 멧돼지 한마리가 산에서 내려오고 있었다. 정임이는 마주 오는 멧돼지를 빤히 보면서도 피할 방법이 없었다. 어느새 둘이는 십 미터 간격을 두고 마주서게 되었다. 기환이는 이웃 마을에서 일을 끝내고 재 너머 오던 중에 그 모습을 보았다. 그는 슬며시 발길을 멈추고 웅얼거리듯 작은 소리로 말을 건넨다.

"정임씨 겁먹지 말고 멧돼지 눈을 똑바로 바라봐요. 그리고 아무 소리도 내지 말아요. 멧돼지가 흥분하면 안 됩니다."

"알았어요."

"이제 멧돼지와 마주보는 그 상태로 천천히 뒷걸음질 치세요. 만약에 멧돼지가 달려들면 내가 나서서 겨루어 보겠습니다. 나만 믿고 안심하고 움직여요."

정임이는 기환이가 시키는 대로 천천히 뒷걸음질을 쳤다. 다행히 멧돼지는 정임이에게 관심을 보이지 않았다. 그러나 몇 걸음 옮기지 못하고 돌부리에 걸려 엉덩방아를 찧으며 주저앉아버렸다. 막 돌아서던 멧돼지가 방향을 휙 틀었다. 다시 마주서게 된 정임이는 일시에 생각이 멈추었다. 들고 있던 소쿠리는 집어던지고 돌아서서 정신없이 뛰었다.

멧돼지가 정임이를 쫓아가자 기환이는 고함치며 돌을 던졌다. 물론 주먹만 한 돌은 멧돼지 엉덩이에 명중했다. 돌을 맞고 잠시 멈칫하던 멧돼지는 고함소리를 찾아 방향을 틀어 기환이를 향해 돌진했다. 둘이 벌리는 경주는 틀림없이 멧돼지 승리로 보였다. 몇 십 미터 뛰지 않았는데 멧돼지 콧김이 뒤꿈치에 느껴졌다. 기환이는 더는 피할 수 없다고 판단되어 무작정 언덕 아래로 굴렀다. 본능적으로 앞만 보고 달리던 멧돼지는 속도를 줄이지 못했다. 게다가 눈이 나빠 목표물이 보이지 않아 곧장 앞으로 달려가 버렸다. 물론 경기는 무승부로 끝났다.

정임이는 정신없이 앞만 보고 뛰다가 뒤가 조용해서 그제야 돌아보았다. 그러나 불어오는 산들바람에 수숫대만 흔들릴 뿐, 멧돼지도 없고 기환이도 없었다. 조금 전 기환이 고함소리로 보아 큰 일이 터진 게 분명하다. 확인하러 가려해도 다리가 후들거려 걸음을 옮기지 못했다. 정임이는 힘없이 두 무릎이 꺾이며 이웃집 배추밭에 주저앉아 골짜기만 바라보았다.

골짜기 저편 산등성이에 걸린, 구름 사이로 새 한마리가 오르내리느라 분주하다. 이름 모를 새를 바라보며 오년 전에 골짜기로 가버린 을순이가 아닐까하고 엉뚱한 생각이 떠올랐다. 그렇다고 옛 생각에 젖어 새나 바라보며 넋을 빼고 앉아있을 수는 없었다. 사람들을 부르려고 땅을 짚고 일어서서 몇 발자국 걸을 때 기환이가 멀리서 달려오며 큰소리로 물었다.

"정임씨 괜찮아요?"

"네, 괜찮아요. 기환씨도 무사하군요. 얼마나 걱정했는지 몰라요."

"나를 걱정했다고요? 어이구 고마워서 어쩌나."

"고맙기는요. 나 때문에 벌어진 일인데. 그나저나 멧돼지는 어떻게 됐어요?"

"그까짓 멧돼지 한 마리쯤이야 간단하게 처리했지요. 글쎄 내가 질러댄 고함소리에 지레 겁을 먹고 쏜살같이 도망가지 뭡니까. 하하하 그건 농담이고요, 사실은 멧돼지를 피해 달리다가 하도 급해서 일부러 언덕 아래로 굴렀어요. 멧돼지는 눈이 나빠 목표물이 사라지면 찾지 못하거든요."

"그렇군요. 그런데 기환씨 걸음걸이가 조금 불편해보이네요."

"다쳐서 그런 건 아닙니다. 하필이면 옥수수 밭으로 굴렀지 뭡니까. 옥수수 잎에 다리를 긁혀 조금 따끔거리지만 상처는 없어요."

"기환씨는 읍내에 사는데도 멧돼지에 대해 잘 아나 봐요."

"우리 외가가 산골입니다. 얼마 전에 외할아버지가 멧돼지에 받혀서 고생하셨거든요. 그 후 멧돼지에 관한 상식을 얻으려고 일부러 책을 읽었어요."

"오늘 일은 참 고마워요."

"고맙기는요. 그나마 정임씨가 무사해서 다행입니다. 책을 읽은 보람이 있네요. 앞으로 외진 곳은 혼자 가지 마세요."

"그럴께요. 우리 어머니도 못 가게 하시는데 오늘은 고추를 주우러 갔어요. 장대비에 고추가 많이 떨어진 줄 알았거든요."

"고무신에 흙이 많이 묻었네요. 개울로 내려가 신발도 닦고 잠시 이야기나 나누다 헤어질까요?"

"빨리 집에 가서 소나기에 젖은 빨래를 헹구어 널어야 해요. 그냥두면 마른 후 옷에서 쉰내가 나거든요."

"나도 따라가면 안 될까요?"

"그건 좀 어려울 것 같아요. 어머니가 아무나 집에 들이면 안 된다고 하셨어요."

"염려 말아요. 하도 피곤해서 조금 쉬고 싶어서 그러니까."

"그래도…."

"조금만 앉아 있다 금세 돌아갈께요. 지금 많이 지쳐서 그럽니다."

기환이가 위험을 무릅쓰고 멧돼지로 부터 보호해주어 고맙기도 하고 또 거절할 명분도 없어 함께 집으로 들어갔다. 막상 데려오기는 했어도 피차에 소통할 화제가 없었다. 정임이는 어색한 분위기가 쑥스러워 소나기에 젖은 빨래를 헹구려고 통에 물을 퍼 담았다. 눈치 빠른 기환이가 냉큼 다가와 줄에 널린 옷가지를 주섬주섬 걷어 통에 넣어준다.

마루 끝에 걸터앉은 기환이는 시선 둘 곳을 몰라 먼 산만 바라보았다. 정임이가 빨래를 다 헹구어 줄에 널 때 얼른 일어나 익숙하게 바지랑대로 받쳐주었다. 바람이 살짝 이는 것으로 보아 옷가지는 금세 마를 것 같다. 정임이는 곰살맞은 기환이가 싫지 않았다. 둘이는 단 몇 시간 사이에 감정교류가 쉽게 이루어진 셈이다.

어느새 정오가 되었다. 끼니때가 되었으니 손님에게 점심대접을 안 할 수도 없는 일이다. 정임이는 기환이가 어서 돌아가기를 바랬지만 그는 마루 끝에 걸터앉은 채, 멈칫거린다. 그렇다고 대놓고 가라고 할 수도 없었다.

막상 점심상을 차리려고 해도 마땅한 반찬도 없고 따뜻한 밥도 없었다. 저녁밥 지으려고 아침에 삶아놓은 보리쌀 소쿠리가 처마 밑에 매달려있다. 손을 뻗어 올려 잘 삶아진 보리쌀 한 대접을 퍼냈다. 이내 보리쌀을 가마솥에 넣고 물을 부어 끓이기 시작했다. 밥을 지으면서도 손님이 돌아가기를 바라 문틈으로 또 내다보았다. 하지만 그는 마루기둥에 기대어 앉은 채, 일어설 기미가 보이지 않는다.

정임이는 밥이 뜸들 동안 텃밭에서 쭉 뻗은 오이 두개와 매끈한 호박 하나를 땄다. 익숙하게 오이냉국을 만들고 애호박 넣은 된장찌개를 끓여 열무김치로 상차림을 끝냈다. 막상 들고 나가려니 아무래도 반찬 세 가지로는 썰렁하다. 생각 끝에 어머니가 아끼는 더덕장아찌와 황세기젓을 곁들여 놓았다. 그제야 세 가지 반찬 보다는 다섯 가지 반찬이 훨씬 좋게 보였다. 막상 밥상을 들고나가도 기환이는 돌아보지 않았다. 오히려 가늘게 코까지 골며 자고 있었다. 밥상 놓는 소리에 그제야 눈을 뜨며 계면쩍은 듯, 한마디 한다.

"아이구 미안해요. 나도 모르게 잠이 들었네요. 잠깐만 앉아있다 가려고 했는데 신세를 지는군요."

"괜찮아요. 쏟아지는 잠을 누가 막겠어요."

"사실은 새벽에 일어나 아침도 못 먹었거든요. 이제 또 서둘러 다른 마을로 가야합니다. 아침도 굶은 터에 점심까지 굶을 수 없어 실례인 줄 알면서도 머뭇거렸어요. 우리는 명령에 따라 움직이기 때문에 마음대로 행동할 수가 없답니다."

"그랬군요. 반찬은 없지만 맛있게 드세요."

"무슨 말입니까. 진수성찬인데요. 풋고추를 송송 썰어 넣은 이 황세기젓은 제가 제일 좋아하는 반찬입니다."

"그래요? 다행이네요. 배고프실 텐데 어서 드세요. 그런데. 저기요."

"예, 말씀하세요."

"…………"

"하하하 혹시 저기요가 내 이름인줄 아셨습니까? 내 이름은 김기환입니다."

"한 가지 물어볼 게 있어요. 어째서 나를 동무라 부르지 않고 이름을 부르나요? 기환씨 친구들은 동무라고 하던데."

"아무도 없으니까요. 아무래도 동무라는 호칭은 사이가 먼 것 같잖아요."

잠시 어색한 침묵이 흐르다 기환이는 밥상 앞에 앉고 정임이는 부엌으로 들어갔다. 갓 지은 구수한 보리밥 냄새가 텅빈 위장을 자극한다. 그러나 부엌에 쪼그리고 앉아 혼자 먹기도 편치 않았다. 그렇다고 낯선 사람 밥상머리에 우두커니 앉아 있을 수도 없었다. 차라리 속편하게 부뚜막에 걸터앉아 손님 식사가 끝나기를 기다리기로 했다. 그때 활짝 열린 앞뒤 문으로 지나가던 바람이 정임이 눈꺼풀을 살살 간지럼 태웠다. 끝내 부드러운 바람의 손길을 이기지 못한 정임이 속눈썹은 잠시 씰룩거리다 다시는 열리지 않았다.

기환이는 식사가 끝난 후, 돌아가려고 정임이를 불렀다. 대답이 없다. 황세기젓 냄새로 파리가 몰려들어 밥상을 그대로 두고 갈 수도 없었다. 부엌을 들여다보니 뺨에 솜털이 보송보송한 앳된 처녀는 부뚜막벽에 기댄 채, 오밤중이다. 태평스레 잠든 아가씨 모습에 기환이는 긴장감이 풀어지며 오랜만에 웃음이 절로 났다.

눈코 뜰 새 없이 쫓기는 자신의 삶과 부뚜막에 앉아서 잠들어도 되는 정임이의 삶이 비교되어 한숨만 나온다. 지난 한 달간 틀에 짜

여진 조직 속에서 불안과 초조 속에 살아온 날들이 떠오르자 순간적으로 가슴에 찬바람이 휩쓸고 지나갔다.

사변 전에는 기환이도 남들처럼 평범하게 살았다. 아침에 출근하면 키 작은 아이들을 가르치며 함께 웃고 함께 노래했다. 또 퇴근하고 집으로 돌아오면 된장국이 기다리는 밥상머리에 부모님과 마주앉아 도란도란 이야기를 나누었다. 야속하게도 그때는 그게 평범한 일상인 줄로 알아 행복하다는 생각은 해보지 않았다.

전쟁이 터지자 위정자들은 국민들은 포화 속에 버려두고 남하해버렸다. 그 여파로 붉은 깃발은 땅 끝을 향해 내달렸다. 물론 기환이도 붉은 깃발 아래 충성을 맹세하고 이 마을 저 마을을 넘나들며 아이들에게 노래도 가르치고 어른들에게 사상교육을 시켰다. 예나 지금이나 남을 가르치는 건 같았지만 강제성이 있는 교육은 중압감이 있었다. 또 사상교육을 시키려면 내가 먼저 알아야한다. 숙소로 돌아오면 밤늦도록 책을 뒤적이다 한숨 자고 아침 일찍 나갔다. 거기엔 나는 없고 공동체만 있었다.

기환이는 잠시 생각에 잠기다 예전에 집에서 하던 대로 밥상을 들고 부엌으로 들어갔다. 남은 반찬은 파리가 달려들지 못하게 빈 그릇으로 덮어놓고 아쉬움을 남긴 채, 돌아갔다. 그 후 둘이는 따로 만날 기회가 없었다. 기환이는 이 마을 저 마을로 바쁘게 뛰어다녔고 또 정임이네 마을에 와도 이 눈치 저 눈치로 말 한마디 편하게 건네지 못했다. 하지만 마음과 눈길은 항상 정임이 주변을 맴돌았다.

팔월 중순에서 하순으로 넘어가던 어느 날이다. 정임이네 싸리 울타리 밖에선 한 청년이 빙빙 돌고 있었다. 기환이다. 정임이는 이미 기환이를 보고 있었지만 그날따라 어머니가 집에 있어서 딴전만 피워대었다. 기환이는 정임이와 눈으로만 몇 마디 나누고 미련은 싸리 울타리에 걸어둔 채, 발길을 돌렸다.

어느새 구월 초순에 들어섰다. 천수답 벼 모가지가 누런빛을 띄우며 고개를 숙이기 시작할 무렵 이상한 소문이 돌기 시작했다.

"전쟁이 오래가지 않을 꺼라네."

"누가 그래. 제대로 알고 하는 소리야?"

"읍내 사람들이 그러더라고. 미군이 엄청시레 폭탄을 퍼부어 대어 공산군이 오래 못 버틸 꺼라던데."

"말조심해. 함부로 지껄이다 죽창에 찔려 죽는 수가 있어."

"안 그래도 읍내는 또 난리가 났다고 하더라구. 그동안 미처 잡아들이지 못한 불순분자는 이번 참에 깡그리 잡아내어 죽여 버린다나 봐."

"하지만 한번 놀라 자빠진 사람들이 '나 잡아 가쑈' 하고 기다리고 있을까?"

"그러니까 바쁘지. 이미 꽁꽁 숨어버린 사람을 일일이 찾아내어 잡아와야 하잖아."

"촌구석에 살면서 아는 것도 많다."

"읍내에 나갔다가 우리 사촌한테 들은 이야기야."

사실을 증명이나 하듯, 9월 중순을 넘어서며 청년들은 기운을 잃어갔다. 그것도 날이 갈수록 말수까지 줄어들고 눈동자에 날이 서기 시작했다. 그럭저럭 하순에 접어 들어서는 한 사람도 오지 않았다. 그들이 오지 않으니 쇠돌이 아버지는 할일이 없었다. 그래도 미련이 남아 붉은 완장을 팔에 두르고 골목을 어슬렁거렸다.

9월도 저물어 가는 26일 해거름에 기환이가 정임이네 집을 찾아왔다. 늘 함께 다니던 친구들을 문밖에 세워두고 혼자 안으로 들어왔다. 그때 빗방울이 떨어지기 시작해서 정임이는 뛰어다니며 비설거지를 하고 있었다.

"정임이동무 부탁이 있어요. 부모님을 뵙고 싶어요. 꼭 드릴 말씀이 있습니다."

기환이는 문밖에 있는 친구들이 들으라는 듯, 동무라는 호칭에 힘을 주었다. 시국이 어수선하던 차에 낯선 사람 말소리가 들리자 안방에 있던 어머니가 먼저 방문을 열고 내다보며 물었다.

"누구요?"

"저는 김기환입니다."

"읍내 청년이구먼. 웬일로 우리집을 다 왔어요? 거기서 비 맞지 말고 어서 방으로 들어와요."

기환이는 안방으로 들어서며 정임이 아버지에게 절부터 했다.

"절은 무슨 절인가. 할 말이 있어서 온 모양인데 어서 말해보게."

"시간이 없어서 간단히 말씀드리겠습니다. 제 부모님은 읍내에서 기름집을 하십니다. 저는 곧 이북으로 갔다가 석 달 안에 돌아올 겁니다. 돌아오면 바로 정임씨와 혼인하고 싶습니다."

"이게 무슨 소리야? 정임아, 네 이년 이 사람하고 연애질 했냐?"

마루에 서있던 정임이는 아버지 고함소리에 깜짝 놀라 냉큼 방으로 들어갔다.

"연애라니요. 무슨 연애요?"

"어르신, 아닙니다. 저 혼자 좋아했습니다."

그 말과 동시에 기환이는 얼른 정임이에게 돌아앉았다.

"정임씨 내 말을 들어주세요. 갑작스러운 것 같지만 나는 두 달 동안 정임씨 생각을 많이 했습니다. 제 청혼을 받아주시겠습니까?

겨울이 오기 전에 틀림없이 돌아올 테니 믿어주세요."

기환이 얼굴은 절박했다. 하지만 정임이는 영문을 알지 못해 멍한 얼굴이다. 딸의 표정을 살피던 어머니가 대신 대답했다.

"총각, 한마디 물을께요. 보아하니 둘이 별로 친한 것 같지 않은데 왜 우리 정임이에게 마음을 두었지요?"

"두 달 전에 우연히 정임씨와 잠시 같이 있었습니다. 그때 정임씨가 참 편했습니다. 우리가 함께 한다면 행복할 것 같습니다. 저는 국민학교 선생이어서 가족을 굶기지는 않을 겁니다."

"인사가 늦었네요. 전에 멧돼지로부터 내 딸을 구해주었다는 말은 들었어요. 고마워요. 하지만 혼인 문제는 총각이 돌아오면 그때 다시 이야기해요. 너무 갑작스러워서 무어라 대답할 말이 없네요. 딸이 아직 어리니 천천히 생각해보기로해요."

기환이는 처음부터 확답을 들을 자신은 없었다. 절망감이 하도 커서 그냥 지푸라기라도 잡고 싶은 심정으로 온 것뿐이다. 예상했던 답변이었지만 맥이 쑥 빠진 채, 지난달 싸릿대에 걸어놓았던 미련은 그대로 두고 어두워진 빗길로 나섰다.

마루 끝에서 바라보던 정임이는 텅 빈 골목을 비 맞으며 걸어가는 기환이 뒷모습이 짠했다. 그 모습이 안쓰러워 비라도 덜 맞게 하고 싶었다. 문득 떠오른 게 도롱이었다. 비오는 날 아버지가 쓰고 다니던 도롱이를 들고 뒤따라갔다. 말없이 도롱이를 건네줄 때 기환이는 울 듯한 표정으로 도롱이를 두 손으로 받았다. 그리곤 친구들이 비를 피해 기다리는 이웃집 처마 밑으로 들어가곤 다시는 돌아보지 않았다.

일제로부터 해방 후 국민들이 좌우익으로 갈라질 때 정임이네는 어느 편도 아니었다. 어느 한쪽을 택하라고 누구도 강요하지 않아 그냥 바람 부는 대로 흔들리며 살아도 아무 상관이 없었기 때문이다. 오늘 기환이와 몇 마디 건네 보니 행동거지도 바르고 외모까지 훤칠해서 마음에 쏙 드는 사윗감이다. 하지만 공산당이 쫓겨갈 거라는 소문을 들은 터에 돌아온다는 보장이 없다.

기환이 역시 예전에는 중립이었다. 그러나 사상과 관계없이 책을 통해 공산주의 이념은 대강 알고 있었다. 그때 지식층은 칼 마르크스 사상을 알아야 대화에 끼어들 수 있었기 때문이다. 어느 날 갑자기 국가에 동란이 일어나며 하루아침에 기환이 인생도 바뀌었다. 전시중이어서 학교는 문을 닫았고 기름집도 바쁘지 않았다. 그때 열성분자인 중학교동창의 반 강요로 공산당에 합류하게 되었다.

그곳은 상상했던 것보다 훨씬 추웠다. 중간에 돌아오고 싶었지만, 스물세 살짜리 청년이 넘어야할 산은 너무 높았다. 결국 기환이의 불그무레한 사상은 동료들에게 믿음을 주지 못했다. 그 일로 기환이는 공동숙소를 벗어나지 못했고 기독교 신자인 부모가 공산당들의 감시하에 놓이며 인질 아닌 인질이 되었다.

정임이네 마을은 9월 28일 아침이 되자 온 마을이 술렁거렸다. 점심때부터 드문드문 보이던 공산당들이 저녁 무렵 떼로 몰려들었기 때문이다. 빨치산으로 불리는 그들은 갑작스런 후퇴로 맨몸으로 나온 사람이 태반이다. 당장 먹거리가 필요했다. 마을 사람들은 총부리가 두려워 쌀을 달라하면 쌀을 주고 옷을 달라하면 옷을 주었다. 또 끼니도 챙기지 못하고 도망쳐온 사람에게는 밥도 지어주고 찐 고구마도 싸주었다. 하지만 그것으로 끝나지 않았다. 짐이 늘어나며 짐꾼이 필요하자 마을사람 중에 장정 한 사람을 데리고 갔다. 그 소문은 삽시간에 온 마을에 퍼졌다.

젊은이들은 짐꾼으로 끌려갈까 염려되어 들에서 돌아오지 않거나,

읍내 친척집으로 가버렸다. 이 모양 저 모양으로 조심했어도 또 짐꾼으로 끌려간 사람이 있다. 논에서 돌아오던 정임이 육촌아저씨다. 이미 노년기에 접어든 남편이 끌려갔다는 소식을 듣고 정임이 외숙모는 사색이 되어 골짜기를 향해 내달렸다.

그 날 집집마다 굴뚝에 연기가 피어오르고 보리밥 냄새가 골목에 가득 찰 때 한 무리가 또 들이 닥쳤다. 그중에 기환이도 있었다. 그는 붉은 완장 대신 따발총을 메고 있었다. 그중에 나이 지긋한 우두머리기가 나서서 힘주어 말했다.

"동무들 우리는 잠시 이북으로 갑니다. 이곳을 지나가는 동지들을 도와주세요. 틀림없이 돌아와 보상할 겁니다."

때마침 골목에 나와 있던 정임이 아버지를 기환이가 보았다. 기환이는 얼른 다가와 멀어져가는 일행을 초조하게 바라보며 작은 소리로 빠르게 말한다.

"어르신께 부탁이 있습니다. 혹시 읍내에 가시면 기름집에 들려 제 부모님께 안부를 전해주십시요. 꼭 돌아올 테니 염려마시라고요. 사무소 뒤처리로 시간도 없었고 개인행동이 금지되어 인사도 못 드리고 떠나왔습니다."

기환이는 어깨에 멘 따발총과 어울리지 않게 긴장감으로 동공이 확장되고 말을 더듬어 보는 사람 가슴을 아리게 했다.

"자네는 이북으로 가고 싶지 않은 것 같은데 내가 숨겨줄 테니 여기 남을 생각이 없나? 산속에는 우리 마을 사람들만 아는 굴이 하나 있다네."

"고맙습니다. 그렇게 하고 싶지만 제가 잡아온 사람이 엊그제 처형당했습니다. 갑자기 사상교육이 중지되어 다른 일을 하게 되었거든요. 이곳에 남아있으면 이번에는 제가 처벌을 받게 될 겁니다. 잠시 피해 있다가 돌아오겠습니다."

"일이 곤란하게 되었구먼. 자네 소식은 부모님께 잘 전할 테니 염려하지 말게. 이봐, 기환이 나도 부탁이 하나 있네. 조금 전에 자네 동무들이 내 친척 중에 하나를 짐꾼으로 데려갔지 뭔가. 그 사람은 자식이 여럿이고 이미 중늙은이어서 오래 버티지 못할 거야. 자네가 찾아내어 꼭 좀 돌려 보내주게. 부탁하네. 나는 이 말을 하려고 무작정 자네들을 기다렸다네."

"알겠습니다. 마침 집결 장소가 지리산이어서 만날 수도 있을 것 같습니다. 제가 수소문해서 돌려보내겠습니다."

그때 청년 하나가 기환이를 향해 달려왔다. 기환이는 할 말을 다 하지 못한 듯, 아쉬운 얼굴로 돌아서서 청년과 함께 산길로 접어들었다. 그는 지난날 멧돼지가 내려왔던 골짜기로 들어가며 뒤를 돌아보았다. 그러나 정임이는 보이지 않았다. 사물이 어두움에 잠기기 시작해서 그녀의 집, 지붕과 마당만 어렴풋 보일뿐이었다. 그 시각에 정임이는 부엌에서 열무김치를 담그며 소금을 더 넣을까 말까 궁리 중이었다.

엊그제 짐꾼으로 끌려갔던 정임이 육촌아저씨는 며칠 후 초라한 몰골로 돌아와 잔뜩 부풀린 무용담으로 한동안 마을을 시끄럽게 했다. 자기가 빨치산 세 명을 때려눕히고 도망 왔다는 것이다. 하지만 며칠이 지나지 않아 지리산 초입에서 기환이를 만났었다는 말은 하고 넘어갔다.

9 .28일 수복이 되며 읍내에서 마을로 또 한 차례 회오리바람이 불어왔다. 어느 날 이른 아침, 어깨에 총을 멘 순경 두 명이 쇠돌이네 집의 반쯤 열린 사립문 안으로 들어섰다. 마침 나무하러 가려고 토방으로 내려서던 잘난 쇠돌이 아버지는 순경들을 보자 사시나무

떨듯, 떨어대었다. 순경들은 쇠돌이 아버지에게 이름도 묻지 않고 냉큼 포승줄로 묶어버렸다.

그때 쇠돌이 어머니는 안방에서 빈 밥상을 들고 나오다 그 광경을 보았다. 그녀는 들고 있던 밥상을 내동댕이치곤 마구 울부짖으며 순경 뒤를 바짝 따라나섰다. 아침 댓바람에 아녀자의 악쓰는 소리에 누군가 급사한줄 알고 사람들이 집을 뛰쳐나왔다. 이내 한 사람 두 사람 모여 들며 금세 골목길을 가득 메웠다.

그날따라 쇠돌이 어머니에게 골목길은 너무 짧았다. 동구 밖을 나서자 쇠돌이 어머니는 갑자기 순경 허리춤을 움켜진 채, 늘어졌다. 키 작은 순경은 우악스런 아낙네 손을 뿌리치려고 애썼지만 꽉 움켜쥔 손은 꿈쩍도 안했다. 결국 견디다 못해 허리를 비틀어가며 고함을 질러대었다.

"이 손 놓지 못해? 이놈의 빨갱이 여편네가 같이 끌려가봐야 정신 차릴 건가?"

"아이고, 순경나리 제발 우리 쇠돌이 아버지 좀 살려줘요."

"죄를 지었으면 죗값을 받아야지."

"끌고 가서 죽일 거잖아요. 남편이 죽으면 쇠돌이하고 나는 어떻게 살아요."

"그걸 왜 나한테 물어? 도무지 말이 안 통하네. 어이, 김순경 시간도 없는데 이 여편네도 꽁꽁 묶어서 저 빨갱이새끼와 함께 끌고 갈까?"

"나으리 그건 안돼요. 나까지 죽으면 우리 쇠돌이는 어찌 살라고."

쇠돌이 어머니는 그제야 순경 허리춤을 풀어주며 돌아서서 발작적으로 제 머리를 쥐어뜯었다. 반들반들 닳아빠진 나무 비녀는 스르르 빠져버리고 엉클어진 머리는 엉덩이까지 늘어졌다. 산발한 머리에 눈동자까지 방향을 잃어 사팔뜨기처럼 희번덕대며 아무나 붙잡고 하소연을 해대었다.

"아이고 어쩔거나, 동네 사람들 우리 쇠돌이 아버지 좀 살려줘요. 죽지 않으려고 심부름만 했잖아요. 쇠돌이 아버지 때문에 다친 사람 있나요? 없지요? 그럼 잡혀간 사람은 있나요? 봐요 봐요. 아무도 없잖아요."

그동안 쌀밥을 고봉으로 먹어대는 쇠돌이네를 시기하던 어느 촉새 입에서 뼈있는 말이 불쑥 튀어나왔다.

"온 식구가 어르신 양식을 축낸 건 죄가 아닌가. 그것도 제 마음대로 쌀가마니로 골라서 말이야."

"갚을께요. 갚고 말고요. 세 배로 갚을께요."

그때 마을에서 가장 나이 많은 할머니가 나서서 쇠돌이네 역성을 들어 주었다.

"사실은 어쩔 수 없는 일이었잖아. 그 일을 쇠돌이 아범이 안 했으면 다른 사람이 했을 꺼야. 그나마 사람이 착해서 아무에게도 해코지한 적이 없으니 우리가 말을 잘 해주어야 해."

마을에서 쇠돌이네만 난리 난 게 아니다. 이튿날은 동수와 구장도 끌려갔다. 물론 두 집도 훌러덩 뒤집어졌다. 늦둥이 외아들이 끌려간 정임이 어머니는 곡기를 끊은 채, 몸져누워 버리고 무능한 아버지는 넋을 놓고 대문만 바라보았다. 넓은 천지에 든든한 배경 하나 없으니 하늘이 통째로 무너질 판이다.

동수네와 달리 영리한 구장 마누라는 손 놓고 있지 않았다. 구장이 끌려갈 때 제 발로 따라 나섰다. 읍내에 아는 사람을 찾아다니며 남편 구명 운동을 하려는 것이다. 하지만 예상과 달리 예전에 친했던 사람들도 하나같이 등을 보였다. 끝내 구장 마누라는 헛품만 팔고 다리를 질질 끌며 돌아왔다.

그러나 하늘이 무너져도 솟아날 구멍은 있었다. 구멍은 멀리 있지 않았다. 바로 코앞에 있는 정 많은 이웃들이다. 다음 날 순경은 새벽잠을 설친 채, 구장네 집으로 또 왔다. 그는 마을 사람들이 논밭으로 흩어지기 전에 구장마누라를 시켜 모두 불러 모았다. 이내 치부책을 펼쳐들고 공산치하에 있을 때 세 사람의 활동상황을 일일이 물어가며 차근차근 적으려고 했다. 하지만 중구난방으로 떠들어대어 제대로 적을 수 없었다. 순경은 잠시 궁리하다 제법 똑똑해 보이는 마을 사람 몇 명을 경찰서로 데리고 갔다.

마을사람들의 진심어린 증언은 유효했다. 국가질서가 바로 서지 않아 이웃들 증언이 유, 무죄를 판가름하는데 단단히 한몫한 셈이다. 공산치하에서 강제로 동원되었던 구장과 동수는 다음날 돌아왔다. 그러나 자발적으로 동참한 쇠돌이 아버지는 닷새간 취조 끝에 전향서에 지장 찍고 겨우 집으로 돌아올 수 있었다. 그는 퉁퉁 부어오른 얼굴로 집에 들어서며 마루기둥에 걸린 붉은 완장부터 아궁이에 던져버렸다.

그것으로 끝난 건 아니다. 저녁밥도 거른 채, 집집마다 찾아다니며 감사와 사죄를 반복했다. 다음날이 되었을 때 마을 사람들은 물론이고 쇠돌이네 지붕까지 따뜻한 가을 햇살이 비추고 있었다. 머쓱해진 쇠돌이 아버지는 지게 지고 산으로 올라가고 사람들은 가을걷이에 들어갔다. 그래도 쇠돌이네가 먹어치운 쌀가마니 문제가 남아있었다. 그러나 통 큰 어르신은 쇠돌이 어머니가 퍼나른 열무김치와 오이소박이로 퉁쳤다. 하지만 염체를 아는 쇠돌이 어머니에게는 어림없는 일이었다. 이튿날 아침 암소가 한창 여물을 먹고 있을 때 호박죽 한 냄비를 들고 어르신네 높은 대문을 두들겨대었다.

정임네 집에서 기환이에 관한 이야기는 함구령을 내렸다. 처녀가 총각에게 직접 청혼 받은 사실이 알려지면 혼삿길이 막힌다는 것이다. 그래도 정임이는 가끔 기환이 생각이 났다. 태어나 이성과 처음으로 오랜 시간 말도 나누워 보았고 멧돼지 사건으로 친밀감도 있었기 때문이다.

그 후 장에 갔던 사람들 편에 들려온 소문은 군내에서 팔십 명이나 산을 넘어갔다고 했다. 그 후 남북간에 죽고 죽이는 전투는 치열했다. 기세 좋게 밀고 올라가던 국군과 유엔군이 평양을 함락했다는 소식이 들려왔다. 그 여세를 몰아 밀고 또 밀며 올라간다더니 11월 어느 날부터 중공군 개입으로 이제는 밀린다는 소식이 들려왔다. 그동안 들어본 적도 없는 인해전술이 시작되었다는 것이다. 그리곤 어느새 북한군이 서울시내 코앞으로 들이닥쳤다는 소식이 또 들려왔다.

엊그제 일어난 6 25 사변 때, 방심하다 혼쭐이 났던 국민들은 앞을 다투어 피난을 떠났다. 그렇게 밀리고 밀리다가 1월 4일 서울이 함락되었다는 것도 잠시뿐 어느새 공산군이 수원까지 내려왔다는 소식이 들렸다. 전투에 밀릴 때마다 국민들은 절망했다. 그렇다고 모든 국민이 다 절망한 건 아니다. 오히려 월북자 가족들은 속으로 환호성을 질러대었다. 하지만 그것도 또 잠시뿐이었다. 그들의 바램과 달리 다시 유엔군은 밀고 올라가기 시작했다.

장장 삼 년간 밀고 밀리기를 반복하는 동안 군대에 나간 아들은 돌아오지 않고 전사 통지서만 오는 집도 있었다. 갑자기 어느 집에선가 통곡소리가 들리면 전사통지서를 받은 것이다. 그뿐이 아니다. 멀쩡하게 떠났던 청년이 팔 하나를 잃거나 다리 하나를 잃어버린 채, 목발 짚고 돌아오기도 했다.

이웃집 청년이 죽어서 돌아오거나 불구가 되어 돌아와도 월북자가족들은 모른체했다. 위로해도 비난받고 위로하지 않아도 비난받기는 마찬가지여서다. 게다가 연좌제가 적용되어 형제들은 취직하기도 힘들었다. 읍내에 수상한 사람만 보이면 경찰들은 월북한사람 가족주변을 감시했다. 결국 빨갱이가족이라는 이유로 냉대를 견디지 못해 한 집 두 집 고향을 떠나갔다.

기름집 주인내외는 정임이 아버지에게 아들 소식을 듣고 고향에 남아 있었다. 그러나 대가는 치러야했다. 기름집간판은 그대로였지만 같은 교회교인들만 드나들 뿐, 아무도 기름 짜러오지 않았다. 오히려 자고나면 가게유리창이 깨지고 문 앞에 쓰레기도 놓였다. 그나마 그해 늦가을, 첫서리 내리던 날 길 건너에 기름집이 또 하나 생겼다.

경찰서에 간첩신고만 들어오면 경찰은 번갈아가며 기름집을 맴돌았다. 그때마다 기환이 부모는 날밤을 새웠다. 무섭거나 야속해서 그런 게 아니다. 혹시라도 아들이 돌아와 작은 흔적이라도 남길지도 모른다는 기대감이 있어서다. 그러나 아들은 끝내 소식을 전하지 않았다.

기환이 부모는 죽음 같은 절망감에서 벗어나고 싶어도 스스로 할 수 있는 일은 아무것도 없었다. 아니다. 딱 한 가지 있기는 했다. 예배당마루바닥에 엎드려 울고불고 난리치며 하나님한테 하소연하는 일이다. 하지만 전능하신 하나님은 침묵했다. 그렇다고 기약 없는 기다림으로 굶어죽을 수는 없었다. 결국 배고픔을 견디지 못해 삼년 후 그곳을 떠나갔다. 물론 기환이가 돌아오면 찾을 수 있게 새 주소는 목사님에게 알려두었다.

자동차 타고 시집가던 날

정임이가 스물두 살 된 해 봄에 중매가 들어왔다. 이웃집 아저씨가 소개하는 신랑네 집은 근동에서 알아주는 부자라고 했다. 아저씨는 돈벌이를 알아보려고 오십 리 밖, 어느 마을 부잣집 사랑채에서 잠시 머무른 적이 있다. 광에서 인심 난다고 밥상은 늘 푸짐했다. 하지만 부잣집이라 해도 매끼마다 거저 얻어먹을 수는 없었다. 미안한 마음에 허드렛일이라도 거들어주면 안채에서는 크게 신경 쓰지 않았다.

신랑네 가족들은 대체적으로 활달하고 개방적인 듯은 해도 무언지 모르게 조화를 이루지 못했다. 멀리 떨어진 안채에서 가끔 낮은 목소리로 야단치는 소리가 들렸다. 소리가 멈추면 오래지않아 시무룩한 얼굴로 눈물을 훔치며 마당으로 나오는 아이가 종종 보였다.

한집에서 지내다보니 저절로 사정을 알게 되었다. 형제간에 일어나는 폭력이다. 아버지는 일 년 전에 사망하고 전혀 준비되지 않은 맏이가 가장이 되었다. 갑자기 많은 재물과 함께 산중 왕이 된 맏이는 호랑이답게 어린 동생들을 마음대로 휘둘러대었다. 하지만 무방비상태인 그만그만한 토끼들은 사나운 호랑이 횡포에 어찌해볼 도리가 없었다.

대체적으로 활달한 아이들은 저희끼리 있을 때는 우당탕거리며 깔깔거리는 소리가 담을 넘는다. 그러나 맏이가 나타나면 집안은 금세 쥐죽은 듯 조용해진다. 그뿐이 아니다. 언제 총알이 날아올지 몰라 불안에 떠는 전쟁터의 병사처럼 긴장감으로 몸을 잔뜩 움츠리며 구석으로 피해 다녔다. 하지만 가정폭력이 그 집에만 있는 게 아니어서 크게 신경 쓰지 않았다.

신랑감으로 점찍은 둘째는 맏이가 함부로 하지 못했다. 이미 스물다섯 살이 되어 집안에서 장남과 차남이라는 차이 외에는 대등한 위치였기 때문이다. 한 가지 다른 점이 있다면 맏이는 경제권이 있지만 둘째는 내세울 게 하나도 없었다. 게다가 성실하지 못해 삽자루는 잡는 법이 없고 시도 때도 없이 술주정을 했다. 그나마 주정을 해도 아무도 관심조차 보이지 않아 외로운 푸념으로 끝난다.

가난한 아저씨는 중매하면 좋은 옷이라도 한 벌 얻어 입을 요량으로 신랑감의 장점을 찾아보았다. 작정하고 보면 무엇이라도 보이게 마련이다. 아쉬운 대로 한 가지 있었다. 정직했다. 본성이 정직하니 환경이 바뀌면 달라질 수 있다고 판단했다. 욕심에 눈이 먼 중매쟁이는 보고 싶은 것만 보고 자신의 관점에서 제 멋대로 판단한 것이다. 중매쟁이 아저씨는 집으로 돌아가 저녁상을 물린 뒤 정임이네 집으로 건너갔다.

"아주머니, 정임이도 이제 시집보내야지요. 제가 보아둔 마땅한 신랑감이 있는데 한번 생각해보세요."

"보내야지요. 이웃사촌이 중매하니 믿을만하겠지요. 그래 어떤 사람인가요?"

"글쎄 잠시 한집에서 살기는 했지만 속속들이는 모릅니다. 한 가지 흠은 술은 많이 먹더라고요."

"술이야 사내들이 늘상 먹지 않던가요? 크게 흉이랄 것도 없지요."

"그럼 됐습니다. 그동안 내가 머물던 마을에 마땅한 총각이 있습니다. 근동에서 알아주는 부잣집이지요."

"그렇게 부잣집에서 가난한 우리와 혼인을 맺으려고 할까요?"

"그 집에서는 색싯감이 착하기만하면 된답니다. 세상 천지에 정임이보다 착한 처녀가 어디 있습니까. 그 집에는 이미 운을 떼어놓고 왔어요."

딸을 시집보내며 어미가 아무 것도 알아보지 않을 수는 없는 일이다. 정임이 어머니는 잠시 소쿠리장사꾼이 되기로 했다. 소쿠리는 못 팔아도 상관없다. 마을에 돌아와 원금에 팔면 된다. 정임이 어머니는 마을에서 미리 주문을 받아 장날 도매상에서 크고 작은 소쿠리를 여러 개 샀다. 친절한 도매상주인이 이리저리 잘 묶어주었지만 어깨에 메어도 불편하고 머리에 이어도 불편했다.

장을 거쳐 가느라 정작 그 마을에는 오밤중에 도착했다. 잠시 망설이다 마을 끝, 작은 집으로 들어가 하룻밤 머물기를 청했다. 다행히 혼자 사는 주인아주머니가 흔쾌히 허락해서 아침까지 얻어먹고 답례로 소쿠리 하나를 주겠다고했다. 조금 숫기가 없어 보이는 행상은 작은 소쿠리 하나 빼는데도 애를 먹었다. 그 어설픈 행동거지에 안주인은 고개를 갸웃거리며 일단 소쿠리를 받았다.

정임이 어머니가 사립문을 나서자 안주인은 마을에서 제일 입 싼 여자에게 달려갔다. 물론 입 싼 여자는 울타리 너머로 이웃집아낙을 불러대고 이웃집아낙은 또 다른 아낙을 불러대었다. 그리곤 삼십 분도 지나지 않아 마을여자들의 호기심으로 반짝이는 눈동자는 소쿠리장사꾼 뒤를 따라다니기 시작했다.

그렇다고 그 여자들이 온종일 마을에서 수다만 떠는 건 아니다. 대개는 아침만 먹으면 논밭으로 흩어지고 몇 명 남은 여자들은 빨래

함지나 김칫거리를 들고 우물가로 모여들게 마련이다. 그날 역시 아낙네 몇 명이 우물로 모여들었다. 물론 오늘의 화제는 어젯밤 마을에 찾아든 소쿠리장사꾼이다. 넘겨짚기에 열중하던 아낙들은 소쿠리장사가 지나가는 것을 곁눈으로 훔쳐보며 머지않아 우물로 올 줄 알고 기다렸다. 물론 소쿠리장사가 무엇을 물어보든지 그들의 대답은 한 줄로 갈 것이다.

정임이 어머니는 골목에 뛰어다니는 만만한 아이들에게 물어가며 마을에서 제일 큰 집을 찾았다. 높은 담장 너머로 바라본, 안채는 정임이네 집의 일곱 배쯤 되는듯했다. 안채뿐이 아니다. 크고 높은 대문만 보고도 상상의 날개가 하늘을 날았다. 담장 안쪽이 더 궁금해서 대문을 열고 들어가고 싶어도 사돈이 되면 그 후 처신이 곤란해질까 염려되어 수박겉핥기로 끝냈다. 하지만 정임이 어머니가 핥은 수박은 겉도 꿀맛 같았다. 딸이 고운 옷을 차려입고 일꾼들을 부리는 상상만으로 어깨춤이 절로 났다. 이제 반은 결정 난 셈이다.

신랑감에 대한 자세한 내막은 말 많은 여자들에게 묻기로 했다. 마침 우물가에선 여자들이 푸성귀를 씻고 있었다. 정임이 어머니는 물 한바가지 얻어 마시며 지나가는 말처럼 신랑감에 대해 물었다. 물론 여자들 눈동자는 좌우로 뱅글뱅글 돌며 눈은 눈대로 입은 입대로 한마디씩 지껄여대었다. 돌아서서 생각해보아도 딱 부러지게 들은 말이 없으니 냉수로 헛배만 불린 셈이다.

그렇다고 포기할 수는 없는 일이다. 다음은 정자나무 밑에 모여 앉은 어수룩한 노인들에게 묻기로 했다. 얼굴에 주름이 자글자글한 노인들은 눈꼬리에 웃음을 가득 머금은 채, 하나같이 동문서답이다. 결국 이미 알고 있는 술 마시는 것 외에는 알아낸 것이 없다. 한나절을 돌아다녔어도 소쿠리 한 개 팔지 못했다. 사람들은 소쿠리 값을 묻지 않았고 정임이 어머니도 권하지 않아서다.

사윗감이 술을 좋아한다는 말이 조금 염려스럽기는 해도 결혼하면 달라질 것이라는 기대가 있었다. 그것으로 사윗감 뒷조사는 끝내기로 했다. 그러나 딸의 일생이 달린 문제이니 본인 의사가 중요했다.

"정임아. 네 신랑감을 대강 알아보고 왔다. 아저씨 말대로 술을 많이 먹는다더라. 마을 사람들이 신랑감에 대해 칭찬도 안 하고 흉도 안 보는 게 조금 걸린다. 네 생각은 어떠냐. 어미는 네 의사에 따르겠다."

"제가 무얼 아나요? 저는 어머니가 하라는 대로 할 게요."

"잘 생각해서 대답해라. 한번 시집가면 무를 수도 없는 일이야."

"어머니 뜻이 제 뜻이지요. 어머니가 결정하세요."

"그래? 그렇다면 하기로 하자. 총각 때 속 썩이던 사람도 장가간 뒤에는 대개 속 차리더라고. 또 부잣집으로 시집가면 배는 곯지 않을 테니 그보다 더 큰 복은 없지. 이 설움 저 설움 다해도 배고픈 설움만이야 하겠니."

정임이 어머니는 찜찜한 구석은 있어도 사람은 열 번 바뀐다는 말을 믿고 혼사를 결정했다. 개꼬리 삼년 묵어도 황모가 되지 않음을 잊은 후유증은 온전히 정임이 몫이 되었다. 중매쟁이 아저씨는 양가를 오가며 상의 끝에 혼인날은 가을로 잡았다. 혼인에 필요한 절차는 정임이네 형편에 맞추어 간소하게하기로 합의를 보았다. 신랑네 역시 허례허식을 즐겨하지 않아 오히려 반기는 눈치다.

혼수는 달랑 이불 한 채와 빨강 치마에 노랑 저고리 한 벌, 삼베 팬티 석장, 무명팬티 다섯 장, 하얀 고무신 한 켤레, 버선 한 죽, 정임이가 친구들과 모여 앉아 광목천에 십자수를 놓은 베갯잇 두개, 횃댓보 하나가 전부다. 혼수가 빈약해도 정임이는 말이 없다. 중매쟁이 아저씨 딸 명애가 시집갈 때는 싸우는 소리가 여러 번 담을 넘었다. 혼수 때문이다.

어느새 혼례 날이다. 마당 가운데 차일이 쳐지고 부엌 앞으로 허름한 병풍이 놓였다. 마당에 멍석이 깔리고 낡은 혼례상 위에 몇 가지 과일이 놓였다. 맨 앞에 목각으로 된 원앙새 두 마리를 나란히 놓고 한쪽에 파란 보자기에 싸인 닭이 올라앉아 불안한 듯, 두 눈을 동그랗게 뜨고 두리번거렸다.

아침부터 몰려드는 손님들로 작은 마당은 차고 넘쳤다. 신랑을 따라온 상객 두 명에 먼 거리에서 온 친척 몇 명과 마을 사람들이 다 모여 들어서다. 아쉬운 대로 사립문 밖에도 멍석이 깔리고 이웃집 밥상까지 동원 되었다.

잔칫상이라고 해봐야 국수하고 산나물 몇 가지에 김치, 부침개뿐이다. 조촐한 잔칫상과 상관없이 아이들 배는 이미 빵빵하게 부풀어 오른 지 오래다. 부엌일을 도와주는 제 어미 치마꼬리를 잡고 늘어져 이 구석 저 구석에서 얻어먹은 후이기 때문이다. 그 뿐이 아니다. 아이들을 따라온 동네 개까지 남아도는 냄새로 배를 불렸다. 마을은 온종일 기름 냄새가 진동하고 아낙네들 웃음소리는 온 마을을 들썩이게 했다.

오늘의 주인공인 정임이는 첫날밤이 되어도 신랑 얼굴을 보지 못했다. 낮에는 보는 눈이 많아 똑바로 보지 못했고, 밤에는 등잔불이 어두운데다 부끄러움에 눈을 올려 뜨지 못한 탓도 있었다. 산골짝에 어두움은 일찍 깃들었다. 신랑이 신방으로 들어가자 궁금증을 이기지 못한 아낙네들이 방문 밖에서 난리를 쳐댔다. 손가락에 침을 발라 창호지를 뚫고 방안을 훔쳐보며 키드득대는 소리가 다 들렸다. 신랑이 지체 없이 등잔불을 꺼버리자 칠흑같이 까만 밤은 신랑 각시를 냉큼 감싸 안았다. 잠시 후 밖에서는 아낙네들이 혀를 차며 돌아가는 발자국 소리가 들렸다.

그때 담장 너머에서 동네총각 하나가 느닷없이 '불이야' 하고 고함을 질러대었다. 오밤중에 질러댄 고함소리는 적막한 산골짜기를 한 바퀴 돌고 다시 돌아와 온 마을을 흔들어 대었다. 오밤중에 울려대는 메아리에 놀라자빠진 이웃집 삽살개가 악을 쓰며 짖어대자 온 동네의 크고 작은 개들이 모두 짖어대었다. 깔깔거리는 여자들 웃음소리와 개들의 합창소리가 묘하게 어우러져 흥겨운 밤을 연출했다.

사위가 조용한 것을 보니 모두 잠든 모양이다. 신랑 각시의 서툰 첫 날밤도 깊어갔다. 저쪽 어딘가에서 시간을 잊은 이름 모를 새가 주책없이 울어댄다. 정임이는 신랑이 이끄는 대로 그 밤을 보내고 다음날 아침을 맞았다. 신랑이 겉옷 입을 때 슬쩍 훔쳐본 얼굴은 과히 거슬리지 않았다. 동그란 눈에 코는 조금 납작해도 싫증나는 모습은 아니었다.

새신랑은 안방으로 건너가 장인 장모와 함께 아침상을 받았다. 장모는 그제야 사위에게 이런저런 말을 시키며 요모조모 살펴보았다. 외모는 그럭저럭 마음에 들었으나 밥 먹는 입모양이 눈길을 잡아매었다. 음식을 씹을 때마다 입을 앞으로 쑥 빼물고 움찔거리는 게 딱 토끼를 닮았다.

식사 후 장인은 일부러 자리를 비워주고 사위만 혼자 방에 남겨두었다. 장모는 부엌으로 나가 식혜를 챙겨들고 다시 방으로 들어갔다. 새신랑은 그새를 못 참고 한쪽 무릎을 연신 흔들어대었다. 밥 먹는 모양새나 다리 떠는 것으로 보아 성격이 진중하지 못할듯한 예감이 들었다. 불안정해 보이는 사소한 습관이 장모 눈에 거슬리기는 해도 기왕 사위가 된 터에 더는 생각하지 않기로 했다.

새색시는 큰길까지 가마로 가기로 했다. 길이 좁아 시댁에서 보내준 자동차가 마을까지 들어올 수 없었기 때문이다. 말로만 들었던 자동차를 구경하려고 어른, 아이 모두 낡은 꽃가마를 따라 나섰다. 딱 원님 행차하는 모양새다. 마을 사람들과 함께 가마 뒤를 따라가는 정임이 어머니 발은 흥에 겨워 자꾸만 공중으로 떠오르려고 했다. 그렇다고 사람들 앞에서 붕붕 떠다닐 수는 없었다.

낮은 산등성이에 올라서니 자동차가 가물가물 보였다. 궁금증을 견디지 못한 아이들은 가마를 앞질러 다람쥐처럼 쪼르르 달려가 자동차를 빙 둘러섰다. 오래지않아 도착한 신랑 각시가 좌석에 앉은 후에도 차는 앞으로 내달리지 못했다. 웬일인지 꽁무니에서 연기를 뿜어내며 부르릉거리기만 할 뿐 한 치도 움직이지 않았다. 구경하던 아이들은 차에 불이 나는 줄 알고 냉큼 도망갔다. 난처해진 운전사는 연신 액셀을 밟으며 큰 소리로 말했다.

"얘들아. 차 좀 밀어 보아라."

"싫어요. 차에서 불나면 어떻게 해요."

"불나는 게 아니다. 차가 힘들어서 혼자는 못가겠단다."

"알았어요. 야! 신난다."

영광스럽게도 직접 손으로 자동차를 만져보게 된 아이들은 신바람을 내며 포도송이처럼 매달려, 있는 힘을 다해 밀어대었다. 이내 바퀴가 구르기 시작하고 서서히 속력을 내자 아이들도 전력질주로 자동차를 따라갔다. 차는 흙먼지에 가려진 채 멀리 사라져 버리고 아이들은 아쉬운 듯, 마을로 돌아갔다. 홀로 남겨진 정임이 어머니만 발바닥을 신작로에 딱 붙이고서서 산모퉁이를 멍하니 바라보았다.

정임이는 태어나 처음으로 많은 사람들에게 환송받으며 고운 꿈을 안고 새 삶의 터전으로 옮겨갔다. 막상 시댁에 도착해보니 잔칫집답지 않게 썰렁했다. 시어머니와 큰동서, 부엌일하는 아주머니만 있을 뿐 마을사람은 한 명도 보이지 않았다. 저녁때가 되어 하나둘 집으로 들어온 가족들은 호기심으로 눈은 반짝여도 친절하게 말을 걸어오거나 딱히 반기는 기색이 없다.

첫날은 가족끼리 조촐하게 보내고 이튿날 폐백 받으며 마을잔치를 열어주기는 했다. 새벽부터 머슴들은 돼지 잡고 동네 아낙네들이 하나둘 모여들어 지지고 볶느라 부산을 떨어대었다. 점심때쯤 가까운 친척과 이 마을 저 마을에서 몰려온 손님들로 차고 넘쳐, 금세 시장바닥을 방불케 했다. 어디가나 사람이 모이는 곳에는 나팔수가 있게 마련이다.

"색시가 조신하게 생겼네. 신랑은 망나니라도 처복은 있는 모양이야."

"두고 봐야지 뭐. 색시 얼굴이 고춧잎만큼이나 작은 게 복 있어 보이진 않네."

"이 여편네가 방정맞게 무슨 소리를 지껄이는 거야. 얼굴이 작으면 복이 없나?"

"얼굴이 너부데데하고 세숫대야만큼 커야 복을 다 받아들이지."

"그리고 보니 신랑 각시가 닮았네. 깡마른 것하며 얼굴이 작고 코가 납작한 것까지 똑같잖아. 둘이 닮으면 잘 산다고 하던데 천생연분인가 봐."

마을 여자들은 문밖에서 작은 소리로 소근거렸지만 새색시 귀에는 천둥소리만큼이나 크게 울렸다. 낯설고 물 설은 타관 땅이라더니 친정에서 한 번도 들어본 적 없던 평가였다. 할머니 살아계실 때 복덩이라고 얼마나 애지중지하셨던가. 얼굴이 달덩이 같고 걸음걸이도 조신해서 선녀님이 하강한 것 같다고 했었다. 할머니가 보는 눈과 마을여자들이 보는 눈은 달라도 너무 달랐다.

더구나 잔칫집에 와서 대놓고 신랑을 망나니라 한다. 술을 잘 먹는 건 알았지만 망나니라는 말은 생각해본 적도 없었다. 그 망나니라는 말은 무엇을 말하는 것인가? 수다스런 아낙네들 입방아도 끝나가고 북새통을 떨어대던 사람들이 하나둘 돌아가기 시작했다. 잔치가 끝날 무렵, 검은 돼지 한 마리는 고기 한 점 남지 않았다. 마당에 굴러다니는 돼지 뼈다귀는 동네 개들이 하나씩 물고 갔다.

사돈네가 가난하다는 걸 알고 시어머니가 손수 준비해놓은 것이 있었다. 양단치마저고리 한 벌, 모시치마저고리 한 벌, 명주치마저고리 한 벌, 무명옷 세 벌, 삼베옷 두 벌, 버선 두 죽, 여름이불 한 채가 보태어져 제법 구색을 갖추었다.

시댁은 부자라고 소문만 떠들썩했을 뿐 신부 맞을 준비가 제대로 되어있지 않았다. 하지만 새색시 방은 알록달록한 벽지로 도배도 말끔히 해놓고 방바닥도 반들반들하게 기름칠을 해두었다. 신혼 방은 안방에 붙은 윗방이다. 새색시는 작은 궤짝 하나 해오지 않았고 시가에서도 준비해두지 않았다. 비단옷은 물론이고 여름옷과 겨울옷 몇 벌은 버들가지로 만든 고리짝 두 개에 나누어넣고 허드레옷 두어 벌만 벽에 걸어 횃댓보로 덮어두었다.

한쪽 벽면을 차지한 횃댓보는 시누이들의 눈길을 단숨에 잡아매었다. 누리끼리한 광목 위에 십자수를 놓은 꽃동산이다. 넓은 천 위에는 크고 작은 빨강 장미가 만발하고 그 사이사이에 파란 잎이 빼곡히 들이찼다. 그것으로 끝이 아니다. 틈새마다 갈색 나뭇가지가 얼기설기 뻗어있고 그 가지 위에는 참새 몇 마리가 앉아있다. 게다가 노랑나비까지 펄렁대어 한참 들여다보고 있으면 눈알이 뱅글뱅글 돌 지경이다. 설상가상으로 새로 도배한 꽃무늬 벽지까지 힘을 보태어지나가던 고추잠자리까지 날아들 판이다.

햇댓보 옆, 벽면 위에 시렁이 걸쳐있다. 시렁 맨 오른쪽에는 비단옷을 넣은 고리짝이 자리를 잡았다. 다음은 가위 바늘 실 골무 등 온갖 잡동사니가 들은 반짇고리가 놓였다. 맨 끝은 허드레옷이나 속옷 버선 등은 각각 보따리로 만들어져 빈 공간을 채웠다. 그것이 정임이 총 재산 목록이다.

혼인하고 삼 일만에 남편과 친정에 가려고 시댁을 나섰다. 난생처음 입어본 양단치마자락에 흙이 묻을까 조심스러워 뒤꿈치를 살짝 들고 마을을 빠져나왔다. 동구 밖에 나서자 보는 사람이 없는 것을 확인하고 늘어진 치마를 허리끈으로 질끈 동여매었다.

친정에 들어서니 비단옷으로 휘어감은 딸을 바라보는 어머니 눈가에 물기가 핑 돌다 못해 끝내 또르륵 떨어졌다. 소문은 삽시간에 온 마을에 퍼졌다. 밭에서 일하다 호미를 팽개치고 몰려온 아낙네들은 양단치마저고리를 만져보며 부러운 눈초리를 거두지 못했다. 별처럼 빛나고 꿈처럼 아름다운 닷새는 그렇게 지나갔다.

정임이가 신행간 사이에 큰동서 옥순이는 기다렸다는 듯이 부엌일 하는 아주머니를 내보냈다. 정임이는 친정에서 하룻밤 머물고 시댁으로 돌아와 시집살이가 시작되었다. 물론 그날로 새색시는 맏동서 옥순이의 보조 자격이 주어졌다.

안방과 윗방 사이는 미닫이문이어서 방귀소리는 물론이고 부스럭거리는 소리까지 다 들렸다. 그런 상황에서 부부간 대화조차 편하게 할 수 없었다. 하기야 대화는 필요 없다고 해야겠다. 신랑은 온종일 쏘다니다 들어오고 싶을 때 들어와, 밥 한술 먹고 그대로 쓰러져 자고 해 뜨면 또 나갔다. 가끔 제 어머니가 알아듣게 말해도 공기 중에 파장만 일으킬 뿐, 반응이 없었다.

안방은 시도 때도 없이 식구들이 드나드는 곳이다. 그중에 누구 하나 윗방에 있는 새댁을 배려하는 사람은 없었다. 정임이는 새색시 처지에 앉고 서는 것조차 조심스러워 새벽에 눈뜨는 순간부터 잠들 때까지 긴장되어 신경줄은 튕겨나갈 것처럼 팽팽했다. 밤낮으로 신경을 바짝 세우다보니 작은 일에도 깜짝깜짝 놀라 상대를 무안하게 만들기 일쑤다. 그 일은 오래지않아 부작용이 따라왔다. 시집온 지 열흘도 지나지 않았는데 윗방 구들장이 튀어 올라 등을 찌르기 시작했다.

부엌일은 단순한 것 같아도 음식솜씨가 있어야하고 요령도 있어야 한다. 같은 시간에 같은 양을 만들어도 능률의 차이는 크다. 옥순이는 일을 설렁설렁하는 것처럼 보여도 속도는 놀라웠다. 속도만 빠른 게 아니다. 음식 맛도 월등하고 주변을 그때그때 치워 말끔히 정돈되어 있었다.

빈틈없는 큰동서 밑에서 약삭빠르지 못한 정임이는 유능한 보조가 될 수 없었다. 첫째 친정과 음식은 양이 다르고 부엌이 낯설기도 할 뿐더러 산골 음식과 부잣집 음식은 조리법이 다른 것도 이유 중에 하나였다. 친정밥상에는 일 년에 몇 번 오르지 못하는 귀한 생선들이 시댁에서는 수시로 오르내렸고 툭하면 닭을 잡았다. 정임이는 음식종류에 따라 아예 다룰 줄도 모르고 요리로 만들 줄은 더 몰랐다.

완벽해야 직성이 풀리는 옥순이는 정임이가 하는 일이 마음에 들지 않아도 나무라진 않았다. 그러나 정임이는 큰동서가 야단치면서라도 차근차근 가르쳐주기를 원했다. 하지만 그건 정임이의 바램일 뿐이었다.

옥순이는 부엌일만 잘하는 게 아니다. 바느질까지 마을 여자들 아무도 옥순이를 따라오지 못했다. 흠잡을 데 없는 것은 존경스럽다기보다 상대를 숨 막히게 했다. 사람이 실수도 하고 실언도 하며 어딘가 빈구석이 있어야 비집고 들어가련만 옥순이는 허점이 보이지 않는다. 야무지지 못한 정임이는 묻고 또 물어도 매사에 실수투성이다. 상대가 실수해도 옥순이는 묵묵부답이다. 속을 알 수 없으니 웃을 수도 없고 울 수도 없다.

그나마 같은 실수를 반복하다보니 묻는 것조차 눈치가 보였다. 또 묻는다 해도 이건 이렇고 저건 저렇다는 설명이 없다. 그냥 빙그레 웃는 것으로 대답을 대신했다. 하지만 그 웃음의 의미는 알 수가 없었다.

시어머니는 부엌에 얼씬거리지도 않을 뿐더러 참견도 안 했다. 농사도 관심 없고 틈만 나면 이 핑계 저 핑계로 서울 사는 큰딸 집이나 가까운 친척집으로 갔다. 남은 가족들도 마찬가지다. 양말 한 짝 손수 빨아 신는 사람이 없고 빗자루 들고 마당 한번 쓸지 않았다. 심지어 하루가 지나도록 얼굴 한번 마주치지 않는 사람도 있었다.

시댁 식구들이 정임이를 대하는 태도도 친정과 달랐다. 들어올 때나 나갈 때 눈길 한번 주지 않았다. 투명인간 취급 받는 자신이 설 자리가 애매하니 어떻게 처신해야할지 고민스러웠다. 얼마 후 알게 된 것은 무관심으로 오는 냉기였다. 그 냉기의 수수께끼는 오래지않아 풀렸다. 시동생 하나는 골방에서 아침 먹고 학교에서 돌아오면 골방으로 들어가고 또 골방에서 저녁 먹으면 그것으로 끝이다. 그 일이 좋아서 그런 건 아니다. 괜히 집안에서 어정거리다가 경수와 마주치면 트집잡히는 게 싫어서 얼굴을 안 내미는 것이다.

새 며느리 들어오고 잠시 중지되었던 폭행이 시작되었다. 가뜩이나 가시방석인데 가끔 누군가 심하게 꾸지람 듣거나 매를 맞았다. 같은 서열인데도 때리면 맞아야하는 동생들은 호랑이 앞에 토끼신세가 되었지만 토끼들이 숨을만한 바위가 없었다. 바위가 되어주어야 할 어머니는 장기간 집을 비우기 일쑤였다.

시집오고 보름쯤 되던 날이다. 몸살기운이 있어서 점심설거지를 끝내고 방으로 들어갔다. 잠시 쉬려고 베개도 없이 잠깐 누웠을 뿐인데 어느새 잠이 들었다. 그 사이에 때 늦은 장대비가 내렸다. 심신이 피로에 지친 정임이는 잠에 취해 빗소리를 듣지 못했다. 그때 갑자기 시아주버니 고함소리가 들렸다.

"집구석에 사람이 없는 거야? 장독에 물 들어가는 것 좀 봐. 비가 오면 냉큼 비설거지를 해야지 누구를 믿고 꼼짝도 안 하는지 모르겠네."

시아주버니도 집에 있었고 제수도 집에 있었지만 타박은 제수에게 돌아왔다. 경수는 빗방울이 떨어지기 시작할 때부터 다 보고 있었다. 비 맞는 게 싫어서 멀거니 바라보며 남 탓만 하는 것이다.

물론 정임이가 급하게 뛰어갔을 때는 이미 장항아리에 물이 스며든 후였다. 장대비를 흠뻑 맞으며 항아리뚜껑을 덮고 빨래까지 걷고 났을 때는 옷에서 물이 줄줄 흘렀다. 그 시간에 시아주버니는 마루 끝에 걸터앉아 낙수를 바라보며 흥얼거리고 있었다. 정임이는 쌀쌀한 날씨에 찬비를 맞아 사흘간 앓아 누웠다. 그러나 따뜻한 안방 아랫목은 차례가 오지 않았다. 대신 미지근한 윗방 구들장은 점점 튀어 오르며 새색시 등을 찔러대었다.

열등감은 폭력을 불러왔다

경수가 이기적이고 남을 배려할 줄 모르는 건 천성이기도했지만 아버지에게 인정받지 못한 탓도 있었다. 게다가 다른 아이에 비해 지능이 떨어지는 것도 아닌데 학업성적이 부진했다. 아버지는 눈에 보이는 성적표를 근거로 장남이 공부에 뜻이 없다고 판단했다. 어차피 장남이니 가업을 이으려면 적당히 배우고 농사일을 배워야 한다며 합리적인 결정을 내렸다.

사실 경수는 책상머리에 죽치고 앉아 공부하는 게 싫었다. 재미없는 공부보다 사진 찍기에 빠져 취미생활을 즐겼던 것이다. 그것뿐이 아니다. 부잣집 아들을 쫓아다니는 친구는 얼마든지 있었다. 그에 필요한 용돈은 아버지를 속여서 받아내었다. 그렇다고 아버지가 몽땅 속았다는 건 아니다.

경수는 방학을 맞아 집으로 갈 때 사진기는 친구에게 맞기고 책만 한보따리 챙겨들고 갔다. 하지만 보따리 속 책들이 밖으로 나올 일은 없었다. 집으로 돌아가도 아버지가 집에 있을 때만 책을 펴들었다. 그렇다고 책을 읽는 건 더욱 아니다. 눈은 책을 보고 마음은 파란 창공을 날아다녔다.

이런저런 모양으로 하릴없이 시간만 축내다 아버지가 출타하면 경수 발바닥에 불이 붙는다. 급히 마구간에 매인 말이 끌려 나오고 말등에 안장이 채워졌다. 경수는 말 등에 올라앉아 딱 한 바퀴 돌고 왔을 뿐인데 아버지는 다 알고 있었다. 마구간에서 말이 끌려 나올 때부터 많은 눈동자들이 따라다니고 있었기 때문이다. 물론 그에 따른 조치는 단호했다.

경수는 중학교를 졸업하기 바쁘게 아버지 옆에 붙박이 신세가 되었다. 후속 조치로 사진기는 압수하고 승마에 필요한 도구는 몽땅 팔아버렸다. 그래도 아들은 달라지지 않았다 게으른 장남을 방치할 수 없어 틈틈이 작은 일거리라도 만들어 주었지만 흡족하게 처리하지 못해 아버지 애를 태우기는 마찬가지였다.

아버지와 경수가 줄다리기하는 동안에도 안방 벽시계의 초침은 쉬지 않고 돌아가 맏아들은 스물네 살이 되었다. 어머니는 아들이 장가가면 성실해지려나하는 기대로 며느릿감을 물색한다는 소문을 내었다. 물론 부잣집에서 나온 희소식은 날개 달고 바람 부는 대로 이리저리 날아다녔다.

부잣집 담장은 높아도 며느릿감 조건은 높지 않았다. 형제자매가 많은 집 맏며느리이니 부덕이 있어야 한다는 것이다. 다행히 마땅한 처녀 하나가 물망에 올랐다. 삼십 리 떨어진 곳에 사는 스무 살짜리 옥순이다. 옥순이는 부덕 말고도 장점이 몇 가지 더 있었다. 인물도 남들에게 빠지지 않았고 덤으로 신식교육까지 조금 받았다. 게다가 사돈네를 불안하지 않게 할 만큼의 재산도 있었다.

옥순이의 하나뿐인 오빠는 이미 결혼해서 슬하에 아들만 둘을 두었다. 다행히 마음씨 착한 외며느리는 집안을 화목하게 이끌었다. 게다가 얌전한 옥순이와 착한 올케는 뜻이 잘 맞아 친자매 같았다. 물론 올케 친정에서는 착한 사돈처녀를 건성으로 보지 않았다. 옥순이 나이 스무 살에 부잣집에서 며느릿감을 구한다는 것을 알고 올케친정오빠가 나섰다.

"사돈어른, 드릴 말씀이 있습니다. 사돈처녀도 이제 시집을 보내야지요. 우리 오촌동생이 사는 마을의 부잣집에서 며느릿감을 찾는답니다. 동생이 사돈처녀를 중매하려고 한다네요. 그집으로 시집만 가면 팔자는 늘어질 겁니다."

"그댁이라면 조금 알지요. 소문난 부자고 가장의 인품이 좋다는 소문은 들은 적이 있어요. 혼인이 성사되면 좋은 일이지요. 우리 옥순이는 배움이 조금 모자라지만 인물도 그만하면 남에게 빠지지 않고 성품도 나무랄 데 없잖아요."

"그러문요. 예쁘고 성품 좋은 사돈처녀는 어디에 내어놓아도 돋보이지요. 더구나 그댁에서는 많이 배운 며느리보다 부덕이 첫째라네요. 사돈처녀가 그댁 며느릿감으로 딱 입니다."

"우리 아이를 좋게 보아줘서 고맙습니다. 그런데 신랑감이 어떤지 모르겠네요."

"신랑감은 염려 마십시요. 체격은 중키에 빼어난 미남은 아니어도 잘생긴 편이라네요. 어렸을 때부터 도시로 나가 공부하다 사 년 전에 돌아와 아버지를 돕고 있답니다. 지금이야 돕고 있지만 앞으로 그 재산이 누구에게 가겠습니까. 다 장남 차지지요. 그리되면 사돈처녀 늘그막에는 부잣집 안방마님이 되는 거고요."

"그럼 한번 주선해 달라고 해보세요. 혼인만 성사되면 우리 옥순이 팔자가 늘어지겠네요. 어미는 옥순이만 잘 살면 더 바랄게 없습니다."

혼담이 오가던 어느 날 오후, 옥순이네 집으로 낯선 박물장사가 들어왔다. 약간 수다스런 박물장사는 동동구리무를 두 개씩이나 팔았는데도 괜히 꾸무럭거렸다. 얼마 후 옥순이가 우물로 물 길러 가려고 항아리를 머리에 이는 것을 보고 얼른 쫓아나갔다. 눈치 빠른 올케는 두 번째 박물장사가 왔을 때 미리 옥순이를 불러내었다.

그리고 세 번째 박물장사가 또 왔다. 이번에 온 박물장사는 나이가 오십 세쯤 된 여자로 물건도 많지 않을 뿐더러 장사가 하도 서툴러 보는 사람이 민망할 지경이었다. 박물장사로 위장한 경수 오촌당숙모까지 다녀가고 반년이 되어갈 무렵 혼사는 마무리 되었다.

옥순이 어머니 바램대로 딸은 부잣집 맏며느리로 결정되고 이듬해 오월로 혼인날이 잡혔다. 외동딸을 부잣집으로 시집보내며 혼수를 소홀히 할 수는 없는 일이다. 다행히 옥순이는 바느질 솜씨가 뛰어나 베갯모, 방석, 횃댓보 등 제 손으로 수를 놓아둔 게 꽤 많았다. 옥순이네 안방에서는 자고새면 혼수준비에 눈코 뜰 새가 없었다. 대강 마무리되어 쌓아놓은 혼수는 한쪽 벽면을 꽉 채웠다.

초록빛 물결 위로 황새가 날던 개인 날 아침이다. 집 앞 감나무에 앉은 까치가 울어대자 옥순이 어머니 얼굴에 안도의 미소가 떠올랐다. 오늘은 오월 초아흐레, 옥순이 혼사 날이다. 사돈네는 신부가 타고 갈 꽃가마대신 멋진 자동차를 보내주었다. 마을사람들은 신랑을 보려고 자동차 앞으로 우르르 몰려들었다.

까만 자동차 안에서는 새신랑 대신 시집간 누나가 내렸다. 그 순간 마을여자들 입은 돌출되어 바쁘게 움직였다. 색시를 맞으러 신랑이 직접 오지 않은 것으로 보아 사돈네를 무시한 게 틀림없다는 것이다. 하지만 그것은 틀렸다. 경수 부모는 남보다 일찍 개화한 덕분에 매사에 생각이 조금 앞서 갔다. 차가 4인석이어서 신부를 배려하느라 이미 신식결혼을 해본 맏딸만 보낸 것이다.

신부가 차에 오르자 옥순이 작은 아버지가 뒷자리에 올라앉았다. 옥순이는 지난밤에 설레임으로 한숨도 못 잤다. 게다가 아침까지 거른 탓에 차에 오르자 살짝 어지럼증을 느꼈다. 하지만 마음이 바쁜 운전사는 신부는 아랑곳없이 속력을 내어 마구 달렸다. 자동차는 자갈 위를 지나며 덜컹거리고 설상가상으로 휘발유 냄새가 코를 자극했다. 한 번도 맡아본 적 없는 휘발유 냄새는 옥순이 빈속을 뒤집어 놓았다. 갑자기 솟구치는 구역질을 애써 참으려 해도 차가 흔들리는 반동으로 더는 참을 수 없었다. 옥순이가 입을 틀어막고 애쓰는 것을 본 시누이가 얼른 차를 세우라 일렀다

얌전한 옥순이였지만 신발이 벗겨진 것도 모르고 후다닥 차에서 내렸다. 그리곤 길가 도랑 옆에 쪼그리고 앉아 하얀 버선 위에 누런 액체를 토해내었다. 구역질을 끝낸 새색시 얼굴은 백지장처럼 하얗게 되어 폐병쟁이처럼 보였다. 옥순이는 버선 바닥에 젖은 황토가 철썩 달라붙은 것도 모르고 그대로 차에 올랐다. 불그스름한 황토물은 정임이 신발 속에서 하얀 버선에 차근차근 스며들었다. 신부가 좌석에 앉자 운전사는 빠른 속도로 달려 무사히 교회마당으로 들어섰다.

예배당은 미리 온 하객들로 꽉 들어찼다. 안으로 들어가지 못한 사람들은 어쩔 수 없이 마당에서 서성이고 있었다. 차가 도착하자 사람들은 차 앞으로 우르르 몰려들었다. 옥순이는 아침도 굶은 터에 구역질까지 해대어 다리에 힘이 없었다. 있는 힘을 다해 두 다리를 버티며 차에서 내릴 때 마당에 가득한 하객들을 보는 순간 비틀거렸다.

새색시는 이내 고개를 푹 숙이고 기도실에 들어가, 잠시 휴식을 취했다. 벌써 열두시를 알리는 시계종소리가 들린 지 십분이 지났다. 새색시는 얼른 냉수 한 컵 마시고 시댁에서 준비해둔 하얀 치마저고리에 꽃장식이 달린 하얀 면사포를 둘러썼다. 그러나 한쪽 버선에 묻은 얼룩은 지우지 못했다. 이래저래 결혼식은 30분이나 늦어졌다.

예식을 기다리는 예배당 안은 볼만했다. 아침부터 몰려든 하객들로 장내는 터질 지경이 되었다. 신식결혼식을 말만 들었을 뿐 본 적이 없었기에 이웃마을까지 화제를 불러일으켜 호기심을 자극했기 때문이다. 초여름 날씨에 실내에 가득 찬 사람들 열기는 위로 올라가 잠시 맴돌다 창문 틈으로 조금씩 빠져나갔다. 덕분에 질식할 지경은 아니어도 참기는 힘들었다.

갑갑한 하객들은 나타나지 않는 신부를 기다리며 상상의 날개가 활짝 펴졌다. 그때 누군가가 창문을 통해 들어온 소식을 옆 사람에게 전했다. 금세 입들은 바빠졌고 이내 결론이 났다. 새색시 얼굴이 백지장 같았던 것으로 보아 기절했을지도 모른다는 말이었다. 그 말은 앞으로 옆으로 뒤로 퍼지며 새색시가 기절했다는 말로 바뀌었다. 그리곤 몸이 약해보이는 것으로 보아 폐병쟁이일지도 모른다는 말까지 나왔다. 하지만 풍금소리가 들리자 소음은 쉽게 창문 밖으로 빠져나갔다.

하객들이 앉은 가운데로 눈부시게 하얀 옥양목이 길게 늘어져있다. 그때 풍금소리와 함께 두 손으로 꽃바구니를 모아 쥔 계집아이 둘이 하얀 천, 맨 끝에 나타났다. 화동은 풍금소리에 맞추어 쭉 뻗은 길 위에 색색의 꽃잎을 뿌리며 앞서가고 바로 뒤에는 새색시가 버선발로 꽃잎을 밟으며 천천히 걸어갔다. 새색시 뒤로 신부보다 인물이 조금 떨어지는 들러리 두 명이 하얀 한복을 차려입고 머리에 꽃을 단 채 따라갔다. 병든 것 같다던 새색시 얼굴은 발그스레 물 들었고 몸을 받쳐준 두 다리는 누구보다 꼿꼿했다. 새색시가 발을 뗄 때마다 하얀 옥양목 위에 황토빛 외발자욱이 흐릿하게 찍혔다.

창문 밖에서 구경하는 처녀들은 은은한 풍금소리에 가슴이 설레었다. 그렇다고 처녀 가슴만 설레인 건 아니다. 옆에서 구경하는 아낙네들 가슴도 주책없이 설레이기는 마찬가지였다. 입장하는 신부는 고개를 푹 숙였지만 얼굴 윤곽은 대강 짐작할 수 있었다. 그때 창밖에서 구경하던 아낙네들 눈과 입이 따로 놀았다.

"소문대로 색시가 얌전하게 생겼네. 얼굴은 분통같이 하얗고."

"이런 촌구석에서 얼굴이 분통같으면 뭐해."

"덩치도 적당하고 태도가 듬직해 보이는 게 맏며느리로 잘 골랐구먼."

"무슨 물건인가? 고르게."

"그런데 말이야 시골사람치고 만만치 않아 보이네. 기가 세게 생겼다고."

"앞질러 가지 마. 자네는 그게 탈이야."

"그나저나 얼마나 복을 타고 났으면 이런 부잣집으로 시집오겠어. 정말 부럽네."

"그런데 색시 광대뼈가 튀어 나왔잖아? 광대뼈가 나오면 팔자가 드세다고 하던데."

"이런 부잣집으로 시집오는데 팔자가 드셀 리가 없지. 오히려 늘어진 것 아니야?"

"그건 모르는 일이야. 어디 사람 사는 게 뜻대로 되어야 말이지."

"이 여편네가 재수 없게 무슨 소리를 지껄이는 거야. 얌전하게 구경이나 하지 않고."

"맞아. 지금 우리가 할 말은 아닌 것 같아. 평생을 살아보기 전에는 이렇다 저렇다 말할 수 없는 게 사람 팔자거든."

"그런데 말이야, 신식결혼식은 생각보다 싱겁네. 어쨌든 하루는 공쳤으니 실컷 먹고 폐백구경까지 다 하자고."

"좋지. 우리 같은 무지렁이가 푸짐한 잔칫상을 언제 또 받아보겠어."

결혼식이 끝나자 사람들은 신랑집으로 우르르 몰려갔다. 부잣집 잔치는 유별났다. 방마다 손님들이 들이차는 것도 모자라 마루며 마당까지 넘쳐났다. 자리가 없어도 돌아가는 사람은 없었다. 결국 안마당도 모자라자 바깥마당까지 멍석이 깔리고 잔칫상이 놓였다. 남자들의 술상은 쉽게 끝나지 않았고 배부른 아낙네들도 너스레를 떨어대느라 크고 작은 입들은 쉴 틈이 없었다.

아낙네들이 제일 궁금해하는 혼수가 마루에 차곡차곡 쌓였다. 오래 걸린 폐백이 끝나고 혼수 개봉이 시작되었다. 빙 둘러선 아낙네들은 보따리가 하나씩 풀릴 때마다 터져 나오는 탄성과 동시에 아픈 배를 살살 문질러 대었다. 옥순이는 시집오던 날부터 이런저런 모양으로 심심한 마을 여자들의 화제인물이었다. 물론 부러움의 대상이었기도 했지만 시기의 대상이기도 했다.

아낙네들 말마따나 옥순이는 시골사람답지 않게 피부가 하얗고 고왔다. 하지만 광대뼈가 나오고 약간 휘어진 코에 꽉 다문 입은 만만치 않게 보였다. 사실도 그랬다. 얌전하고 말은 없어도 어려서부터 누구에게 지는 일은 없었다. 소학교 다닐 때도 선생님들의 신임을 받아 육년간 반장을 맡아 놓고 했다. 듬직한 옥순이는 군말이 없을 뿐더러 책임감이 강해 반장으로 손색이 없었다. 반에서도 큰소리 한 번 내지 않고 상대를 휘어잡는 재주가 있어 친구들은 함부로 덤벼들지 못했다.

옥순이가 막상 시집을 와보니 소학교 친구들과 시댁식구들은 딴판이었다. 차분한 옥순이와 다혈질인 시누이 시동생들은 처음부터 삐끄덕거렸다. 그렇다고 크게 다툼이 있었다는 말은 아니다. 옥순이는 묵묵부답으로 상대를 지치게 만들어 굴복시키는 재주가 있다. 그와 달리 시누이 시동생들은 소리만 컸을 뿐 뚝심이 없어 제 성질에 못 이겨 팔짝팔짝 뛰다 제풀에 나가떨어졌다.

특히 둘째 시동생 경욱이와 막내시누이 성희는 눈에 뜨이게 유별났다. 경욱이는 옥순이가 애써 챙겨놓은 도시락을 열어보고 반찬이 마음에 안 들면 그냥 두고 가는 게 아니다. 보란 듯이 부엌 바닥에 패대기치고 뒤도 돌아보지 않고 학교로 가버렸다. 웬만한 형수 같으면 화를 내던지 다른 반찬으로 바꾸겠다고 말할 것이다. 그러나 옥순이는 도시락이 부엌 바닥에 나뒹굴어도 돌아보지 않았고 오히려 더 꼿꼿한 자세로 제 할일만 했다.

내일이 오면 반찬이 달라졌을 거라고 생각하면 안 된다. 일부러 어제와 똑같은 것을 싸놓아 상대를 질리게 만든다. 결국 뒤가 무른 경욱이는 두 손을 들 수밖에 없었다. 성격이 괄괄한 만큼 배고픔도 못 참아 버틸 재간이 없기 때문이다. 막내시누이 성희도 만만치 않다. 나이도 어린 게 조금만 제 마음에 들지 않으면 꼬치꼬치 따져가며 옥순이를 가르치려고 들었다.

자존심으로 똘똘 뭉친 옥순이는 시누이나 시동생들이 자신을 무시하는 처사를 용납할 수 없었다. 궁리 끝에 건방진 것들을 초장에 잡아버리기로 작심했다. 당분간 이어지는 도전을 큰소리 한번 내지 않고 막아내었지만 피차에 기가 만만치 않아 쉽게 끝나진 않았다. 하지만 시아버지 돌아가신 후 천하통일은 이루어졌다.

행인지 불행인지는 모르겠으나 시어머니는 옳고 그름이 분명해서 며느리를 휘어잡겠다고 무리수를 두지 않았다. 부엌에서 일어난 일들을 성자 입을 통해 대강 듣고 있었지만 누구 편도 들지 않았다. 결국 시어머니 방관은 며느리가 착각 속에 빠지게 하는데 한몫했다.

옥순이가 진정으로 잡고 싶은 사람은 따로 있었다. 남편이다. 그러나 남편은 말 그대로 가깝고도 멀었다. 경수는 옥순이가 싫은 건 아니다. 하지만 마주 앉아도 가슴이 뛰지 않았다. 경수가 새색시에게 무덤덤한 데는 이유가 있다. 옥순이는 잘 웃지 않을뿐더러 우스운 일을 보아도 슬쩍 미소만 띄운다. 게다가 웃음을 아끼는 만큼 말도 아껴서 묻는 말만 대답하고 자신도 꼭 필요한 말만했다. 그런 일들이 자꾸 겹쳐지며 아내라기보다 함부로 할 수 없는 누나처럼 느껴졌다. 시아버지 입장에서 보면 형제 많은 집의 맏며느리로 최고였지만 남편 입장에서는 많이 아쉬웠다.

그럭저럭 신혼생활이 육 개월쯤 되었을 때 얼마 전까지 거래하던 목재소로부터 제안이 들어왔다. 잠시 중지되었던 나무를 다시 대량으로 사겠다는 것이다. 계약은 급하게 성사되었고 빈둥대던 경수는 벌목책임자가 되어 산으로 보내졌다. 이제는 장가도 들었으니 한몫 해보라는 아버지의 배려다.

미리 연락받은 산지기가 이미 일을 시작해서 산판은 바쁘게 돌아가고 있었다. 산적 같은 산판남자들은 현장 감독인 경수를 보고도 동요하는 기색이 없었다. 그 거센 남자들 틈에 여자가 하나 끼어 있었다. 산지기 딸 애순이다. 금년에 스물한 살이 된 애순이는 산골처녀 답지 않게 발랑 까졌다. 처음 보는 경수 앞에서 얼굴을 붉히지 않는 것은 물론이고 암내까지 풍겨 눈 둘 곳을 모르게 했다. 애순이의 엉덩이 바람은 산판 남자들을 흔들어놓아 애순이만 나타나면 음탕한 눈알들은 하나같이 뱅글뱅글 돌았다. 그러나 애순이 아버지는 딸의 행태를 못 본체, 딴청을 피웠다.

목제소 주문이 밀려 납품하는 물량 채우기가 벅찼다. 그리되면 바빠지는 건 일꾼들뿐이다. 베어낸 나무 숫자에 따라 손에 쥐는 돈의

액수가 달라지기 때문이다. 하지만 경수는 바쁜 일꾼들은 아랑곳없이 그늘에 앉아 흥얼거리며 물소리, 새소리만 즐겼다. 그날도 역시 바빴다. 산지기는 점심을 가지러 갈 시간이 없어 일하다 말고 경수에게 다가갔다.

"경수도련님 웬만하면 점심 좀 날라줘요. 내가 조금 바빠서 말이야."

"알았어요. 나도 심심하던 차에 잘 됐네요."

경수는 부스스 일어나 산을 내려가기 시작했다. 물론 아침부터 한 자리에 앉아 있으려니 엉덩이가 배기고 심심했던 것도 이유 중에 하나였다. 현장감독이 심부름하러 산을 내려가는 뒷모습을 바라보는 산지기의 탐욕스런 작은 눈은 점점 실눈으로 변해갔다.

경수가 어슬렁거리며 외딴집으로 들어갔을 때 애순이는 부엌에서 혼자 밥을 짓고 있었다. 아궁이 앞에 쪼그리고 앉아 마른 콩대를 태우는 앳된 얼굴에 맺힌 땀방울이 눈길을 잡아매었다. 애순이는 경태가 온 것도 모르고 된장찌개 간을 보려고 가마솥에 얼굴을 들이밀었다.

"애순아 땀 닦아라. 된장찌개에 소금물 떨어지겠다. 점심은 아직 멀었나?"

"오라버니 찌개만 끓으면 돼요. 다 챙기면 부를 테니 개울에 발이나 담그고 있어요. 그렇다고 가제한테 발가락은 물리지 말고요. 돌 밑에 가재가 많거든요."

"아니다. 아침부터 딱딱한데 앉아있었더니 허리가 아파 잠시 누워야겠다."

"그럼 베개를 꺼내줄께 마루에 누워있어요."

베개를 꺼내러가며 흔들어대는 애순이의 펑퍼짐한 엉덩이가 눈길을 잡아맨다. 베개를 가져온 애순이는 부엌으로 가는 대신 경수 옆에 바짝 다가앉아 베개를 베어주겠다고 나대었다. 그 순간 애순이 땀 냄새가 코를 자극했다. 시큼한 냄새는 또 엉뚱하게도 성욕을 불러 일으켰다. 경수는 잠시 머뭇거리다 애순이를 밀고 방으로 들어갔다. 어찌된 셈인지 산골처녀는 반항하기는커녕 기다렸다는 듯이 제 쪽에서 적극적으로 덤벼들어 혼을 쏙 빼놓았다.

벼락불에 콩 구어 먹듯 후다닥 일을 치루고 난 경수는 왠지 모르게 찜찜했다. 애순이 짓거리로 보아 코가 꿰인 느낌이 들어서였다. 한편 그까짓 산지기 딸 주제에 무엇을 할 수 있으랴하는 생각도 들었다. 그러나 애순이는 그까짓 년이 아니었다. 애순이는 낮에 있었던 일을 그 밤에 산지기에게 자랑스레 떠벌렸다. 물론 산지기는 회심의 미소를 지으며 지체 없이 두 번째 작전을 짜기 시작했다.

사실 애순이는 산지기 친딸이 아니다. 산 밑 외딴집에서 산지기 혼자 살던 어느 늦은 봄날 열한 살쯤 되어 보이는 계집아이가 구걸하러 왔다. 바가지를 들고 선 조그만 아이는 뼈에 가죽만 붙어있어 보는 사람 눈을 시리게 했다. 아무리 불쌍해도 아이에게 먹일 밥이 없었다. 그러나 산속은 먹을 것이 있었다. 산지기는 아이를 데리고 산으로 올라가 산딸기도 따 먹이고 칡뿌리도 캐 먹였다. 산을 오르내리며 이말 저말 시켜보니 아이가 싹싹해 정이 갔다.

"애야 부모님이 안 계시냐?"

"예. 아버지는 배탈 나서 죽고 엄니는 어떤 아저씨하고 도망갔어요."

금년에 마흔여섯 살이 된 중년의 산지기는 산속에서 혼자 사는 게 몹시 외로웠다. 아이 역시 저녁때가 되어도 갈 생각이 없는 듯 우물쭈물 했다. 산지기는 저녁밥상에 마주앉은 아이를 보며 딸 삼아 집안일을 시켜도 괜찮을 것 같다는 생각이 스쳤다. 아이에게 의사를 물으니 헤벌쭉 웃으며 눈으로 대답한다. 물론 그날부터 둘이는 공식적인 부녀가 되었다. 다행히 아이가 넉살이 좋아 그 자리에서 스스럼없이 아버지라 불렀다.

부녀가 되어 입 하나 늘었으니 양식이 모자랐다. 산지기는 텃밭도 늘리고 틈틈이 개울에서 물고기도 더 잡았다. 또 시간이 날 때마다 산을 누비며 산나물, 버섯, 약초 등 닥치는 대로 캐어 말려두었다. 오일장이 서는 날은 모두 챙겨들고 읍내로 나가 쌀과 바꾸어왔다. 다행히 아이가 싹싹해서 심심치 않았고 밥도 혼자 먹는 것보다 둘이 먹으니 사람 사는 재미가 있었다.

하지만 좋은 아버지 흉내는 오래가지 않았다. 언젠가부터 벌목이 시작되고 남자들이 드나들기 시작했다. 어느새 애순이가 열여섯 살이 되며 엉덩이에 살이 붙기 시작했다. 애순이는 그 펑퍼짐한 엉덩이를 사내들 앞에서 수시로 흔들어대었다. 아직 여물지 않은 아이가 남자들 앞에 나대는 게 불안해서 가끔 알아듣게 말해도 무슨 말인지 못 알아듣는 양 반응이 없다.

어느 날 일꾼 하나가 보이지 않아 산판남자들 숙소인 오두막으로 갔다. 산지기가 인기척을 내어도 안에선 대답이 없었다. 무심코 열어본 방안에서는 일꾼과 애순이가 그짓에 열중하고 있었다. 둘이는 동작을 멈추고 산지기를 바라보았다. 그러나 애순이는 넋이 나간 산지기와 다르게 밥 먹다 숟가락을 빼앗긴 아이처럼 주둥이가 댓 발이나 나온 채, 얼굴을 찡그렸다.

즉시 집으로 끌려온 아이 입을 통해 의문은 쉽게 풀렸다. 애순이가 구걸하러 다니던 열살 때, 남자 거지굴에게 끌려간 적이 있었단다. 물론 며칠 잡혀있는 동안 알건 다 알게 되었고 그짓을 할 때마다 곡식이나 구걸해온 밥으로 대가를 치루더란다. 그 후에도 배고프면 오히려 제가 거지굴로 찾아가 밥벌이를 했다는 것이다. 덧붙여 하는 말은 그보다 쉬운 돈벌이가 없어 산에 남자들이 모여들자 그일을 시작한 것뿐이란다.

애순이는 아버지에게 들킨 후부터 일꾼들에게 세끼 밥도 해주고 또 밥만큼이나 좋아하는 다른 일을 언제라도 제공해주어 산판에 활기가 넘쳤다. 그일은 억지로 맺어졌던 산지기와 합의하에 이루어진 일이고 둘 사이에 묵계가 있었다. 편의상 부녀간으로 살지만 공동사업을 위해 사생활은 일체 간섭을 안 하기로 한 것이다.

약속대로 애순이가 벌어들인 돈 일부는 산지기에게 상납했다. 뚜쟁이 역할을 담당한 산지기는 산판남자들을 부추겨 애순이 방으로 밀어 넣었다. 물론 딸 팔아먹는 애비로 낙인찍혀 사람대접을 못 받았다.

마침 경수가 산판으로 올라왔을 때 산지기 부녀는 목돈 잡을 기회라고 판단했다. 다행히 새신랑을 끌어들이는 일은 그리 어렵지 않았다. 하지만 새신랑은 한번을 끝으로 제 집으로 돌아간 후, 다시는 오지 않았다. 현장을 잡아 극적으로 끌고 가려던 산지기는 조금 아쉽기는 해도 마무리 작업에 차질이 온 건 아니다.

닷새 후 산지기는 애순이를 앞세우고 보무도 당당하게 산을 내려왔다. 물론 여세를 몰아 주인집 대문을 활짝 열어붙였다. 전에는 감히 토방에 오르지도 못하고 마당가운데에 서서 허리를 바짝 구부리던 산지기가 그날만은 토방으로 성큼 올라서며 큰소리로 주인을 불러내었다.

"어르신 드릴말씀이 있습니다."

"무슨 일인데 이렇게 목소리에 힘이 들어간 거야?"

"죄송합니다. 금쪽같은 제 딸년에게 문제가 생겼습니다."

"문제라니? 무슨."

"경수 도련님이 잘 압니다."

더이상 설명하지 않아도 아버지는 금세 알아들었다.

"입 다물고 안으로 들어오게."

산지기는 못이기는 체 애순이를 데리고 사랑방으로 들어갔다.

"이제 차근차근 말을 해봐."

"어르신, 제 딸년은 시집가기 틀렸습니다. 오늘 이댁에 두고 갈 테니 도련님의 소실로 삼던지 아니면 우리 부녀 살길을 열어주십시요."

"살길이라니. 무엇을 어떻게?"

"몇 푼 쥐어주시면 멀리 떠나 애순이 시집보내고 조용히 살겠습니다."

아버지는 짚이는 게 있었지만 입을 다물었다. 작년 가을 산에 올라갔을 때 일이다. 애순이가 자신 앞에서 치맛자락을 팔랑대며 지나치게 너스레를 떨어대었다. 하지만 그때는 행실이 헤픈 아이로만 여기고 그냥 넘어갔다.

체면을 중시한 경수 아버지는 산지기 앞으로 바짝 다가앉았다. 그리고 장시간 밀담이 이어졌다. 산지기 부녀가 환한 얼굴로 돌아간지 닷새 만에 논 한 필지는 남의 손으로 넘어갔다. 물론 돈다발을 챙겨 든 산지기 부녀는 약속대로 그곳을 떠났다. 둘이는 소리 없이 사라졌지만 시끄러운 소문은 골목에 흘리고 갔다. 못난 아들 걱정에 몇날 며칠을 날밤 새우던 아버지는 끝내 아침 해를 보지 못했다. 경수아버지가 급사하자 이웃들은 엉뚱하게도 며느리 잘못 들여 집안이 망조가 들었다고 수군거렸다.

아버지 사망으로 경수는 졸지에 산중의 왕이 되었다. 어머니 나이 마흔다섯이니 충분히 재산관리를 할 수 있으련만 그리하지 않았다. 턱없이 억세기만 한 맏아들과 다투고 싶지 않다며 스스로 방관자가 된 것이다. 그러나 경수는 장남이라는 단 하나의 이유로 호박이 넝쿨째 굴러 들어와 주체를 못했다.

사람은 능력 밖의 일을 하려면 스트레스는 배가 된다. 게다가 인간 관리에 서툴러 경수와 머슴들 사이에 마찰이 일어났다. 머슴들은 농사는 자기들이 잘 아니 따르라했고 경수는 머슴주제에 건방지다는 것이다. 마음 상한 머슴들은 하나둘 떠나가고 새사람이 들어올 때마다 찬바람이 끼어들었다.

아버지가 죽은 이년 후 정임이가 시집왔다. 시댁은 대가족이어서 쌀을 두 가마들이 뒤주에 가득 부어놓는다. 쌀이 뒤주에 반쯤 있을 때 줄어들면 구별을 못하지만, 가득 찼을 때 줄면 금세 알아챈다. 평소에 뒤주관리는 큰며느리 소관이어서 시어머니가 열어보는 일은 흔치않았다. 웬일인지 그날은 시어머니가 갑자기 뒤주를 열어보았다. 전날 뒤주에 가득 부어놓았던 쌀이 푹 줄어 있었다. 정직을 중하게 여기는 집에서 처음 일어난 일이다.

가족들은 막 대문 안으로 들어서는 경태를 약속이나 한 듯 모두 바라보았다. 보나마나 쌀을 퍼들고 나가 술 사먹었을 거라고 짐작했기 때문이다. 영문을 몰라 멍청히 바라보는 경태는 상추밭에 똥 싼 개꼴이다. 그때 어머니가 경태를 잡았다.

"경태야 잠간 서봐."

"뜬금없이 웬 환영식이래요? 모두 나를 다기다리고 있었던 모양이네. 하지만 나는 환영받을 일이 없는데."

"어제 부어놓은 쌀이 푹 줄었는데 네놈 짓이지?"

"그게 무슨 소리예요? 나는 모르는 일이니까 괜히 기운 빼지 말아요."

"너 아니면 누구겠니?"

"나는 분명히 아니니까 당연히 다른 사람이겠지요. 그리고 어머니가 지금 아들을 의심하는 거예요? 내가 출출할 때 한두 되 퍼내어 술은 사먹었지만 뒤주가 축나도록 도둑질은 안 한다고요."

"네가 아니라는 증거도 없잖아. 그러니까 어째서 매일 쌀 퍼주고 술은 처먹냐고."

"에이 답답해. 글쎄 아버지 명예를 걸고 안 퍼냈어요. "

"이놈아!. 아버지 명예는 왜 거기다 걸어."

"그럼 산 사람 명예를 걸어요? 그러니까 내가 아니라면 아닌 거지 어째서 어머니가 아들 말도 안 믿냐고요. 세상에 어머니가 아들을 안 믿으면 누가 믿어준대요."

"그렇다면 아니라는 증거를 대봐."

"증거를 어떻게 대요. 억지 좀 부리지 말아요. 그럼 내가 퍼갔다는 증거를 대봐요"

"어제도 술 처먹고 오밤중에 들어왔잖아."

"지금 동생들 앞에서 취조하는 거예요?"

"취조는 무슨. 그냥 묻는 거잖아."

"묻는 것 치고는 상당히 기분 나쁘네요. 내가 오밤중에 들어오는 게 어제 오늘도 아닌데 새삼스레 왜 그러냐고요. 에이 짜증나. 어디 한번 잘들 살아봐요. 이 도둑놈은 나가서 꽉 죽어버릴 테니까."

경태는 그 말을 끝으로 다시 대문 밖으로 나가버렸다. 한 사람이 가출하는데도 엊그제 시집온 정임이만 발을 동동거릴 뿐, 가족들은 아무도 돌아보지 않았다.

"아이고 큰일 났네. 아가씨 오빠 좀 못 가게 말려요."

"그냥 둬요. 아무러면 엄마가 멀쩡한 아들을 도둑으로 몰겠어요?"

"안 가져 갔다잖아요. 저러다가 어디 가서 정말로 죽어버리면 어떻게 해요."

"별걱정을 다하네요. 죽기는 왜 죽어요. 오빠는 그만한 일에 죽을 사람이 아니라고요."

막내시누이는 말은 그렇게 하면서도 울며 대문을 나가는 정임이 뒤를 따라 나섰다. 둘이 마을 끝에 다다랐을 때 경태 뒷모습이 보였다. 시누이 말대로 경태는 황톳길을 따라 건들거리며 걸어가고 있었다. 집을 뛰쳐나온 사람치고는 너무도 태평하다. 어디로 가는 걸까?

후에 밝혀진 범인은 뜻밖의 인물이었다. 그토록 야무지고 얌전한 큰며느리다. 옥순이는 친정어머니 생신에 한복 한 벌을 선물하고 싶었다. 하지만 요즈음 들어서 시어머니는 서울을 가지 않았다. 게다가 지난번 시어머니 생신 때는 미역국 한 그릇으로 때우지 않았던가. 물론 막내 시누이가 아파서 그랬지만 그렇다고 친정어머니 생신에 한복감이 필요하다는 말을 할 수 없었다.

궁리 끝에 장에 가는 이웃집 아주머니에게 쌀 두 말을 몰래 퍼주며 옷감을 떠다 달라고 부탁했다. 물론 이웃집 아주머니는 쌀 두 말을 이고 장에 가 옷감을 떠왔다. 그러나 옷감도 넘겨받지 않았는데 뒤주에서 말썽이 일어났다. 방바닥에 펼쳐놓고 바느질을 할 수 없게 된 한복감은 옥순이 장롱 밑바닥에서 한동안 숨도 쉬지 못했다.

시어머니는 범인이 누구인지 말하지 않았다. 비밀을 지키기로 약속한 이웃집 아주머니 때문이다. 이웃집 아주머니도 고자질하려고 말한 건 아니다. 엊그제 장가간 새신랑이 새색시 앞에서 억울하게 누명쓰는 게 애처로워 고백한 것뿐이다. 내막이 백일하에 들어난 사실을 옥순이와 경태만 모르는 채, 어물쩍 넘어갔다. 범인은 못 잡은 걸로 하고. 그러나 발 없는 말이 천리는 안 갔어도 알 사람은 다 알게 되었다.

하기야 그까짓 쌀 두 말 없어졌다고 소문이 천리를 가거나 만리를 간들 기둥만 튼튼하면 아무 문제가 없다. 하지만 뒤주 문제는 빙산의 일각이었다.

"요즈음 경수가 노름방을 드나든다네."

"우리동네에 무슨 노름방이 있다고 그래. 다 헛소문이야."

"아니야 면소재지에 노름방이 있대. 거기는 꾼들만 모여들어서 판이 제법 크다고 하던데."

"경수는 엄한 아버지 밑에서 자라 노름은 못할 텐데."

"그래서 그런지 노름은 안하고 선이자 떼고 노름 밑천만 대준다고 하더라고."

"선이자가 뭔데?"

"돈을 꾸어줄 때 이자부터 떼는 거지. 이자가 자그마치 이 할이래."

"이 할이면 얼마야? 쌀 한 말 꾸어주고 그 자리에서 두 되 버는 거잖아? 에그머니, 안 그래도 부잔데 이제는 떼부자 되겠네. 그런데 자네는 어찌 그리 잘 알아?"

"우리 친척 중에 노름하다 거덜 난 사람이 있거든. 거기서 경수를 보았대."

"경수는 농지도 많은데다 이자를 그렇게 많이 받으면 돈은 원 없이 쓰겠구먼."

"그거야 두고 봐야지 뭐. 인생사가 자기 마음대로 굴러가면 부자 안 될 사람이 어디 있겠어."

"맞아, 내가 듣기로는 그 일로 지금 한쪽 모퉁이가 주저앉는 중이래."

어느새 소문은 날개를 달았다. 정임이도 들에서 같이 일하던 아낙네들 입을 통해 내막을 알게 되었다. 물론 큰 며느리인 옥순이의 열린 귀에도 소문은 들어갔다. 그러나 군자는 말이 없었다. 어차피 발언권도 없는 터에 말이 먹힐 것 같지 않아 입을 닫은 것이다. 결국 온 식구가 알게 되었지만 한사람도 소문의 근거를 찾아 나서지 않아 사실 여부는 모른다. 사실 여부는 모르지만 재산이 줄어드는 것은 확실했다.

경수를 막아설 사람은 어머니뿐이다. 그러나 큰아들과 다툼이 싫다는 이유로 수시로 집을 비웠다. 하기야 그때만 해도 논 몇 백 마지기 중에 몇 마지기쯤 없어져도 생활에 지장을 끼치지 않는 탓도 있기는 했다. 재산이 사라지는 건 가족전체문제이니 관여할 바 아니지만 옥순이 개인은 더 큰 걱정거리가 있었다.

몇 년 전에 한몫 챙겨간 산지기 딸 애순이다. 웬수 같은 년이 지난봄 읍내에 있는 술집의 작부가 되어 돌아왔다는 소문이 들려왔다. 야비한 술수로 돈을 한몫 단단히 챙겨가더니 이제와 작부가 된 사연이 기막혔다.

산지기는 경수아버지에게 받은 돈과 애순이가 모아둔 돈을 들고 애순이를 앞세워 서울로 갔다. 기왕 공돈이 생긴 참에 아예 큰물에서 놀아보려는 것이다. 둘이는 서울역에서 내려 멀리 갈 것도 없이 근처 여관으로 들어갔다. 산속에서 갑자기 튀어나온 산지기 말상대는 여관주인뿐이다. 사람상대로 늙어온 여관주인은 어리숙한 산지기 몸짓에서 돈 냄새를 맡았다.

그리곤 사흘이 가기 전에 산지기 주변에 사람들이 몰려들기 시작했다. 입에 팔랑개비가 달린 산지기는 바람 부는 대로 정신없이 팔랑거렸다. 쉽게 의중을 알아챈 사람들은 너도 나도 진드기가 되어 들러붙었다. 날마다 술판이 벌어지고 자칭 도사들 입을 통해 서울시내 고급정보가 오고갔다.

하지만 산지기가 아는 건 산을 돌보는 일뿐이다. 하기야 돈이 필요하면 버섯도 따고 산토끼 잡으러 뛰어다니기는 했다. 물론 장에 내다 팔았지만 산주인에게도 들고 가면 가끔 푸짐한 밥상이 나오고 쌀말이나 안겨주었다. 그랬던 사람에게 경수가 걸려들어 쉽게 뜬구름을 잡은 것이다.

산지기는 애초부터 애순이 일로 큰 기대를 걸었던 건 아니다. 한삼 넌치 양식이나 마련하려고 헛일삼아 손을 내저었을 뿐인데 자식 앞날이 걱정된 산주인은 애순이가 멀리 떠나는 조건으로 한몫 챙겨주었다. 그 목돈은 풀무가 되어 산지기 허파에 바람을 가득 불어넣어주었다.

둘이는 돈뭉치를 앞에 놓고 들여다볼수록 허파가 있는 대로 부풀어 오르기 시작했다. 온밤을 뜬눈으로 지새우며 궁리한 끝에 허파가 터지기 전에 파랑새를 잡기로 합의를 보았다. 기왕이면 파랑새 중에도 제일 큰놈을 잡으려고 밝은 날 아침 서울행 열차에 몸을 실었다. 그나마 재수가 좋으려니 서울에 도착하자마자 파랑새는 여관 처마 밑에 앉아 목이 터지게 지저귀고 있었다.

산지기 주변에 몰려든 사람 중에 하나가 장래 유망직종이라며 편물점을 소개했다. 물론 주변에 앉은 사람들은 이구동성으로 맞장구를 쳐대었다. 산지기도 그 말에 납득이 갔다. 서울역에서 내렸을 때 거리에는 스웨터를 안 입은 여자가 없었다. 애순이도 여관에 짐을 풀자마자 빨간 스웨터부터 사지 않았던가.

종로에 규모가 제법 큰 편물점이 매물로 나왔다고 했다. 물론 똑똑한 산지기는 현장을 답사하려고 약속날짜를 잡았다. 거간꾼과 함께 편물점 앞 빵집에서 만난 편물점주인은 가게에 들어가면 입을 닫으라했다. 가게가 팔리는 걸 알면 기술자가 미리 나가버릴 수도 있다는 것이다. 물론 산지기는 가게에 들어갔을 때 입을 꼭 닫았다. 기술자는 편물점에 없어서는 안 될 중요한 사람이니까. 가게에 들어갔을 때 편물점 한쪽에선 기계 세 대를 놓고 부지런히 스웨터를 짜고 있었다. 일에 열중한 종업원들은 얼마나 바쁜지 힐끗 돌아보기만 하고 아무도 아는 체를 안 했다.

밖으로 나온 편물점주인은 일시불을 원했고 애순이 뭉칫돈도 보따리 안에 있으니 안 될 것도 없었다. 맑은 날 아침 산지기는 엊그제 새로 산 말끔한 옷으로 갈아입었다. 새 주인으로 소개받을 때 종업원들한테 잘 보이기 위해서였다. 산지기는 돈 보따리를 챙겨들고 거간꾼을 따라나섰다. 거간꾼 뒤를 쫓아 편물점 앞 가까이 갔을 때 편물점주인은 손수 문 앞에 나와 기다리고 있었다.

그는 혼자가 아니었다. 옆에 비서처럼 서있는 인상 좋은 청년이 산지기를 향해 여유로운 미소를 띠고 있었다. 아마도 편물점이 잘되어 비서까지 있는 모양이다. 방심한 산지기가 가까이 다가가자 인상 좋은 청년 얼굴에 미소는 사라지고 갑자기 매의 눈으로 변했다. 그리곤 독수리처럼 발톱을 세우고 산지기가 안고 있는 보퉁이를 낚아채었다.

산짐승과 싸워본 적이 있는 산지기는 땅바닥에 벌렁 나자빠지면서도 돈 보따리는 꽉 끌어안고 놓지 않았다. 그때 한쪽에서 기다리던 거간꾼 놈이 잽싸게 다가와 산지기 가슴을 발로 짓눌렀다. 그래도 돈 보따리는 놓지 않았다. 아직도 한 놈이 남았다. 점잖은 편물점주인께서 냅다 산지기 머리통을 발로 차는 게 아닌가. 산지기는 정신이 아찔해지며 손에서 힘이 풀렸다. 그 틈에 거간꾼이 달려들어 돈보따리를 빼앗아들고 냅다 뛰었다. 그 뒤를 따라 청년도 달리고 편물점주인도 달렸다. 산을 잘 타는 산기기는 길바닥에 누운 채, 구경꾼이 되었다.

잠시 후 산지기가 정신을 차렸을 때는 낯선 사람들만 흘끔거리며 지나가고 있었다. 애순이와 서른다섯 살 차이가 나는 산지기는 여관으로 가지 않았다. 아니다. 가지 못했다. 게다가 이제는 돌아갈 산조차 없다. 산지기는 오래전 애순이처럼 깡통을 집어들고 바람 부는 거리로 나섰다.

산지기가 돌아오지 않아도 여관 주인은 궁금해하지 않았다. 날마다 몰려오던 사람들의 발길도 끊겼다. 여관주인은 알거지가 된 애순이를 일주일 만에 쫓아내며 몇 가지 은공을 베풀어주었다. 첫째 소지품을 하나도 빼앗지 않았다. 둘째 일주일치 밥값도 제해주었다. 덤으로 고향으로 돌아가라며 기찻삯까지 마련해주었다. 인간의 본능에만 충실한 애순이는 산지기가 돈을 들고 도망간 줄 알았다. 그런데 고마운 여관주인은 알거지에게 차비까지 주며 고향으로 돌아가라 한다. 애순이는 천사 같은 여관주인에게 절을 열 번도 더하며 기차역으로 갔다.

옥순이는 경수가 노름방에 가는 것보다 애순이를 찾아갈까봐 걱정이었다. 경수가 새벽이슬을 맞고 돌아오면 의심의 눈초리를 거둘 수 없었다. 그래도 군자답게 따져 묻지는 않았다. 하지만 경수는 애순이네 술집 근처에 얼씬거리지 않았다. 이유는 간단하다. 예전에 맡았던 시궁창 냄새가 하도 고약해 두 번은 맡고 싶지 않아서다.

왕도 왕 나름이어서 경수가 처음 산중 왕이 되었을 때는 언어폭력뿐이었다. 그러나 왕 노릇이 차차 익숙해지며 물리적인 폭력을 시작했다. 똥 뀐 놈은 방귀 뀔 때만 성내지 않았다. 똥 마려워도 성 내고 방귀 뀌다 똥을 지리면 더 성을 내었다. 경수는 밖에서 일이 안 풀리면 화살은 애꿎은 동생들에게 날아갔다. 가끔 누군가 이유 없이 맞을 때면 시야가 좁은 아이들은 모여앉아 수군거렸다. 결론은 옥순이가 시시콜콜 경수에게 고자질하기 때문에 맞는다는 것이었다.

담장을 사이에 두고 살아도 사람 속을 거울같이 들여다볼 수는 없다. 마을사람들은 옥순이가 말이 없어 군자라 했지만 정작 식구들은 의뭉스럽다고 반대의 평가를 내렸다. 얼마 전에도 이해하기 어려운 일이 있었다. 간간히 부엌일을 돕던 둘째시누이는 금년 봄에 시집을 갔다 . 이제 딸은 막내시누이 성희만 남았다. 금년 열여덟 살짜리 성희는 둘째시누이와 달리 부엌근처는 얼씬도 안 했다. 토요일 오후 경수는 지나가는 성희를 불러 세웠다.

"너, 이리 따라 와."

"어디 가는데?"

"잔말 말고 따라 와."

둘이 도착한 곳은 마을 끝에 있는 경수네 과수원이다. 하기야 말만 과수원일 뿐 가족들이 먹으려고 사과 배 복숭아 감, 등 유실수가 가득한 작은 밭이다. 앞에서 개 한 마리가 똥이 마려운지 킁킁거리며 밭으로 들어가고 있었다. 성희는 영문도 모르고 똥개 뒤를 따라 과수원으로 들어갔다. 마침 밭에는 막 익어가는 백도와 황도 향기가 코끝을 간지럽혔다.

"오빠 여기가 바로 무릉도원인가? 냄새도 좋고 경치도 좋고. 앵

두 따먹은 게 엊그제 같은데 벌써 복숭아가 익어가네. 아버지가 여기에 과수원을 만든 건 참 잘하신 일이야. 철따라 없는 게 없잖아. 저기 좀 봐. 배가 제법 큰 걸 보니 머지않아 봉지를 씌워야겠네."

경수는 흘깃 쏘아보며 후미진 곳에 성희를 세워두고 굴러다니는 몽둥이를 집어 들었다. 우두커니 서서 구경하던 성희는 아무데나 똥을 퍼질러대는 똥개를 팰 줄 알았다. 하지만 경수는 똥개 대신 성희를 향해 다가왔다.

"어째서 너는 맨날 빈둥거리는 거야. 배에 봉지 씌울 때가 됐다고? 너 말 잘했다. 배에 봉지 씌우는 건 걱정 말고 오늘 저녁부터 설거지 좀 하지."

"올케언니가 둘이나 있고 일하는 아이가 있는데 왜 나까지 해야 해."

"올케들이 네년 종이냐?"

"나는 학교 다니잖아. 집에 오면 피곤하다고."

"학교 다니는 년이 너 하나뿐이냐? 학교 다녀도 아침저녁은 거들 수 있잖아."

"아침 일찍 학교 가고 저녁 늦게 오는데 어떻게 해."

"주말도 바쁘냐? 너는 애초에 일할 생각이 없는 년이야."

"그렇다면 전에 일하던 아주머니를 다시 불러."

"이년아 돈이 썩어나냐? 그냥 네가 거들면 간단하게 끝나는데 말이 많네."

"그게 무슨 소리야. 아버지가 남긴 재산이 얼만데 아버지 딸이 부엌데기가 되어야 하냐고. 또 오빠는 일을 안 하면서 나를 다그치는 것도 말이 안 되잖아."

"네 올케들도 부엌데기 하려고 시집온 건 아니야."

“말 나온 김에 한마디 더하고 넘어갈께. 머슴들 말이 우리 논이 자꾸 줄어든다고 하던데 설명 좀 해봐. 아유 없이 재산이 왜 줄어드냐고.”

“네년이 알아서 무엇 하려고. 이런 건방진 년.”

“우리는 알아야 할 권리가 있어. 그 재산은 공동재산이거든. 우리가 어렸을 때는 철이 없어 아무것도 몰랐어도 이제는 알만큼 안다고.”

“이년 말하는 소리 좀 봐라. 겁만 주려고 했더니 매를 부르네.”

“그 몽둥이를 나한테 휘두르려고? 어렸을 때는 멋모르고 맞았지만 이제는 절대로 안 맞을꺼야.”

“이년 봐라. 몽둥이가 네년을 비켜가나 보자.”

그 말과 동시에 몽둥이는 개가 아닌 성희에게 날아들기 시작했다. 경수는 재산이 사라지는 분풀이를 자신도 모르게 성희에게 하고 있었다. 자존심이 강한 앳된 처녀는 몽둥이가 날아들어도 아무 소리도 내지 않았다. 기가 센 성희는 여기서 맞아 죽는구나 하는 절망감이 들었지만 빌지 않았다. 서열이 같은 처지에 비굴하고 싶지 않았고 빌 만한 일이 없다고 생각해서였다.

경수는 끝내 사과를 받아내지 못하고 매질을 멈추었다. 힘이 부쳐서 멈춘 게 아니다. 자신의 분노가 성희에게 있지 않음을 처음부터 알고 있었다. 게다가 아버지 생전에 막내딸 기를 있는 대로 살려 놓아 성희는 한번 오기가 뻗치면 아무에게도 머리를 숙이지 않는다. 경수는 성희 눈에서 뿜어져 나오는 오기를 보며 그냥 때리다 보면 성희의 다리나, 팔이 부러질지도 모른다는 불안감이 살짝 밀려왔다. 경수가 매질을 멈추고 먼저 떠난 뒤 성희는 집으로 돌아와 말없이 골방으로 들어갔다. 그리곤 방문이 꼭 닫혔다.

정임이는 저녁 밥상머리에 막내시누이가 보이지 않아 궁금했다. 하지만 친구집에서 돌아오지 않았을 것으로 짐작하고 제 방으로 들어갔다. 웬일인지 밤이 늦어도 시누이는 돌아오지 않았다. 피곤하고 귀찮은 생각이 없었던 건 아니나 성희가 걱정되어 끝까지 모르는체 할 수 없었다. 그길로 성희가 잘 가던 친구집을 찾아가 보아도 안 왔단다. 다시 집으로 들어와 이 방 저 방 다 열어보았다. 시누이는 어두컴컴한 구석방에서 짐승처럼 널브러져 있었다.

"아이구 애기씨 여기 있었네요. 얼마나 찾아다녔다고요. 벌써 자요? 저녁은 먹고 자야지요. 어서 나와요."

"참견 말고 문 닫아요."

성희는 돌아보지 않은 채 차갑게 한마디로 잘라버렸다. 정임이가 방으로 들어가 전등을 켜자 시누이는 황급히 치마로 다리를 덮었다. 그래도 다 가리지는 못했다.

"아가씨 다리에 멍 자욱이 있어요. 어머나. 얼굴은 더 하네. 누가 그랬어요. 혹시 둘째 오빠 짓인가요?"

"아니요. 미치광이 큰 오빠요."

"왜요?"

"집안일 안 한다고."

"세상에나. 이게 웬일이래요. 학생이 무슨 시간이 있다고 일을 한대요."

매 맞은 후유증은 컸다. 멍은 겉에만 있지 않았다. 성희는 가슴속이 부글부글 끓어올라 오기로 얼굴을 내밀지 않았던 것이다. 다음날 아침 정임이는 들로 나가야 했고 집에는 옥순이만 있었다. 분이 풀리지 않은 성희는 옥순이 수발을 강경하게 거부했다. 군자인 옥순이는 군자답게 변명도 위로도 하지 않은 채, 방관했다. 어쩔 수 없이 정임이가 아침저녁으로 요강도 비워 주고 밥도 챙겨주었다.

성희는 일주일 동안 학교도 안 가고 방밖으로 나오지 않았다. 사람은 문밖으로 나오지 않았어도 애간장이 녹아내리는 흐느낌은 간간히 문틈으로 새어나왔다. 시누이의 흐느낌은 옥순이 숨통을 잡고 늘어졌다. 그 후 옥순이는 무지막지한 남편에게 고자질은 안 하기로 결심했다. 물론 그 후론 남편에게 일러바치는 일은 없었다. 옥순이가 일러바치지 않아도 경태 스스로 손에서 매를 아주 놓았다. 동생들에게는 매를 놓았지만 누군가의 인생이 박살날 몽둥이는 세월을 기다리고 있었다.

고난의 문은 열리고

남편 처신에 따라 아내가 받는 대우는 다르다. 집안에서 하는 일 없이 밥만 축내는 경태 존재는 희미하다. 덩달아 그의 아내인 정임이도 희미한 존재가 되었다. 큰동서 옥순이는 장남의 아내인 터에 살림꾼이다. 부엌은 이미 옥순이가 장악했으니 정임이가 넘보기에는 어림없는 일이다.

정임이가 시집가던 그 해 겨울이 가고 아지랑이가 피어오를 때 친척인 앳된 처녀 하나가 낡은 보퉁이를 안고 황톳길을 따라왔다. 작년 여름 부모가 돌림병으로 죽은 탓에 갈 곳 없어 찾아온 아이다. 이미 기울어가는 집, 부엌에 두 사람의 보조는 필요 없다. 누군가 한 사람이 부엌에서 나가야 한다면 어른인 정임이 뿐이다. 이제 정임이가 가야할 곳은 논, 밭뿐이다. 정임이가 들로 나가겠다하니 식구들은 은근히 반기는 눈치다. 한 사람이 나가 품앗이하면 한 사람 일손 구하는 것은 해결되는데 싫어할 이유가 없지 않은가.

정임이 친정어머니의 바램은 딸이 좋은 옷을 차려입고 일꾼들을 감독하는 것이었다. 하지만 딸은 시집오고 반 년 만에 부엌일은 앳된 처녀에게 넘기고 일꾼 대열에 들어섰다. 정임이는 새벽에 일어나 안팎으로 쓸고 닦고 밥 한술 뜨면 호미 들고 밭으로 나갔다. 그렇다고 들일이 나쁘기만 한 건 아니다. 밭이랑을 하나씩 차지하고 앉아 김을 매며 연신 떠들어대는 아낙네들 수다가 심심치 않았다. 게다가 그곳엔 그리운 고향 친구들도 있어서 더 좋았다. 하늘, 바람, 그리고 햇살.

시아주버니 경수는 천성이 게을렀다. 세수하고 밥 먹고 똥 싸는 것만 스스로 하고 나머지는 모두 남을 시켰다. 방안에서는 동생들 시키고, 마당에서는 머슴이나 지나가는 사람 시키고. 큰동서 옥순이 역시 아무리 일을 잘해도 부엌과 마당만 뱅뱅 돌 뿐 열무밭에 장다리가 솟거나, 고추밭이 잡초 속에 묻혀도 강 건너 불구경하듯 했다. 얼굴이 햇빛에 타는 게 싫고 집안 일 만으로도 벅차다는 이유였다.

결국 설 자리가 애매한 정임이만 안팎으로 머슴역할을 짊어지게 된 셈이다. 사람 사는 세상은 열심히 일하면 할수록 칭찬이나 감사보다 일거리가 늘면 늘었지 줄어드는 법이 없다. 온종일 뙤약볕에 시달리다 저녁에 들어와도 밥 한술 뜨면 부엌일이 끝날 때까지 큰동서 옆에서 서성거렸다.

경태는 아침에 나가면 온종일 쏘다니다 달밤에 들어오고, 밥상머리에서 물러나기 바쁘게 널브러져 잠만 잤다. 그래도 일 년 반이 지나 아들이 태어났다. 제 자식까지 태어났으니 책임감을 가지고 장래를 계획해야 하련만 한 번도 미래를 이야기한 적이 없다. 그러나 가끔 속마음이 보일 때도 있기는 했다. 정임이가 힘들여 일하는 게 불쌍하면 형수에게 따지는 대신 보란 듯이 제 아내를 두들겨 팼다.

아이가 태어난 후 정임이 입장이 애매해졌다. 아기 업고 품앗이할 수도 없는 일이고 그렇다고 팔자 좋게 아기만 끼고 앉아 온종일 큰동서 뒤에서 어물거릴 수도 없었다. 옥순이도 한 달 후, 딸을 낳았다. 옥순이는 그동안 아이가 들어서지 않아 애를 태우다 겨우 출산했다. 마을사람들은 정임이가 임신하자 시샘으로 옥순이에게 아이가 들어섰다며 한턱내라고 야단이다.

두 아이는 비슷한 시기에 한집에서 태어났어도 처음부터 달랐다. 옥순이 딸은 안방에 뉘고 정임이 아들은 풀밭에 뉘였다. 정임이는 해산한지 두 달 만에 아기는 엎고 물 주전자와 기저귀를 챙겨들고 밭으로 나갔다. 들일이 좋아서 그런 것만은 아니다. 두 달간 집에 있자니 가시방석이 따로 없었다. 경수가 정임이를 바라보는 눈길은 얼음장이었고 가뜩이나 말 없는 옥순이도 입을 닫아버렸다. 뾰족한 가시는 아침부터 저녁까지 엉덩이를 찔러대고 무거운 침묵은 숨통을 조여와 숨 쉬러 바람 부는 들로 나왔다.

아직은 봄바람이 서늘해서 아기를 업은 채, 밭일을 했다. 여물지 않은 어린 게 온종일 제 어미 등에 매달려 있으니 불편하련만 크게 보채지 않았다. 그럭저럭 보리가 익어갈 때 아이는 백일이 지났다. 마침, 날도 따뜻해지고 아이가 커가며 버둥대어 겸사겸사 풀밭에 뉘였다.

벌써 여름이다. 밭둑에 앉아 아기에게 젖을 듬뿍 먹여 나무 밑에 뉘고 김을 매기 시작했다. 햇빛이 점점 뜨거워지면 이마에서 땀방울이 물처럼 흘러내린다. 잠자던 아이가 자지러지게 울어대어, 달려가 보면 기저귀는 푹 젖어 있고 눈가로 개미가 기어 다녔다. 제 어미를 본 아기는 언제 울었냐는 듯, 연신 입을 방글거린다. 어린것의 티 없는 눈동자를 마주보는 어미 가슴은 미어졌다. 그나마 다행인 건 들녘이어서 독사도 없고 사나운 짐승도 없었다.

좋지 않은 환경이건만 아기는 오뉴월 호박처럼 쑥쑥 컸다. 어느새 스스로 뒤집기를 하더니 흙 위를 기어 다니기 시작했다. 그냥두면 온 밭을 굴러다닐 것 같아 다시 업었다. 이미 자유를 만끽한 아이는 버둥대는 것도 모자라 몸을 뒤로 발랑 제켜가며 울어대었다. 그때 지나가던 이웃집 할머니가 멀리서 그 모습을 보고 다가왔다.

"새댁, 아기 업고 일하기 힘들지 않아?"

"백일 전에는 잠만 자서 견딜만했는데 이제는 하도 버둥대어 힘들어요. 그렇다고 일을 안 할 수도 없구요."

"에구 사람이 꾀가 있어야지."

"무슨 꾀요? 좀 가르쳐 주세요."

"아기를 묶어 놓으면 되잖아. 내가 젊은 시절에 많이 했던 일이야."

"에그머니 개도 아닌데 어떻게 묶어놔요."

"그래도 온종일 들일을 하려면 어쩌겠어. 내가 한번 해볼까."

할머니는 자신의 허리에 매었던 끈을 풀어 한쪽은 나무에 매고 한쪽은 아기 발목에 매었다. 사람과 개 차이는 사람은 발목에 끈을 묶고 개는 목에 묶는 것뿐이었다. 정임이는 모양새가 하도 우스워 저도 모르게 킥킥거렸다. 그러나 가슴은 울고 있었다. 그렇다고 다른 방법이 있는 것도 아니어서 그 방법을 택하기로 했다.

이튿날 아기 발목과 나무를 끈으로 연결해놓고 일어서다 무심코 돌아보니 어느새 아기 입이 흙투성이다. 손에 잡히는 대로 입에 넣은 모양이다. 정임이는 한쪽에 접어놓았던 포대기를 쭉 펴서 땅바닥에 깔았다. 그리곤 포대기 가장자리를 돌멩이로 고정시키고 아기 발목에 묶은 끈을 바짝 줄였다. 이튿날은 커다란 이불호청을 깔아놓아 운신 폭을 넓게 해주었다.

평소에 배고프거나 오줌이나 싸야 울던 아기가 갑자기 울어대어 달려가 보면 이유가 있었다. 나무를 빙빙 돌며 기어 다녀서 끈이 나무와 아기를 하나로 묶어 놓았기 때문이다. 저녁때 아기 발목에 매인 끈을 풀면 살갗에 붉은 빛이 감돌았다. 느슨하게 묶어도 연한 살이 견디지 못해서다. 그 모습은 바라보는 어미 가슴은 아리다 못해 미어진다. 작은 발목을 한참 어루만지다 들쳐 업고 물주전자를 집어 들었다. 그나마 비오는 날은 휴가를 즐기는 기분이다. 그럭저럭 가을이 가고 겨울이 왔다. 그제야 아기는 들개 신세를 벗어났다.

해가 두 번 바뀌는 사이, 아이가 둘이 되었다. 둘째는 딸이다. 자식이 둘이 된 후에는 들로 나가기는 어려웠다. 이제 정임이네 네 식구는 집안에서 쓰임새 없는 존재가 되었다. 엎친데 덮쳐 연년생으로 또 임신을 했다. 제수 임신 소식을 들은 경수는 기어코 한마디하고 넘어갔다.

"토끼도 아니면서 새끼를 일 년에 한 배씩 배네."

제수를 무시하는 시아주버니 말투에 면역이 생겨 정임이는 귀를 닫아버린 지 오래다. 전에는 일손도 아깝고 재산분할도 아까워 내보낼 생각을 안 하더니 분가하라고 했다. 경수의 고약한 심보가 야속했지만, 한편 반갑기도 했다. 눈치 안 보고 내 새끼 데리고 오붓하게 살기를 얼마나 고대했던가. 분가하며 나누어 준 건 허름한 초가와, 마을에서 멀리 떨어진 논 일곱 마지기에 오백 평짜리 밭 하나가 전부였다. 다른 집에 비하면 작다고 할 수는 없겠으나 시댁 재산 규모에 비해서는 일부분이다.

생각 없는 경태가 가관이다. 제 앞으로 분할 된 재산에만 눈이 멀어 불평 한마디 없이 이불 보따리 하나 걸머지고 신바람을 내며 대문을 나선다. 한편 정임이도 제 새끼들과 오붓하게 살고 싶은 소망이 있었기에 섭섭한 것만은 아니었다.

초라하기 짝이 없는 초가로 이사하던 날 그냥 눈물이 흘렀다. 서러움과 감격이 교차되는 눈물이다. 이사하는 첫날 재수 없게 눈물 바람이냐고 구설수에 오를까 염려되어 얼른 부엌으로 들어가 눈물을 닦았다. 다행히 시어머니가 때맞춰 내려와 육 개월분 양식과 간장이며 된장 고추장은 일 년 치를 나누어 주었다.

시댁에 살 때 힘은 들어도 꿈이 있었다. 그렇다고 대단한 꿈은 아니다. 그냥 남들처럼 부부간에 나란히 논밭도 가고 새끼들과 머리를 맞대고 오손도손 밥 먹는 꿈이다. 하지만 정임이 꿈은 아랑곳없이 이사 가던 날 경태는 짐도 풀지 않고 휭하니 나가버렸다.

전 주인이 노부부여서 집을 손질하지 않고 살았던 탓에 손댈 곳이 많았다. 이튿날 아침 정임이는 동구 밖으로 나가 함지박에 황토를 가득 담아왔다. 이웃집에서 커다란 통을 빌려다 황토와 물을 섞어 골고루 저었다. 고운 황토는 모래 한 알 잡히지 않아 흡족하다. 걸쭉해진 황토로 까맣게 그을은 부뚜막을 문지르기 시작했다. 왼쪽을 바르는 동안 오른쪽 부뚜막에 발라놓은 황토가 말라가며 뽀얗게 피어난다.

내친김에 벽까지 황토를 발라 깔끔하게 단장했다. 밥솥 옆에 방치된 녹슨 가마솥도 반짝거릴 때까지 들기름으로 수없이 문질렀다. 일을 끝내고 부엌바닥에 철퍼덕 주저앉아 이리저리 둘러보아도 흠잡을 데가 없다.

부엌일을 끝내고 이튿날은 방을 손질하기 시작했다. 군데군데 흙이 떨어져나간 곳은 황토를 되직하게 반죽해서 말끔하게 때우고 벽이 마른 후 큰댁에서 도배하고 남은 벽지를 얻어다 꼼꼼히 발랐다. 방이 두 개 뿐이어서 일은 어렵지 않게 끝냈다.

그동안 밀린 빨래며 집안을 말끔히 정리한 후 내친김에 외벽도 손질하기 시작했다. 외벽은 흙이 떨어져나간 곳이 많아 하루 이틀에 될 일이 아니다.

“여보 외벽은 당신이 손질 좀 해줘요. 흙도 많이 필요하고 높은 곳은 사다리 타고 올라가야 하는데 임신한 내가 하기에는 여간 벅찬

게 아니어서 그래요."

"극성 떨지 말고 대강 살아. 전 주인도 멀쩡하게 잘만 살았잖아. 네가 좋아서 벌이는 일이니 네가 하는 게 옳아. 나는 너처럼 한가한 사람이 아니라고."

"뱃속에 아기도 있는데 무리하면 어떻게 해요."

"글쎄 ,무리하지 마. 그냥 밤낮 퍼질러 자면 되잖아. 여기는 시집살이 시키는 사람도 없는데 뭐가 걱정이야. 복 터진 년이 따로 없다니까. 그게 다 내 덕인 줄은 알지?"

"그렇다면 똥이나 밭으로 날라주고 가요."

"보자보자 하니까 이년이 맘대로 지껄이네. 내가 어디로 봐서 똥지게나 지고 다니게 생겼냐?"

"똥지게 지는 사람은 얼굴에 써있나요? 형편껏 살아야지."

"얼씨구 따박따박 말대꾸 하는 것 좀 봐라. 내 형편이 어때서 지랄이야? 이 썅년이 화를 부르네. 똥바가지를 너한테 먼저 듬뿍 씌워주마."

경태는 냅다 변소로 달려갔다. 그리곤 정말로 똥바가지에 똥을 가득 담아, 질질 흘리며 다가 왔다.

"자 어디 맘대로 지껄여 봐라. 제대로 똥 맛을 보여주마."

정임이는 뒤도 돌아보지 않고 밖으로 나갔다. 번듯한 집으로 만들고 싶은 욕심에 들에 나가 흙을 지게로 퍼 날랐다. 흙에 지푸라기를 섞어 여기저기 때우고 황토를 말끔히 발라 외벽까지 손질을 끝냈다. 다음은 마루를 반들반들하게 질을 내기 시작했다. 하지만 마루는 하루 이틀에 될 일은 아니다. 무너져가는 담장도 손질하고 틀어진 사립문도 바로 세우니 제법 집 꼴이 잡혔다. 지붕은 지난 가을 전 주인이 이엉을 새로 해놓아 손댈 필요가 없었다. 그렇다고 집 손질에만 매달린 건 아니다. 틈 날 때마다 밭도 갈아엎고 씨도 뿌렸다.

어느새 작은 밭에는 각종 새싹이 움트고 이웃집 보리가 제법 자라 바람에 일렁이기 시작했다. 정임이는 훗날을 위해 부지런히 품앗이도 다니고 틈틈이 논도 갈아엎어 바닥을 고르게 다듬어 모 심을 준비도 끝냈다. 집안일은 안팎으로 틀이 잡혀가면서 안정권에 들어섰다.

정임이가 안팎으로 뛰어다니며 바쁘게 돌아칠 때 경태는 밖에서 더 바쁘게 돌아쳤다. 몇 날 며칠을 정신없이 돌아치더니 이사 오고 넉 달 후, 온갖 푸성귀가 한창 예쁘게 자라는 밭문서를 남의 손에 넘겨주었다.

"아이고 이일을 어째요. 아이가 곧 셋으로 늘어나는데 하나뿐인 밭을 노름으로 날리냐고요. 앞으로 푸성귀는 어떻게 먹어요."

"이 여편네야, 나는 그렇게 생각 없는 사람이 아니야. 푸성귀는 염려 안 해도 돼. 들판에 널린 게 나물이잖아. 저게 다 네 것인데 뭐가 걱정이야."

"어떻게 나물만 먹고 살아요."

"머리를 써라. 머리를. 김치도 담가 먹으면 되지. 달래김치, 돌미나리김치, 씀바귀김치. 뭐 천지가 김칫거리네."

"고추도 그렇고 또 김장 배추나 무는 어떻게 구해요."

"재수 없게 왜 이리 지랄이야. 나도 다 생각이 있으니까 찍소리 말고 기다려. 붕어를 잡으려면 지렁이를 먼저 던져주어야 하잖아. 나는 저놈들한테 낚싯밥을 조금 준 것 뿐이야. 지금 내 노름 실력이 일취월장하고 있으니 한 달 후면 밭떼기는 두 개로 불어날걸. 밭을 다시 찾으면 늦배추 심어서 배터지게 먹으면 돼."

"제발 정신 좀 차려요. 일은 안 해도 좋으니까 그냥 집에만 있어요."

"내가 앉은뱅이냐? 방구석에 처박혀있게. 재수 없게 주둥아리를 나불거리면 너는 내손에 죽는 수가 있다. 명심해라."

"노름은 아무나 하는 줄 알아요?"

"얼씨구 이 여편네가 제법 똑똑하네. 나같이 머리가 팽팽 돌아가는 사람이 해야지 아무나 덤벼들면 쪽박 차기 십상이지. 우리 형이 지금 그 꼴 나고 있잖아. 학교 다닐 때 공부를 못하더니 머리 나쁜 티를 낸다니까."

"어머니가 그러시는데 당신도 공부 못 했다고 하던데."

"이 여편네가 말귀를 못 알아들었구먼. 나는 공부를 안 한 거고 형은 공부를 못한 거야. 안 한 거와 못한 걸 구별도 못하네. 이런 멍청한 년하고 평생 살 생각을 하니 눈앞이 캄캄하다."

그래도 가을은 왔고 세 번째 아이가 태어났다. 아들이었다. 큰동서도 임신 7개월째여서 제법 배가 불렀지만 인사로 미역 한 뭉치 들고 와, 밥 한 끼 해주고 돌아갔다. 그나마 다행인 건 시어머니 부탁으로 이웃집 할머니가 틈틈이 미역국은 끓여주어 배는 곯지 않았다. 간난 아기를 며칠 두고 보니 먹성도 좋지 않은데다 열도 자주 오르고 수시로 보챘다.

부잣집 둘째아들은 통도 컸다. 밭을 두 개로 불려온다고 큰소리치더니 추수가 끝날 무렵 논문서까지 남의 손에 넘겨주었다. 이제 남은 건 초가한 채와, 아들 둘, 딸 하나, 뿐이다. 일곱 마지기 논에서 수확한 쌀로 얼마간 버틸 수 있으리라 여겼지만 오산이었다. 논이 기름져서 자그마치 쌀을 열여덟 가마니나 수확했다. 그러나 경태는 그해 농사지은 쌀을 아이들이 먹어치우기 전에 또 노름방으로 들고 나가기 시작했다. 이틀이 멀다하고 줄어들던 쌀가마니들이 드디어

바닥을 보였다. 밥상머리에 새끼들 앉혀놓고 오순도순 밥 먹는 꿈도 사라졌다.

경태는 노름 밑천이 떨어지자 노름방에서 뒷전으로 밀려났다. 돈 없어 노름방은 못가도 집에서 할일은 있었다. 아침에 눈뜨기 바쁘게 술타령이다. 가게에서 몇 번은 외상을 주더니 더는 못 주겠단다. 술 사오라는 성화에 못 이겨 큰댁으로 갈 수밖에 없었다. 옥순이가 몇 번은 속아주었지만 오래 견디지 못하고 경수에게 떠넘겼다. 산중 왕은 망설임 없이 다시는 얼씬거리지 말라는 아니꼬운 금족령을 내렸다.

경태는 술까지 못 마시게 되자 또 노름방을 드나들었다. 돈 한 푼 없어 판에 끼어들지는 못하고 뒷전에 앉아 구경꾼이 되었다. 그러나 뒷전에서도 할일은 있었다. 부잣집 아들이라는 자부심은 없어지고 술심부름, 담배심부름이나 하며 개평 몇 푼 받아 얼마간 모아지면 끼어 앉아 그마저 몽땅 털어 넣었다.

더 심각한 건 농촌의 긴 겨울이다. 한 달에 열흘이라도 일을 해야 쌀 되박이라도 마련하련만 날이 추워져 일거리가 없으니 꼼짝없이 굶을 지경에 이르렀다. 어느새 쌀독에 쌀 한 톨 남지 않았다. 더구나 내 소유 밭 한 뙈기 없어 그 흔한 우거지조차 변변히 마련해두지 못했다. 가을걷이를 끝낸 밭이랑에 떨어진 배춧잎이나 무 잎을 주어다 얼마간 말려놓기는 했지만 그마저 떨어졌다.

쌀 됫박이라도 꾸어주던 이웃들도 꾸어가기만 하고 돌려받지 못하자 핑계거리를 만들며 꾸어주지 않았다. 가끔 이웃집에서 밥 한 그릇이라도 보내주면 두 아이 입으로 먼저 들어갔다. 간난 아기에게 젖 먹인다는 구실로 배고픈 새끼들 앞에서 어미가 밥을 퍼먹을 수는 없었다.

위로 두 아이는 배고프다고 징징거리기라도 했지만, 말 못하는 간난 아기는 울어대며 점점 말라 비틀어져 갔다. 게다가 기관지가 약해 수시로 고열에 시달렸다. 더는 견딜 수 없어 금족령을 어기고 큰댁을 찾아가기로 했다. 경수가 출타하면 아이들에게 아침밥이라도 한술 얻어 먹이려고 일부러 늦게 갔다. 큰집은 마을 중앙에 버티고 있고 정임이네 집은 마을 끝에 있다. 두 집 사이는 십오 분 거리지만 배고픈 아이들은 가면서 벌써 얼었다.

오늘따라 큰댁 대문은 크고 견고하게 보였다. 정임이는 대문에 손만 대고 성큼 열지 못했다. 두 아이는 추위와 배고픔을 견디지 못해 작은 몸뚱이를 잔뜩 웅크린 채, 이를 딱딱거리며 벌벌 떨어대었다. 새끼들이 가여워 더는 망설일 수 없었다. 정임이는 남의 집 대문을 여는 것처럼 조심스레 열고 안으로 들어섰다.

옥순이는 이미 설거지를 끝내고 안방에 들어가 있었다. 네 식구는 이러지도 저러지도 못한 채, 한동안 토방에 우두커니 서있었다. 정임이는 아이들의 간절한 눈동자를 마주볼 수 없어 인기척을 내었다. 막상 방안으로 들어가 보니 옥순이는 아직도 보름이나 남은 구정에 딸들에게 입힐 한복감을 펼쳐 놓고 있었다.

입이 무거운 군자는 따뜻한 아랫목에 앉아 힐긋 돌아보며 어서 오라는 한마디를 끝으로 가위질에 여념이 없다. 제 어미 옆에서 소꿉놀이 하는 두 딸들은 포동포동한 얼굴이 발그레 피어오르고 값비싼 털스웨터를 입고 있었다. 한 달 전에 태어난 간난 아기도 폭신한 이불에 쌓인 채, 아랫목에서 자고 있었다. 정임이는 초라한 제 자식들과 큰집 아이들이 비교 되어 애꿎은 천장만 바라보았다.

그것도 잠시뿐, 비교할 처지가 아님을 텅 빈 위장이 꾸르륵 대며 알려주었다. 젖을 먹지 못해 얼굴이 핼쑥한 젖먹이를 품에 안고 윗목에 쪼그리고 앉아 밥 먹었냐고 묻기를 간절히 기다렸다. 소 같은 옥순이는 아는지 모르는지 끝까지 그런 인사치레는 없었다.

가뜩이나 몸이 부실한 아기는 고열로 바짝 마른 입술을 연신 핥아 대며 고개를 이리저리 돌려댄다. 다섯 살짜리 아들과 세 살짜리 딸도 부엌을 흘금거리며 제 어미 치마를 움켜쥔 채, 큰어머니 얼굴만 빤히 바라보았다. 배고픈 네 식구의 간절한 바램과 달리 아침밥을 잘 챙겨먹은 옥순이는 한 번도 고개를 들지 않았다.

정임이는 밥 좀 달라는 말이 입안에서만 맴돌 뿐, 밖으로 나오지 않았다. 군자의 꽉 다문 입에서도 아무 말도 나오지 않았다. 썰렁한 분위기에 숨이 막혀 정임이는 슬며시 일어섰다. 눈치로 제 어미가 집으로 돌아가려는 것을 알아 챈, 다섯 살짜리 큰 아이가 울음을 터트렸다.

"엄마 밥 안 줘?"

"아까 먹었잖아. 큰 엄마 일하시는데 어서 집으로 가자."

"배고파. 배고프다고. 어제 밤에도 안 주고 오늘 아침도 안 주고. 매일 안 주면서."

큰 아이가 서럽게 울자 작은 아이도 덩달아 울고, 갓난 아이까지 울어대었다. 정임이는 새끼들 울음소리에 조금 남았던 자존심은 아랑곳없이 아이들은 끌어안고 함께 펑펑 울었다. 얌전하기만 할뿐, 배려심이 부족한 옥순이는 그제야 고개를 치켜들었다. 작은 동서가 아침부터 아이들을 우르르 몰고 올 때 아쉬운 말을 하러왔다는 것을 이미 알고 있었기에 더 냉정하게 굴었다. 그러나 아이들이 하도 울어대어 끝까지 모른 체할 수가 없었다.

"아침을 안 먹었으면 말을 해야지. 내가 귀신도 아닌데 어떻게 알겠나. 어린것들이 얼마나 배고팠으면 저리도 서럽게 울까."

"형님 미안해요. 쌀이 떨어져서 어제 저녁부터 아무것도 못 먹었어요. 저 혼자라면 굶고 말겠는데 어린것들이 불쌍해서 염체없이 왔습니다. 죄송해요."

"그나저나 앞으로 어떻게 살 거야? 걱정이네."

"저도 어떻게 해야 좋을지 모르겠네요. 글쎄 제 새끼들 먹을 쌀까지 내다 노름할 줄을 어찌 알았겠어요."

"아이고 답답해. 시아주버니 오기 전에 어서 먹고 가. 괜히 눈에 뜨이면 무슨 말을 들을지 모르니까. 더구나 우리집도 요즈음은 어떻게 돌아가는지 모르겠어. 낌새는 이상한데 말을 안 해주니 알 수가 있어야지."

"그래도 대들보가 튼튼한데 무슨 일이야 벌어지겠어요?"

가마솥은 크기만 했을 뿐 남은 밥은 많지 않았다. 두 아이에게 나누어 주고 바닥에 깔린 밥 몇 수저에 김치 한 대접으로 허기만 면했다. 어제 저녁부터 굶은 탓에 밥 몇 수저로는 간난아이에게 먹일 젖이 돌지 않았다. 빈 젖꼭지를 빨던 아이는 팔다리를 버둥대며 자지러지게 울어댄다. 아기는 자지러지게 울어대었지만 목소리는 이미 힘을 잃고 있었다. 그때 어미가 할 수 있는 건 아기를 부둥켜안고 함께 우는 것뿐이었다.

"동서, 쌀 좀 가져 가. 어미가 무얼 좀 먹어야 젖이 나오지."

"형님, 고마워요."

정임이는 아이를 들쳐 업고 두 말들이 쌀자루를 머리에 이었다. 큰동서 앞에서 자존심은 상했어도 집으로 돌아가는 발길은 가벼웠다. 새끼들 입에 밥이 들어갈 터인데 그까짓 자존심이 대수던가. 쌀 두 말이면 김치죽으로 얼마간은 버틸 것이다. 집으로 돌아가, 방금 가져온 쌀로 때맞춰 들어온 경태와 아이들에게 밥을 지어주고 잠든 아기는 아랫목에 뉘었다. 아기가 잠든 틈에 얼른 다녀오려고 기저귀와 빨래 몇 가지를 들고 개울로 갔다.

개울가에는 이미 여자들이 자리 잡고 앉아 빨래하고 있었다. 정임이는 빨래 함지를 옆에 낀 채, 위아래로 오르내리며 얼음이 얼지 않은 곳을 찾아 돌 위에 올라앉았다. 등을 살짝 구부려 빨랫감을 물에 적실 때 손끝을 타고 오는 냉기는 뼛속까지 파고 들었다.

텅 빈 뱃속에 김치만 들어간 탓인지 연신 꼬르륵대어 민망스러웠다. 정임이는 붉어진 얼굴로 슬며시 옆을 돌아보니 나이 지긋한 아주머니는 엉덩이를 들썩이며 빨래하느라 신경도 안 쓰는 듯, 했다. 그러나 개울물 소리와 꼬르륵 소리는 달랐다. 아주머니는 다 들었다. 아무래도 내일은 쌀 됫박이라도 건네주어야 할 것이라고 속으로 다짐하고 있었다.

빨래터에 갔다 온 것은 한 시간이 넘지 않았다. 사립문 안으로 들어서자 마루가 휑하다. 마루 끝에 놓아두었던 쌀자루도 없고 경태도 없었다. 손에 힘이 풀려 들고 있던 빨래통은 땅바닥으로 굴러 떨어지고 빨래는 흙바닥에 철퍼덕 엎어졌다. 이내 다리까지 힘이 풀려 맨바닥에 주저앉았다. 그렇다고 언제까지 넋을 빼고 있을 수는 없는 일이다. 혹시나 하고 얼른 방으로 들어가 보았다. 역시 쌀자루는 어디에도 없었다.

간난 아기는 아직도 자고 두 아이는 아랫목에 웅크리고 앉아있다. 그 순간 저도 모르게 목이 콱 막히며 두 눈은 붉게 타올랐다. 정임이는 냉큼 부엌으로 들어가 칼을 집어 들었다. 쏜살같이 대문으로 내달릴 때 힘겨운 간난 아기 울음소리가 들렸다. 달리던 발걸음은 점점 느려지다 스르르 멈추어졌다. 순간 오른손에 움켜진 칼을 보며 소름이 돋았다. 왜 칼을 들고 뛰었을까?

친정으로 가서 겨울을 나기로 했다. 정임이는 부엌으로 들어가 김치 몇 포기를 꺼냈다. 남편 아침상 차려줄 때 점심에 먹으려고 남겨놓았던 밥에 김치를 숭숭 썰어 넣고 물을 넉넉히 부어, 푹 퍼지게 끓였다. 냄비에 그득한 김치죽을 본 아이들 입이 함지박만큼 벌어졌다.

배고픈 젖먹이는 울 힘도 없는지 축 늘어져 있다. 어서 젖이 돌아야 한다. 정임도 얼른 수저를 들고 아이들과 머리를 맞대고 퍼먹었다. 냄비는 밥알 하나 남지 않아 깨끗했다. 어머니 찾아 친정만 가면 살길이 열릴 것처럼 마음이 바쁘다. 지체 없이 빈 밥상을 들고 부엌으로 들어가 말끔히 씻어 선반에 올려놓았다.

친정까지는 오십 리 길이다. 장정 걸음으로 하룻길이 채 안 되지만 추운 날씨에 아이 셋을 데리고 걸어가면 이틀이 걸릴지 삼 일이 걸릴지 모를 일이다. 버스를 타고 가기로 했다. 다행히 이웃집 청년이 읍내에 갈 일이 있다며 두 아이는 정류장까지 데려다 주겠다고했다.

시집올 때 시댁에서 마련해준 양단 치마저고리를 팔아 여비를 장만하기로 했다. 명주옷은 지난봄에 팔았고 모시옷과 양단옷은 그대로 두었었다. 고리짝 맨 아래에 넣어둔 비단옷을 찾았다. 없다. 고리짝을 홀렁 뒤집어보아도 모시옷도, 양단옷도, 보이지 않았다. 친정 갈 때 양단 치마저고리만 한번 입어보고 모시옷은 한 번도 입어보지 못했다.

당장 오늘 저녁 끼니거리도 없는 터에 더는 망설일 수 없었다. 걸어서라도 가려고 준비를 시작했다. 오랜만에 배불리 먹은 아이들은 어미속도 모르고 기분이 좋은 모양이다. 저희끼리 이리저리 뒹굴며 깔깔댄다. 아이들에게 옷을 여러 겹 입히고 간난 아기에게 젖을 물렸다. 멀건 김치죽을 먹은 지 얼마 되지 않아 젖이 돌지 않았다. 젖이 돌 때를 기다려 먹이기로 하고 아기를 들쳐 업었다. 찬바람에 감기가 덧날까 염려되어 어깨에 두툼한 보자기를 둘러 바람을 차단했다.

한손에 기저귀를 싸들고 아이들을 앞세워 동구 밖을 나섰다. 바람막이 하나 없는 허허 벌판에 나서자, 모진 바람이 옷깃을 파고 들었다. 마을을 벗어날 때까지 조용하던 세 살짜리 딸은 칼바람을 견디지 못해 울음을 터트렸다. 한쪽 팔에 기저귀 보따리를 걸치고 우는 아이를 품에 안았다.

어머니 찾아 친정 쪽을 향해 걷기만 해도 눈물이 난다. 갓난 아기는 업고 세 살짜리는 안아 눈물 닦을 손이 없다. 뺨을 타고 흘러내린 눈물은 목줄기를 적시고 가슴에 젖어들었다. 품에 안긴 세 살짜리 딸은 어미 얼굴을 빤히 올려다본다.

아까 먹은 김치죽은 전혀 도움이 되지 않는 모양이다. 한 아이는 업고, 한 아이는 안고, 걷다보니 힘에 겨워 발자국을 떼기 힘들었다. 오십 리 길을 걸어야 하는데 십 리도 못가 아무데나 주저앉아 쉬고 싶은 마음뿐이다. 그나마 세 식구는 뭉쳐있어서 서로의 체온으로 덜 추웠지만, 홀로 걷는 다섯 살짜리 아들은 얼굴이 파랗게 질린 채, 다리를 질질 끌었다.

배고픈 아이들 배도 채워주어야 하고, 잠시라도 따뜻한 방에서 온기를 느끼게 해주어야 할 것 같았다. 근처 마을로 들어가 눈에 뜨이는 가장 큰 집 대문 앞에 멈추어 섰다. 문을 두드려 주인을 불러내려고 세 살짜리 딸을 내려놓았다. 하지만 대문에 손만 대었을 뿐, 두드리지 못했다. 한번 구걸을 시작하면 영원히 거지로 전락할지 모른다는 두려움이 손을 멈추게 한 것이다.

남의 집 대문도 두드리지 못하면서 엄동설한에 세 아이를 데리고 오십 리 길을 가는 건 불가능하다고 판단했다. 집으로 돌아가더라도 간난 아기에게 젖 한 모금이라도 먹이려고 포대기를 풀어 품에 안았다. 점심에 먹은 김치죽으로 젖이 조금 돌은 듯하다. 아기에게 젖꼭지를 대어주어도 빨지 못했다. 한 손으로 아기 입을 벌리고 한 손으로 젖을 눌러 짰다. 그나마 겨우 몇 방울 나오곤 더는 나오지 않았다.

기다렸다가 젖이 돌면 먹이기로하고 아기를 다시 업었다. 집으로 돌아가는 것을 알아 챈 아이들은 오히려 반기는 눈치다. 다섯 살 난 큰 아이는 오빠답게 다리를 질질 끌면서도 불평 한마디 없다. 품에 안긴 세 살짜리는 잔뜩 웅크린 채 잠들고 등에 업힌 간난 아기는 조용해진지 오래다.

왕복 세 시간이 걸렸을 뿐인데 저만치 보이는 집이 천리 먼 길로 보인다. 집으로 돌아와 사립문을 밀고 들어서자 두 아이는 마루로 기어올라갔다. 정임이도 아이를 업은 채, 마루로 오르려고 했지만 힘을 잃은 다리가 말을 듣지 않았다. 포대기를 풀어, 업은 아기부터 마루에 뉘였다.

웬일일까? 포대기속 아기는 미동도 하지 않는다. 불길한 예감으로 얼른 아기 옷을 풀어 제치고 만져보았다. 뼈에 가죽만 붙은 가슴에 온기가 느껴진다. 남은 온기라도 식지 않게 얼른 품에 안고 비벼대었다. 어미가 할 수 있는 건 그것뿐이었다. 아기가 죽었다. 어미 아비가 새끼를 굶겨 죽였다. 눈물이 안 난다. 넋이 빠진 채, 아기를 감싸 안고 마루 끝에 앉았다.

북풍이 몰아쳐도. 전혀 추위가 느껴지지 않는다. 사람이 이렇게 허망하게 죽을 줄은 몰랐다. 어제까지도 눈이 마주치면 커다란 눈에 웃음기를 머금지 않았던가. 바라만 보아도 아까운 새끼가 그리 쉽게 갈 줄 알았더라면 남의 집 부엌에 들어가 찬밥이라도 훔쳐 먹고 젖을 먹였을 게다. 아니다. 큰댁 토방에 꿇어앉아 사흘 밤 나흘 낮을 엎드려 구걸이라도 했을 것이다.

방안에서 남매가 싸우다가 딸이 울음을 터트렸다. 울음소리에 정신이 들어 얼른 방으로 들어가 죽은 아기를 아랫목에 뉘였다. 아기에게 이불을 잘 덮어주고 부엌으로 나가 가마솥에 물을 가득 채우고 아궁이에 불을 지피기 시작했다. 이내 가마솥도 절절 끓고, 안방 구들장도 절절 끓고, 새끼 잃은 어미 가슴도 절절 끓었다.

커다란 통을 방에 들여놓고 뜨거운 물을 부었다. 물이 차가우면 아기가 추울 것이고 뜨거우면 데일 것이다. 손으로 온도를 잘 맞추고 아기 옷을 벗겼다. 앙상한 갈비뼈가 고스란히 드러나고 다리는 마르다 못해 비틀어졌다. 아기는 이미 차갑게 식은 채, 굳기 시작해서 팔다리가 뻣뻣했다. 코와 귀에 물이 들어갈까 조심스러워 살짝 곧추세우고 정성스레 닦았다. 머리까지 말끔히 감기고 마른수건으로 꼼꼼히 닦았다.

몇 시간이 지나도 울지 않고, 움직이지도 않는 동생의 낌새가 이상했던지 두 아이는 배고픔을 참아내며 스스로 이불속을 파고들어 잠든 지 오래다. 아기와 마지막 밤은 누구 방해도 받고 싶지 않아 이불 덮인 두 아이는 윗방으로 옮겨 뉘였다. 북풍이 몰아치는 길거리에서 춥고 배고팠던 아이들은 피곤에 지쳐 세상모르고 곯아 떨어졌다. 정임이는 죽은 아기를 품에 안고 따뜻한 아랫목에 누웠다.

"아가야, 지금도 춥고 배고파? 이제는 머리도 안 아프지? 엄마가 미안해. 미련하고 못난 엄마여서 더 미안해. 네가 가는 곳은 배고프지 않고 춥지도 않단다. 엄마는 우리 아기를 다시 만날 때까지 울지 않을 꺼야. 무슨 염체로 울겠니. 오늘은 여기서 엄마와 함께 마지막 밤을 보내고 내일은 훨훨 날아가거라."

눈 내리는 날 아기는 어미 품에 안겨 배고픔 없는 꿀잠을 잤다. 경태는 그 밤도 돌아오지 않았다. 새벽 닭 울음소리가 얼어붙은 대지를 깨우고 남편 대신 동창이 밝아왔다. 정임이는 잠든 두 아이는 남겨두고 큰댁으로 갔다. 그래도 큰댁뿐이니 어찌하겠는가. 사연을 들은 경수는 묵묵부답이다. 그렇다고 끝까지 입을 닫은 건 아니다. 돌아서며 작은 소리로 기어코 한마디 하고 넘어갔다.

"미련스럽기가 딱 곰이네."

소식을 듣고 달려온 마을 사람들의 도움으로 선산에 애기 묘를 만들기로 했다. 하지만 땅이 꽁꽁 얼어붙어 삽이 들어가지 않았다. 마을사람들은 땅위에 장작을 쌓아 불울 피워가며 땅이 녹기를 기다렸다. 할 말을 잃은 이웃들은 기다리는 동안 추위를 잊으려고 막걸리를 들이키며 먼 산만 바라보았다. 정임이는 아픈 새끼를 굶기는 것도 모자라 얼려 죽인 곰 같은 여편네로 낙인 찍혔다. 한편 새끼를 죽이고도 눈물 한 방울 흘리지 않는다며 독종이라는 사람과 억장이 무너지면 눈물 같은 건 안 난다는 사람으로 조용조용 설전을 벌였다.

그날 밤 큰댁에서 쌀 한 가마니를 보내왔다. 간난 아기가 굶어 죽은 후에 쌀이 왔다. 쌀가마니와 죽은 아기가 겹쳐 보인다. 진작에 쌀만 있었더라면. 경태는 제 새끼 매장이 끝난 이틀 후 잔뜩 웅크린 채, 나타났다. 아기가 죽었다는 소문을 들은 듯 했지만, 내막을 묻지 않았다. 괜히 마당을 왔다 갔다 하다 갑자기 획 돌아서며 욕설이 터져 나왔다.

"야, 이 병신 같은 년아. 어쩌자고 이 추위에 애는 들쳐 업고 먼 길을 나선거야. 너 같은 년은 차라리 뒈져버려라."

"당신이 쌀자루를 가져가지 않았으면 내가 왜 친정으로 가려고 했겠어요. 새끼들 굶겨 죽이지 않으려고 친정에서 겨울을 나려고 했던 거지요."

"이년이 무얼 잘 했다고 주둥이를 나불거리는 거야. 그래서 안 죽었나? 금쪽같은 내 새끼 하나가 죽었잖아. 나도 이틀을 굶어서 죽을 지경이야. 어서 저녁밥이나 가져와, 이 멍청한 년아."

"이 판국에 밥 생각이 나요? 금쪽같은 새끼를 죽이고 밥이라니."

"뭐야? 이년이 적반하장도 모르나보네? 너도 네 새끼 따라 죽어봐라."

경태는 지게를 받쳐둔 작대기를 집어 들고 다가섰다. 정임이는 도망가지 않았다. 새끼가 죽은 터에 맞아 죽은들 무슨 대수랴. 경태는 사납게 나대기만 했을 뿐, 어떤 행동도 취하지 못했다. 부들부들 떨어대며 잠시 망설이다가 작대기를 멀리 집어던지고 대문 밖으로 나가버렸다.

경태는 이튿날 아침 눈이 십리나 들어간 채, 들어와 슬며시 아랫목을 차지했다. 그 후 잠시 노름방은 가지 않았다. 그렇다고 화투와 인연을 끊은 건 아니다. 방바닥에 화투장을 늘어놓고 연구에 연구를 거듭했다. 속이는 기술과 속지 않는 안목을. 그리곤 며칠도 참지 못하고 또 노름방을 넘나들었다.

아기가 죽었다는 소식을 듣고 시어머니가 내려왔다. 정임이는 경태 몰래 시어머니에게 집문서를 맡겼다. 물론 이튿날 집 명의는 시어머니 앞으로 이전되었다. 분가한 지 일 년도 지나지 않아 내 것은 서류 한 장 남지 않았다. 큰댁에서 준 쌀도 경태가 또 들고 나갈까 염려되어 이웃집에 숨겨두었다.

쌀 한가마니는 아무리 아껴먹어도 없어지게 마련이다. 더구나 미리 꾸어다 먹은 쌀이 두 말이나 되어 그것부터 갚고 남은 쌀로 버티기에는 턱없이 모자랐다. 점심은 선불 대신 받아온 고구마로 때우기도 하고 김치죽으로 연명해도 쌀은 야금야금 줄어들었다. 쌀만 줄어든 게 아니다. 정임이 간은 더 줄었다.

시어머니가 서울 가기 전에 이것저것 챙겨주기는 했어도 네 식구 입은 무서웠다. 봄은 오는데 쌀이 또 떨어졌다. 먹을 것도 없는 터에 임신까지 했다. 아이가 죽은 지 얼마나 되었다고 벌써 들어선단 말인가. 큰댁 보기도 민망하고 마을 사람들 보기도 부끄러워 입을 꼭 닫았다.

이제 담장 너머는 완연한 봄이다. 봄은 정임이네 사립문 앞에서 서성일 뿐 문턱을 넘어서지 않았다. 부지런한 이웃들은 아지랑이가 피어오르자 땅을 갈아엎기 시작했다. 정임이는 행여나 일감이 얻어걸릴까, 이집 저집 문지방을 넘나들었다.

이웃들은 겨우내 아껴먹던 우거지도 나누어주고 썩기 시작하는 고구마도 나누어주었다. 고구마는 하나가 썩기 시작하면 며칠 내로 다 썩어버린다. 썩기 전에 고구마를 몽땅 찐 후 납작납작하게 잘라 햇빛에 말려가며 조금씩 먹었다. 그것뿐이 아니다. 사람이 먹고 죽지 않는 건 가리지 않고 아이들에게 다 먹였다. 또 굶겨 죽일 수는 없어서였다.

이웃들은 매일은 아니어도 가끔 일거리를 만들어 주었다. 부잣집 손자가 맥없이 죽은 일에 비난의 눈초리도 거두지 않았지만 도의적인 책임도 느꼈다. 큰댁도 머슴이 반으로 줄어 마을사람을 일꾼으로 많이 썼다. 물론 정임이도 가족이 아닌 일꾼자격으로 일손을 돕고 품삯을 받았다. 같은 값의 품삯을 받아도 큰댁 일은 정말 하기 싫었다. 하고 싶지 않다고 안할 수만 있으면 얼마나 좋으랴. 새끼들 굶기지 않으려고 했다.

기세 좋던 큰댁 살림도 기울어가며 한쪽 모퉁이가 아래로 처지기 시작한 지 오래다. 그러나 물려받은 재산이 워낙 많아 그때까지도 부자 소리는 들었다. 같은 부모자식이어도 큰댁 광에 쌓인 곡식은 정임이네와 상관이 없다. 하기야 산중 왕의 창고가 넘친다한들 산을 떠난 토끼 주제에 할 수 있는 게 무엇이 있겠는가.

그러나 시어머니가 서울에서 오면 기대가 있었다. 때때로 아이들 옷이나 정임이 양말이라도 사오고 광에 쌓인 곡식도 이것저것 챙겨주었다. 손자 하나가 굶어 죽은 후 시어머니는 틈날 때마다 애써 챙겨주었다. 그나마 오래지 않아 큰아들과 마찰이 생기면 또 서울로 가버렸다.

가을이 가기 전에 셋째 아들이 태어났다. 딸밖에 없어 심술이 난 경수는 기어코 한마디하고 지나갔다.

"있는 새끼도 죽이는 주제에 어쩌자고 또 낳는 거야."

제대로 먹일 수도 없고 입히지 못해도 아이는 건강하게 자라주었다. 한해가 훌쩍 지나 첫째가 일곱 살, 둘째가 다섯 살, 죽은 아이 건너뛰어 셋째가 두 살이다.

서글픈 서울 살이

그해 겨울, 서울에서 돌아온 시어머니가 정임이를 불렀다.

"둘째야 고생이 많구나. 여기는 농사지을 땅도 없고 겨울이면 일거리도 없으니 차라리 서울 가서 일해보지 않겠니?"

"제가 촌구석에서만 살아서 아는 게 있어야지요. 서울에 일자리가 있을까요?"

"그건 염려 마라. 내 육촌동생이 한식당을 시작했는데 믿을만한 사람을 찾고 있거든. 주방에서 음식재료가 자꾸 없어진다고 하더라."

"어머님, 제가 갈께요. 가산을 정리할 동안 아범한테는 비밀로 해주세요."

"가산이라고 해봐야 아무것도 없잖아. 집은 이미 내 앞으로 돌려놓았으니 내가 처분하면 된다. 아범 모르게 팔아줄 테니까 걱정하지 마라."

시어머니는 자신이 죽기 전에 둘째아들의 살 길을 터주고 싶었다. 시어머니가 직접 나서서 작은 초가를 쌀 열두 가마니 받고 팔았다. 집문서가 남의 손으로 넘어간 걸 경태만 모르고 마을 사람들은 다 알았다. 이사하기 삼일 전 겨우 알아챈, 경태의 어눌하기 짝이 없는 표정이 가관이다. 입으로 욕하면서 얼굴은 보름달보다 훨씬 밝았다.

"이년 봐라. 남편을 개떡으로 아네. 가장님 허락도 없이 집을 팔아치워? 간덩이가 부었잖아."

"그게 뭐 당신 집인가요? 어머님 집, 어머님이 파신 건데 당신이 참견 할 일은 아니지요. 그것도 쌀, 열 가마니에 샀던 집을 열두 가마니나 받았다고요. 두 가마니 값은 여비와 당분간 생활비로 쓰라네요. 열 가마니 값은 전세 얻어주신다며 어머니가 서울로 가져가셨어요."

"그래 너 잘났다. 서울 가서도 시어머니하고 한편이 되어 지금처럼 똘똘하게 굴어라. 그나저나 남은 쌀 두가마니 값을 구경이나 한번 해보자"

"차비만 주셨어요. 생활비는 필요할 때마다 조금씩 주시겠대요."

서울은 멀었다. 기차는 역마다 서고 설 때마다 사람들이 오르내리느라 분주하다. 몇 군데 정거장을 지나자 건너편에 앉은 청년이 입구를 바라보며 안절부절하다가 벌떡 일어나 화장실로 들어갔다. 조금 후 제복을 차려입은 역무원이 다가와 한 사람 한 사람 빠짐없이 표 검사하고 표가 없는 사람은 데리고 갔다. 역무원이 다음 칸으로 건너가는 것을 어찌 알았는지 화장실로 들어갔던 청년이 냉큼 돌아와 시치미를 뚝 떼고 제자리에 앉았다.

창 밖에도 진풍경이 벌어졌다. 기차 안에서 무임승차로 걸린 남자가 다음 역에서 강제로 내리게 되자 역무원 손을 뿌리치고 냅다 뛰었다. 희한하게도 도망가는 사람은 필사적이고 쫓아가는 역무원은 건성이었다. 도망치던 사람은 떠나려는 기차에 냉큼 올라가버리고 역무원은 우두커니 서서 달리는 기차 꽁무니만 바라보았다. 새벽에 출발한 기차는 오후 늦게 서울역에 도착했다. 다섯 식구는 길 잃은 아이처럼 불안한 마음으로 승객들 뒤를 따라 출구로 나갔다. 마중 나온 사람들로 북적거리는 대합실에서 시어머니가 먼저 보고 다가왔다. 역사를 벗어나 거리로 나서자 몹시 어지러웠다. 버스나 승용차는 시골읍내에서 가끔 보았지만 전차는 처음 본다. 게다가 많은 차들이 왕복으로 달리며 빵빵대는 소리에 죄진 사람처럼 괜히 가슴이 벌렁대었다.

말로만 듣던 서울살이는 생각보다 순조로웠다. 시어머니는 정임이 이름으로 전세방을 구해놓고 살림살이까지 장만해두어 불편한 건 없었다. 정임이는 삼일 전부터 이사 준비로 바빴고 그동안 설레임으로 잠도 제대로 못 잤다. 내 방이라고 들어앉으니 느닷없이 잠이 쏟아졌다. 몰려오는 졸음을 견디지 못해 이삿짐 정리도 안한 채, 한쪽에 쪼그리고 앉아 꾸벅꾸벅 졸았다. 눈치껏 막내를 업고 나간 시어머니 배려로 잠시 깊은 수면에 빠져들었다. 희망에 부푼 달고 맛있는 잠이었다. 시어머니는 그 밤에 온 가족을 데리고 나가 짜장면을 사주었다. 처음 먹어보는 짜장면에 반한 아이들은 그릇까지 핥아댄다.

밤이 늦어 시어머니도 함께 자려고 아랫목에 누웠다. 생각과 달리 여섯 명이 자기에는 턱없이 좁았다. 시어머니는 택시 타고 큰시누이네로 가고 다섯 식구가 다시 나란히 누웠다. 정임이 역시 뒤척이는 아이들 때문에 돌아 누울 수도 없어 발밑으로 옮겨 누웠다. 지난밤에 딸네 집으로 갔던 시어머니는 이튿날 늦은 아침에 다시 왔다.

"어젯밤 잠은 잘 잤나? 좋은 꿈 꾸었고?"

"네. 어머님 덕분에 잘 잤습니다."

"아범은 아침부터 어디 갔어?"

"글쎄요. 숟가락 놓기 바쁘게 나가더라고요."

"어서 속 차려야 할 텐데 걱정이구나. 일은 이삼 일 쉬었다가 나가도 된다. 그동안 살림살이도 더 장만하고 길도 익혀두어라."

"살림살이는 살면서 차차 장만하지요. 어머님이 준비해놓으신 양은냄비와 밥그릇만 있으면 돼요."

"막내가 걱정이구나. 당분간 내가 데리고 있을까 하는데 네 생각은 어떠냐?"

"그렇게만 해주신다면 더 바랄 게 없지요."

막내를 업고 가는 시어머니를 배웅하고 들어올 때 헌 사과상자 세 개를 주워왔다. 상자 두 개는 부뚜막 한쪽에 놓고 잔 그릇을 챙겨 넣었다. 아쉬운 대로 찬장은 마련한 셈이다. 또 남은 상자 하나는 방 안에 들여 놓고 식탁으로 쓸 참이다.

부엌정리가 끝난 후 방으로 들어가 바람벽에 못도 몇 개 박아 옷가지도 대강 걸어놓았다. 방바닥까지 깨끗이 닦은 뒤 경태를 찾아보기로 했다. 언덕배기를 조금 내려가자 허름한 구멍가게가 보였다. 경태는 가게 앞, 평상에 앉아 안주도 없이 소주를 마시고 있었다.

"여보 여기서도 술타령이나 하면 어떻게 해요. 이제부터 정신 차리고 우리도 한번 잘 살아보아야지요."

"여편네가 재수 없게 아침부터 지랄하네. 지금 어머니가 한바탕 하고 가셨거든. 너까지 거들지 않아도 골치가 지끈지끈 아프다고. 네가 보기에는 타령이나 하는 것 같지만 나는 지금 가족을 위해 멋진 서울 생활을 구상중이니까 얼쩡대지 말고 얼른 꺼져."

"구상할 게 뭐가 있어요. 일자리만 알아보면 되지."

"모르면 가만히 있어. 이 멍청한 여편네가 서울살이가 만만한 줄 아네. 눈감으면 코 베어 간다는 말도 못 들었어? 너 같은 촌년은 눈 뜨고 있어도 코 베어 갈지도 모르니까 코 간수 잘해라. 하기야 코가 납작해서 베고 말고 할 것도 없겠네."

남편이 달라질 기미가 보이지 않아 집을 향해 올라가는 발길이 무겁다. 정임이는 삼일 후 시어머니 따라 식당으로 갔다. 식당주인은 시어머니 육촌동생이니 정임이에게는 아주머니뻘이다. 사십대 중반인데도 품위를 갖춘 후덕한 외모에 한결 마음이 놓인다. 주방에선 여자 둘이 바쁘게 일하고 있었다. 그중에 나이가 지긋하고 눈매가 날카로운 주방장은 흘깃 바라보기만 할 뿐, 말이 없다. 그 시선이 왠지 모르게 불편하다. 정임이 또래인 보조는 반색하며 친절한 미소를 보낸다. 주방분위기는 삼십 초 안에 대충 파악되었다.

정임이는 얼른 앞치마를 두르고 작업지시를 기다렸다. 주방장은 알아서하라는 듯, 흘깃 바라보고 제 할일만 한다. 정임이는 시집오자마자 말을 아끼는 옥순이 밑에서 훈련이 잘 된 덕분에 눈치껏 대뜸 설거지통 앞에 섰다. 수북이 쌓인 그릇부터 말끔히 씻어놓고 파를 다듬기 시작했다. 어려서부터 일로 잔뼈가 굵어 그런대로 부담 없이 할 수 있었다.

옆 눈으로 살피던 주방장 얼굴에 안도의 빛이 슬쩍 지나갔다. 일꾼을 부리다보면 걸음걸이만 보아도 됨됨이를 대강 짐작할 수 있기 때문이다. 게다가 새로 온 종업원은 그 많은 야채 중에 어느 음식에나 꼭 필요한 파를 먼저 다듬었다. 한마디로 지혜롭다는 이야기다.

경태는 갈 곳도 없으련만 어디를 쏘다니는지 바쁘기는 고향에서와 다를 바 없다. 차비도 없을 텐데 아침에 나가면 밤늦게 들어오는 모양이다. 하지만 정임이만 몰랐을 뿐 경태 주머니는 비어있지 않았다. 큰누나가 아이들에게 고기 사 먹이라고 준 돈을 입도 뻥긋 안하고 혼자 녹이는 중이었다. 다행히 큰아이가 야무져서 끼니때가 되면 제 동생과 이것저것 챙겨먹고 무탈하게 지냈다.

첫 월급날이다. 처음 하는 일이어서 능률이 오르지 않아 크게 기대하지 않았다. 그러나 예상과 달리 주인 손에 들린 누런 봉투는 제법 두둑해 보였다.

"조카가 일을 잘해주어서 약속했던 금액보다 조금 더 넣었어. 열심히 살다보면 좋은 일도 있을 거야. 오늘은 두 시간 일찍 퇴근해. 첫 월급을 받았으니 모처럼 아이들에게 맛있는 것도 사주고."

"제가 처음 하는 일이어서 마음에 안 드셨을 텐데 너그러이 봐주셔서 고맙습니다. 더 열심히 할 게요."

난생 처음 월급봉투를 받아 쥘 때 알 수 없는 긴장감으로 손이 미세하게 떨렸다. 더 궁금한 건 봉투속에 감추어진 액수다. 얼른 화장실로 들어가 세어보니 자그마치 3200원이다. 약속했던 금액보다 200원이나 많았다. 정확하게 말하면 쌀 한가마니 값이다. 거금이 든 월급봉투가 하도 소중해서 주머니에 넣은 채 꼭 움켜쥐었다. 집으로 가는 길에 작아진 아이들 옷이 떠올라 시장에 들리려다 생각을 접었다. 봉투에서 돈을 한 장만 꺼내도 모두 사라질 것 같은 불안감이 들어서다. 동네 구멍가게 앞에서도 멈칫거렸다. 두 아이에게 과자라도 하나 사서 안겨주고 싶어서다. 또 참았다.

집으로 들어가 수돗가에서 대강 씻고 방으로 들어갔다. 아이들은 이미 잠들고 경태는 들어와 아랫목에 좌정하고 있었다. 오늘따라 일찍 들어 온 망나니 남편이 정임이를 바라보는 까만 눈동자는 별처럼 빛났다. 그 반짝이는 눈을 마주한 순간 섬뜩한 불안이 엄습했다.

"오늘 월급날이지?"

정임이는 그제야 정신이 번쩍 들었다. 월급을 집으로 들고 오는 게 아니었다. 그렇다고 인제 와 어떻게 한단 말인가. 마음이 급해서인지 예정에 없던 거짓말이 술술 나왔다.

"식당주인이 오늘은 은행을 못가서 내일 준다네요."

"아니 이게 처음부터 월급도 제대로 안 주네. 내일까지 안 주기만 해봐라. 당신은 걱정하지 마. 뒤처리는 내가 깔끔하게 해줄 테니까. 그 아즈매는 촌수만 나보다 높을 뿐, 어렸을 때 내 밥이었거든."

경태는 입으로 말하며 눈은 정임이 표정을 하나도 놓치지 않았다. 쥐처럼 눈치 빠른 경태 눈을 피할 길 없어 월급봉투가 들은 옷을 그대로 입은 채, 자리에 누웠다. 막상 눕기만 했을 뿐, 주머니에 감춘 돈이 걱정되어 날밤을 새우기로 작정했다.

그나마 이리 저리 옮겨 누울 수도 없었다. 행여나 다른 방향으로 누웠다가 혹시라도 잠들면 월급봉투만 쏙 빼갈까 염려되어서다. 이래저래 걱정 많은 정임이는 돈이 든 주머니를 바닥으로 가게하고 몸으로 누르고 눈만 감고 있었다. 그러나 올 것 같지 않던 졸음은 그냥 지나치니 않았다.

별로 잔 것 같지도 않은데 벌써 아침 햇살이 문틈을 비집고 들어왔다. 정임이는 자리에서 일어나는 즉시 월급봉투부터 감추려고 주머니에 손을 넣었다. 빈 주머니다. 이 쪽 저쪽 다 찾아보아도 단 한 푼도 없다. 그리고 경태도 없었다. 잠이 웬수다. 경태는 정말로 뒤처리를 깔끔하게 해주었다. 쌀 한 가마니 값이 몽땅 없어졌으니 당장 끼니거리도 없는 터에 한달을 어떻게 버틴다는 말인가. 그렇다고 유일한 밥줄인 식당을 소홀이 할 수도 없었다. 힘없이 골목길을 내려갈 때 욕이 술술 나왔다. 시집오기 전에는 한번도 해보지 않았던 욕이다.

"에이 나쁜 놈. 가다가 콱 꼬꾸라져버려라. 염라대왕은 무엇하고 있는 거야. 저런 인간말종을 안 잡아가고. 그리고 보니 염라대왕도 저놈하고 한편 아니야?"

말이 씨가 되었나 모르겠다. 그 밤에 돌아온 경태는 노름판에서 시비가 붙어 몰매를 맞은 듯 했다. 멍든 얼굴이 창피한지 살짝 외면

하는 것을 보면서도 위로의 말, 한마디 건네지 않았다. 아니다. 오히려 속이 시원해서 이불속에 엎드려 웃고 싶었다.

정임이가 한달 걸려 번 돈을 하룻밤에 해치우고 온 경태는 그 후 노름방은 가지 않았다. 하지만 노름을 못해도 할 일은 있었다. 수시로 밥상위에 술병이 놓이고 취기가 오르면 아이들을 불러다 맞은편에 앉혀 놓았다. 술은 혼자 마시면 재미가 없어서란다. 두 아이는 오도 가도 못하고 술상을 마주한 채, 졸고 있었다.

월급이 봉투째 없어진 것을 알고 시어머니가 전세 얻고 남은 돈을 가지고 왔다가 그 꼴을 보았다. 시어머니는 잠시 넋이 나간 듯, 장승처럼 우두커니 서서 겨우 입만 달싹거렸다.

"아이고 이게 무슨 일이냐. 정호야 동생 데리고 나가있어라. 네 애비하고 할 말이 있다."

아이들은 좀이 쑤시던 터라 군말 없이 대문 밖으로 나갔다. 시어머니가 부엌에 잠시 머물다 방으로 들어갈 때 오른 손에는 잘 달구어진 연탄집게가 들려있었다.

"너 같은 아들을 둔 내 죄가 크다. 애비가 살았더라면 너를 이리 만들지는 않았을 게다. 네 대답에 따라 나는 이제부터 눈을 감고 살 생각이다. 며느리 볼 면목도 없다. 네가 먼저 선택해라. 이 연탄집게로 네 오른 손 엄지손가락을 지지겠느냐? 아니면 내 눈을 지져버릴 테다. 무엇을 할까?"

"어머니 다 알아들었으니 시위하지 마세요. 이제 정신 차릴게요."

"정신 차리겠다는 약속이 어디 한두 번이더냐. 열 손가락이 모자란다."

"손가락이 모자라면 발가락을 세면되겠네요. 아직도 열 번은 더

셀 수 있잖아요."

"이놈아, 지금 농담이 나와? 안되는 게 어디 있어. 마음먹기 나름이지."

"그까짓 것, 마음먹기야 쉽지요. 몸이 마음을 안 따라가는 거지."

"그러니까 계속해서 그렇게 살겠다는 말이네. 그렇다면 내 눈을 지져버리고 네 꼴을 안보는 수밖에 없겠구나."

"어머니. 내가 정신 차린다고 했잖아요. 팔 아픈데 연탄집게는 이제 그만 내려놓으세요. 그런 건 아무나 하는 게 아니예요. 혹시 나라면 몰라도."

"아이고. 자식이 아니고 웬수다. 웬수."

그 일은 한편의 코미디로 끝났다. 전세 얻고 남은 돈을 주려고 왔지만 망나니 아들에게 맡길 수는 없었다. 시어머니는 식당으로 찾아와 한숨만 오르 쉬고 내쉬다 얼마간의 돈을 모두 돌려주고 딸네 집으로 돌아갔다. 그것으로 끝난 게 아니다. 시어머니는 아들 버릇도 고쳐놓지 못한 채, 연탄집게 사건이 있던 이튿날 뇌경색으로 쓰러져 병원에 입원했다는 소식이 들려왔다. 다행히 큰딸이 함께 있어서 즉시 병원으로 후송되어 생명에는 지장이 없다고 했다.

시어머니가 몸져누워 버리자 막내를 건사할 사람이 없었다. 사정을 전해들은 친정어머니가 겸사겸사 찾아왔다.

"정임아 고생스럽지? 그때 내가 경솔했어. 배나 곯지 말라고 부잣집으로 시집보냈는데 어미 생각이 짧았다. 미안하다."

"아니예요. 제 팔자겠지요."

"너는 어쩌자고 내 팔자를 닮았는지 모르겠구나. 그래도 네 아버지는 나를 두들겨 패지는 않았잖니. 똑똑한 부모를 만났더라면 너를

이 꼴로 만들지는 않았을 텐데."

"어머니 왜 그런 생각을 하세요. 제가 다 산 것도 아닌데요. 앞으로는 잘살아 볼께요."

"그렇게만 되면 오죽 좋겠니. 그건 그렇고 막내는 내가 데려가마. 때가되면 보낼 테니 잊고 살아라."

"어머니가 고생스러울 텐데요. 올케한테도 미안하고."

"이것저것 체면치레할 때가 아니야. 얼굴에 철판 깔아라. 네 올케한테는 내가 잘 말하마."

정임이는 막내를 데리고 어머니를 따라 친정으로 갔다. 아이를 맞기면서 올케에게 인사 한마디 하지 않을 수 없는 일이다. 얼마만의 친정나들이인가. 고향은 피부에 스치는 감촉도 다르고 냄새도 달랐다. 저만치 마을 앞 정자나무가 보인다. 나무만 보아도 가슴이 뛴다. 버릴 수 있다면 다 버리고 고향에서 살고 싶다.

집으로 들어서자 반가움에 동생이 뛰어나왔다. 딱 거기까지였다. 아기를 데려온 사연을 들은 올케 표정이 차갑게 변했다. 그 모습이 하도 서늘하여 뛰던 가슴은 삽시간에 식어버렸다. 아기를 두고 갈 생각만 해도 앞이 캄캄하다. 친정에서 불편한 하룻밤을 보내고 대문을 나섰다.

친정어머니는 아기를 안고 나무에 기대어 비쩍 마른 딸의 뒷모습을 멍하니 바라보았다. 하지만 정임이는 정임이 대로 아기가 뒤통수를 잡아당겨서 발길이 떨어지지 않았다. 그렇다고 다른 방법이 있는 것도 아니다. 그냥 두 주먹을 꽉 움켜쥔 채, 앞만 보고 걸을 때 비틀거리는 딸의 가냘픈 두 다리에 어머니 눈길이 머무른 건 몰랐다. 이미 며느리 뒷전으로 밀려 난 늙은 어머니가 할 수 있는 것은 딸이 산모퉁이를 돌아갈 때까지 마냥 그 자리에 서있는 것뿐이었다.

정임이가 서울로 돌아와 집으로 들어갔을 때 두 아이만 있었다.

"우리 강아지들 잘 놀았어? 아빠는 어디 가셨니?"

"어저께 왔다가 오늘 아침에 또 나갔어."

저녁 무렵 들어온 경태 등에는 헌 지게가 지어져 있었다.

"웬 지게예요?"

"아무래도 어머니가 나 때문에 쓰러지신 것 같아. 이제는 정신 차려야지. 내일부터 지게꾼이라도 할 거야. 그런데 남대문으로 가야 하나, 동대문으로 가야 하나."

"그것도 안 알아보고 지게부터 샀어요?"

"아무데나 가고 싶은 데로 가면 되지 뭐. 사내체면에 이사람 저 사람에게 묻고 다닐 수가 있나."

이튿날 아침 경태는 지게를 지고 작대기와 도시락은 오른손에 거머쥔 채, 대문을 나섰다. 정임이는 이제라도 속 차리려는 남편이 대견스러워 대문 밖까지 배웅하러 나갔다. 평생 처음 보는 경태의 지게 진 모습이 어설프기 짝이 없다.

정임이가 하루 일을 끝내고 밤늦게 퇴근해서 마당에 들어섰을 때 부러진 지게 다리가 눈에 띄었다. 하도 마음이 급해 씻지도 않고 먼저 방으로 들어갔다. 아이들은 꾀죄죄한 얼굴로 이미 잠들고 경태는 잔뜩 웅크린 채, 벽을 향해 누워있었다. 방문소리에 돌아보는 경태 얼굴에 시퍼런 멍 자욱이 보였다.

"당신 얼굴이 왜 그래요. 지게도 부서졌던데. 혹시 누구와 싸웠어요?"

"마음잡고 살아보려고 해도 나는 안 되는 놈인가 봐. 오늘 아침 남대문으로 가서 제일 바빠 보이는 가게 앞에 서있었지. 그때 덩치 큰 놈이 다가와 하는 말이 지게꾼도 네 자리 내 자리가 있다는 거야.

물론 나는 조금 비켜 서있었어. 하지만 저마다 단골이 있어서 내 차례는 안 오더라고. 그래도 기다렸어.

점심때쯤 어느 아주머니가 멀리서 지게꾼을 부르기에 냉큼 달려갔지. 내가 다람쥐처럼 재빠르잖아. 물건을 날라주고 몇 푼 받았어. 처음 번 돈이 대견스러워 기분이 붕 떠오르더라고. 그때 어떤 놈이 제 일거리를 가로챘다면서 시비를 걸어오지 뭐야. 나는 참을 수 없었어. 사과하는 대신 그 자리를 누구에게 얼마에 샀나, 따져 물었지. 그놈은 대답하지 않았어. 글쎄 대답 대신 주변에 있던 놈들이 떼거리로 달려들어 두들겨 패더라니까. 막일로 단련된 놈들을 나 같은 양반 출신이 혼자 당할 재간이 있어야지. 그냥 흠씬 두들겨맞았지 뭐."

"사장 바닥에 사람들이 많았을 텐데 아무도 안 말렸어요?"

"아는 체도 안했어. 서울깍쟁이라는 말이 무슨 소린지 알겠더라니까."

경태는 딱 하루 만에 다른 일을 구해보겠다며 아침 일찍 나갔다. 오후에 들어온 그의 손에 미장 도구가 들려있었다. 그리곤 이튿날부터 미장일을 시작했다. 손재주가 있는지 일은 쉽게 배우는 모양이다. 집에 와서 떠들어대는 소리는 자랑뿐이다. 그 자랑도 오래가지 않았다. 막일이 힘들다는 구실로 매일 밤 술타령이더니 끝내 입에서 욕설이 터져 나오기 시작했다. 그 일도 딱 보름 만에 멈추어지고 품삯은 모두 술값이 되었다. 물론 빨갛게 달아올랐던 연탄집게도 시어머니가 회복되는 속도에 따라 함께 식어갔다.

경태는 돈 없어 노름방도 못가고 일도 하기 싫어서 온종일 들락날락 하며 시간을 죽였다. 그러나 경태와 상관없이 시간은 갔다. 일년쯤 지나 시어머니가 회복기에 접어들어 나들이를 시작하자 경태도 덩달아 나들이를 시작했다. 그리곤 점점 귀가시간이 들쑥날쑥하다가 어느 날 들어오지 않았다. 그날 밤도 이튿날 밤도. 그리고 사흘째 되는 날 집주인이 정임이를 찾았다.

"요즈음 애기 아빠가 안보이네. 이달부터 사글세로 돌린 것 알지? 방세는 제날짜에 꼬박꼬박 주어야해. 일주일만 늦으면 방을 비워주기로 했으니까 기억해 둬."

"그게 무슨 소리예요? 언제 사글세로 돌렸다고 그래요. 전세계약서도 있는데."

"아무것도 모르나 봐. 애기 아빠가 계약서 들고 와서 다시 계약했다고. 애기 엄마와 상의했다고 하던데."

결과는 보지 않아도 뻔하다. 주인아주머니 말소리가 웅웅거리기만 할뿐, 더는 들리지 않았다. 지금까지는 전세금이라도 있어서 그런대로 생활 유지가 되었지만 그 마저 사라졌다. 그날 벌어 그날 먹는 사람에게 전세와 사글세 차이는 크다. 방세를 못 내면 거리로 나서야 한다. 생각만 해도 끔찍하다. 그 후 열흘 만에 돌아온 경태는 뻔뻔함의 극치를 이루었다. 작은 눈은 십 리만큼 들어간 채, 뱀처럼 번들거렸다. 독기다.

"야 이년아. 하늘같은 남편이 들어오셨는데 왜 버선발로 뛰어나오지 않는 거야?"

"지금 그게 문제가 아니잖아요."

"남편을 개떡같이 아는 게 문제가 아니면 뭐가 문젠데?"

"전세돈은 다 어떻게 했어요? 남은 돈이라도 돌려줘요."

"이년아 남은 돈이 어디 있어. 돈이 있으면 네년 보려고 왔겠냐? 너같이 복 없는 년을 만나 이 모양이 된 건데."

"왜 내 핑계를 대요. 당신이 정신 못 차리고 나도는 거지."

"저년 말하는 소리 좀 들어 보라지. 이렇게 못사는 게 다 네 탓이지 누구 탓이겠냐. 너 시집오던 날 동네사람들이 색시 얼굴이 고춧잎만큼이나 작아 복이 없을 거라더니 꼭 맞잖아."

경태는 날린 전세금을 말도 안 되는 소리로 덮어씌우고 의도적으로 미치광이처럼 날뛰며 두들겨 팼다. 이골이 난 두 아이는 윗목에 앉아 두 눈을 말똥거리며 아버지 행패가 끝나기만 기다리고 있었다.

정임이는 밤새 뒤척이다 다섯 식구 목숨줄인 식당으로 갔다. 식당 월급만으로 방세 내고 먹고 살기에는 턱없이 부족하다. 아무리 궁리해 보아도 대책이 없다. 지금까지 밥만 먹고 살았으니 생활비 줄일 건 반찬 값 뿐이다.

이튿날 새벽에 일어나 우거지라도 주우려고 집에서 십오 분 거리인 청량리 야채시장으로 갔다. 막상 시장까지 가기는 했어도 용기가 나지 않았다. 한쪽 모퉁이에 선 채 잠시 망설이다 버려진 채소잎을 모으기 시작했다. 사람들 시선이 따가워 금세 얼굴이 붉어졌지만, 오 분도 지나지 않아 태연한 얼굴로 돌아왔다. 자존심이나 체면 따위의 사치스런 감정은 가난 앞에서는 아무 소용이 없었다.

누렇게 떠버린 푸성귀 잎을 보자기에 싼 뒤, 머리에 이고 집으로 돌아 갈 때 심장은 비명을 질러대었다. 쌀, 열 가마니가 날아간 판국에 배추 잎이나 주어봐야 무슨 도움이 되겠나 싶은 절망감뿐이다. 서둘러 집으로 돌아가 물을 끓이기 시작했다. 물이 끓을 동안 채소잎은 당장 먹을 것과 말릴 것을 종류별로 정리했다. 무잎은 삶아서 마당에 펴 널고, 말라비틀어진 호박은 뚝뚝 썰어 넣어 된장찌개를 끓이고, 시금치는 조물조물 무쳤다.

이제는 고추잎이 문제가 아니다. 적은 월급으로 두 달을 버티기 어려웠다. 먹고 살길도 막막한데 경태는 술사오라고 행패를 부렸다. 시도 때도 없이 질러대는 고함 소리에 넌더리가 난 집주인은 내보낼 기회만 노리고 있었다. 방세가 딱 일주일 늦어지자 지체 없이 방을 비워 달라했다. 그뿐이 아니다. 식당 사장도 손을 들었는지 반응이 없다. 물론 시어머니도 대책을 내어놓지 못했다.

방이 없으면 서울살이는 불가능하다. 방세라도 싼 지방으로 내려가야 했으나 마땅히 갈 곳이 없었다. 시댁은 어차피 믿을 수도 없지만 이미 가산이 기울어 고향을 떠났다는 소식을 들은 지 몇 달 지났다. 궁리 끝에 친정이 가까운 소도시로 가기로 했다. 충남 공주다. 친정에 편지를 띄워 변두리에 방을 얻어달라고 했다. 친정어머니는 미리 도배까지 말끔하게 해놓고 기다리고 있었다. 게다가 당장 먹을 쌀도 한 말 준비해놓고 김치도 담가놓았다. 역시 어머니뿐이다.

네 식구는 서울살이 이 년 만에 상경할 때처럼 달랑 이불 짐 하나 들고 다시 내려왔다. 외할머니를 따라온 막내 영호는 인물도 훤하고 제법 똘똘해보였다. 제 식구들을 몰라보기는 해도 말도 잘하고 붙임성 있게 굴어서 마음이 놓인다.

소도시는 중심지나 변두리나 크게 다를 건 없지만 변두리 방세는 반값이다. 비록 방 한 칸이어도 서울보다 넓어서 그런대로 좋았다. 마당도 마음대로 쓸 수 있어 아이들이 좋아하고 경태 역시 한결 편하게 생각했다.

폭풍이 쓸고 간 자리

고향집 경수 인생도 전환점을 맞게 되었다. 어느새 동생들도 커서 제 갈길 찾아가고 집에는 세 딸과 아내만 남았다. 게다가 재산까지 줄은 탓에 노름방 뒷돈 대주던 일도 더는 할 수 없었다. 그동안 동생들 학비가 만만치 않았고 또 두어 명은 결혼해서 분가할 때 조금씩 떼어준 것도 무시할 수는 없겠다. 그런 처지에 계속해서 노름방을 드나들다 조금 남은 것까지 날려버리면 쪽박 차는 일만 남는다는 것은 경수도 훤히 아는 일이다.

노름 뒷돈을 대줄 때마다 꼼꼼히 서류작성을 해두었지만 노름꾼들은 빚을 갚으려하지 않았다. 담보랍시고 집이나 땅을 잡아도 모두 회수되는 건 아니다. 노름꾼들 사이에 노름빚을 갚으면 바보라는 인식이 있어서 될 수 있는 대로 차일피일하며 버틸 수 있을 때까지 버텼다. 막상 재판이 시작된다 해도 이기고 지기를 반복하며 변호사 수임료만 나갔다. 게다가 판사들은 노름꾼보다 뒷돈 대주는 사람을 더 나쁘게 평가했다. 이래저래 예상 밖 수임료를 계속 지불하며 끝장을 볼 수도 없는 일이다. 그러다보니 중도에 포기하고 돈만 날릴 때가 더 많았다.

몇 대를 이어오던 갑부는 경수 대에 와서 쪽박 찰 지경에 이르렀다. 그래도 아쉬운 대로 논 백 마지기는 남았으니 먹고 살 걱정은 없지만 날려버린 몇 백마지기가 아쉬웠다. 경수는 그동안 뒷전에 앉아 남의 패를 보며 요령을 터득해서 어느 정도 자신감이 있었다. 지금부터 딱 몇 판만 실전에 뛰어들기로 했다. 혹시 재수가 없어 다섯 마지기쯤 잃는다 해도 아흔다섯 마지기나 백 마지기는 거기서 거기다. 더구나 상대는 무식한 촌놈들이다. 물론 그날로 섯다판에 뛰어들었다.

경태는 눈치를 보아가며 다섯끝 가지고 돈을 질렀다. 촌놈들은 일곱 끝 가지고도 죽고 심지어 갑오를 잡고도 죽어버렸다. 하룻밤 사이에 쌀 열 가마니를 땄다. 역시 배운 놈과 못 배운 놈의 차이는 컸다. 게다가 경수는 배포까지 좋아 누가 보아도 양수겹장이었다. 여세를 몰아 다음날도 또 다섯 가마니 값을 땄다. 이제 사라진 돈을 찾는 건 시간문제다.

재미가 바짝 들었을 때 무식한 놈들은 달라지기 시작했다. 두 가마니 잃어주고 다섯 가마니 따가고 두가마니 따고 한 가마니 잃고 따고를 반복하는 동안 쌀은 술술 새어나갔다. 그리고 정신이 들었을 때는 논 서른 마지기만 남았다. 그래도 다행히 배운 놈은 거기서 멈춰 설 줄은 알았다.

그렇다고 재산만 줄은 게 아니다. 체신도 함께 줄어 하나 남은 머슴도 태도가 전 같지 않다. 말투부터 달라지고 고개까지 뻣뻣하게 치켜드는 것도 모자라 가끔 말대꾸까지 했다. 이래저래 돌아가는 모양새는 머슴대신 경수가 바지를 걷어 올리고 논으로 들어가야 했다. 하지만 일은 죽어도 하기 싫었다. 난감한 처지에 놓여있을 때 옛 친구가 불쑥 찾아왔다.

"어이 경수 잘 있었는가?"

"이게 누구야. 자네는 화천으로 이사 가고 처음 오지? 신수가 훤해졌네."

"바빠서 올 짬이 없더라니까. 거기는 땅값이 싸서 여기 살 때보다 조금 나아지기는 했지."

"다행이네. 우리나라에 그렇게 어둑한 곳이 있나?"

"군대가 주둔하는데다가 외진 곳이어서 사람들이 들어가기를 꺼려하기 때문이야. 자네는 장남인데 아들이 없어서 섭섭하겠네."

"할 수 없지 뭐. 더 기다려 보는 수밖에."

"언제까지 기다릴 건데? 이 세상에 왔다간 흔적은 아들을 남기는 것뿐이야."

"알지. 하지만 그게 마음대로 되어야 말이지."

"밭이 좋지 않아서 그래."

"밭이 좋지 않아도 어쩌겠어. 그냥 운명이려니 해야지."

"자네같이 배운 사람도 운명 타령하나? 운명만 믿고 세월만 기다리는 건 어리석은 짓이야. 차라리 밭을 바꾸어보라고. 자네 나이가 있는데 언제까지 기다리기만 할 건가. 대를 이을 아들이 있어야 하잖아. 화천에 마땅한 여자가 있는데 자네 생각은 어때?"

"무슨 큰일 날 소리. 집안이 망했는데 소실까지 얻어 봐. 나는 여기서 얼굴 들고 못 사네. 또 우리 어머니가 그냥 두고 보실 리가 없지. 어림없다고."

"알지 알아. 자네 모친 꼿꼿한 성품을 내가 왜 모르겠나. 그러니까 가산을 정리해서 화천으로 가면 될 것 아닌가."

"글쎄 쉬운 일은 아닐 텐데."

"일은 저질러놓고 보는 거야. 일단 나와 함께 화천에 가보세."

경수는 며칠 생각 끝에 친구 말을 따르기로 했다. 어차피 고향에서는 이미 잃어버린 재물이나 위상을 회복할 희망이 없다. 친구 꼬드김이 아니어도 고향을 떠나고 싶은 마음이 굴뚝같았다. 경수는 그해 추수가 끝난 후 장거리여행을 다니기 시작했다. 처음에는 닷새 만에 귀가하고 다음은 일주일, 그 다음은 열흘로 늘어났다. 그리고 얼음이 녹을 무렵 어머니와 마주앉았다.

"어머니 드릴말씀이 있어요. 우리는 이제 여기서는 희망이 없어요."

"그래도 고향에서 살아야지 인제와서 어디로 가겠냐 지금 굶는 것도 아니고. 이만하면 아쉬운 대로 버틸 수는 있잖아. 동생들도 웬만큼 커서 제 갈길 찾아갔고."

"하지만 아직도 동생 둘은 학비도 보내주어야 하고 앞으로 결혼도 시켜야 하잖아요. 게다가 제 아이들이 아직 어리고요. 가산을 정리하고 땅값이 싼 화천으로 가면 여기보다 다섯 배 많은 논을 살 수 있어요."

"화천이 어딘데?"

"강원도요."

"강원도면 산골짜기잖아. 거기 가서 뭐해 먹고 살려고?"

"물론 산이 많지만 논도 있어요. 제가 직접 가서 다 보고 왔거든요."

"그래? 우리 논이 서른 마지기 남았으니 밭까지 다 팔면 이백 마지기는 살 수 있겠네. 그 정도면 예전만은 못해도 아쉬운 대로 괜찮을 것 같구나."

어머니는 다시 부자가 될 수 있다는 말에 동의했다. 그리곤 가산을 정리해서 부자 되는 꿈을 안고 화천으로 갔다. 잠이 깨면 꿈도 깨기 마련이다. 가족 모두 잠에서 깨었고 꿈은 사라졌다.

화천에서는 예상치 않았던 일이 기다리고 있었다. 답사 차 화천을 왕래한다던 경수는 이미 다른 여자와 살림을 차린 후였다. 더 기막힌 건 그 여자에게는 이혼하지 않은 남편이 있고 딸도 하나 있었다. 들리는 말로는 남편이 노름꾼에 주정뱅이어서 집을 나왔다고했다. 그러니까 경수는 유부녀와 살림을 차린 것이다.

경수가 화천으로 갔을 때 친구는 먼저 부동산 업자부터 소개해주었다. 부동산 업자는 친절하고 말까지 청산유수였다. 또 인상까지 좋아 믿음이 갔다. 게다가 친구말대로 땅값까지 싸서 아귀가 척척 들어맞았다.

다음날 부동산 업자는 뜬금없이 촌스럽고 수더분하게 생긴 여자를 데리고 왔다. 술상머리에 앉은 여자는 친근한 얼굴에 무식한 언행으로 좌중을 휘어잡았다. 경수는 상머리에 앉은 여자의 배경도 모르고 의중도 모른다. 그러나 친구가 말한 그 여자라는 짐작은 갔다. 그것이 이상하게도 그 여자에게 마음이 끌렸다.

이튿날 부동산 업자는 땅주인과 어제 왔던 여자를 또 데리고 왔다. 경수는 염불보다 잿밥에 정신이 팔렸다. 여자에게 보여줄 건 재력뿐이다. 농지 흥정이 오갈 때 군청에 가서 토지대장만 대충 들춰보고 도장을 꾹꾹 눌렀다. 친구가 소개했으니 틀림없다는 믿음이 있었기 때문이다. 내친김에 방 네 칸짜리 집도 구입했다. 여자는 경수를 대범하다고 치켜 올리고 부동산 업자 역시 시원시원해서 좋다고 했다.

그리고 삼일째 만나던 날 경수와 여자는 합방했다. 여자는 경수 친구로부터 이미 언질을 받았고 경수 역시 그들의 진의를 파악했기 때문에 일은 빠르게 진행되었다.

경수는 말수 적은 아내보다 수다스런 그 여자가 편해서 좋았다. 집으로 돌아가 남은 전답을 깡그리 정리해서 중도금까지 치뤘다. 그리곤 사월이 가기 전에 가솔을 이끌고 화천에 도착했다.

도착하고 이튿날 부동산 사무실로 찾아갔을 때 주먹만한 자물쇠가 채워져 있었다. 웬일인지 하루가 지나도 친절한 부동산 업자는 코빼기도 보이지 않았다. 그제야 집히는 게 있어서 계약한 땅을 찾아가 보았다. 그곳은 산밑에 자리한 천수답이었다.

더 기막힌 건 땅주인도 다른 사람이었다. 친구는 자기도 속았노라고 길길이 뛰더니 며칠 후 가족을 이끌고 슬그머니 사라져 버렸다. 부동산 업자는 그 돈을 들고 서울에서 작은 상가를 보러 다니고 있었다. 유식한 경수는 부동산 업자를 형사고발하기로 했다. 하지만 아쉽게도 그 이름 석 자는 본명이 아니었다.

결국 경수네는 허름한 집 한 채와 잔금 몇 푼만 전재산으로 남았다. 아는 건 농사뿐이니 남은 돈으로 서둘러 논 열다섯 마지기를 샀다. 또 푸성귀라도 심어 먹을 요량으로 밭 살 돈을 조금 남겨두었다. 그만큼만 있어도 굶어죽는 일은 일어나지 않을 것이다. 생업이 농사였지만 가족들은 그곳에서 할일이 없었다. 경수네는 농촌에서 살기만 했을 뿐 가족 모두 호미나 삽자루를 쥐어보지 않았다. 물론 장사나 막노동은 상상도 할 수 없었다. 수입 한 푼 없으니 당장 생계가 큰 문제로 다가왔다. 밭 살 돈이 조금 남은 걸 알고 작은 마누라 애란이가 가게를 해보자고 꼬드겼다. 다른 방법이 있는 것도 아니어서 규모가 제법 큰 옷가게를 열었다.

예상대로 가게는 애란이가 맡았다 게다가 애란이는 장사에 천부적인 소질이 있었다. 손님이 가게에 들어서면 놓치는 법이 없다. 순진한 얼굴에 촌스러운 말투로 손님을 마냥 치켜 올리면 어떤 옷이라도 하나 사서 들고나가게 했다. 결국 온 가족은 가게에서 나오는 수입에 의존하게 되었다. 땅에서 나오는 소득은 가을이나 되어야하니 옷가게밖에는 대책이 없기 때문이다.

그 일은 가족 모두 난감했지만 시어머니가 제일 참지 못했다. 시어머니 입장에서 돈벌어 오는 첩며느리를 마구 대할 수도 없고 눈을 감자니 큰며느리 볼 면목이 없다. 고향에서 부잣집 마님으로 기세 좋게 살았던 시어머니 자존심은 구겨질 대로 구겨지고 분에 못 이겨 큰아들 따귀를 갈기고 머리카락을 잡아 흔들었다.

"어쩌자고 여기까지 끌고 와서 거지를 만드느냐고. 도대체 첩년 아가리에 얼마나 집어넣은 거야. 속 시원히 말 좀 해봐 이놈아."

"음~~~~~~~~"

"네놈한테 속아서 여기까지 왔으니 자식들 얼굴을 어떻게 볼거나. 내가 미쳤지. 어쩌자고 제 애비도 못 믿던 놈을 내가 믿었을까."

"음~~~~"

"저놈 한숨소리에 철대문도 훠이훠이 열리겠네."

"음~~~~~~~~"

다시 부잣집 마님이 되고 싶었던 시어머니 꿈은 한순간에 사라지고 앉은 자리가 가시방석이 되었다. 결국 한 달도 못 버티고 장기를 살려 또 팔도 유람길에 올랐다. 돈 한푼 없이 떠나도 걱정은 안했다. 남편 살아있을 때 신세진 친척들이 아직은 환영하기 때문에 김삿갓보다는 형편이 훨씬 나았다.

시어머니가 떠나고 난 뒤 집안 분위기는 더 가라앉았다. 시어머니 있을 때는 얼씬도 안하던 애란이가 제집을 두고도 수시로 드나들었다. 고향에서 군자소리 듣던 옥순이지만 시앗은 정말 보기 싫었다. 돌부처를 닮았다는 군자는 벽을 향해 돌아앉기는 했지만 도를 닦은 건 아니다.

옥순이는 도 닦는 대신 감당하지 못할 대형 사고를 일으키고 있었다. 얼마 전에 우연히 애란이 본남편 소재지를 알게 되어 발신자 없는 편지 한 장을 띄웠다. 물론 수신자는 애란이 본남편이다. 편지를 받아 든 노름꾼은, 잠시 생각에 잠겼다. 잡아다 놓아도 도망가기를 밥 먹듯 해서 이미 포기한 여자지만 소식을 알았으니 일단 찾아보기로 했다.

이튿날 노름꾼은 발신지 소인을 들고 아내를 수소문하기 시작했다. 화천 바닥은 좁았다. 애란이는 사장바닥에서 부잣집 마누라로 행세하며 옷가게를 하고 있었다. 멀리서 애란이를 본 노름꾼의 얼굴에 화색이 확 돌았다. 툭하면 집을 뛰쳐나가던 마누라가 기어코 봉을 잡은 모양이다. 그렇다면 노름꾼도 덩달아 장땡을 잡은 셈이다.

부지런히 덧셈 뺄셈을 하던 노름꾼은 아내를 데려가지 않기로 작심 했다. 쓸모없는 마누라 대신 금덩이가 훨씬 가치 있기 때문이다. 노름쟁이는 그 밤에 머릿속에서 뭉칫돈이 왔다 갔다 하는 바람에 도통 잠을 이루지 못했다. 어두운 밤이 지나고 노름쟁이를 위해 동녘 하늘에서 눈부신 태양이 떠올랐다.

그는 손가락이 간지러워 잠시도 참을 수 없었다. 노름꾼은 아침도 거른 채 당당하게 경수네 집 대문을 두드렸다. 문을 열어준 사람은 경수 본처였다. 노름쟁이는 그까짓 본마누라는 상대하고 싶지 않았다. 어깨를 뒤로 확 제키며 경수를 마주하고 거액의 위자료를 요구했다. 그러나 예상과 달리 판세가 이상하게 돌아갔다. 벌벌 떨어야 마땅한 상대는 오히려 아랫목에 떡 버티고 앉아 듣기만 했다. 가만히 듣던 경태는 벌떡 일어나 노름쟁이 멱살을 꽉 움켜쥐었다.

"이놈 봐라. 부부사기단 새끼가 어디 와서 협박질이야. 너 잘 걸렸다. 어디 할 짓이 없어 제 마누라 시켜 아들 낳아준다고 사기 치느냐고. 이런 년놈들은 콩밥을 배터지게 먹어야 정신을 채리지. 어서 경찰서로 가자."

일은 엉뚱하게 돌아가는데 부부사기단이 아니라는 걸 증언해줄 애란이가 없었다. 노름쟁이는 경찰서로 가는 대신 애란이를 불러올 것을 요구했고 연락을 받은 애란이는 사태를 짐작하고 급하게 달려왔다. 뒤뚱거리며 쫓아온 이년이 잠시 사태를 관망하다 딴전을 피웠다.

갑자기 경수 앞에 무릎 꿇고 엎드린 채, 죽을 죄를 지었다고 싹싹 빌어대며 진짜 사기단 흉내를 내는 게 아닌가. 애란이와 경수는 미리 짜지 않았어도 손발이 척척 맞아떨어졌다. 노름쟁이가 보기에도 년놈은 천생연분이었다. 여우같은 애란이년 때문에 약점 투성이인 노름꾼 꼬리는 슬그머니 말려들고 흥정은 쉽게 끝났다. 그래도 남의 아내를 가로채는 것이어서 얼마간의 돈이 오고갔다. 위자료를 주기 위해 논 열다섯 마지기는 벼 한 포기 꼽아보지 못하고 다시 팔아치웠다.

경수는 집안 망한 책임을 옥순이에게 돌렸다. 애란이 본남편에게 편지를 보내 재산을 몽땅 빼앗겼다는 것이다. 당치 않는 억지를 부려도 시어머니도 없으니 말 한마디 거들어줄 사람이 없었다. 옥순이 작전은 그게 아니었다. 애란이 본남편이 편지만 받으면 득달같이 달려와 아내를 데려갈 줄 알았다. 하지만 아내보다 노름 밑천이 필요했던 노름꾼은 반대로 결말을 맺었다.

노름쟁이를 불러들이는 데는 애란이의 교활한 술수가 있다. 애란이는 집을 나온 후 본남편이 언제 나타날지 몰라 늘 불안에 떨었다. 언젠가는 아내를 찾아내어 사단 낼 게 분명하기 때문이다. 게다가 두고 온 다섯 살짜리 딸이 병으로 죽었다하니 놈은 오기가 있는 대로 뻗혔을 것이다. 하지만 애란이가 가출한 이유는 노름 때문만은 아니었다. 술김에 폭행하기 시작하면 까무러칠 때까지 두들겨 팼다.

끝내 매를 견디지 못해 자식을 버리고 가출했지만 갈 곳이 없어 떠돌아다니다 골이 깊은 화천에 자리를 잡았다.

그러다 부동산 업자를 알게 되었고 그 후 경수를 만난 것이다. 본처 옥순이는 입에서 군내 날만큼 과묵하지만 애란이 혀에는 바퀴가 달렸다. 그 바퀴는 한번 구르기 시작하면 멈출 줄을 몰랐다. 상대에 따라 귀신같은 감각으로 칭찬하고 얼러가며 타고난 친화력으로 금세 내편으로 만든다.

그렇다고 혀만 굴리며 놀고먹진 않는다. 밥 먹으러 식당에 들어가면 먼저 일거리를 찾아내었다. 가장 효과적인 방법은 어질러진 손님들 신발을 정리하는 일이다. 물론 가게주인의 환심을 사는 건 시간문제고 일단 환심만 사면 다음은 수월해진다. 때로 인심 좋은 주인을 만나면 그날 밥값은 공짜다. 게다가 몇 번 드나들며 낯을 익혀두면 종업원으로 채용될 확률이 많아진다.

부초 같은 삶에 지쳐갈 때 지인에게 경수를 소개받았다. 게다가 그동안 연락하고 지내던 친구로부터 딸이 죽었다는 소식을 들었다. 애란이는 이미 포기한 자식이어서인지 애간장이 녹아내리진 않았다. 그래도 명색이 어미라 삼 일간 밥이 넘어가지 않았다. 이제는 가족이라는 가느다란 끈마저 끊어졌으니 그쪽에 고개 돌릴 일은 없어졌다. 그러나 남편 호적에 남겨진 이애란 이라는 이름 석 자에 발목이 잡혔다.

남편과 호적정리를 하려면 돈이 필요했다. 그렇다고 경수에게 이혼 자금을 마련해달라고 할 수도 없었다. 애란이는 궁리 끝에 큰마누라를 이용하기로 했다. 어느 날 큰댁에 갔을 때 옥순이 눈앞에 남편 주소지를 흘리고 나왔다. 물론 옥순이는 방바닥에 떨어진 하얀 종이를 주워들고 잠시 생각에 잠겼다. 그리곤 애란이 계획대로 여우와 곰의 싸움은 시작되었고 승리의 깃발은 여우 손에 들려졌다.

무식한 여우는 타고난 꾀로, 세상 물정 모르는 곰을 이용해 자유를 얻고 이불속에 엎드려 밤새 웃었다. 그러나 사람은 하나를 가지면 둘을 갖고 싶게 마련이다. 이제 자유를 얻었으니 안방마님 자리가 탐났다. 그것 역시 꾀로 빼앗으면 된다. 애란이는 의도적으로 하루세끼를 외식하며 돈을 축내었다. 시간도 없고 힘이 부쳐 삼시세끼를 못하겠다는 것이다. 물론 경수는 생계유지상 두 집 살림은 어렵다는 명분을 내세워 애란이를 집으로 불러 들였다.

애란이가 들어오던 날, 방 배정이 되었다. 안방은 큰마누라, 윗방은 작은마누라, 옆방은 세 딸, 사랑방은 시동생 차지였다. 잠자리를 펴는 첫 날부터 안방과 윗방 사이에 불꽃 튀는 묘한 싸움이 시작 되었다. 하기야 강자와 약자 사이에 승패는 이미 정해졌으니 싸움이랄 것도 없는 일이다. 남편을 제 편으로 만든 여자가 강자다. 십 년이나 살아 온 여자를 몇 개월 만에 물리치고 강자가 된 애란이는 윗방에서 남편을 끼고 살았다. 옥순이는 오장이 홀랑 뒤집혔지만 벗어날 방법이 없었다. 겨우 참아내고 있던 어느 날 윗방에서 애란이와 경수가 소곤거리는 소리가 들렸다. 가만히 듣자하니 어투가 희한했다. 분명히 소곤거렸지만 울림이 하도 커서 옥순이 고막을 쉽게 뚫고 들어왔다.

"여보 이방에서만 자면 어떻게 해요. 가끔 형님한테 내려가야지요."

"이놈의 여편네가 무슨 소리를 지껄이는 거야. 내가 무슨 물건인가? 이방 저 방에서 나누어쓰게."

"시앗을 보면 돌부처도 돌아앉는다는데 당신을 나 혼자 차지하면 형님 마음이 어떻겠어요. 어서 내려가요."

"저놈의 여편네는 너무 뻣뻣해서 숨을 더 죽여 놔야 한다고."

"숨을 죽이다니요. 형님 같은 요조숙녀가 어디 있다고 그런 말을 해요."

옥순이 들으라고 마음에 없는 소리를 해대는 애란이 말에 분이 치솟아 윗방으로 올라가 머리끄덩이를 쥐어뜯고 싶었다. 그러나 군자는 딸들에게 험한 꼴을 보이고 싶지 않아 애써 참았다. 그때 경수가 베개를 들고 어색하게 미닫이 문턱을 넘어섰다. 그것은 본처에게 참을 수 없는 모욕이다. 그렇다고 옆방에서 딸들이 자고 있는데 고함치며 싸울 수도 없었다. 옥순이는 경수를 베개로 몇 대 후려쳐 윗방으로 쫓아버리고도 분이 풀리지 않아 살을 벌벌 떨어대며 긴 밤을 지새웠다.

하기야 그날 밤만 지새운 건 아니다. 안방에 누워있으면 윗방에서 나는 온갖 잡소리가 다 들렸다. 도도한 옥순이를 약 올리는 데는 그것보다 좋은 방법이 없었다. 더구나 애란이는 여기저기 굴러다니며 살아온 탓에 체면은 잊고 산 지 오래다. 그렇다고 밤에만 약 올리는 게 아니다.

아침이 와도 줄다리기는 이어졌다. 가정 경제를 책임진 애란이는 보란 듯이 늦게 일어나 옥순이가 해주는 밥 먹고 휭하니 나가버렸다. 또 저녁에 일부러 늦게 들어와 상 차려 놓으면 낼름 다가앉아 수저를 집어 들었다. 물론 경수가 보고 있으니 상을 물리기 바쁘게 상을 들고 설거지하러 부엌으로 나가기는 한다. 그러나 상만 들고 나갔을 뿐 손은 겨드랑이 사이에 끼워두고 부뚜막에 걸터앉아 입으로 설거지를 했다.

의도적으로 옥순이 염장 지르는 말을 골라하면 군자는 분에 못 이겨 길길이 뛰어올랐다. 이내 옥순이 고함 소리는 벽을 뚫고 들어가 경수 고막을 통과하는 건 한순간이다. 그것으로 반은 성공한 셈이다. 애란이는 두 손으로 얼굴을 감싸 쥐고 서럽게 울며 방으로 들어간다. 그리곤 눈물 젖은 얼굴로 경수 무릎에 엎드린다. 그것으로 신파극이 끝난 건 아니다. 잔머리 굴릴 줄 모르는 옥순이가 있다. 남편이 있거나 말거나 냉큼 쫓아 들어와 악담을 마구 쏟아내었다. 물론 애란이는 냉큼 옥순이의 손을 두 손으로 부여잡고 공손하게 말한다.

“형님 제가 다 잘못했어요. 나쁜 뜻으로 말한 게 아닌데 형님 비위를 거슬렸군요.”

“에라이, 여우같은 년. 네년은 도대체 얼굴이 몇 개냐. 아까처럼 지랄 좀 해보지 그래.”

“형님 무슨 말씀을 그렇게 하세요. 제가 언제 지랄했다고 그래요. 아무리 미워도 생사람은 잡지 마세요.”

그제야 그날 밤 신파극은 막을 내린다. 그렇다고 이튿날 밝은 태양이 떠오르는 건 아니다. 수시로 지붕위로 먹구름은 맴돌고 가끔 장대비도 쏟아졌다. 둘 사이에 말다툼이 일어나면 경수는 애란이 편에 섰다. 둘 다 명색이 마누라지만 마음이 더 가고 덜 가는 차이는 크다. 한마디로 말해 옥순이는 바람 든 봄 무를 닮아 푸석거리는 게 이맛도 저맛도 아니다. 그와 달리 애란이는 갓 뽑아낸 가을무처럼 시원한 청량감이 있었다. 무뚝뚝한 옥순이와 애교가 철철 넘치는 애란이는 애초에 비교 대상이 될 수 없었다. 하지만 그것은 경수 생각일 뿐 시댁 식구들은 달랐다. 듬직한 맏며느리와 속을 알 수 없는 굴러온 여자를 동격으로 보지 않았다.

옥순이는 무뚝뚝하고 차갑게 보여도 속이 깊었다. 더구나 갓 시집왔을 때는 나이가 어렸던 탓에 피차 철이 없었다. 또 소소한 갈등은 어느 집이나 일어날 수 있는 일들이다. 게다가 변명을 하지 않았던 옥순이 탓에 사실보다 오해가 더 많았다. 그런대로 부대끼며 살다보니 오해도 조금씩 풀리고 또 사실인 것도 그럭저럭 이해하게 되었다. 어느새 끈끈한 정으로 맺어져 잘 꾸려나가던 집안에 애란이가 끼어들며 뒤죽박죽이 되었다.

군자는 시앗을 보아도 말없이 넘어갈 줄 알았는데 천만의 말씀이다. 스스로 도를 쌓은 군자는 다르지만 사람들이 칭찬으로 붙여준 군자는 군자 대우를 해줄 때 군자가 된다. 옥순이는 경수와 애란이를 은근히 무시했고 경수는 옥순이 마음속을 훤히 들여다보고 있었다.

가끔 본처와 첩 사이에 입씨름이 일어나면 경수는 해결책으로 장작개비를 집어 들었다. 물론 그 몽둥이는 옥순이 하나만 겨냥했다. 그렇다고 옥순이가 가만히 앉아 몽둥이찜질을 당하는 건 아니다. 학교 다닐 때 달리기 선수였던 옥순이는 냅다 뛰었고 조금 둔한 경수는 그 뒤를 따랐다. 결국 둘이는 집을 가운데 두고 앞 뒤 마당을 빙빙 돌며 쫓고 쫓기는 웃지 못할 경주가 벌어졌다.

구경꾼이 된 애란이는 제 뜻대로 움직여주는 경수를 보며 입꼬리가 위로 올라붙었다. 하지만 옥순이는 죽을 맛이다. 다리가 아파서 그런 건 아니다. 사십을 바라보는 나이에 첩년 앞에서 뜀뛰기하는 신세가 처량해서였다. 뜀뛰기 선수가 넘어지지는 않더라도 실수할 때는 있다. 경수는 잔꾀가 있었다. 뒤를 쫓다가 가끔 반대 방향으로 달리면 정신없이 뛰던 옥순이는 돌아서는데 시간이 걸렸다. 경수는 한손에 움켜쥔 몽둥이를 예전에 여동생 성희에게 휘두르던 것처럼 제 아내에게 휘둘렀다. 거칠거칠한 나무토막이 공중을 오르내리며 춤출 때 군자는 끝장낼 때가 된 것을 알았다.

옥순이가 똥구덩이에 구르면서도 참았던 건 세 딸 때문이었다. 그러나 머리부터 발끝까지 스며든 똥독을 더는 견딜 수 없어 일단 똥구덩이를 벗어나기로 했다. 이튿날 새벽 잠든 두 딸은 남겨두고 세 살박이 막내딸만 품에 안은 채, 서울행 버스에 몸을 실었다. 사람들은 그럴 때 대개는 친정으로 간다. 하지만 옥순이는 시어머니를 선택했다. 시어머니를 통해 애란이를 철저하게 응징하고 싶어서였다.

아는 곳이라고는 정임이가 일하는 식당뿐이다. 서울에 도착하고 버스에서 내렸을 때 동서남북이 구별되지 않았다. 끝내 방향이 헷갈리는 바람에 한번은 버스를 반대로 탔다. 그러나 초등학교 반장 출신은 사람들에게 물어가며 해지기 전에 정임이네 식당을 기어코 찾아내었다. 식당에 들어선 모녀의 몰골에 정임이는 뒤로 자빠질뻔했다. 고향에서 부잣집 맏며느리로 살 때 그리도 당당했던 기상은 온데간데없고 잔뜩 일그러진 얼굴에 꾀죄죄한 의상은 한 번도 상상해 본 적이 없어서다.

"동서. 나 왔어."

"어머나 형님이 웬일이세요. 잘도 찾아오셨네요."

"말도 마, 전에 어머니 따라 한번 왔었는데도 어찌나 복잡한지 겨우 찾았다니까."

"집은 어떻게 하고 연락도 없이 오셨어요?"

"이야기 하자면 길어. 지금은 말할 정신이 없구먼. 어머님을 찾아왔는데 어디 계신지 아나?"

"저도 잘 몰라요. 큰시누이님한테 전화해 볼께요."

"그런데 아주머니께 인사부터 드려야할 텐데 어디 가셨나?"

"예 잠시 친구 만나러 나가셨어요. 형님, 시장하실 텐데 일단 식사부터 하세요."

옥순이가 밥 먹는 동안에도 정임이는 사연을 묻지 않았다. 이미 시어머니로부터 대강 들어서 미루어 짐작하기 때문이다. 정임이는 큰동서를 제집으로 데리고 가야 했으나 이사 통고를 받은 처지에 손님까지 데리고 갈 수는 없었다. 정임이가 급히 시누이한테 전화를 걸어보니 마침 시어머니는 함께 있다고 했다. 물론 그 밤으로 옥순이는 시어머니를 따라 나섰다. 정임이 역시 집으로 돌아가 이사 준비를 서둘렀다.

화천에 있는 애란이는 큰마누라를 단숨에 제거하고 두 손을 번쩍 들어 올리며 만세를 불렀다. 딱 거기까지였다. 손이 위로 올라갈 때는 쉽게 올라갔지만 아래로 내려오지 못했다. 큰마누라가 한쪽으로 비켜섰다고 첩에게 서광이 비취인 것은 아니라는 이야기다.

대한민국 사법부에 약자를 보호하는 법이 제정되어 간통죄는 중벌이다. 옥순이는 많이 배운 시누이가 시키는 대로 법을 최대한 활용하기로 하고 단기전 보다 장기전을 택했다. 간통죄로 잠시 옥살이 시킨 후 자유를 주는 것보다 호적 정리를 안 해주는 것으로 복수를 다짐한 것이다.

꾸어다 놓은 보릿자루

정임이가 고향으로 돌아와 먼저 한 일은 큰아들 정호를 학교에 보내는 것이었다. 어물어물하다보니 큰 아이는 학교 갈 나이가 일 년이나 지났다. 그동안 복잡한 서울생활에 적응하기 어려워 초등학교에 입학시키지 못해서였다. 늦었지만 경태는 정호를 데리고 학교로 갔다.

마침 일학년 담임교사가 고향 마을청년이라 했다. 게다가 정호는 학교생활을 즐겨했다. 취학이 늦어진 탓에 친구들보다 한두 살이 많아 자연스레 교사 잔심부름은 도맡아하는 모양이다. 담임교사야 정호가 말귀를 잘 알아 들어서 편의상 심부름을 시켰지만 아이 생각은 달랐다. 그것도 자랑이라고 기가 살았다.

가족이 먹고 살려면 먼저 일자리를 찾아야 했다. 익숙한 일이 식당뿐이어서 식당부터 찾아갔다. 작은 읍내에 식당이라고 해봐야 몇 군데 되지 않아 찾고 말고 할 것도 없었다. 그 중에 집에서 가까운 변두리 식당에서 조건부로 일자리를 주었다. 자기 아내가 해산할 때까지 일을 해보라는 것이다. 들어갈 때는 임시라는 조건이었지만 성실성을 인정받아 그 달로 붙박이 종업원이 되었다.

소도시는 서울과 달라 수희 혼자 두어도 과히 염려되지 않았다. 아들도 학교에 다니고 딸도 주인할머니가 잘 보살펴 주어 한시름 놓았다. 정임이가 시골로 돌아간 7개월 후 시아버지 추도회 날이 되었다. 여기 저기 흩어져 살던 시댁식구들은 부모님 산소를 찾아 고향에 모여들었다. 아직도 고향에 사는 셋째 아들인 경욱이네 집이 집합 장소다. 정임이네가 시골로 내려와 사는 곳은 고향과 삼십 리 거리다. 물론 정임이도 경태가 밖으로 나간 사이에 아이들만 데리고 갔다.

막상 도착했을 때 대문 앞에는 경수를 비롯해 여럿이 서있었다. 정임이는 어차피 환영받지 못하는 처지에 이사람 저사람에게 인사하는 게 번거로워 쪽문으로 들어갔다. 뒷마당을 지나 부엌 뒷문을 열려고 할 때 목소리 큰 막내시누이 성희가 한창 떠들어대고 있었다.

"엄마, 둘째올케는 안 온대?"

"온다는 소식은 없었는데 웬만하면 오겠지."

"둘째오빠 부부는 얼굴에 복이 안 들었어. 둘 다 목소리도 그렇고."

"목소리가 어때서."

"올케는 목소리에 힘이 없고 오빠는 째지는 소리잖아."

"말도 많고 탈도 많네. 애자 엄마는 목소리가 꾀꼬리 같아도 팔자만 사납더구먼. 올케한테 잘해라. 그 올케만큼 착한 사람은 없다."

"착하기만 하면 무엇해. 시키는 일이나 잘하지 무능하잖아. 오죽하면 자기 이름으로 된 전세금이 날아가는 것도 모르냐고."

"그런 말 하지 마. 네 올케는 무능하지 않아. 아무나 다섯 식구를 벌어 먹일 수는 없어. 네 오라비가 못난 놈이지."

"하기야 오빠 같은 사람을 남편이라고 믿고 살아야하니 참 불쌍한 인생이기는 해."

"올케 앞에서 말조심해라. 사나운 올케였으면 네 주둥이를 쥐어뜯으려고 덤벼들 게다."

막내시누이만은 정임이에게 호의를 가지고 있는 줄 알았는데 아닌 모양이다. 시누이는 시누일 뿐이라고 생각하니 문고리 잡은 손에 힘이 풀렸다. 그냥 돌아가고 싶은 마음에 우두커니 서있을 때 시어머니가 장독대에 가려고 뒤꼍으로 나왔다. 시어머니는 안보는 사이에 몸이 많이 회복되어 일상생활은 크게 불편해 보이지 않았다.

"에미 왔구나. 안 들어오고 왜 거기 서있는 거야."

"어머님 그동안 편안 하셨지요?"

정임이가 온 것을 알아 챈, 성희는 무안해서 도망가 버리고 부엌에는 시어머니와 애란이만 남았다. 정임이는 애란이를 어떻게 대해야 좋을지 몰라 잠시 망설였다. 하지만 정임이가 나서기 전에 넉살 좋은 애란이가 먼저 입을 열었다.

"작은 동서인가보네. 나는 자네 맏형님이야. 오늘 같은 날은 일찍 와서 뒷일을 해야지 왜 이제야 왔어."

"아 그러세요. 형님 죄송해요. 아범 몰래오느라 늦었습니다. 알면 따라와서 난장판을 만들까봐 겁이 나서요."

"나는 작은서방님에 대해 말만 들었지 본 적이 없구먼. 남편은 안사람하기 나름이잖아? 자네가 머리를 잘 써서 구슬려가며 살아봐."

"네."

정임이가 두 살 많은데도 애란이는 맏며느리를 자처하며 훈계와 지적질까지 해대면서 어른노릇을 하려고 들었다. 정임이는 억지로 애란이에게 형님이라 부르기는 해도 보이지 않는 큰동서에게 미안한 마음은 감출 수 없었다. 사람이 좋다고 속까지 없는 건 아니어서 살짝 심술이 발동한 정임이는 애란이 들으라고 일부러 옥순이 이야기를 꺼냈다.

"어머님 큰형님은 안 왔어요? 한동안 못 만났더니 보고 싶네요."

"안 올 거다. 무슨 꼴을 보려고 오겠니? 너는 부엌일은 참견 말고 어서 들어가 아이들 밥부터 먹여라."

옆에서 대화를 듣던 애란이는 얼굴이 샐쭉해지며 쌀을 북북 씻어 대었다. 사실 옥순이는 집 떠난 후 단 한번도 가족모임에 나타나지 않았다. 눈에서 멀어지면 마음도 멀어지게 마련이어서 으레 안 오려니 치부하고 시댁식구들 입에서 옥순이에 대한 화제는 뜸했다.

오랜만에 만난 가족들은 마당 여기저기에 흩어져 잡담하느라 정임이게는 관심조차 없었다. 이미 푸대접에 이골이 난 정임이는 아이들과 함께 마루에 차려진 밥상 앞에 앉았다. 밥상 모서리에 앉은 두 아이는 퍼먹느라 정신이 없다. 정임이도 아이들과 크게 다르지 않아 오장이 함성을 지르며 난리를 피워대었다.

눈치껏 젓가락을 놀리던 그때 부엌에서 큰 소리가 나는 듯, 하더니 애란이가 부엌문을 박차고 나왔다. 살찐 그녀는 마룻장을 쿵쾅거리며 알아들을 수 없는 소리를 남기고 윗방으로 들어갔다. 부엌에선 지체 없이 시어머니의 맞받아치는 고함소리가 들렸다.

방으로 들어간 애란이는 시어머니 고함소리가 끝나기도 전에 방문을 열어젖히고 마루로 튀어나왔다. 그리곤 전쟁터에 나온 장수처럼 떡 버티고 서서 시어머니보다 더 큰 소리로 악을 써대었다. 마당에 있던 모든 시선이 일시에 한곳에 몰릴 때 둘째 시누이 성자 눈도 함께 있었다. 영문을 알지 못해 잠시 우두커니 서있었지만 한가지 확실한 건 고부간 싸움이 벌어졌고, 시어머니가 밀리는 게 분명했다. 그 순간 성자 눈동자에 불꽃이 피어올랐다.

일단 성이나면 물불을 안 가리는 성자는 신발을 신은 채, 번개보다 조금 빠르게 마루위로 날아올랐다. 그리곤 거침없이 애란이가 열어젖힌 죄 없는 문짝을 냅다 발로 걷어차며 냉큼 애란이를 방안으로 밀어 넣었다. 형제들은 활극이 일어날까 기대도 되고, 한편 싸움이 확대될까 염려스러운 마음에 방문 앞으로 우르르 몰려들었다. 하지만 응원부대가 미처 정렬도 못했는데 사나운 성자 입에서 고함이 타져 나왔다.

"감히 어디서 말대꾸하는 거야? 도대체 누구한테 고함치는 거냐고."

"고모는 모르면 나서지 말아. 나설 때, 안 나설 때를 구분할 줄 알아야지."

"나설 때 안 나설 때를 왜 몰라? 하늘같은 시어머니한테 며느리가 대드는 걸 두 눈으로 똑똑히 보는 지금이 바로 나설 때지. 우리가 있어도 시어머니를 우습게 아는데 아무도 없는 데서는 어떻게 하는지 참 궁금하네. 한두 번 해본 솜씨가 아닌 것 같아서 말이야."

그제야 방문 앞에 서있던 형제들도 여기저기서 애란이를 질타하기 시작했다. 그 중에 경수도 끼어 있었다. 전체가 한편이 되어 몰아부쳐 혼자 감당할 재간이 없었다. 판세가 불리하게 돌아가자 애란이는 집으로 돌아가겠다고 외출복을 챙겨들었다. 성질 급한 성자는 우르르 쫓아가 옷을 낚아채어 멀리 던져버렸다. 새로 맞춘 원피스는 획 날아가 하필이면 돼지막사에 처박혔다.

"뭐하는 짓이야? 손위 올케한테 버릇없이."

"얼씨구. 그렇게 예의를 중시하는 사람이 시어머니 알기를 개떡같이 알아? 나한테 대접받고 싶으면 어머니한테 사과드리고 사태를 수습하시지."

"나는 잘못한 것 없어. 괜히 어머님이 나를 무시하고 트집 잡으신 거라니까."

"잘잘못은 당사자가 판단하면 안 될 것 같은데."

분을 삭이지 못한 애란이는 입은 그대로 대문 밖으로 나갔다. 그렇게 헤어지면 수습할 길이 없어진다. 성자는 황급히 쫓아가 뒤에서 애란이 종아리를 걷어차며 입을 틀어막았다.

"걷어차서 미안해요. 저기 서있는 손아래 동서들 안보여요? 저 며느리들이 이다음에라도 어머니에게 덤벼들면 어떻게 해요. 다시 들어가서 본보기로 사과해줘요."

애란이는 성자에게 눈짓으로 손을 풀라 했다.

"나도 친정어머니가 계시니 지금 일은 잠시 접어두지. 어머니는 내가 본처가 아니어서 무시하신다고. 아버님 추도회에 참석 안 하는 혜선이 엄마 흉본다고 저러시는 거야. 오늘 같은 날 안 오는 그 여편네가 잘못이지 그것을 꼬집어 말하는 내가 잘못한 거야?"

"그러니까 아픈 데를 왜 찔러요. 큰아들 잘못으로 큰며느리 팔자를 망쳤다고 늘 가슴 아파하시는 어머니를 자극했구먼. 그리고 말을 바로 하자면 큰올케가 안온 겁니까? 못 온 거지. 누구 때문에 못 왔겠어요? 그리고 큰올케는 십 년 가까이 시집살이했어도 시어머니한테 한 번도 대들어 본 적이 없어요. 잘 알지도 못하면서 우리를 쉽게 보지 말아요."

계산속이 빠른 애란이는 지금 사과해야 할 것이라 판단했다. 그동안 시댁식구들이 말이 없어 만만하게 보았는데 그게 아니었다. 다음 기회에 판세를 뒤집기로 하고 오늘은 머리를 숙이기로 했다. 그대로 가버리면 손아래 동서들 앞에서 쫓겨 가는 개꼴이 될 테니 달리 방법이 없기도 했다. 애란이는 들어와 시어머니께 사죄했고 사태는 수

습되었다.

자식들이 이구동성으로 한 사람을 몰아붙일 때 시어머니는 부엌에서 다 듣고 있었다. 애란이 사과에도 아랑곳없이 슬며시 뒷문으로 나가 자식들 얼굴도 보지 않은 채, 끝까지 이웃집에서 나오지 않았다. 하지만 자식들은 어머니 고집을 꺾지 않았다. 첩며느리가 자식들 앞에서 덤벼든 것 자체가 어머니 자존심을 상하게 한 것을 잘 알기 때문이다.

가족이 모인 곳이라고 평등한 건 아니다. 같은 형제라도 부자와 가난한 사람은 차이가 났다. 그중에 두드러진 인물이 정임이다. 큰 소동이 일어나도 한쪽 구석에 꾸어다 놓은 보릿자루처럼 멀뚱멀뚱 서서 구경꾼이 되었다. 물론 끼니때가 되면 일꾼으로 변신한다. 하지만 애란이는 달랐다. 자신이 장손을 낳은 데다 가정 경제를 이끌어 간다는 자부심으로 감히 시어머니에게 덤벼들다 사나운 시누이에게 망신만 당하고 말았다.

정임이는 추도예배가 끝난 후 형식적인 인사만 몇 마디 나누고 시동생 집을 나왔다. 돌아가는 발길이 왠지 모르게 허전하다. 그 많은 가족 중에 자기네만 이방인 같은 느낌은 지울 수 없어서였다. 집으로 들어서자 경태는 마루에 누워있었다.

"이여편네가 미쳤나. 어디를 싸질러 다니는 거야."

"저기 좀 갔다 왔어요."

"저기가 어딘데. 얼굴도 모르는 시아버지가 반갑다고 하든?"

"어떻게 알았어요."

"이 여편네야 오늘이 아버지 돌아가신 날인 것도 모를까봐? 내 팔자가 이 꼬라지가 된 것은 아버지가 돌아가셨기 때문인데 아버지 기일을 어찌 잊어버리겠냐."

경태는 그 말을 끝으로 입을 꽉 다물었다.

경태는 고향이 가까워 좋다더니 친구들을 만나고 올 때마다 불만이 가득한 얼굴로 돌아왔다.

"새끼들이 말이야 언제부터 잘 살았다고 거들먹대냐고. 예전에는 내 발밑에서 설설 기던 놈들이."

"왜요, 기분 나쁜 일 있었어요?"

"있었지. 글쎄 어떤 놈은 유산을 물려받기도 했고 또 다른 놈은 똥구멍이 찢어지게 가난했는데 제법 잘 살더라니까. 마을에서 제일 부잣집 아들이었던 나만 이게 무슨 꼴이냐고. 따지고 보면 이게 다 네년 탓이야."

"그게 왜 내 탓이예요."

"네년이 어머니와 작당해서 집 팔아 서울로 갔기 때문이잖아. 이렇게 집 한 칸 없이 거지꼴이 됐으니 당연히 네 탓이지."

말도 안 되는 일에 트집 잡을 구실을 만들어주고 싶지 않아 정임이는 입을 닫았다. 며칠이 지나도 경태는 일거리를 찾아볼 생각은 아예 없는 듯, 내비치지도 않는다. 그나마 다행인 건 노름을 다시는 할 생각이 없는 모양이다.

하지만 노름 대신 빠져든 게 있었다. 낚시다. 노름을 못하게 하려면 낚시를 하게 하라는 말이 있듯이 스스로 낚싯대를 잡았다. 아침에 도시락 하나 챙겨들고 낚싯대를 들러 메고 나가면 밤이 되어 돌아왔다. 다행히 물고기는 식당에서 사주어 술값 걱정은 안했다. 낚시도 한동안 잘 다닌다 했더니 오래지 않아 저수지가 작다고 불평하기 시작했다.

"짐 싸. 이사 가게"

"이제 겨우 일 년 살았는데 어디로 가요."

"여기 저수지는 이름뿐이야. 무슨 놈의 저수지가 그렇게 작으냐고. 글쎄 우리고향 마을웅덩이보다 조금 크다니까. 그 꼬라지에 물고기가 몇 마리나 있겠어."

"그렇게 저수지가 작으면 당신 때문에 물고기는 씨가 말랐겠네요."

"이 여편네가 무슨 말을 하는 거야. 새끼 낳고 크고, 또 새끼 낳고 크잖아. 그것들을 매일 만나다 보니 이제는 낯익어서 잡고 싶지 않아. 내가 낚시터에 가면 어미붕어가 새끼들을 거느리고 물가로 나와 주둥이를 뻐끔거리며 인사한다니까."

"핑계도 가지가지네요. 내가 지나가다 보니까 저수지가 크기만 하던데. 그 저수지가 마음에 안 들면 다른 저수지를 찾아봐요."

"쓸데없이 시간 낭비는 왜 해. 이사만 가면 정신 차리고 내가 벌어 먹일 테니까 당신은 아이들 건사만 잘하면 돼. 나도 부끄럽지 않게 가장노릇, 한번 잘해봐야지. 벌써 내 나이가 몇 살이냐고."

"여기서 가장 노릇하면 되잖아요."

"그래도 크게 되려면 큰물에서 놀아야지. 나도 나지만 아이들이 이런 촌구석에서 커봐야 뭐가 되겠어."

욕지거리가 나올 때가 지났는데 참는 경태를 보며 믿어야 할지 말아야 할지 선뜻 판단이 서지 않았다. 그래도 믿고 싶었다. 하기야 정임이가 동의하지 않아도 남편이 결정하면 따르는 수밖에 없는 일이기도 했다.

"어디로 가려고요."

"낚시터에서 만난 사람 말이 서울에 일거리가 있다네. 청량리 야채도매상에서 일꾼을 구한다고해서 부탁해 놓았어."

"이미 청량리 가까운 곳에서 살아보았잖아요. 어디 만만하던가요?"

"이번에는 달라. 첫째 다시는 노름을 안 할 것이고 둘째는 일을 해서 돈을 번다는 거야. 그 사람 말이 여기서 농사지은 채소를 자기가 직접 청량리 야채시장에 납품한다네. 본인이 손수 소개하는 자리니까 틀림없을 거야. 지난날을 거울삼아 정신 차리고 열심히 살아볼게."

"낚시는 어떻게 하고요."

"그까짓 낚시야 가끔 가면 돼. 바쁘면 안 가도 되고. 열심히 돈벌어 자식도 잘 키우고 금의환향해서 명색만 친구인 촌놈들 코를 납작하게 해주어야지."

"취직까지 되었다니 더 바랠 게 없지요. 언제쯤 가는데요?"

"아무 때나 좋다고 했어. 일자리를 놓치기 전에 서둘러 가는 게 좋겠지."

경태는 사람이 바뀐 듯, 말까지 고분고분해졌다. 정임이는 무언가 석연치 않았지만 짐은 꾸렸다. 예전처럼 이불보따리에 몇 가지 옷과 밥그릇 몇 개가 전부다. 이삿짐부터 싸놓고 친정에 다녀온 다음 날 기차정거장으로 갔다. 큰 짐은 수화물로 부치고 작은 보퉁이 몇 개 들고 서울행 열차에 올랐다.

서울에 도착하고 바로 친척네 식당을 찾아갔다. 그동안 식당주인과 편지를 주고받으며 다시 일하기로 이미 약속한 일이다. 지난번에 식당주인도 얼떨결에 정임이를 떠나보낸 후 믿고 맡길 사람이 없어 몹시 아쉬웠다. 마침 정임이가 상경한다는 소식에 기쁜 마음으로 전세방을 얻어놓고 기다리고 있었다. 물론 전세방 소유자는 식당 사장이다. 얼마 안 되는 짐 정리는 정임이가 끝냈다.

아이들을 학교부터 보내야하련만 앞장서서 처리해야할 경태는 이튿날 아침부터 나가버렸다. 그리되면 전학 절차는 당연히 정임이 몫이다. 공적인 일은 한 번도 해보지 않아 이사람 저 사람에게 물어가며 겨우 처리했다. 그나마 큰아이 취학이 늦어지는 바람에 남매는 한 학년 차이가 되었다.

아침마다 바쁘게 나가는 경태를 보며 취직문제를 알아보려는 줄 알았다. 하지만 예상과 달리 저녁에 들어올 때는 어깨가 축 처져 있었다. 다음날 역시 아침상을 물리자마자 횡하니 나갔다가 저녁때 말없이 들어와 맥없이 누워버렸다. 돌아가는 모양새가 예사롭지 않다. 마음잡으려는 사람에게 채근하면 역효과가 생길까 염려되어 모르는 체 넘어갔다. 하기야 묻는다고 고분고분 대답할 사람도 아니다.

전처럼 안팎일은 몽땅 정임이 몫이 되었다. 며칠 지나지 않아 식당에서 출근하라 재촉이다. 이튿날 아이들부터 학교로 보내고 서둘러 출근했다. 식당은 그동안 메뉴도 늘고, 손님도 늘었다. 정임이도 지난날을 거울삼아 일하는 시간을 늘렸다. 또 식당 사장의 권유로 보수는 주급으로 정했다.

청계천시장 쪽은 보름이 지나도 소식이 없는 모양이다. 어쩌면 처음부터 그런 약속은 없었는지도 모를 일이다. 경태는 변명도, 설명도, 하지 않았으니까. 그렇다고 정임이가 먼저 물으면 경태 본병이 도질까 두려워 입을 꾹 다물었다. 그럭저럭 한달 후 정말로 청량리 야채시장에서 일하기 시작했다. 먼저 일하던 사람이 한 달 늦추어 나가는 바람에 기다리느라 지체했단다. 그나마 경쟁자 한 사람이 더 있어서 마음을 졸였던 모양이다.

경태는 매일 새벽 도시락을 챙겨들고 나가면 때맞추어 들어오고 때로는 팔다 남은, 한물간 야채를 얻어오기도 했다. 그것뿐이 아니다. 사람이 달라진 듯 출퇴근하는 걸음걸이도 가볍고 얼굴도 활짝 펴졌다. 그 모습을 바라보는 정임이는 결혼하고 처음으로 편안함을 느꼈다. 때가되면 철이 든다더니 달라지는 경태 모습에 정임이는 기대에 부풀어 매일 밤 청기와 집을 지으며 기분 좋게 잠들었다. 하지만 청기와 집은 팔자에 없는 모양인지 오래지 않아 꿈자리가 뒤숭숭해지기 시작했다.

취직하고 겨우 20일이 지났을 뿐인데 경태 표정이 시큰둥하게 변해갔다. 처음과 다르게 퇴근길에 거나하게 술 취해 들어와 불만을 토해내기 시작했다. 이놈은 이래서 나쁘고 저놈은 저래서 나쁘고 손님도 나쁘고 주인도 나쁘고 자기만 빼고 다 나쁜 놈이라 했다. 한 달이 지나 월급이랍시고 몇 푼 들여오기는 했다. 외상술값을 제외한 월급봉투를 건네받은 건 처음이자 마지막이 되었다.

이튿날 아침, 경태는 일어날 생각을 안했다. 정임이는 학교 가는 아이들을 배웅하고 구멍가게에서 몇 가지 반찬거리를 사들고 왔다. 그때까지 경태는 반듯하게 누워 천장만 바라보고 있었다. 정임이는 궁금증을 참을 수 없어 출근하며 물었다.

"여보, 일하러 안 가요?"

"안 가."

"겨우 한 달 다니고 그만두면 어떻게 해요."

"청계천 시장 바닥은 전망이 없어. 사내자식이 꿈이 커야지."

"그렇다면 달리 계획은 있어요?"

"지금부터 밑그림을 그려봐야지. 내 그림이 완성될 때까지 꾹 참고 기다려."

"그림을 그려본 적도 없는 사람이 무슨 그림을 그린다고 그래요. 그냥 닥치는 대로 일이나 하지."

"에이 멍청한 년. 내가 물감으로 그린다고 했냐? 저년은 어디서 어디까지 말해야 알아들을지 모르겠다니까."

"그러니까 처음부터 쉽게 말해요. 괜히 빙빙 돌리지 말고."

"요년 봐라. 요즈음에 조금 풀어주었더니 마냥 기어오르네. 한번만 더 지랄하면 그놈의 주둥이를 확 찢어버릴 거야. 냉큼 꺼져."

무언가에 쫓기는 듯한 표정이나 거친 말투까지 예전으로 돌아갔다. 결국 사상누각은 흔적도 없이 무너져 내리고 바람 따라 모래가 흩날리기 시작했다. 며칠 뒤 아침상을 물린 경태는 주섬주섬 짐을 꾸렸다. 이제 겨우 밑그림이 완성된 모양이다.

"어디가려고 짐을 꾸려요?"

"낚시터"

경태는 낚시터를 찾아 떠난 지 삼일 만에 돌아왔다.

"집은 답답해서 못 있겠어. 저수지 옆에 살며 강태공처럼 세월이나 낚아야지. 어서 쌀이나 챙겨."

"강태공이 누군데요? 거기서 새로 사귄 친구예요?"

"이 무식한 년 봐라. 또 시작이다. 천하의 강태공을 모르다니. 강태공이 누군지 가르쳐 줄까? 에라 관둬라. 그래도 한 가지는 가르쳐 주지. 삼천 년 전에 강가에서 빈 낚싯대를 드리우고 세월을 보내다가 일흔 살에 출세한 중국 사람이다. 그러니까 너도 내가 일흔 살이 될 때까지 꾹 참고 기다려. 강태공 마누라처럼 오두방정 떨다 거지 되지 말고."

"그래도 당신은 강태공이 아니잖아요."

"이래서 무식한 년은 안 된다고. 내가 한 가지만 더 가르쳐주지. 강태공이 한 말 중에 너한테 딱 필요한 말이니까 잘 들어 둬. '군자는 자기의 이상이 실현되는 것을 기뻐하고 소인은 눈앞의 일이 이루어지는 것을 기뻐한다' 이 말이 무슨 뜻인지는 아냐? 딱 나하고 너를 두고 하는 말이라고."

"군자거나 소인이거나 나는 상관없고 방은 구했어요? 반찬이 걱정이네요."

"근처에 방 하나 얻었어. 반찬은 걱정하지 마. 저수지에 가득한 물고기가 모두 반찬거리니까."

경태는 쌀 한 말을 걸머진 채, 뒤도 돌아보지 않고 대문을 나섰다. 그렇게 떠난 후 일주일이 지나고 보름이 지나도 소식이 없다. 그리곤 한 달 만에 나타나 첫마디부터 시비조다.

"이 여편네 좀 봐라. 남편은 쫄쫄 굶는데 신수가 훤하네."

"신수가 훤하기는 뭐가 훤해요. 아이들 데리고 고생스러워 죽겠는데."

"죽는 소리 그만하고 된장, 고추장, 하고 밑반찬 좀 듬뿍 챙겨 놔."

"반찬은 걱정하지 말라면서요? 매일 조금씩 사다먹는 처지에 듬뿍 챙길 게 어디 있어요."

"그래서 나더러 물고기 한 마리 잡아 놓고 맨밥 먹으라는 거야?"

"알았어요. 챙겨 줄게요. 갈 때 주소라도 남겨놓고 가요. 살다보면 갑자기 연락할 일이 생길지 누가 알아요?"

경태는 몇 자 적어 밥상 위에 올려놓았다. 그곳은 경기도 광주였다.

뒤 틀리는 인생

그럭저럭 정호가 삼학년, 수희가 이학년이 되었다. 요즈음 들어 아이들 낌새가 수상하다. 어느 날 책가방을 열어보니 공부한 흔적이 없었다.

"정호야 학교는 잘 다니고 있지?"

"응"

"숙제는 하고?"

"응"

"수희도 숙제 해?"

"응"

아들의 시큰둥한 대답에 서늘한 기운이 등줄기를 타고 흐른다. 왜 일까? 아무래도 담임교사를 만나보아야 할 것 같아 하루 쉬기로 했다. 다음날 식당주인에게 하루 말미를 얻고 퇴근했다. 그러나 큰아이 담임교사는 정임이보다 빨랐다. 학교 퇴근길에 집으로 찾아왔지만, 아이도 없고 부모도 없어 집주인만 만나고 돌아갔다. 정임이가 문안으로 들어서자 기다리던 주인아주머니가 불러 세웠다.

"아줌마, 아이들이 학교를 안 간다네. 벌써 보름이나 되었대."

"어머나! 이게 무슨 일이래요. 안 그래도 미심쩍어서 내일은 가보려고 했는데."

"나도 잘 가는 줄 알았어. 매일 같은 시간에 들어왔거든."

"저도 아침에 학교 갈 때는 문 앞까지 나가 배웅 했어요. 둘이서 학교 길로 잘 가더라고요."

온종일 방치된 두 아이는 학교 대신 거리를 배회했던 모양이다. 돌아보면 명색만 엄마일 뿐, 자식들을 고생시키는 게 미안해서 큰소리 한번 내지 않았다. 정임이는 처음으로 회초리를 치켜들고 바지를 올리라 했다. 두 아이는 난생처음 보는 엄마의 성난 모습이 낯설어서인지 냉큼 바지를 올리지 않았다. 회초리로 방바닥을 두어 번 세게 후려치자 그제야 바지를 걷어 올렸다. 막상 드러난 두 아이 종아리는 또래보다 훨씬 가늘고 짧았다. 치켜들었던 회초리는 맥없이 내려오고 어미는 슬며시 돌아앉아 눈물을 훔쳤다.

학교에 가지 않은 것을 아이들 탓만 할 일은 아니다. 아버지가 자식에게 보여준 건 노름이나 술주정뿐이다. 그렇다면 어머니는 무엇을 보여주었나. 아버지가 때릴 때마다 파리처럼 싹싹 비는 것만 보여주었다. 방종한 아버지와 비굴한 어머니 모습을 보고자란 아이들에게 자존감이 있을 리 없다. 보고배운 게 그것뿐이니 자신의 가치나, 옳고 그름을 판단할 기준조차 없었던 것이다.

더군다나 정임이가 밤늦게 들어가면 아이들은 이미 자고 있다. 아침 먹을 때 잠깐 얼굴을 보니 부모와 자식 간에 교감이 부족한 것도 이유 중에 하나였다. 제 어미는 삶의 이유가 오직 자식들뿐이건만 정작 두 아이에게 전달되지 않았다.

이미 자유를 맛본 아이들은 야단맞으면 이삼 일 학교로 가는척하다 다시 거리를 배회했다. 식당 한쪽에 놓인 작은 텔레비전에서는 거리에서 방황하는 아이들을 불량배들이 끌고가, 앵벌이나 소매치기를 만든다고 실례를 들어가며 수시로 주의를 주었다. 그것도 여러 번 듣다보니 강제로 학교에 보내면 학교 대신 거리를 헤매다 불량배에게 끌려가 앵벌이가 되면 어쩌나 하는 불안감이 들었다.

목구멍이 포도청이라고 정임이야말로 그랬다. 식당을 나가지 않고 아이들 건사만 한다면 학교 보내는 것쯤은 쉬운 일이다. 그러나 먼저 먹어야했다. 아이들을 잃어버리는 것보다 휴학시키고 당분간 집에서 공부하는 게 나을 것 같아 단단히 다짐받고 그냥 넘어갔다. 그러나 아이들은 집에서도 공부하지 않았고 정임이도 일일이 채근하지 않아 부모와 자식 간에 합작품으로 남매의 기구한 팔자를 만들기 시작했다.

한 달 전에 반찬을 챙겨갔던 경태가 또 왔다. 웬일인지 그의 손에는 붕어 다섯 마리와 가물치 한 마리가 들려있었다.

"웬일이래요. 물고기를 다 들고 오게."

"주면 그냥 처먹어. 안 팔려서 가져온 거다. 이제 시원하냐?"

"낚시터에서 물고기도 팔아요? 당신은 도대체 거기서 어떻게 먹고 살아요?"

"다 사는 수가 있지. 낚시꾼들이 고기를 못 잡으면 나한테 사가거든. 이 병신들이 말이야 마누라 무서워 꼼짝 못하나봐. 글쎄 물고기를 들고 가야 다음에 또 올 수 있다네. 사내새끼로 태어나 마누라한테 벌벌 떠는 놈들은 이해가 안 돼. 웃기는 건 그런 놈들이 잘난 척은 더 한다니까."

"하기야 당신 같은 사람이 흔치는 않지요. 그나저나 물고기를 파는 사람이 여러 명 있을 것 아니예요?"

"물론 있지. 하지만 우선 고기가 커야하고 살아있어야 잘 팔리는데 낚시 솜씨는 나를 따라올 사람이 없다고. 게다가 나는 가끔 월척도 걸리거든. 그놈은 값을 세 배로 받는다니까. 그렇다고 잔챙이도 버리진 않아. 팔다 남으면 저수지 근처에 있는 식당에 넘기니까."

"그렇게 수입이 좋으면 돈 좀 주고 가요."

"기분 좋게 쉬었다 가려고 온 남편을 염장 지르는 것 좀 봐라. 먹는 게 부실해서 영양보충하려고 왔더니 보자마자 돈타령이네. 이 년을 그냥 확."

"당신은 우리 집 가장이잖아요."

"얼씨구, 요년 봐라. 잠시 안보는 사이에 간덩이가 부었나? 이런 년은 웃으며 대꾸해주면 기어오른다니까. 그래 좋다. 오랜만에 가장의 매타작 좀 당해봐야 정신을 차리겠어?"

"차라리 집에서 아이들 건사나 하던가. 아이들이 학교도 안 간다고요."

"뭐야? 어미년이 집구석에서 무엇한 거야. 이년아 너 무식하니까 좋더냐? 요즈음 세상에 초등학교도 안다니는 아이가 어디 있어."

"혼자 무슨 수로 다해요. 두 아이마저 굶겨 죽이지 않으려면 일을 해야지 어떻게 아이들 뒤만 따라다니냐고요."

"이것들을 잡아 족쳐야겠군. 이놈들 어디 있어? 어서 나오지 못해."

"나는 일하러 가야하니까 당신이 찾아봐요."

정임이가 퇴근하고 돌아왔을 때 아이들이 보이지 않았다.

"아니 아직도 아이들을 못 찾았어요?"

"발 달린 놈들을 어디서 찾아. 때가되면 들어오려니 하고 나도 콧구멍에 서울바람 좀 쏘이고 지금 막 들어왔는데."

"이게 무슨 소리예요. 이 밤중에 새끼들을 어디서 찾는대요. 얼른 나가봅시다."

"지까짓 것들이 어디 갔겠어. 조금 있으면 들어오겠지. 얼른 가서 술이나 사와."

"몰라요. 당신이 사다먹든가 말든가."

정임이는 억장이 무너져 내려 다시 거리로 뛰쳐나갔다. 하지만 이 넓은 천지에서 어떻게 찾는단 말인가. 우선 급한 대로 집 근처부터 찾아보기로 했다. 흔적이 없다. 불현듯 텔레비전에서 보았던 뉴스가 떠올랐다. 길바닥에 양은냄비 하나 놓고 시멘트바닥에 꿇어앉은 어린아이 모습이다. 상상만으로도 정신이 아득해졌다.

파출소에 신고하고 밤길을 훑고 다녔다. 그나마 통행금지 시간이 다 되어 더는 찾을 수도 없었다. 파출소에 또 들려보아도 아이들은 없었다. 심신이 녹초가 된 채, 집으로 돌아와 부엌문을 열고 들어설 때 한쪽 귀퉁이에서 거적이 움찔거렸다. 거적을 덮어쓴 건 고양이새끼도 아니고, 개새끼도 아닌, 정임이 새끼였다. 잔뜩 웅크린 모습은 주인의 발길에 차인 강아지 꼴이다.

아이들은 처음부터 집주변을 떠나지 않았다. 아버지가 어서 낚시터로 가기를 바라며 문밖에 서서 기다렸다. 점심때 아버지가 밖으로 나가는 것을 보고 몰래 집으로 들어와 점심을 찾아먹었다. 간단히 요기한 아이들은 아버지가 들어오기 전에 얼른 다시 나가 거리를 헤매다 제 어머니 퇴근시간에 맞추어 밤 10시쯤 들어왔다. 문틈으로 들여다보니 엄마는 없고 아버지 혼자 술을 마시고 있었다. 다시 나간 아이들은 문 앞에서 엄마를 기다렸다. 그러나 엄마는 11시가 넘어도 들어오지 않았다. 배고픈 아이들은 다시 집으로 들어가 문틈으로 아버지 동태를 살폈다. 마침 아버지는 자고 있었다. 두 아이는 소리 없이 밥은 찾아 먹었지만 방문을 열면 아버지가 깰까 두려워 방으로 들어갈 용기는 없었다.

온종일 숨바꼭질하다 지쳐, 불편한 자세로 곯아떨어진 아이들을 깨워 방으로 데리고 들어갔다. 방안은 볼만했다. 빈 소주병 세 개는 나란히 서 있고 한 개는 넘어진 채, 소주가 흘러 바닥을 적시고 있었다. 김치그릇이 놓인 옆으로 술 취한 경태가 허연 배를 들어낸 채, 곯아떨어져있다. 그 추한 모습이 하도 역겨워 한방 걷어차고 싶었지만 후환이 두려워 참았다. 거지꼴로 잠든 두 아이를 쓰다듬으며 우는 것만, 정임이가 할 수 있는 전부였다.

이튿날 아침 아이들은 아버지가 일어나기 전에 달아나버렸다. 경태는 아이들이 보이지 않아도 묻지 않았다. 새벽에 화장실 가려다 잠든 아이들을 보았기 때문이다. 경태는 아침상을 물린 뒤, 두 눈을 쥐처럼 반들거리며 정임이를 빤히 바라보았다. 물론 정임이 눈에도 경태 뱃속이 빤히 보였다. 그 교활한 눈을 마주하기 싫어 딴청을 피웠다. 눈치 빠른 경태는 처음부터 위압적이다.

"돈 내놔."

"아니 당신이 돈 벌어다 맡겨 놓았어요?"

"이 여편네야, 애들 학교도 안 보내면서 돈 쓸 일이 어디 있어? 그동안 벌어서 감춰둔 돈을 몽땅 내놓으라고."

"입에 풀칠하기도 어려운데 무슨 돈이 있어요."

"내가 몇 달 안 먹었으니 쌀값은 굳었을 것 아니야? 내 몫을 달라니까."

"아이들이 크는 생각은 안 해요?"

"새끼들더러 내가 크라고 했나? 저절로 크는 걸 나더러 어쩌라고."

"괜히 어깃장 놓지 말아요. 그게 가장이 할 말은 아니니까."

"이년이 툭하면 가장을 들고 나오네."

"혹시 또 노름해요?"

"무슨 돈으로 노름을 해. 네가 언제 노름밑천 준 적 있나? 내가 빼앗아 갈까봐 보수도 주급으로 받는 년이 생뚱맞게 뭔 소리를 지껄이는 거야."

"그럼 왜 돈이 필요하다는 거에요. 우리도 삼시세끼 겨우 먹고 산다고요."

"이년 봐라. 돈이 필요 없는 사람도 있나? 너 새서방 감춰두었지? 새서방이 아니면 너 같은 촌년이 돈 쓸 일이 어디 있어."

"새서방? 한가한 소리 말아요. 차라리 새서방이나 있으면 좋겠네."

"뚫린 주둥이라고 마음대로 나불거리는 것 좀 봐라. 내가 집에 없다고 한눈 팔면 네 아랫도리는 시멘트로 꽉 막아버릴 거야."

"무슨 말을 그렇게 천박하게해요."

"겁 없이 깝죽거리다 내 손에 죽는 수가 있다. 네 말대로 천박한 내가 정말 화나면 어떻게 되는지 당장 보여줄까?"

그 정도는 늘상 있는 일이어서 정임이는 돌아보지 않고 제 할일만 했다. 그것이 화근이었다. 경태는 예전과 달리 아내가 자신을 무시한다는 생각이 들어 벌떡 일어나, 뒤에서 힘껏 걷어찼다. 마침 정임이는 출근하려고 옷을 갈아입던 중이어서 손발이 자유롭지 못했다. 날아드는 발길을 방어할 틈도 없이 썩은 나무토막처럼 방바닥에 엎어졌다.

남편에 대한 기대를 다 잃은 터에 아이들까지 엇나가 살고 싶지 않았다. 죽이면 죽겠다는 심정으로 엎어진 채, 그대로 있었다. 다시 걷어차려고 발을 치켜 올리던 경태는 혹시 정임이가 죽었나 의심스러웠던 모양이다. 슬며시 엎드려 숨 쉬는 것을 확인하고 휭하니 저수지로 가버렸다. 남편이 간 뒤 거울을 보니 이마에 피가 비쳤다.

잠시 후 이마는 부풀어 오르고 이내 아리기 시작했다. 그나마 상처는 싸맬 수도 없고 비싼 반창고 살 수도 없어 그대로 식당으로 갔다.

식당 사장은 정임이 설명을 듣지 않아도 알아채었다. 슬며시 밖으로 나가 반창고를 사다 건네준다. 이마에 난 상처가 아물 무렵, 경태는 또 왔다. 이번에는 작정하고 온 듯, 처음부터 못 견디게 몰아붙였다. 아침에 눈뜨는 순간부터 이 트집, 저 트집으로 밥그릇이 엎어지고 재떨이가 날아다녔다. 그것뿐이 아니다. 죄 없는 아이들을 두들겨 패며 공포분위기를 조성했다. 게다가, 또 아이가 생길까봐 조심하는 터에 밤이면 괜스레 집적대며 잠까지 설치게 만들었다. 더는 견딜 수 없어 식당주인에게 사정을 말하고 가불해서 손에 쥐어주니 그제야 슬며시 낚시터로 가버렸다.

경태는 그 후 한 달이 지나 저수지에 얼음이 덮일 때 돌아와 첫날부터 타령이 시작되었다. 반찬타령, 술타령, 심심타령, 돈타령까지. 하루하루 벌어먹는 처지에 쌓아놓은 돈이 있을 리 없다. 술 사오라고 닥치는 대로 차고 부수며 온갖 행패를 부리는데 당할 재간이 없다. 구멍가게에 외상하고, 갚고 또 외상하고, 갚기를 반복하다 변변한 반찬 한 가지 먹지 못했다. 긴 겨울이 가고, 지나가던 봄바람이 방문을 두드리며 저수지 얼음이 녹았다고 알려주었다. 경태는 낚싯대 하나 챙겨들고 고기 잡으러 봄바람을 따라갔다.

사람보다 서열 높은 견공들

화천의 경수는 소원하던 아들을 낳았지만 해결된 건 하나도 없다. 야속하게도 호적등본에는 애란이 이름은 없고 본처인 옥순이 이름만 있었다. 어쩔 수 없이 장손은 미운 옥순이 아들이 되었다. 그 일로 애란이 가슴은 부글부글 끓어올랐지만 내색하지 않았다. 그까짓 것 마음만 먹으면 얼마든지 개선할 수 있다며 남들 앞에서만은 활짝 웃었다.

솔직히 말하자면 호적문제보다 더 약 오르는 게 있기는 하다. 이해할 수 없는 시댁식구들 태도다. 장손만 낳으면 하루아침에 넘어올 줄 알았는데 그게 아니었다. 저희가 이조시대 사대부집도 아닌 주제에 장손을 낳았다고 아무리 외쳐도 넘어오기는커녕 단 한 사람도 관심조차 보이지 않았다. 한마디로 말해 적자가 아니라는 것이다.

그 후 옥순이 큰딸인 혜선이가 초등학교 삼학년이 되었다. 그날따라 혜선이는 예정보다 학교가 일찍 끝나 한 시간이나 일찍 집으로 왔다. 아홉 살짜리 혜선이가 토방에 오를 때 안방에서 마을여자들이 깔깔거리고 있었다. 웃음소리에 섞여 애란이가 열을 올리며 신나게 떠들어 대었다. 집나간 큰마누라 흉보는 소리였다. 토방에 서있던 혜선이는 방문을 열어젖히고 성큼 들어섰다. 혜선이는 다짜고짜 작은 엄마에게 다가가 고함을 질러대었다.

"우리엄마 흉보지 마요. 작은엄마 때문에 우리엄마가 집나갔잖아.

그런데 지금 하는 말은 틀렸어. 나도 다 안다고."

"쬐그만 년이 못하는 소리가 없네. 네가 알긴 무얼 알아? 내가 네 어미를 나가라고했냐? 제 성질머리가 더러워 새끼까지 버리고 나간거지. 네 아빠한테 물어보라고."

순해터진 두 아이를 살짝 무시하고 살았던 애란이는 순간 당황했다. 지금까지는 아이들에게 약간 미안한 마음이 있었지만 마을여자들 앞에서 눈을 똑바로 뜨고 당돌하게 따지는 혜선이가 몹시 거슬렸다. 게다가 그동안 이웃들에게 제가 벌어 전처자식 뒤치다꺼리를 해주어 아이들이 자기를 친엄마처럼 따른다고 떠벌려왔다. 그것을 혜선이가 한방에 깨버리자 애란이는 분노가 치밀었다.

어색해진 분위기에 쑥스러워진 마을여자들이 하나둘 가버리자 애란이는 회초리를 집어 들었다. 물론 회초리는 공중을 휙휙 날았고 혜선이 종아리에 붉은 줄이 쫙쫙 그어졌다. 더 분통터지는 건 어린게 꼼짝도 안 하는 것이었다. 빌던지 도망이라도 가면 매를 멈추련만 아이는 제 어미를 닮아 눈을 똑바로 뜨고 노려보았다. 애란이가 이러지도 저러지도 못하고 있을 때 가게종업원이 왔다.

"사장님 잠깐 나와 보세요. 지난번에 주문한 물건이 왔어요. 얼른 가서 확인해봐야 할 것 같아요."

"잠깐만 기다려. 혜선이 네 이년 그 자리에 꼼짝 말고 있어. 아버지한테 말해서 단단히 혼내줄 테니까."

애란이가 밖으로 나가자 우두커니 서있던 혜선이는 아버지가 두려웠다. 예전에 몽둥이 들고 엄마를 쫓아다니던 아버지가 갑자기 떠올라서다. 혜선이는 엄마 찾아 서울로 가기로 했다. 얼른 다락에 올라가 애란이가 숨겨둔 돈가방을 찾았다. 다행히 돈가방은 금세 찾을 수 있어서 작은 손으로 지폐를 듬뿍 움켜쥐었다. 그리곤 교과서가

든 책가방을 메고 여덟 살짜리 동생과 함께 집을 나섰다.

가게에서 물건 정리를 끝내고 돌아오는 애란이는 혜선이를 초장에 확실하게 잡아야할 것이라고 결론을 내렸다. 막상 집으로 와보니 잡고 말고 할 것도 없었다. 두 아이도 안보이고 책가방도 없었다. 애란이는 아이들이 어디로 갔을지 짐작이 갔다. 물론 마을사람들 앞에서 망신은 당했지만 거추장스런 혹이 둘씩이나 제 발로 떨어져 나갔으니 한여름에 시원한 화채 한 그릇, 들이킨 기분이다.

하지만 애비는 달랐다. 저녁에 집으로 돌아왔을 때 애란이가 횡설수설 해대는 소리는 한마디로 요약하면 말을 안 들어서 몇 마디 야단친 것뿐인데 아이들이 없어졌다는 것이다. 그 말을 듣는 경수 가슴은 아리다 못해 따끔거렸다. 옥순이나 아이들이나 같은 가출이지만 마누라와 자식은 달랐다. 경수는 사태를 미루어 짐작하고 버스정류장으로 달려갔다. 물론 두 아이가 서울행 버스에 오르는 것을 보았다는 사람을 찾아내었다.

혜선이는 화천에서 서울 가는 버스는 쉽게 탈 수 있었지만 서울에 도착하면 어떤 일이 벌어질런지 생각해보지 않았다. 그냥 서울만 가면 엄마를 만날 수 있다는 생각으로 버스에 오른 것이다. 잠시 후 버스가 출발하고 작은 도시에 정차할 때마다 사람들이 오르내렸다. 그제야 서울에 도착한 뒤가 걱정되었다.

어느새 서울에 도착하고 사람들은 버스에서 내리기 시작했다. 혜선이는 당황스러워 동생 손을 꼭 움켜쥐고 그대로 앉아있었다. 두 아이가 넋을 빼고 앉아있는 것을 본 중년의 운전사는 살짝 짜증이 났다.

"왜 안 내리는 거야? 얼른 내려. 아저씨 피곤하다."

"……."

"어서 내리라니까."

"아저씨 우리는 엄마 찾으러 왔어요. 그런데 어디로 가야하는지 몰라요."

"뭐야. 엄마가 어디 있지도 모르고 왔다는 말이야?"

"아니에요. 엄마가 보낸 편지는 여기 있어요."

"에이 귀찮아. 이리 내봐."

아이들이 내민 편지 겉봉에 주소가 있었다. 운전사는 제 어린 아들이 생각나 모른 체할 수 없었다. 그는 입을 꽉 봉한 채, 두 아이를 데리고 파출소로 갔다. 이내 두 아이를 편지봉투와 함께 경찰에게 인계했고 경찰은 그 밤으로 옥순이 품에 안겨주었다. 점심부터 저녁까지 굶은 아이들 몰골에 옥순이는 치를 떨었다. 게다가 애란이년은 남의 새끼 종아리를 후려치기까지 했단다. 옥순이는 아이들 베개머리에 앉아 언젠가는 이 수모를 열 배 백 배로 갚아주리라 다짐했다.

본처 딸들이 떨어져나갔다고 해서 애란이에게 혹이 다 떨어진 건 아니다. 시동생 하나가 남았다. 그래도 시동생은 본처 자식이 아니어서 뒤치다꺼리를 해도 억울한 마음은 덜했다. 게다가 시동생은 정직하고 싹싹 할뿐더러 시댁식구 중 형수라고 불러주는 사람은 막내시동생뿐이다.

막내 경일이는 집안형편상 그때까지 큰형 밑에 머물러있었다. 애란이가 시동생 유학비까지는 감당하고 싶지 않다고 뻣데었기 때문이다. 경일이는 형들이나 누나들에 비해 매 맞은 적이 많지 않다. 경수 역시 경일이를 미워하지 않았다. 그렇다고 사랑한 것도 아니다. 경일이는 갈 데가 없어 남겨졌고 경수도 남겨진 경일이를 어쩔 수 없이 방 한켠에 놓인 가구처럼 그냥 보았다.

큰형의 언행에 차가움을 느낀 경일이는 형을 몹시 두려워했다. 다른 형이나 누나들은 아버지 밑에서 근성을 키운 까닭에 철 들며 폭력을 거부했지만 태어날 때부터 언어폭력에 시달리며 유약하게 성장한 경일이는 조금 달랐다. 기저귀 떼기 무섭게 큰형이 서라면 서고 앉으라면 앉았다. 물론 다른 형제가 있었지만 제 앞가림도 벅차 어린동생을 건사하지 못했다.

가족 간에 사랑이 무엇인지도 모르는 채, 성장한 경일이는 어느 집이나 다 그런 줄 알았다. 엎친데 덮쳐 초등학교 때 걸렸던 결핵까지 재발했다. 게다가 고향을 등지고 타향으로 이주하고 또 재산까지 거덜나 병든 막내를 눈여겨보는 사람이 없었다.

형이나 누나들은 이미 직장을 잡거나 결혼해서 떠나버리고 막내 하나만 남아 의논상대조차 없었다.

병이 점점 깊어지자 혼자 수소문해서 보건소를 찾아가 관리를 받기 시작했다. 잘 듣는 약이 보급된다 해도 사람들은 여전히 결핵을 두려워했다. 경일이는 자신이 결핵환자인 걸 학교친구들이 알까 두려워했다. 그나마 다행인 것은 고등학교 들어가며 조금씩 회복기에 들어섰다. 하지만 보건소와 소통부재로 독한 항생제를 계속 복용한 탓에 더 지쳐갔다.

회복기는 말 그대로 회복기일 뿐이다. 전염성은 없어도 오후가 되면 미열이 오르고 온몸이 나른해져 한숨 자고 싶어진다. 물론 독한 약도 한몫 단단히 했다. 그러나 경일이에게는 낮잠이 허용되지 않았다. 학교에서 돌아오면 낮잠 자는 대신 꼭해야할 일이 기다리고 있기 때문이다. 경수가 돈벌이 겸 취미삼아 기르는 똥개들 밥을 식당으로 걷으러 다니는 일이다. 경일이는 추운날도 더운 날도 아픈 몸을 이끌고 자전거에 구정물통을 싣고 식당을 순회했다. 스무 마리 똥개는 경일이보다 서열이 한 수 위였다.

어쩌다 학교에서 늦게 오는 날은 저녁도 거른 채, 지저분한 통을 들고 음식점으로 갔다. 똥개 스무 마리를 세끼 먹이려면 한번으로 끝나지 않는다. 만약에 똥개들 살이 빠지면 몽땅 경일이 책임으로 돌아가기 때문에 개배때기를 빵빵하게 채워주어야 한다. 더구나 개집은 시내에서 조금 떨어진 외진 곳에 있어서 오가는 시간이 꽤 걸렸다. 그렇다고 식당이 한군데에 모여 있는 것도 아니다. 게다가 식당 음식은 국물이 많다. 그것을 소쿠리에 받치려면 구정물이 튀게 마련이다. 화천 바닥을 헤집으며 일을 끝내고 집으로 돌아오면 몰골은 말이 아니었다.

그나마 여름은 나은 편이다. 화천의 겨울은 춥다. 한겨울 추위에 음식물이 튀면 젖은 바지는 갑옷처럼 뻿뻿하게 굳어버렸다. 겨울 해는 빨리지는 까닭에 캄캄할 때 집으로 들어가도 내다보는 사람 하나 없다. 그렇다고 따뜻한 밥상이 기다리는 것은 더욱 아니다.

혼자 부엌으로 들어가 연탄위에 올려놓은 커다란 양은솥에서 뜨거운 물을 한바가지 퍼내어 세숫대야에 가득 담았다. 이내 얼음이 서걱거리는 바지를 벗어놓고 따뜻한 물을 적셔가며 얼굴과 팔 다리를 싹싹 문질러 대었다. 하지만 아무리 비누로 닦아도 몸에 배인 퀴퀴한 냄새는 쉽게 사라지지 않았다. 아쉬운 대로 내복 바람으로 부엌 한쪽에 쪼그리고 앉아 부뚜막에 올려놓은 밥 한 공기를 뜨거운 우거지국에 말아 주린 배를 채우고 방으로 들어갔다.

방에는 아침에 일어날 때 펼쳐둔 이불이 그대로 있다. 불도 켜지 않은 채 이불을 들치고 기어들어가 죽음 같은 잠에 빠져들었다. 그러나 웬수 같은 아침 해는 일찍도 떠올랐다. 이튿날이 와도 달라지는 건 없다. 새벽에 일어나면 개밥부터 주고 와서 밥 한술 뜨고 학교에 갔다가 저녁에 돌아오면 또 개밥 걷으러 다닌다. 그것으로 끝나는 게 아니다. 주말이면 개막사에 쌓인 똥을 치우고 물로 씻어내려면 한나절이 걸린다. 그 일은 건강한 어른도 힘든 일이다. 노예와 흡사한 그 노역은 결핵 환자인 열여덟 살짜리 경일이의 피할 수 없는 임무였다.

그해 겨울 경일이는 학교 갔다 온 후 언 몸을 녹이려고 이불속으로 기어들었다. 그날따라 감기기운이 있어 몸이 녹기 전에 잠속에 빠져버렸다. 경수는 온종일 마실 다니다 날이 저물 때쯤 집에 와보니 경일이가 자고 있었다.

"경일이 이자식 또 낮잠이야? 너는 낮잠 자면 뒈진다고 내가 몇 번을 말했어? 그렇게 주의를 주었건만 며칠이나 되었다고 또 자빠져 자는 거야. 이놈이 한번 맞아봐야 정신을 차릴 모양이네."

"형 미안해. 처음부터 자려고 했던 건 아닌데 또 잠이 들었네."

경수는 길게 말하지 않았다. 손아귀에 힘을 실어 동생 따귀를 갈겨버렸다. 병들어 비쩍 마른 경일이는 허깨비처럼 주르륵 밀려가 벽에 부딪치고 바닥에 주저앉았다. 잠시 후 정신을 수습하고 벽을 짚고 일어설 때 눈에선 뜨거운 눈물이 솟구쳐 올랐다. 우는 모습을 조카들에게 들키지 않으려고 얼굴을 돌리고 얼른 마당으로 나가 자전거에 구정물통을 실었다. 똥개들 저녁식사 준비하려고… 빈 통을 실은 자전거는 앞으로 곧장 가지 못했다. 잠시 좌우로 비틀거리다 겨우 중심을 잡고 앞으로 내달리기 시작했다.

다른 사람들은 그럴 때 어머니에게 쪼르르 달려가 일러바친다. 그러나 경일이는 그리하지 않았다. 무엇이든 스스로 해결해야 하는 줄 알았기 때문이다. 그럴만한 이유는 있었다. 경일이가 기저귀 떼기 바쁘게 어머니는 밖으로 돌았고 어린 게 큰형에게 부당한 대우를 받아도 형제들은 나서지 못했다. 그러다보니 밥을 주면 먹고 옷을 주면 입고 서라면 서고 가라면 가고 또 때리면 맞았다. 그런 일이 반복되며 경일이는 로봇이 되어갔다.

병든 동생 대신 형이 가끔씩이라도 개밥을 날라주었더라면 동생에게 큰 힘이 되었으리라. 아니다. 처음부터 그 일은 형이 했어야 옳았다. 하지만 산중 왕은 그리하지 않았다. 단 한번도 안 했다. 명이 긴 사람은 그래도 산다. 경일이는 고비를 넘기고 기어코 대학에 갔다. 경일이가 떠나던 날 두 사람이 웃었다. 경일이와 애란이다. 경일이는 압박과 설움에서 해방되어 웃었고 애란이는 앓던 이가 빠져 웃었다. 경수는 딱 삼 일간 똥개 시중 들어보고 모두 팔아치웠다.

애란이는 첩살이 구 년 만에 막내시동생까지 떠나가고 제 식구만 남아 살판이 났다. 가뭄에 콩 나듯 시어머니가 오지만 남은 시댁식구들은 얼씬도 안했다. 애란이가 낳은 아들 삼형제는 건강하게 잘 자랐다. 아이들은 제 어미를 닮아 넉살도 좋고 실속 차리는 데도 뒤지지 않았다. 그에 대한 평가는 저마다 달랐다. 애란이는 아이들이 저를 닮아 말도 잘하고 약게 처신한다고 자랑이다. 물론 이웃집 여자들이나 시댁식구들 생각은 달랐다.

애란이가 처음 이집에 왔을 때는 이 눈치 저 눈치 보느라 시댁식구들 앞에서 납작 엎드려있었다. 하지만 시어머니와 옥순이가 차례로 집을 떠나고 첫아들을 낳은 뒤부터 달라지기 시작했다. 큰마누라가 못 낳은 장손을 낳았다며 고개가 위로 올라가기 시작한 것이다. 게다가 아들만 내리 셋을 낳았다. 하지만 시댁식구들은 아들을 셋을 낳거나 말거나 아무도 관심을 보이지 않았다.

애란이가 당당한 이유가 또 있다. 가장인 경수는 안방에서 뒹굴거리고 자신이 생활경제를 이끌다보니 목소리가 점점 높아졌다. 하지만 애란이는 먹고 노는 남편보다 더 큰 골칫거리가 있었다. 아이들은 커가는데 호적 정리가 안 되었기 때문이다. 자식들이 늘어날수록 애란이 얼굴에 억지로 웃던 웃음기가 사라지기 시작했다. 애란이는 자존심은 보따리에 싸서 다락에 올려두고 옥순이를 찾아가 사정도 해보고 돈도 쥐어주며 회유도 했다. 옥순이는 못이기는 척, 돈만 받아 챙기고 인감도장은 한 번도 보여주지 않았다.

그렇다고 군자가 돈 몇 푼에 희희낙락한 건 아니다. 오래 전에 집을 나온 후 활짝 웃어본 적이 없다. 처음 빈손 들고 시어머니를 찾아 서울로 갔을 때 죽고 싶었다. 기막힌 사연에 시누이는 길길이 뛰었지만 도움이 되지 않았다. 억울하고 분한 일이야 말로 표현할 수 없지만 눈앞에 닥친 생계가 문제였다. 언제까지나 시누이집에서 공밥을 먹을 수는 없어서였다.

한 달쯤 지나자 시어머니는 사위 눈치가 보여 앞장서서 옥순이에게 일자리를 찾아주었다. 식당 주방일이다. 정임이가 일하는 식당 사장의 소개로 제법 규모가 큰 식당이었다. 다행히 옥순이 음식 솜씨가 인정을 받아 육 개월 만에 부주방장 자리를 꿰어 찼다. 그렇다고 그 일을 오래 한 건 아니다. 어느 날 딸들이 들이닥쳤고 얼마 후 애란이가 이혼을 전제로 얼마간 돈을 들고 왔다.

"형님 지난일은 용서해 주세요. 그때는 저도 철이 없었습니다. 기왕 이렇게 된 것, 이제 마무리해야지요. 형님도 좋은 남자 만나 재혼하시고 우리 아이들도 떳떳하게 학교 보내고 싶어요. 내가 성의껏 챙겨왔으니 이것으로 끝내주세요."

"에구, 고마워서 어쩌나. 내 걱정을 다해주다니. 그나저나 자네도 많이 겸손해졌구먼. 그런다고 지난날이 용서되는 건 아니지. 더우기 나는 너를 용서할 생각이 눈곱만큼도 없거든. 그까짓 돈 몇 푼으로 망가진 내 인생을 무슨 수로 보상하겠나? 정 양심에 가책이 된다면 아이들을 두고 떠나. 내가 잘 길러줄 테니까."

고지식한 옥순이가 애란이 제안을 일언지하에 거절하는 것도 모자라 어깃장 놓는 것을 보며 시누이가 밖으로 불러내었다.

"올케, 왜 그렇게 머리가 안 돌아 가. 돈은 돈대로 받고 이혼은 안 해주면 되잖아. 남의 일생을 망쳐놓았는데 그만한 대가도 치루지 않는다면 불공평하지. 걱정 말고 돈을 받아. 만약에 문제가 생기면 내가 나서서 해결해줄 테니까. 그 돈이 누구 돈이야. 고향에서 가져온 돈이 그년 때문에 날아갔으니 따지고 보면 다 우리아버지 돈이라고."

"에미야, 네 시누이 말이 맞다. 또 자식들을 제대로 가르치려면 돈이 필요하잖아. 게다가 너는 딸들뿐이니 네가 늙은 뒤를 생각해야지."

옥순이는 못이기는 체 시어머니 말을 따랐다. 약은 고양이는 마음만 앞서가다 돈만 빼앗겼다. 그렇다고 가만히 있을 애란이가 아니다. 수시로 쳐들어와 난동을 부렸다. 그러나 곰한테는 어림없는 일이었다. 곰은 타고난 장기를 살려 뚝심과 오기로 맞서자 결국 여우는 지쳐갔고 그 일은 다시 거론하지 않았다. 대신 화살은 뜨뜻미지근한 경수에게 날아갔다.

사실 옥순이에게 건너간 돈은 모두 애란이 돈이 아니다. 일부는 정임이가 일하는 식당 사장에게 빌린 돈이다. 애란이는 금세 갚기로 약속했지만 일이 뜻대로 풀리지 않자 멈칫거렸다. 억울한 마음도 있고 한통속이라는 의심도 들어서였다.

식당 사장도 마찬가지다. 애란이의 현란한 입놀림에 현혹되어 돈을 빌려 주었는데 약속날짜에 돈이 오지 않았다. 식당 사장은 애란이를 믿을 수 없어 돈을 회수하러 경수네 집으로 직접 갈 생각이었다. 그러나 오랫동안 큰댁에 못간 정임이가 떠올라 겸사겸사 심부름을 보내기로 했다.

정임이는 모처럼 큰댁에 가게 되어 큰아버지에게 아이들을 인사도 시킬 겸 사촌 간에 얼굴이라도 알아두라고 데리고 갔다. 막상 가보니 문은 잠기지 않았고 집은 비어있었다. 장시간 여행으로 아이들도 지치고 정임이도 지쳐 모두 안방에 누워 있다가 잠이 들었다. 그때 경수가 들어왔다. 인기척에 잠이 깬 정임이는 옷매무새를 고치며 마루로 나갔다. 경수는 정임이 인사를 받기 전에 열린 문 사이로 아이들이 자는 모습을 보았다.

"아주버님 그동안 안녕하셨어요."

"예, 그런데 제수씨가 웬일이예요?"

"제가 다니는 식당 사장님인 아주머니 심부름으로 왔습니다."

"무슨 심부름요?"

"지난번에 형님이 돈을 꾸어가셨는데 소식이 없어서 제가 대신 왔습니다."

"돈 받으러 오는데 어쩌자고 아이들까지 우르르 몰고 와요. 이웃 보기 창피하게."

정임이는 할 말을 잃었다. 생각이 서로 다르다는 걸 미처 생각하지 못한 자신이 미웠다.

"죄송합니다. 제가 생각이 부족했습니다."

"돈은 우리가 알아서 보낼 테니 그렇게 전해요."

그 말만 한마디하고 경수는 자전거타고 또 나가버렸다. 정임이는 이웃 창피하다는 말에 더는 머물 수 없었다. 민망스럽기도 하고 비참한 생각도 들어 그길로 큰집을 나왔다. 새벽에 일어나 큰집 간다는 말에 아이들은 흥에 겨워 용수철처럼 튀어 오르지 않았던가. 그런 자식들에게 밥 한술 못 먹이고 나온 게 몹시 가슴 아팠다. 그렇다고 아이들이 아무것도 모르는 건 아니다. 이미 초등학교 다니는 두 아이는 어깨를 잔뜩 웅크리고 앞서가는 어미 뒤를 말없이 따라가면서도 볼 건 다 보고 알건 다 알았다.

사연 많은 옥순이네 구멍가게는 세 식구 먹고 살기에 넉넉하진 않지만 그럭저럭 버텨나갔다. 아이들은 탈 없이 학교에 적응하고 시어머니도 틈나는 대로 거들어주었다. 가끔 가게 맞은편에서 아침에 학교 가는 두 아이를 훔쳐보는 사람이 있었다. 경수다. 경수는 옥순이에게 죄책감이 없었던 건 아니다. 옥순이 장점을 살려주었더라면 누구 못지않은 현모양처가 될 여자였다. 될성부른 나무를 신혼부터 자신이 망쳐놓았다는 생각을 지울 수 없어 애란이가 이혼을 부추겨도 옥순이에게 강요하지 못했다.

불어 온 바람에 치맛자락이

정임이는 요즈음 들어 식당 문을 바라보는 횟수가 부쩍 늘었다. 그 사람이 올 때가 되어서다. 결혼하고 십삼 년 넘게 사는 동안 이리저리 치이며 살다보니 가슴은 거북이 등처럼 딱딱하게 굳은 채, 쩍쩍 금이 갔다. 그 메마른 가슴을 촉촉하게 적셔주는 단비 같은 사람이 지금 기다리는 남자다.

정임이가 처음 식당일을 시작할 때는 보조 두 명 중에 한 사람이었다. 매일 설거지하고 채소나 다듬다보니 음식 만드는 일은 배울 틈이 없었다. 게다가 주방장 경계가 심해 비법 전수는 어림없는 일이기도 했다. 저 때문에 식당이 유지된다고 믿는 주방장이 가끔 눈에 거슬리는 행동을 해도 주인은 눈을 감았다. 엉덩이에 뿔이 돋은 주방장은 어느 날 말 한마디 없이 결근했다.

"조카, 주방장이 안 나와서 큰일이네. 그냥 두 사람이 해보면 안 될까?"

"한번 해보지요 뭐. 종업원들도 다 출근했고 조금 있으면 손님들도 들이닥칠 텐데 문을 닫을 수도 없잖아요."

"조카 말이 맞아. 나도 돕기는 하겠지만 카운터를 지켜야하니까 힘들어도 조카가 앞장서봐."

"저는 그동안 설거지나 하며 재료 손질만해서 조리법은 아는 게 없어요. 저 아줌마가 오래 다녔으니 믿고 시켜보세요."

“조카도 알다시피 저 아줌마는 여기서 일한 지 육 년이 넘었는데도 아직도 콩인지 팥인지 구별을 못해. 조카도 그동안 오며가며 어깨너머로 보았을 것 아니야? 대충 흉내라도 내보라고.”

“그럼 되는대로 해 볼게요.”

정임이는 동료와 음식을 만들기 시작했다. 막상 일을 시작해보니 동료는 예상대로 입만 살았을 뿐, 재료 손질과 설거지 외에는 도움이 되지 못했다. 두 사람 중 한 사람이 뒤로 처지면 한 사람은 저절로 앞장서게 마련이다. 물론 정임이가 앞장설 수밖에 없었고 책임감으로 부담은 배가 되었다.

탕 종류는 전날 준비해놓아 그런대로 내갔지만, 비빔밥이나 백반은 달랐다. 급한 김에 그동안 어깨너머로 익힌 것과 시댁에서 배워둔 대로 차려내었다. 의외로 담백한 맛에 손님들 반응은 좋았고 주인아주머니얼굴에 안도의 미소가 떠올랐다. 음식점은 손님 입맛에 안 맞으면 다시는 오지 않기 때문에 하루만 무사히 넘긴다고 끝나는 게 아니어서 주방장이 안 오면 비상이 걸리게 마련이다. 주방장 역시 그 점을 노린 것이다.

주방장은 전에도 심기가 불편하면 칼질 소리가 거칠어진다든지, 의도적으로 음식을 빨리 내놓지 않았다. 참다못한 주인이 바른말 한마디만 하면 일은 수습하기 어려워진다. 커다란 입은 이른 새벽 나팔꽃처럼 부풀어 오르고 칼질 소리는 도마가 쪼개질 듯 커진다. 어서 사과하라는 의사 표시다.

식당주인도 주방장을 달래주지 않을 때가 있다. 그리되면 방향 잃은 화살은 보조들에게 날아간다. 식당주인은 주방장을 내치고 싶어도 그만한 솜씨도 구하기 쉽지 않아 꾹 참고 있었다. 그런 상황에 정임이 음식솜씨를 보았으니 얼굴이 환해지는 건 당연한 일이다.

이튿날 출근한 주방장은, 이미 일을 시작한 정임이에게 눈길 한번 주지 않았다. 식당에 들어설 때 저 없이 주방이 잘 돌아갔다는 주인 아주머니의 한마디가 심술보를 건드렸기 때문이다. 자신의 진가를 높이려고 일부러 출근하지 않았던 작전은 보기 좋게 실패했다. 주방장은 앞치마를 입으며 찌푸린 얼굴로 정임이를 불렀다.

"아줌마, 주방 꼴이 이게 뭐예요. 쓰레기도 그대로 있고 설거지도 안했네. 내가 잠시 자리를 비웠다고 이렇게 엉망으로 해놓으면 어떻게 해요."

"미안해요. 바빠서 그랬어요. 일이 서투른데다 셋이 하던 일을 둘이 하느라 온종일 정신없었거든요. 주인아주머니도 그대로 두고 가라고 했고요. 어제 못 치워서 오늘 치우려고 조금 일찍 왔어요. 얼른 치울게요."

"당장 치워요. 식당주인은 저 사람이지만 주방주인은 나예요. 앞으로 주방일은 내 말만 따르도록 명심해요. 특히 변명 따위는 늘어놓지 말아요. 말 많은 사람은 딱 질색이니까."

"알았어요. 조심할게요."

주방장은 온종일 심통이 가라앉지 않았다. 이제 정임이는 주방보조에서 주방장 경쟁상대로 경계 인물이 되었다. 주방장은 꼬투리를 잡으려고 뒤통수에 달린 감각까지 동원해 정임이 일거수일투족을 감시했다. 같은 공간에서 뜻이 안 맞으면 일에 능률이 안 오르게 마련이다. 그리되면 그 사람 밑에서 일하기는 어려워진 셈이다. 낌새를 알아챈 주인은 삼 일간 지켜보다 정임이를 주방에서 불러내어 음식을 나르게 했다.

음식을 나르려면 옷차림도 단정해야 하고 예의범절도 있어야 한다. 예의범절이야 살아오면서 익혔던 터라 크게 어려울 건 없었다.

식당주인은 자기가 입던 헌 옷, 몇 벌을 주며 잘 손질해 입고 오라 했다. 이튿날 아침 식당주인이 준 옷을 입어보니 몸과 옷이 겉돌았다. 이것저것 바꾸어가며 구색을 맞추어보아도 딱히 어울린다고 하기에는 무언가 부족했다. 어색한 몸짓으로 구멍가게 앞을 지나갈 때 이웃집 여자가 불러 세웠다.

"아줌마 어디 가는데 이렇게 멋있게 입었어요? 딴 사람인줄 알았네."

"오늘부터 음식 나르는 일을 해요. 주인아주머니가 옷을 몇 벌 주셨어요. 어색하지요?"

"아니요. 멋져요. 아줌마가 날씬해서 잘 어울리는데요."

큰길로 들어서며 거리에 늘어선 빌딩 유리창에 비친 제 모습이 생경하여 보고 또 보았다. 그런대로 여러 개의 건물을 지나는 동안 새 옷 입은 모습이 그럭저럭 친근해졌다. 이제 식당 앞이다. 어제까지 뒷문으로 들어갔지만 오늘은 앞문을 열고 들어갔다. 흘깃 바라본 주방은 이미 보조가 채용된 듯하다. 커튼 틈으로 살짝 내다보는 주방장 눈이 가자미처럼 돌아갔다.

식당주인은 가게문만 열어놓고 재료 구입하러 나간 모양이다. 정임이는 실내를 한번 돌아본 후 우선 유리창부터 닦았다. 다음은 걸레를 집어 들고 보이지 않는 곳까지 일일이 찾아내어 깨끗이 쓸고 닦아낸 뒤 한숨 돌릴 때 주인이 들어섰다. 말끔해진 식당을 돌아보며 주인얼굴은 또 환해졌다.

첫손님이 들어섰다. 처음 하는 일이어서 어색하기도 하고 자신감도 없어 우물우물 다가갔다. 그나마 발은 앞으로 곧장 가지 못하고 갈 '지' 자로 걷다 테이블 다리에 걸려 미끄러지며 개구리처럼 바닥에 널브러졌다. 얼른 일어나야 하련만 무안하기도 하고 무릎이 아파 냉큼 일어나지 못했다. 잠시 주춤거릴 때 커다란 손이 눈앞에 다가왔다. 방금 들어온 손님 손이다.

"괜찮으세요? 조심하셔야지요. 제 손을 잡고 일어나보세요."

감미로운 남자 목소리가 귀속을 파고든다. 정임이는 지금까지 외간 남자와 악수조차 해본 적이 없다. 갑자기 벌어진 상황이 당황스럽기만하다. 바로 눈앞에 있는 낯선 손을 잡아야 하는지 판단이 서지 않아 저도 모르게 움츠러들었다. 눈치 없는 손님은 손을 거두어들이지 않고 오히려 안아서 일으킬 기세다. 정임이는 얼떨결에 손을 내밀었다. 남자의 두툼한 손을 잡고 일어설 때 알 수 없는 무엇이 전신을 타고 흔들어댄다. 이럴 수가.

스물두 살에 시집와, 지금까지 남편이 이끄는 대로 살았다. 거기에는 가슴 뛰는 감정은 개입되지 않았다. 부부로 십삼 년 넘게 살았지만 남편에게는 권리요, 아내는 순종과 의무만 있는 줄 알았다. 도대체 이것은 무엇일까. 처음 보는 남자가 손을 잡아주었을 뿐인데 온몸에 전율이 흐르다니.

정임이는 홍당무가 된 얼굴을 감추지 못했다. 사람들은 넘어진 게 무안해서 얼굴이 달아오른 줄 알고 관심을 보이지 않았다. 하지만 넘어진 당사자 손끝에서 일어난 떨림은 작은 불씨를 만들고 있었다. 물론 남자 손끝에도 떨림은 전해졌다. 하지만 남자는 아무 일도 없었다는 듯, 자리에 앉아 설렁탕을 먹은 후 문을 열고 나가버렸다.

며칠간 홀에서 일하며 느낀 게 있다. 손님들은 저마다 다르다는 것이다. 종업원에게 인격적인 대우를 해주는 사람이 있는가하면 대놓고 무시하는 사람도 있다. 물론 종업원도 모든 손님을 똑같이 대하는 건 아니다. 내색을 안 할뿐, 왕처럼 행동하는 사람에게는 왕의 대우를, 시종처럼 행동하는 사람은 시종 같은 대우를 해주고 싶어

한다. 사실도 그렇다. 물 한잔을 가져다주어도 다르다.

정임이는 일개 종업원에게 최고의 대우를 해주는 그 남자에게 감명 받아 누구에게나 잘 대해주기로 했다. 온화하고 예의바른 태도로 왕 같은 손님이나 시종 같은 손님, 모두 왕처럼 대했다. 처음에 시종 같던 손님들도 왕 같은 대우를 받으며 점점 왕처럼 변해갔다. 정임이의 공손한 태도는 단골손님들을 변화시켜 매상까지 달라지게 했다. 당연히 식당주인 얼굴은 만월을 넘어 금세 터져버릴 지경이 되었다.

한달 후 식당문을 열고 들어선 사람이 있었다. 낯익은 사람이다. 그 남자다. 정임이는 그와 눈이 마주치는 순간 갑자기 심장이 벌떡대더니 금세 얼굴까지 벌개졌다. 잠시 숨을 고르고 테이블로 다가가 손님 앞에 섰다. 그러나 마음과 달리 입이 얼어붙어 쉽게 말이 나오지 않는다.

"…. 어 어서 오세요."

"안녕하세요? 저를 기억하시겠습니까?"

"기 기억하고말고요. 그때는 감사했습니다. 무 무엇을 도와드릴까요?"

"오늘도 설렁탕으로 주십시오."

그때 한번 보았을 뿐, 전혀 모르는 남자 앞에서 떨리는 목소리를 감추느라 진땀이 흘렀다. 손님 앞에 보리차를 놓고 한쪽에 서서 얼른 냉수 한잔을 들이켰다. 그리곤 이 테이블 저 테이블을 넘나들며 손님 시중을 들면서도 온 신경은 그 남자 하나만을 향해 활짝 열려 있었다.

남자는 정임이에게 눈길 한번 주지 않고 고개를 푹 숙인 채 설렁탕 먹기에 여념이 없다. 무심결에라도 돌아보아주기를 바랬지만 단 한번도 고개를 들지 않았다. 정임이의 바램과 달리 남자는 식사가 끝나자 망설임 없이 일어났다. 문을 잡고 잠시 멈칫거리던 그는 돌아서며 정임이를 훔쳐보고 나가 버렸다. 정임이는 보았다. 남자의 몸짓과 눈빛을. 그제야 긴장이 풀리며 바짝 올라붙었던 어깨가 제자리를 찾아갔다.

하루 일을 끝내고 집으로 돌아가는 발길은 가벼웠다. 설레이는 마음이 남편에게 미안한 것 같기도 하고 아닌 것 같기도 했다. 하지만 스쳐가는 바람까지 탓할 일은 아니라고 고개를 흔들었다.

집으로 돌아와 잠든 아이들 얼굴을 보니 꾀죄죄하다. 또 씻지 않고 잠든 모양이다. 물수건으로 얼굴과 손발을 대강 닦아주고 옆에 나란히 누웠다. 자려고 눈을 감자마자 기다렸다는 듯 그 남자가 떠올랐다. 그러나 눈 코 입이 어렴풋 떠오르기는 해도 정확하게 기억할 수는 없었다. 다만 중저음인 목소리와 두꺼운 손의 감촉만은 기억이 생생하다.

이튿날, 정임이는 손님이 들어올 때마다 기대에 찬 시선으로 문을 바라보았다. 그러나 그는 오지 않았다. 그날도 그 다음날도. 그리고 딱 한 달 후 그가 왔다. 유리창에 그의 모습이 어른거릴 때 정임이 가슴은 이미 뛰고 있었다. 남자는 문고리를 잡고 잠시 머뭇거리다 문을 밀고 들어섰다. 정임이는 얼른 매무새를 고치고 상기된 얼굴로 다가가 창가로 자리를 잡아주었다.

"안녕하셨어요?"

"예. 안녕하셨습니까?"

"선생님은 한 달에 한번 오시는 것 같네요. 혹시 지방에 사시나요?"

"맞습니다. 전주에 삽니다. 전주에서 여자 옷가게를 하지요. 한 달에 한번 동대문 시장으로 물건 하러 옵니다."

"여자 옷은 여자가 잘 고를 텐데요."

"맞아요. 얼마 전까지 집사람이 했습니다. 지금은 많이 아파요. 저는 직장생활 하다가 얼떨결에 가게를 떠안게 되었고요. 처음 시작할 때 과하게 투자해서 포기할 수 없었거든요. 남자가 여자 옷을 고르려니 힘드네요. 아무래도 감각이 부족한 것 같습니다. 염체 없지만 다음에는 아주머니 도움 좀 받을 수 있을까요?"

"제가 무얼 알아야지요. 짐이나 들고 다닌다면 몰라도."

"겸손하십니다. 아주머니 차림새로 보아 안목이 높으신 것 같은데요?"

둘이는 처음으로 긴 대화가 오고 갔다. 식사를 끝내고 남자가 문을 열고 나갈 때 정임이는 사탕을 빼앗긴 아이처럼 맥이 쑥 빠졌다. 그렇다고 사탕을 꼭 먹고 싶다는 건 아니다. 그냥 그의 뒷모습을 바라보며 아쉬움에 가슴 한켠에서 무언가 빠져나간 느낌이 들었을 뿐이다. 이제는 단순하게 스치는 바람이 아니다. 나무잎이 흔들리기 시작한다. 그로부터 한 달이 지난 어느 날 창 밖에 낯익은 모습이 어른거린다. 문을 열고 들어선 사람은 기다리던 그였다. 정임이는 빠른 걸음으로 다가갔다.

"어서 오세요."

"안녕하셨습니까?"

"네. 선생님도 안녕하시지요? 우선 물 한잔 드세요."

"고맙습니다. 아주머니, 이번에는 염체없이 부탁 드려야겠습니다. 내일 동대문 시장에 함께 가주시겠습니까?"

"도움이 된다면 그렇게 할께요."

"내일 새벽 다섯 시 반에 동대문시장 입구에서 뵐까요?"

"알겠습니다. 서둘러 나갈께요."

정임이는 그날 밤 자리에 눕기만 했을 뿐, 머릿속이 수세미처럼 엉켜 붙어 한숨도 못 잤다. 몇 시간 누워 새벽을 기다리다 세 시에 일어나 서둘러 외출 준비를 했다. 하기야 준비라고 해봐야 세수하고 크림 바르는 것뿐이다. 찍어 바르려 해도 애초에 화장품이 없으니 달리 방법이 없기도 했다. 화장이 끝난 후 아이들 아침 밥상부터 챙겨두었다.

그리곤 얼마 전 식당주인에게 얻은 옷 중에 제일 화려한 원피스로 골라 입고 시누이가 사준 구두를 신었다. 처음 입어보는 원피스 길이가 조금 짧아 신경이 쓰였지만 무시하기로 했다. 게다가 굽 높은 구두는 사람을 긴장시켰다. 어색한 몸짓으로 큰 거리로 들어설 때 사람들이 저만 바라보는 것 같아 몹시 쑥스러웠다.

버스에서 내려 두리번거릴 필요도 없었다. 정류장 앞, 저만치에 그가 보인다. 남자는 연신 시계를 들여다보며 서성이고 있었다. 그 남자를 보기만 해도 괜스레 얼굴이 붉어진다. 남자 역시 정임이를 보자 상기된 표정으로 서둘러 다가왔다.

"나와 주셨군요. 고맙습니다. 어서 가십니다."

사람들로 미어터지는 좁은 길을 둘이 나란히 걸을 때 수시로 팔이 스쳤다. 팔이 스칠 때마다 짜릿한 전율이 전신을 타고 흘렀다. 남자도 정임이와 크게 다르지 않은 듯, 멈칫거리는 것을 충분히 알 수 있었다. 하지만 감각과 머릿속은 달랐다. 어느 결에 친정어머니의 근심스런 얼굴이 떠오르고 눈을 부릅뜬 남편 모습 뒤로 우는 아이들이 보인다. 수많은 생각이 스치는 동안 그럭저럭 물건은 다 샀다.

"아주머니 덕분에 옷은 잘 산 것 같습니다. 감사합니다. 아침이나 먹고 헤어질까요?"

"도움이 되었는지 모르겠네요. 처음이어서 제가 무얼 알아야지요.”

“아닙니다. 만족합니다. 다음에 또 부탁드리면 염체를 모르는 사람이겠지요?”

“별말씀을 다 하시네요. 원하신다면 또 도와드리겠습니다.”

외간 남자와 처음 먹는 밥은 쓴맛, 짠맛, 단맛, 아무것도 느끼지 못했다. 식사가 끝나도 남자는 멈칫거리며 일어나지 않았다. 정임이라고 크게 다를 바 없었다. 그렇다고 마냥 마주앉아 있을 수는 없는 노릇이다. 출근시간에 쫓겨 먼저 인사하고 나왔다. 이제 또 한 달을 기다려야 한다. 한 달은 얼마나 길까. 누군가를 기다린다는 것은 예전에 경험하지 못한 감미로운 설레임이 있어서 좋았다.

정임이는 남편과 오랜 세월을 사는 동안 예쁘게 보이려고 애쓴 적이 없다. 이제는 생각이 달라졌다. 예뻐지려면 화장부터 해야 하련만 쓸 만한 화장품이 없었다. 지금까지 써온 화장품이라고는 영양크림 한 가지 뿐이다. 그나마 시장바닥 좌판에 펼쳐놓은 유통기한이 지난 재고품이다.

갓 출시된 화장품을 구색 맞추어 장만하려고 퇴근길에 가게에 들렀다. 쭈뼛거리며 물어본 화장품값은 예상 밖으로 비쌌다. 쌀값과 비교되어 잠시 망설여졌지만 저울은 이미 한쪽으로 기울어 있기에 큰 마음먹고 샀다. 자신만을 위해 거금을 쓴 건 난생 처음이다. 하기야 정임이에게 거금일 뿐, 비싼 화장품은 아니다.

이튿날 출근길에 화운데이션을 바르고 립스틱도 발라보았다. 화장술이 서툴러 조화를 이루지 못하는 듯, 해도 그런대로 보기에 좋았다. 화장이 익숙해지며 두피에 찰싹 달라붙은 머리가 마음에 들지 않았다. 퇴근길에 미장원에 들려 이튿날 이른 시간으로 예약해 놓았다. 물론 이튿날은 난생 처음 상큼하게 파마까지 했다. 곱게 화장한 얼굴에 구불구불한 머리는 정임이 자신이 보기에도 조금 낯설었다.

정임이가 변신해가는 모습을 주시하는 사람이 있었다. 식당주인이다. 여자가 평소와 다르게 갑자기 멋을 부리면 신상에 변화가 일어나고 있다는 암시다. 오랫동안 서비스업에 종사하다보니 사람을 꿰뚫어보는 혜안이 생겼다. 식당주인은 정임이가 달라지고 있음을 이미 눈치 채고 있었다. 그렇다고 근거 없는 일에 나서서 딱히 할 말도 없었다.

정임이가 기다리는 한 달은 긴 장마보다 더 지루하게 지나갔다. 창밖에 그 남자가 어른거릴 때 얼른 거울을 보았다. 뽀얀 피부에 붉은 립스틱이 유난히 돋보인다. 남자는 정임이를 슬쩍 훔쳐보고 자리에 앉았다. 정임이는 평소에 하던 대로 물 주전자를 들고 다가가 물부터 따랐다.

남자는 태연스레 정임이 손에 쪽지를 쥐어주며 음식을 주문했다. 그 모습을 남들이 눈치 챌까 염려스러워 쪽지는 얼른 주머니에 넣었다. 잠시 후 그가 돌아간 뒤 화장실로 들어갔다.

{보름 전에 집사람은 저 세상으로 갔습니다. 자세한 이야기는 만나서 하고 싶습니다. 오늘밤 퇴근 시간에 맞추어 문밖에서 기다리겠습니다.}

난생 처음 받아본 외간 남자의 은밀한 편지에 가슴은 펄떡펄떡 뛰어대고 정신마저 아득해졌다. 편지를 읽고 다리에 힘이 풀려 바닥에 쪼그리고 앉았다. 어찌할까? 머리는 뒷문으로 나가라하고 가슴은 앞문으로 나가라한다. 이제 곧 퇴근 시간이다. 화장실 거울 앞에서 정성들여 화장을 고치고 식당을 나설 때 정임이는 이미 앞문을 향해가고 있었다. 바람은 점점 거세어지고 가지가 휘청거린다.

그때 정임이 뒤를 반짝이는 별 하나가 따라갔다. 식당주인의 예리

한 눈이다. 평소와 다르게 화장을 고치고 앞문으로 나가는 정임이가 의심스러워 식당주인은 냉큼 일어나 창가로 갔다. 그리고 보았다. 그 남자와 정임이를.

문밖에서 초조하게 기다리던 남자는 빠른 걸음으로 다가왔다.

"나오셨군요. 혹시 안 오시면 어쩌나 하고 염려했습니다."

"많이 망설였습니다."

"파마 하셨군요. 화장한 모습이 참 아름답네요."

정임이는 지금까지 남편에게 예쁘다는 말을 들어본 적이 없다. 그러나 남자는 정임이의 변신을 금세 알아보고 예쁘다는 칭찬을 아끼지 않았다. 둘이는 가까운 전통찻집으로 들어가 마주앉았다. 내부가 고풍스럽게 꾸며져 있어 고향에 온 듯, 한결 마음이 가라앉는다.

"우리는 서로 이름도 모르는군요. 저는 이진석입니다. 나이는 마흔한 살이고요. 늙으신 아버지와 열한 살짜리 사내아이가 하나 있습니다."

"아! 그러세요. 남자만 셋이 사시네요. 여러 가지로 불편한 점이 많으시겠어요. 저는 박정임입니다. 나이는 서른다섯이고 남편과 아이 셋이 있습니다."

"그렇습니까? 앞으로 우리가 친구로 지내는 건 괜찮으시겠지요?"

"글쎄요. 남자친구를 한 번도 사귀어 본 적이 없어서 판단이 서지 않네요."

"천천히 생각해 봅시다. 내일 새벽에 동대문시장은 같이 가주시겠지요. 도와주세요. 지난번에 도와주셔서 물건은 쉽게 팔았습니다."

"도움이 된다면 그렇게 할게요."

둘이는 헤어진 지 몇 시간 후 새벽에 또 만났다. 물건 구입을 끝내고 아침도 함께 먹고, 찻집도 들렀다. 벌써 오전 9시다. 남자는 쭈빗거리며 정임이 손에 반짝이 머리핀을 쥐어주었다. 난생 처음 받아보는 선물이 당황스러워 한마디 인사치레도 없이 얼른 머리핀을 머리에 꽂았다. 그 모습을 바라보는 남자 얼굴에 만족한 미소가 빠르게 지나갔다.

정임이가 출근 시간에 쫓기어 일어서자 남자는 아쉬운 듯, 손을 내밀었다. 그리곤 악수하는 구실로 잡은 손을 오래 놓지 않았다. 정임이는 떨고 있었다. 떨림은 남자에게 고스란히 전해졌다. 남자는 둘 사이를 천천히 생각해보자고 했지만 다른 곳에서는 수레바퀴 하나가 엄청난 속도로 돌아가고 있었다.

앉아서 천리를 보는 식당주인의 추리력은 놀라웠다. 나이가 오십을 바라보는 터에 식당 운영만 십 년 가까이 되어간다. 이 모양 저 모양으로 사람들에게 시달리다보니 저절로 터득한 게 있다. 종업원이나 손님 됨됨이를 한눈에 알아보는 남다른 재주다. 식당주인은 정임이의 어색한 몸짓에 낌새를 알아채고 그동안 눈여겨보았다. 어제는 식당 앞에서 그 남자와 만나는 것까지 목격했다. 아침에 정임이가 출근하자마자 즉시 추궁이 시작되었다.

"조카, 여기 좀 앉아봐. 전주에서 오는 남자와 어떤 사이야?"

"어떤 사이라니요? 우리 식당에 밥 먹으러 오는 손님이잖아요."

"나는 그걸 묻는 게 아니야. 지금 조카가 많이 흔들리고 있잖아."

"흔들리다니요. 뭐가 흔들린다고 그러세요?"

"조카, 시치미 뗄 거야? 내 눈은 못 속인다고. 둘이 마주치는 손뼉소리가 내 귀까지 다 들린다니까."

"아주머니가 오해하신 거에요. 아무 일도 없어요."

"무슨 일이 이미 일어났으면 큰일이지. 일어날까봐 걱정되어서 그런다고."

"제가 뭐 어린애인가요? 일이나 저지르게."

"맞아. 자네는 이런 문제에서는 어린애야."

"괜한 걱정마세요. 아주머니가 헛다리짚으신 거예요."

정임이는 끝까지 잡아떼었지만 주인아주머니는 납득하지 않았다. 차라리 여유 있게 적당히 둘러대었더라면 조금은 더 지속 되었을지도 모를 일이나 제 발이 저려 극구 부인했다. 정임이의 강력한 부정에도 불구하고 불씨가 피어오르고 있음을 사장은 확신했다.

식당주인은 잠시 망설이다 육촌언니에게 소견을 말했다. 육촌언니는 바로 정임이 시어머니다. 동대문시장을 다녀온 지 일주일 후 시어머니가 식당으로 찾아왔다. 시어머니는 며느리의 인사는 받는 둥 마는 둥하고 자리에 앉자마자 잔뜩 찌푸린 얼굴로 한숨부터 내쉬었다.

"에미야 여기 좀 앉아봐라. 듣자하니 이상한 소리가 들리는데 네가 직접 말해보아라. 동생도 증거는 없지만 걱정되어 연락한다고 했다. 누가 뭐라든 나는 네 말을 믿겠다."

"어머님 죄송해요. 가게에 오는 손님 부탁으로 두어 번 동대문시장에 가서 여자옷 구매를 도와주었을 뿐이예요."

"앞으로는 쓸데없이 남의 일에 나서지 마라."

"어머님 걱정 마세요. 제가 알아서 잘할게요."

"걱정하지 말라니? 어떻게 걱정을 안 해. 살다보면 마음대로 안 되는 것도 있어. 더구나 너처럼 어리숙한 사람은 한번 삐끗하면 감당하기 어렵다고."

시어머니는 며느리에게 변화가 일고 있음을 충분히 알아챘다. 그것만으로 무어라 말하겠는가. 믿었던 며느리는 한번 집을 나가면 돌아오지 않을 것이다. 그것을 며느리 탓이라고 할 수는 없는 일이다. 시어머니는 하고 싶은 말을 다 하지 못한 얼굴로 돌아섰다.

그렇다고 일곱 남매를 길러내며 산전수전 다 겪은 시어머니가 손 놓고 구경만 하진 않았다. 불씨는 타오르기 전에 잡는 게 상책이다. 한 달이 되어갈 무렵 시어머니는 며느리 몰래 식당 앞을 지키고 있었다. 며느리 탈선을 막기 위해서는 그 남자를 직접 보고 대책을 세우는 게 옳을듯해서다.

이틀째 저녁 무렵 인상착의가 비슷한 남자가 나타났다. 시어머니는 그림자처럼 남자 뒤를 따라 잡았다. 유리창 너머로 남자 모습이 비칠 때 정임이는 반가움에 얼른 문앞으로 다가갔다. 남자는 지난날처럼 구두를 벗으며 환하게 웃었다. 그러나 정임이는 웃음으로 화답하지 못했다. 그의 등 뒤에 시어머니가 큰 바위처럼 떡 버티고 있었기 때문이다.

심장은 또 빠르게 뛰었다. 하지만 지난날에 느꼈던 감미로운 두근거림이 아니다. 폭풍처럼 밀려드는 두려움으로 정신이 아득할 지경이다. 정임이는 얼른 표정을 바꾸어 생뚱맞은 얼굴로 남자에게는 눈길도 주지 않았다. 그리곤 시어머니에게 다가가 귀머거리도 알아들을 만큼 큰 소리로 말했다.

"어머님 저를 따라 오세요. 창가에 좋은 자리로 잡아드릴게요."

"아줌마, 고마워요. 창가는 눈이 부셔서 나는 여기가 좋아요."

시어머니는 정임이보다 한수 위였다. 오히려 손님처럼 행세하며 어떤 소리도 다 들을 수 있게 그남자와 가까운 자리에 앉았다. 이제는 어쩔 수 없는 일이다. 정임이는 남자에게 태연스레 다가가려고 했지만 웬수 같은 다리가 제 발이 저려 말을 듣지 않았다. 난처한 현실을 그남자에게 눈으로라도 알려주고 싶었다. 그러나 시어머니가 딱 마주앉아 두 눈을 부릅뜨고 바라보는 바람에 감히 어떤 행동도 취할 수 없었다. 기가 질린 정임이는 비틀거리며 그남자에게 다가가 떨리는 목소리로 겨우 입을 열었다.

"손님. 무엇을 주문하시겠습니까?"

눈치 없는 남자가 화근이다.

"정임씨 몸이 불편해 보입니다. 어디 안 좋으십니까? 조심하세요. 내 몸은 내가 아껴야지요. 지난번은 고마웠습니다. 내일은 부탁드리기 어렵겠군요."

그때였다. 남자 뒤 테이블에 앉았던 시어머니가 벌떡 일어나 남자 앞에 떡 버티고 섰다. 성격이 급한 시어머니는 앞뒤 말 다 자르고 노른자부터 터트렸다.

"남편이 시퍼렇게 살아있는 아녀자에게 정임씨라니. 또 부탁은 무슨 부탁인고? 댁이 원하는 게 무엇인지 모르겠으나 그 부탁을 내가 들어줄까 하는데 젊은이 생각은 어떠시오?"

"실례지만 할머니는 누구십니까?"

"나? 이 아이 시에미요."

"아 그러세요. 실례했습니다."

"맞아요, 젊은이는 분명히 실례했어요. 이봐요, 쓸데없이 내 며느리에게 이부탁 저부탁 하지 말아요."

"어르신, 무엇을 말씀하시는지 모르겠습니다. 혹시 우리를 의심하십니까?"

"의심한다기보다 염려하는 겁니다. 다시는 내 며느리 앞에 얼씬거리지 않았으면 좋겠어요."

"어르신께서 무언가 오해하신 듯, 합니다. 우리는 아무 사이도 아닙니다."

"아무 사이도 아니라면서 우리라는 말이 술술 나오네요."

남자는 갑자기 말문이 막혔다. 그리곤 잠시 생각에 잠기다 조심스레 입을 열었다.

"현명한 어른이십니다. 돌아가신 제 어머니 생각이 납니다. 오해는 말아 주십시요. 아무 일도 없었습니다."

"알아요. 나는 내 며느리를 믿어요. 그러니 젊은이도 여기서 끝내도록 해요."

남자는 대답하지 않았다. 시어머니는 근거 없는 일에 어떤 말로도 다짐받을 수 없어 말을 이어가지 못했다. 당황한 정임이는 몸 둘 바를 몰라 한쪽으로 물러선 채, 구경꾼이 되었다. 주변에서 일하던 종업원들도 낌새를 채었는지 저희끼리 수근 거린다. 남자는 식사도 하지 않은 채, 그대로 일어섰다. 그리곤 정임이 시어머니에게 다가가 허리 굽혀 공손하게 절하고 돌아섰다. 시어머니는 아들과 너무 다른 그 남자를 망연히 바라보다 정임이에게 잠시 눈길을 돌렸다. 그리곤 이렇다 저렇다는 말 한마디 없이 나가버렸다.

정임이는 지난 한 달을 애타게 기다린 남자가 그냥 가버리자 온 세상이 텅 빈 듯, 공허감이 밀려왔다. 게다가 동료들 보기도 창피하고 식당주인 보기도 민망스러워 버틸 재간이 없었다. 눈으로 식당사장에게 동의를 구한 후 앞치마를 벗어놓고 식당문을 나섰다. 문밖은 환했다. 한낮의 밝은 태양 때문이 아니다. 반쯤 기울어진 태양 저편에 발끝만 내려다보고 서있는 남자가 있었다. 그 사람이다. 정임이는 자석에 끌리듯, 빠른 걸음으로 다가갔다.

"어머나! 아직 안 가셨군요. 괜히 오해 받으셔서 어떻게 해요. 죄송합니다. 갑자기 시어머니가 오실 줄은 몰랐어요."

"어머님께서 오해하신 게 아닙니다. 저는 지난날 넘어진 정임씨를 일으킬 때 이미 마음에 품었습니다. 저로서도 어쩔 수 없는 일이었어요."

"어머나! 이런 일도 있을 수 있군요. 저도 할 말은 있지만."

"압니다. 우리는 마음이 같다는 걸."

"하지만 제 입장에서는 아무 말도 할 수 없네요."

"시간은 넉넉합니다. 부담 갖지 마시고 천천히 갑시다."

"고맙습니다."

"정임씨를 보기만 해도 마음이 놓이네요. 오늘 놀라셨지요? 정임씨가 걱정되어 가지 못했습니다. 시어머니 말씀도 있고 정임씨도 놀라셨을 테니 오늘은 푹 쉬세요. 내일은 나 혼자 시장에 갔다가 전주로 가겠습니다."

"알았습니다. 그렇게 할께요. 오늘 일은 죄송합니다."

남자와 헤어진 후, 집으로 돌아가는 발길이 무겁다. 막상 집으로 갔어도 방바닥에 널브러진 채, 그 밤은 뜬눈으로 밝혔다. 밤새 잠도 설친 터에 아침에 출근할 일이 걱정이다. 그렇다고 출근을 안 할 수도 없었다. 평소보다 조금 일찍 출근했는데도 식당주인은 이미 나와 있었다. 사장과 눈길이 마주친 정임이는 저도 모르게 가슴이 쿵쾅거렸다. 그러나 사장은 아무 일도 없었던 것처럼 오히려 태연하다. 역시 노련한 사람이다. 종업원들도 약속이나 한 듯, 아무도 내색하지 않았다. 당사자인 정임이만 온종일 눈 둘 곳을 몰라 허둥거리며 하루를 보냈다.

몇 개월 전 그 남자를 알고부터 기다리는 한 달은 지루했다. 그러나 이달은 더 지루하다. 그런대로 정임이의 느린 시계도 돌아갔다.

이제 뭘 말이다. 그를 만나면 어찌할까? 대책을 세워야 할 것이나, 방법이 없다. 하지만 마음 가는대로 몸은 따라 갈 것이라 예측은 되었다.

석양이 물 드는 창가에 그의 얼굴이 스쳤다. 식당문이 열리고 남자는 태연한 얼굴로 들어섰다. 변함없는 모습에 살짝 안도감이 들며 정임이 발걸음에 탄력이 붙었다. 그는 자리에 앉아 음식을 주문하며 전처럼 정임이 손에 편지를 살며시 쥐어주었다. 그 모습을 식당주인은 또 보고 있었다. 식사를 끝낸 남자가 문을 열고나가자 정임이가 얼른 화장실로 들어갈 때 식당주인의 집요한 눈도 함께 갔다.

"인사는 빼겠습니다. 오늘밤 저를 만나주세요. 정임씨 퇴근시간에 맞추어 전에 만났던 찻집으로 가려고 합니다. 늦어도 기다리겠습니다."

식당주인은 정임이가 받은 편지를 읽어보지 않고도 미루어 짐작했다. 이내 상상의 날개는 활짝 펴지고 결단 내리는 속도는 빨랐다. 대학생인 아들을 택시에 태워 보내며 당장 육촌언니를 모셔오라 했다. 시어머니는 소식을 듣자마자 대학생이 타고 갔던 택시를 되잡아 타고 허겁지겁 달려왔다. 차에서 내리는 즉시 식당 창문을 통해 안을 들여다보았다. 정임이와 사장은 문 닫을 준비로 바쁘게 움직이고 있었다. 시어머니는 며느리가 나오기 전에 얼른 건물 모퉁이에 숨었다. 숨이 찬다. 식당사장은 볼 일이 있다는 핑계로 정임이와 헤어져 다른 길로 가버렸다.

시어머니는 며느리의 꼬리를 잡으려고 지키고 있지만 꼬리 같은 건 없기를 바랬다. 그러나 그놈의 꼬리는 길고도 길었다. 정임이는 아무런 낌새도 채지 못한 채, 망설임 없이 찻집으로 들어갔다. 반짝이 머리핀을 꽂은 정임이가 좌석에 앉자 남자 얼굴에 환한 미소가 떠오른다.

잠시 머뭇거리던 남자는 정임이 옆으로 자리를 옮겨 앉으며 오른 손으로 정임이 어깨를 감싸 안았다. 뻘쭘하게 앉아있던 정임이는 잠시 멈칫거리다 슬며시 남자 가슴에 기대었다. 막상 기대어보니 그의 가슴은 포근했다. 이제 바람은 폭풍이 되어 몸통까지 흔들어댄다.

"정임씨. 기다리고 있었습니다."

"선생님, 저도 이 시간을 기다렸어요. 그러나 몹시 두렵기도 하답니다."

"아직 오지도 않은 일에 미리 걱정할 필요는 없습니다. 제가 절차를 밟아 길을 열어보겠습니다."

"우리 앞에 가려진 벽은 상상밖으로 높고 견고할 겁니다. 남편은 상식이 통하지 않는 사람이거든요. 또 아이들 문제도 있고."

"염려 마십시오. 내가 세 아이도 다 책임질 수 있습니다. 어떤 희생을 감수하더라고 벽을 허물어 보겠습니다."

정임이 뒤를 따라 들어온 시어머니는 두 사람 행태를 다 듣고 보았다. 철석같이 믿었던 며느리가 궤도를 벗어나고 있다. 활시위를 팽팽하게 뒤로 잡아당기는 남자는 아들과 비교조차 할 수 없을 만큼 여러모로 잘났다. 믿었던 며느리가 발등에 찍어대는 도끼날은 너무도 날카로웠다. 아픔을 견디지 못한 시어머니는 절망스러움에 현기증이 일어나 더는 버티지 못했다. '에미야' 한마디를 끝으로 쿵하는 소리와 함께 바닥에 쓰러져버렸다.

화들짝 놀라 뒤돌아본 정임이는 시어머니가 바닥에 나뒹굴어도 선뜻 나설 수 없었다. 남자 역시 금세 알아보았지만 내색하지 못했다. 남자는 찻집주인을 시켜 구급차를 부르라했고 둘이는 택시로 구급차 뒤를 따라 병원으로 갔다. 응급실 앞까지 따라간 남자는 정임이를 밖에 세워두고 환자 상태를 확인해서 알려준 후 다시 온다는 말을 남긴 후 돌아섰다. 그순간 정임이는 기막힌 현실을 감당할 수 없어 그 남자 손을 잡고 멀리 도망가고 싶었다. 그러나 몇 갈래 밧줄이 정임이 발목을 얽어맨 채, 놓아주지 않았다.

시어머니는 말썽장이 아들을 위해 대활약을 끝으로 혼수상태에 빠졌다. 전에도 한번 뇌졸중으로 쓰러지고 이제 두 번째 쓰러진 것이다. 얼마 후 시댁식구들이 오는 것을 멀리서 확인하고 집으로 돌아갔다. 집에서 밤새 기다려도 연락이 오지 않았다. 긴 밤이 지나고 뿌옇게 날이 밝아올 무렵 식당주인이 직접 찾아왔다. 전화로 소식을 전해들은 아주머니는 시어머니가 아직도 깨어나지 못했다는 말만 남기고 돌아섰다. 그러나 축 처진 어깨와 비틀거리는 걸음걸이는 백 마디보다 더 많은 말을 하고 있었다.

정임이는 미리 준비하고 있었기에 서둘러 병원으로 달려갔다. 침상에 누운 시어머니는 둘째며느리가 다가가 손을 잡고 아무리 흔들어도 눈을 뜨지 않았다. 불성실한 아들 때문에 사람답게 살지 못하는 며느리가 불쌍해서 지성으로 싸고 돌던 시어머니다.

의사는 가족들에게 임종을 준비하라했다. 정임이는 시어머니와 단둘이 하고 싶은 말이 있었다. 기회를 잡으려 해도 가족들이 진을 치고 있어서 틈이 나지 않았다. 그래도 한참을 기다리니 기회가 왔다. 참을성 없는 시댁식구들은 세끼는 굶지 못해 어두움이 몰려오자 서로 눈치만 보았다. 절호의 기회를 잡은 정임이가 선뜻 나섰다.

"어서 식당에 다녀오세요. 어머님은 제가 지켜볼께요."

"괜찮을까?"

"잠깐 사이에 무슨 일이 있겠어? 나는 온종일 빵 쪼가리만 먹었더니 머리가 빙빙 도네. 얼른 밥 한술씩 뜨고 오자고."

눈치 빠른 식당사장이 정임이에게 기회를 만들어 주었다. 가족들은 일단 저녁부터 먹은 후 임종하려고 우르르 몰려나갔다. 정임이는 누군가 오기 전에 얼른 시어머니 손을 잡았다.

"어머님 제 이야기 좀 들어주세요. 어머님 명을 재촉한 것 같아 죄송합니다. 제가 잠시 처지를 잊었습니다. 용서해 주세요. 살아있는 한 다른 남자에게 가지 않겠습니다. 어머님, 염려 마시고 제발 편히 가세요."

온종일 눈을 뜨지 못하던 시어머니는 눈을 가늘게 뜨고 며느리를 마주 보았다. 흐릿한 눈동자였지만 살짝 안도의 빛이 스치는 듯, 하다가 이내 숨을 몰아쉬었다. 시어머니는 자식들이 저녁식사가 끝날 때까지 기다리지 못했다. 졸리운 아이처럼 두 눈이 스르르 감긴 후 다시는 열리지 않았다.

작은 며느리의 말 한마디가 듣고 싶어서 기다리던 시어머니가 그제야 안심하고 갔다고 믿었다. 물론 칠남매의 어머니 임종은 둘째며느리 혼자 했다. 그나마 시어머니한테 그 약속이라도 할 수 있어서 얼마나 다행인지 모른다. 시댁에서 오직 한사람, 제 편인 시어머니를 저 때문에 잃었다는 자책으로 정임이 눈물은 누구보다 뜨거웠다.

초상 치루고 삼일 만에 일단 출근은 했지만 맥이 빠져 일손이 잡히지 않았다. 게다가 손님들에게 억지로 웃어야 하는 일은 더 지치게 만들었다. 그 일 만으로도 참기 어려운 고역인데 주인아주머니의 곱지 않은 눈초리까지 겹쳐 차라리 죽고 싶었다. 초상 치르던 내내 자식들보다 더 슬퍼하던 주인아주머니는 정임이와 눈도 마주치려하지 않았다.

그렇다고 식당주인이 정임이를 밉게만 본 건 아니다. 정임이에 대한 원망보다 스스로 고통에 빠져 허우적대고 있었다. 배고팠던 지난날 육촌 언니에게 신세를 많이 졌다. 그런 언니 며느리가 늪에서 빠져나가려고 다른 남자가 던져주는 밧줄을 잡는걸 보았다. 식당주인은 육촌 언니가 어른거려 방관할 수 없었다. 언니 사망소식이 들려왔을 때 수습할 길이 그것 뿐이었나, 하는 후회로 남몰래 가슴을 쳤다. 정임이를 충분히 이해하는 까닭에 친척들에게 밝힐 수도 없어 스스로 돌덩이를 가슴에 가라앉혔다.

정임이는 일을 끝내고 자청해서 식당주인과 마주앉아 시어머니와 마지막 밤에 일어난 일을 빠짐없이 들려주었다. 꼭 그렇게 해야 할 것 같아서였다. 사장은 눈물만 철철 흘리며 묵묵히 듣기만 했다. 그건 또 다른 고통을 정임이에게 안겨주었다.

이미 지나간 사연은 접어두고 일상으로 돌아가기로 했다. 월말이 되니 그 남자가 또 왔다. 이제는 그를 보아도 전처럼 가슴이 뛰지 않는다. 아니다. 오히려 칼로 저며내듯, 아픔이 밀려왔다. 남자 역시 편치 않은 얼굴로 서먹하게 의자에 앉았다.

"선생님, 오셨군요. 오늘밤 10시쯤 저를 만나주세요. 드릴말씀이 있습니다."

"알겠습니다. 먼저 만나던 찻집에서 기다리겠습니다."

그 밤에 둘이는 찻집에서 또 만났다. 남자는 전과 달리 말없이 찻잔만 만지작거린다. 숨 막히는 침묵은 더 견딜 수 없었다. 정임이가 먼저 말하기로 했다. 남자는 보았다. 정임이 머리에 반짝이 핀이 없는 걸.

"어머님은 그 이튿날 돌아가셨습니다. 저는 어머님이 운명하시기 전, 남편을 떠나지 않겠다고 약속했어요. 죄송합니다. 우리는 인연이 아닌듯합니다. 만남은 이제 끝내야 하겠지요."

"어머님이 돌아가신 건 저도 알고 있었습니다. 병원에 문의해보왔거든요. 조의를 표합니다. 그러나 우리 문제는 서두르지 마십시요. 조금 지나면 생각이 달라질 수 있으니까요. 기다리겠습니다. 저에게는 운명처럼 다가온 사랑이었습니다. 제 일생에 그런 사랑이 또 올 것 같지 않습니다. 이 말을 꼭 기억해 주십시요."

"저 역시 처음 느낀 사랑이었어요. 하지만 운명은 거역할 수 없는 것 같네요. 저 때문에 돌아가신 시어머니는 언제나 제 편이었습니다. 이미 고인이 된 시어머니 믿음을 저버릴 수는 없습니다. 제발 이해해주세요."

"그렇다면 제가 직접 나서서 남편의 동의를 얻으면 따라오시겠습니까?"

"불가능할 겁니다."

"아닙니다. 꼭 기다리십시오."

기다리라는 한마디는 백 마디 말보다 힘이 있었다. 그러나 남자는 등을 보이며 떠난 후 다시는 정임이게 얼굴을 보여주지 않았다. 그 남자는 오지 않아도 월말이 되면 정임이 눈길은 창가에 머무른 채 하루를 보냈다. 그 남자가 문을 열고 들어온다는 확신은 없다. 또 온다 해도 어떻게 해 보겠다는 건 더욱 아니다. 그냥 저도 모르게 창가에 눈길이 머물렀다. 막연한 기다림이어서 더 아리다. 기약 없는 기다림이어도 설레임은 있었다.

어느새 녹음은 우거지고 그 위로 태양이 작열하는 여름날에도 남자는 한 번도 밖에서 문을 열지 않았다. 그러나 문은 열리지 않았어도 남자는 왔었다. 헤어지던 다음 달, 월말이다. 식당주인은 온종일 창밖만 바라보고 있었다. 창밖 멀리서 다가오는 남자를 식당주인이 먼저 보고 뒷문으로 나갔다가 잠시 후 다시 들어왔다. 물론 정임이도 알고 있었다.

다음 달에도 그 다음 달에도 남자는 왔었다. 하지만 식당 앞에 서 있지 않았다. 길 건너에 서서 식당문만 바라보다 돌아가기를 몇 번인지 모른다. 그때마다 정임이 눈길도 길 건너에 함께 머물렀다. 그리고 사 개월 후 남자는 보이지 않았다. 끝내 두 사람의 사랑은 잎만 틔운 채 몰아치는 비바람을 견디지 못해 파란 낙엽이 되어 길가를 구르다가 바스러졌다. 거기엔 누군가의 보이지 않는 발자국이 있었다.

소용돌이

정임이 가슴에 소용돌이를 일으킨 원인 제공자는 누구일까? 그 남자 같지만 먼저 남편을 떠올리지 않을 수 없다. 지금까지 우물안에서만 살아온 정임이는 남녀 사이에 사랑이나 행복이 무엇인지 모르고 살았다. 무슨 일이든 닥치면 닥치는 대로 그냥 운명인가보다 하고 체념하는 데만 이골이 났다. 우물밖에 새로운 세상이 있다는 걸 알아버린 지금, 남은 인생을 예전처럼 보낼 수 없다고 판단했다.

시어머니가 운명하기 전, 남편을 떠나지 않겠다고 약속했다. 하지만 그것은 남편 아닌 다른 남자에게 눈을 돌리지 않겠다는 약속일뿐이다. 정임이도 이제부터는 부부간에 종속관계를 벗어나 대등하게 살아야할 것이라고 마음을 바꾸었다.

그 가을에 가게 확장공사로 일주일간 쉬게 되어 아이들을 데리고 남편을 찾아가기로 했다. 제 아버지를 처음 찾아가는 터라 남들의 시선이 부담스러웠다. 아이들을 예쁜 옷으로 갈아입히려고 장롱 속, 옷을 모두 꺼내어 이것저것 갈아입혀보아도 달라지는 게 없다.

아이들은 처음 가는 나들이에 신바람을 내며 연신 깡충깡충 뛰어댄다. 버스에서 내려 남편이 적어준 주소를 들고 저수지 가는 길로 들어섰다. 멀리 보이는 저수지는 사방이 산으로 둘러싸였다. 산천은 가을에 접어들어 산기슭의 나뭇잎들이 붉은 빛을 띄우기 시작하고 멀리서 뻐꾹새가 운다.

저수지 가까이 다가갔을 때 경태가 먼저 보고 빠른 걸음으로 다가왔다. 그의 얼굴은 검게 타고 체격은 전보다 더 왜소해보였다. 걸음걸이까지 팔랑거려 채신머리없는 모습이 유난히 거슬린다. 아마도 풍채 좋은 그 남자와 비교되어 더 볼품없이 보인 탓도 있을게다. 경태는 무엇을 찾는 듯, 먼 곳을 주시하며 까랑까랑한 목소리로 퉁명스럽게 한마디 했다.

"이 여편네가 미쳤나. 그따위 차림새로 여기가 어디라고 찾아오는 거야? 누구를 홀리려고 이렇게 요란스럽게 하고 다니냐고. 너는 기미가 더덕더덕한 맨얼굴에 몸빼가 어울린다니까."

"괜히 트집부리지 말아요. 남들도 다 이렇게 하고 다니는데 나라고 안 될 게 뭐가 있어요."

"이 여편네가 말귀를 못 알아 듣네. 한마디로 말하면 너 같은 촌년은 안 어울린다는 말이다. 그나저나 갑자기 새끼들까지 끌고 여기까지 무엇 하러 온 거야?"

"가게 수리하느라 며칠 쉬기도 하고 당신도 어떻게 사는지 궁금해서요."

"갑자기 뭐가 궁금한데?"

"그냥 이것저것. 또 할 말도 있고. 그것보다 아이들이 배고플 텐데 밥부터 먹여야지요. 당신 사는 집이 어디에요."

"따라 와."

경태는 짧게 한마디하고 앞서 휘적휘적 걸어간다. 오랜만에 만나는 제 새끼들에게 다정한 눈길 한번 주지 않아 괘씸한 마음에 한마디하고 싶었지만 참기로 했다. 찾아온 목적이 다르고 하나마나한 일로 분란을 일으키고 싶지 않아서였다.

산을 등지고 앉은 마을은 친정 마을과 닮아 있었다. 경태는 연신 뒤돌아보며 앞서가다 마을 맨 가장자리 작은 집 앞에 멈춰 섰다. 초라한 집이다. 슬레이트 지붕 끝은 군데군데 떨어져 나가고 철대문은 녹슨 채, 삐딱하게 닫혀 있다. 밖에서 보아도 가난이 뚝뚝 떨어지는 모양새다.

혼자 산다는 할머니 집은 겉은 허술해도 안이 잘 정돈되어 보기에 좋았다. 집안이 깔끔한 만큼 주인 할머니 성격도 만만치 않을 것 같은 예감이 든다. 인사부터 하려고 인기척을 내어도 집주인은 나오지 않았다.

경태는 허름한 문간방 앞에 엉거주춤 선 채, 말없이 뒤를 돌아보았다. 정임이는 방으로 들어가려고 문을 열다 말고 멈칫했다. 방안은 볼만했다. 이불도 그대로 펴있고 퀴퀴한 냄새도 모자라 옷가지, 양말, 담뱃재, 심지어 휴지조각까지 널려 있었다.

"엄마가 밥 지을 동안 너희들은 밖에서 놀고 있어."

"배고파. 빨리 밥 줘."

경태는 양재기 하나를 챙겨들며 아이들을 앞세웠다.

"마땅한 반찬거리가 없으니 잡아놓은 물고기나 몇 마리 가져올께."

정임이는 쌀을 씻어 양은냄비에 붓고 물을 잘 맞추어 구공탄 위에 올려놓았다. 밥이 끓는 동안 밥 먹을 자리부터 마련해야 했다. 방으로 들어가 이불은 대강 개어 한쪽으로 밀어놓고 주섬주섬 옷가지를 모아 문 밖에 내어놓았다. 그 흔한 터리개조차 보이지 않아 수건으로 창가와 벽에 앉은 먼지부터 털어냈다. 제 자리를 찾지 못한 뿌연 먼지가 공중에 둥둥 떠다녔다. 먼지도 제 갈 길을 아는지 일부는 다시 바닥에 내려앉고 나머지는 열린 문을 통해 빠져나갔다. 방바닥도 묵은 때까지 벗겨내느라 두 번 세 번 걸레질을 반복했다. 몸이 워낙 빨라 방 한 칸 치우는 일은 금세 끝났다.

반찬거리는 남편 말대로 고추장만 조금 남아 있었다. 그렇다고 맨 밥에 고추장만 비벼먹을 수는 없는 일이다. 정임이는 마당 한쪽 텃밭에 가득한 푸성귀에 눈을 돌렸다. 주인 허락 없이 뜯어오기는 망설여졌지만 한 집 사는 처지에 크게 잘못된 일은 아니지 싶어 독 오른 고추 몇 개 따고 배추도 연한 것으로 몇 포기 솎아냈다. 어느새 남편과 아이들이 양재기를 들고 털레털레 돌아온다. 찌그러진 그릇 안에선 손바닥보다 조금 작은 붕어 다섯 마리가 푸드덕대고 있었다. 경태는 말없이 수돗가에서 물고기를 손질한 뒤 부엌으로 들이밀었다.

붕어 다섯 마리로 네 식구 반찬하기에는 모자라 텃밭에서 어린 무 두개를 또 뽑았다. 할머니 야채밭을 허락 없이 손대었으니 무엇으로 든지 보상해야 하리라. 모처럼 물고기 넣은 매운탕 찌개와 배추쌈을 본 아이들 얼굴이 환해졌다. 찌개는 우선 할머니 몫으로 한 그릇 퍼 두었다.

한참 숟가락 젓가락들이 바쁘게 움직이고 있을 때 주인할머니가 들어오는 기척이 났다. 대문 밖에서 매운탕 냄새를 맡은 할머니는 인사하러 나온 정임이 얼굴보다 밥상을 먼저 보았다. 매운탕 찌개와 풋고추, 배추쌈을 보자 얼굴을 살짝 찡그렸다.

"할머니 안녕하세요. 저사람 아내입니다. 마음대로 푸성귀를 따서 죄송합니다. 할머니 드리려고 매운탕 한 그릇 담아놓았습니다."

"내 것까지 뭘. 아이들이나 먹이지."

"아닙니다. 맛있게 드십시요. 제가 오는 길에 할머니 내복 한 벌 사왔습니다. 추울 때 입으시라고."

"고마워서 어쩌나. 잘 입을께요. 아유 찌개가 맛있어 보이네."

할머니는 바른말, 한마디는 하려고 했었지만 정임이의 예의 바른

태도에 말문이 막혔다. 게다가 젊은 여자 어깨가 축 쳐져있어 왠지 모르게 가엾어보였다. 자신도 젊은 날 성실하지 못한 남편을 만나 고생했던 기억이 떠올라, 간단한 인사를 끝으로 매운탕을 들고 방으로 들어갔다.

정임이는 점심식사도 끝났으니 가슴에 담아둔 말을 꺼내야 하련만 입이 떨어지지 않는다. 더구나 자신의 의사를 똑 부러지게 밝혀본 적이 없어 서두를 잡기도 어려웠다. 경태는 평소와 다른 정임이 태도에 무슨 낌새를 채었는지 수저를 내려놓고 냉큼 나가버렸다. 정임이도 얼른 일어섰다.

"내가 조금 늦게 와도 너희들은 여기서 놀고 있어. 엄마 아빠는 할 이야기가 있으니까."

얼마 만에 나란히 걷는지 기억이 가물거린다. 신행 갈 때 말고 단둘이 걸어본 적이 있기나 했나? 그마저 모르겠다.

"여보 할 얘기가 있어요."

"알고 있어. 오늘 집으로 가겠다고? 그래, 해지기 전에 어서 가."

"아주 가겠다고요. 이렇게 살 바에는 그만 헤어져요."

"헤어지다니? 그게 무슨 말이야?"

"이혼하자고요. 나도 지쳤어요."

"얼씨구. 이 여편네가 미쳤나? 니가 한 게 뭐가 있다고 지쳐? 이혼은 배부른 것들이 하는 거야. 너 같은 년은 꿈도 꾸지 마. 안 그래도 너는 지금 죽음의 문턱에 서있다는 걸 알아야해. 절대로 나를 자극하지 마라."

"겁주지 말아요. 당신을 알만큼은 아니까."

"나를 안다고? 무얼 어디까지 아는데?"

"당신을 내가 한두 해 겪어 보았나요. 한마디도 속에 숨겨두지 못하고 그날로 뱉어 내는데 뭐."

"얼씨구, 육갑을 떨어요. 바로 너 같은 년을 두고 주제파악 못한다고 하는 거야."

"아무튼 좋아요. 그렇다면 이혼은 안한 채, 혼자 살게요. 아이들은 당신이 맡아요."

"알았어. 그까짓 게 뭐가 어렵다고."

예상과 달리 경태 대답은 지나치게 시원스러웠다. 그래도 본성이 경망스런 사람이어서 믿을 수는 없었다. 변덕맞은 경태 마음이 변하기 전에 얼른 서울로 돌아가기로 했다. 다른 남자에게 가지 않겠다고 시어머니와 약속했지만 남편 선택에 따라 얼마든지 달라질 수 있는 문제다. 두 아이에게 아빠와 함께 있으라하니 무서워서 말 한마디 못하고 울듯 한 얼굴로 우두커니 서 있다.

얼떨결에 아이들을 떼어놓고 오기는 했어도 너무 쉽게 해결되어 오히려 찜찜했다. 처음부터 아이들을 두고 올 생각은 눈곱만큼도 없었다. 그러나 경태가 선뜻 동의해서 얼떨결에 돌아섰다. 하지만 딱히 그것만은 아니다. 경태의 시원스런 대답에 그 남자 얼굴이 스치며 다른 길이 열릴지도 모른다는 기대가 있었다.

집으로 돌아와 궁리해보아도 개망나니에게는 어울리지 않는 선택이다. 다른 꿍꿍이가 있을 거라고 추측하는 순간 불길한 예감으로 그 밤을 뜬눈으로 보냈다. 물론 전주에 사는 그 남자는 다시 가슴 한켠에 묻어두었다. 정임이는 이것저것 따져볼 겨를도 없이 이튿날 새벽 낚시터로 다시 갔다. 방은 비어 있었다.

주인할머니에게 남편 행방을 물으니 모른단다. 그렇다고 마냥 기다릴 수 없어 낚시터를 한 바퀴 돌아보았다. 없다. 혹시 아이들을 데리고 나들이 갔을지도 모를 일이니 낚시터에서 하룻밤 머물기로 했다. 하릴없는 기다림은 또 다른 불안을 불러왔다. 아이들을 데리고 나들이 갈 위인이 아니기 때문이다. 이럴 때는 부지런히 몸을 움직이는 게 상책이다. 얼른 걸레를 집어 들고 집안을 구석구석 치우고 옷이며 이불까지 몽땅 빨았다. 그래도 해는 저물 지 않았다. 정임이는 얼른 할머니의 텃밭에 들어가 때 지난 김을 매기 시작했다. 날은 어두워가는데 문밖은 여전히 기척이 없다.

낯선 방에서 긴 밤을 뜬 눈으로 보내는 건 고역이었다. 앉았다 누웠다를 반복하는 동안 날은 밝아오는데 대문간은 조용했다. 제 아버지와 함께 사라졌으니 신고도 할 수 없는 일이다. 혹시 길이 엇갈렸을지도 모른다는 생각에 아침 첫차로 서울로 돌아왔다. 서울집도 비어 있었다. 빈방을 보는 순간 성질 못된 남편이 아이들을 데리고 저수지로 뛰어들었으면 어쩌나 하는 방정맞은 생각이 들었다.

불길한 예감이 목을 조여와 빈방에 홀로 앉아 기다리는 건 차라리 고문이었다. 얼른 골목 입구로 나가 한쪽에 쪼그리고 앉았다. 정임이가 안절부절 하는 모습에 지나가던 사람들이 흘금 거렸지만 개의치 않았다. 그 일은 온종일 이어졌고 해가 져도 아무도 나타나지 않았다.

정임이는 다음날 실종신고를 해야 할 것이라 판단하고 집으로 들어왔다. 온종일 굶었는데도 시장기가 느껴지지 않아 냉수만 한대접 마시고 맨바닥에 누웠다. 한잠 자고나면 내일도 아침 해는 뜰 것이고 해가 뜨면 아이들은 틀림없이 돌아올 것이다. 그러나 온갖 잡념이 파고들어 잠이 오지 않는다. 혼자 이리저리 구르며 머리를 쥐어뜯고 있을 때 방문 앞이 술렁거렸다. 정임이는 냉큼 문을 열었다. 문 앞에는 경태 대신 친정어머니가 아이 셋을 데리고 서있었다. 웬수 같은 남편은 뿌리부터 흔들어 제킬 셈으로 처가로 갔던 모양이다.

"어머니가 웬일이예요?"

"웬일이고 뭐고 우선 아이들 밥부터 먹여라. 기차에서 입맛은 다셨지만 아이들이 몹시 시장할게다."

"이틀 동안 밥을 안 해서 당장 먹일 게 없네요. 안집에서 한 그릇 빌려와야겠어요."

"내 밥은 없어도 된다. 입이 까실거려 넘어가지 않을 것 같다."

"그나저나 어떻게 된 일이예요?"

"아이고 말도 마라. 애비가 이 애들을 데리고 와서 난장판을 벌이고 갔다. 딸을 잘못 가르쳐 시집보내 이 꼴이 되었으니 저희 다섯 식구를 몽땅 책임지라고 하더라. 게다가 네 모양새가 바람난 게 분명하단다. 네 동생이 바른 소리 몇 마디 하자 말대꾸한다고 두들겨 패더구나. 남편이 두들겨 맞는 것을 보고 네 올케가 가만히 있었겠니? 제대로 싸움이 일어났지. 그때부터 이놈이 반미치광이처럼 날뛰는 거야. 온 집안을 똥 구더기를 만들지 않나, 집구석에 불 지르겠다고 성냥불을 그어대지 않나, 못된 행패는 다 부리고 갔다고. 그놈은 인간이 아니었어."

"어머니 죄송해요."

"애야, 이제는 죄송으로 끝나지 않을 것 같다. 네 동생의 댁이 들고 일어났다고. 너와 인연을 끊지 않으면 저희가 먼저 이혼하겠다는 거야. 그 아이는 도시물을 먹어서 호락호락하지 않은 건 너도 잘 알잖아. 어쩔 수 없이 막내까지 데리고 오게 되었구나. 이 녀석도 웬만큼 커서 학교 갈 나이가 되었으니 이제부터 네가 데리고 있어라."

"알았어요. 잘 사는 모습을 보여드리지 못해 죄송해요."

친정어머니는 눈물을 보이지 않으려고 고개를 돌린 채, 대꾸하지 않았다. 이튿날 아침 외할머니는 손주들을 모두 앞세우고 시장으로 갔다. 시장 바닥을 한나절이나 돌아다니며 이것저것 챙겨주고 고향으로 돌아가기 전, 정임이 손을 꼭 잡았다.

"정임아, 미안하다. 어미가 능력이 있으면 도와주겠지만 네가 알다시피 아무것도 없잖니. 오늘 차비만 남기고 내 전재산을 다 썼다. 내가 너에게 할 수 있는 게 이것뿐이구나."

"어머니 죄송해요."

"아니다. 내 죄가 크다."

"어머니 이번에는 제가 큰 맘 먹고 일을 저지른 거예요. 아범 버릇을 고치거나 이혼하려고요."

"얘야, 이혼 같은 건 아무나 하는 게 아니다. 착해터진 네가 막무가내인 아범을 어떻게 당해. 하지만 네가 아이들을 두고 도망간다고 해도 어미는 말리지 않겠다. 애비 말대로 마음에 품은 남자가 있는 거야?"

"어머니 죄송해요. 한사람 있기는 한데 저 때문에 돌아가신 시어머니와 약속도 있고 또 이 불쌍한 것들을 두고 어떻게 가요. 나는 못합니다."

"알지, 알아, 어미가 하도 답답해서 해본 소리다."

정임이를 그렁그렁한 눈으로 바라보던 어머니는 힘없이 발길을 돌렸다. 그렇게 헤어진 삼 개월 후 어머니가 돌부리에 넘어진 후유증으로 돌아가셨다는 기별이 왔다. 환갑 지난 지 오 년밖에 안 된 어머니가 어째서 돌부리에 걸렸을까 의문이 들었다. 어쩌면 딸 생각으로 울며 길을 가다 넘어진지도 모를 일이다. 그것도 제 탓 같아 가슴이 아려온다. 어머니가 사망한 사실을 경태에게 알려야 할런지 잠시 망설이다 초상집을 난장판을 만들까 염려되어 그냥 두었다.

이튿날 아이들만 데리고 고향으로 갔다. 대문 앞에서 마주친 동생의 댁은 시큰둥한 얼굴로 형식적인 인사를 끝으로 똑바로 보지 않았다. 그토록 그리웠던 집이었건만 정임이와 무관한 처지가 되었다. 안방, 윗방, 건넌방, 예전에 매일 손수 쓸고 닦던 곳이다. 이제는 어디에도 정임이 손길은 남아 있지 않다. 어머니를 아버지 곁에 안장한 이튿날 동생집을 나왔다. 동구 밖까지 따라 나온 동생은 여비를 손에 쥐어주며 어렵게 내뱉은 한마디가 폐부를 찌른다.

"누나, 미안해. 매형이 우리집에 얼씬거리지 못하게 해줘. 누나가 우리와 인연을 끊어야 매형도 오지 않을 거야. 집사람이 견디지 못한다고."

"이해한다. 미안한 생각뿐이다. 이제 어머니마저 가셨으니 다시는 이쪽을 돌아보지 않으마. 우리 마지막으로 손이나 한번 잡아보자."

둘이는 오래오래 두 손을 맞잡은 채, 망부석처럼 서있었다. 하나뿐인 남동생을 가르치려고 고사리 따고 산나물 캐러 저 산을 얼마나 오르내렸던가. 생살을 도려내듯, 아프다. 아버지는 오래전에 객사했고 언니도 삼년 전에 죽은 터에 어머니마저 떠나 친정 쪽으로 단 하나 남은 혈육의 정은 아주 끊어졌다. 정임이는 어설프게 쇠뿔을 단번에 빼려고 덤벼들었다가 오히려 자신이 받혔다는 걸 그제야 뼈저리게 느꼈다.

아들아 아들아 사랑하는 내 아들아

정임이는 막내 영호를 초등학교에 입학시킬 때 위에 두 아이도 복학시키기로 했다. 절차는 복잡했지만 삼학년 이학년으로 편입 되었고 막내는 일학년이 되었다. 다행히 정호와 수희는 몇 살 어린 친구들 틈에서 아쉬운 대로 잘 적응했다.

정임이가 이혼을 거론한 후 경태는 짐을 챙겨들고 집으로 돌아왔다. 물론 적당한 핑계는 있었다. 저수지에서 온종일 시퍼런 물만 들여다보는 게 지겨워서란다. 그래도 아버지가 집에 있으니 아이들이 거리를 헤매지는 않았다.

경태는 집으로 돌아왔어도 딱히 하는 일은 없었다. 공사장 일도 힘들고 시장바닥에서 허드렛일도 힘에 부친다는 이유였다. 한가지 달라진 건 손찌검이 준 대신 입은 더 바빠졌다. 그래도 수시로 불같은 성질을 누르지 못해 사람을 때리지 않는 대신 물건들이 두들겨 맞았다. 툭하면 재떨이가 날아다니고 밥상이 엎어졌다. 때로는 거울이 박살나고 아이들 책상다리가 부러졌다. 사람을 때리는 건 시간이 걸리지만, 던지고 차는 것은 순간적이어서 말릴 재간이 없다. 하지만 때려 부수면서도 자제하려고 노력하는 모습은 보였다.

경태만 달라진 게 아니다. 정임이도 달라졌다. 이제는 거울이 박살나도 떨지 않고 밥상이 엎어져도 눈도 꿈쩍 안 한다. 그렇다고 남편을 싹 무시하는 것도 아니다. 분란을 줄이기 위한 방편으로 웬만한 요구는 들어준다는 이야기다. 게다가 맏아들에게도 변화가 찾아왔다. 제 아버지가 행패부릴 때면 전에는 땅만 보던 아이가 똑바로 뜬 눈에 보일 듯 말듯 한 작은 날이 서기 시작했다.

정임이는 맏아들이 잘못될까 염려되어 남편부터 다잡기로 했다. 어느 날 경태는 늦잠 잔 주제에 아이들이 학교간 뒤 아침상을 받으며 또 투정이 시작되었다.

"야 이년아 반찬이 이게 뭐냐? 가장을 제집 종놈만도 못하게 생각하잖아."

"야 이년? 야 이새끼야, 주는 대로 처먹어. 네가 한 게 뭐가 있다고 반찬투정이야."

경태는 정임이 욕지거리에 어찌나 놀랐는지 젓가락을 방바닥에 떨어트렸다. 그 모습이 하도 우스워 참느라 진저리가 났지만 눈에선 불꽃을 그대로 피워 올리고 있었다.

"너 이년 지금 나한테 욕했냐?"

"그래 이새끼야 욕했다. 어쩔래."

"이년이 죽으려고 환장했냐?"

"그래 죽여라 이놈아. 너 같은 놈하고 살면서 환장 안할 년이 어디 있냐?"

경태는 제 성질에 못 이겨 밥상을 치켜들었다. 정임이도 냉큼 일어나 방망이를 집어 들었다.

"해볼 테면 해보자. 네가 밥상을 던지면 나는 이 방망이로 네 면상을 후려갈길 테니까."

"저년이 미쳤구먼."

"흥 나더러 미쳤다고? 미친 건 너야, 이놈이야."

"저년도 때가 되니 미치는구나. 내 인생도 인제 끝장났구먼."

"끝장이 아니고요 앞으로는 말투에 신경 좀 써요. 아이들이 커가는데 언제까지 욕을 할 거냐고요. 오늘은 나도 얼마든지 할 수 있다는 걸 보여준 거예요. 아내한테 욕먹은 기분이 어때요? 더럽지요? 나도 마찬가지예요."

"그런데 너 언제 도덕교사 자격증 땄냐?"

"남들처럼 살아보고 싶어서 그래요. 그리고 내 나이가 몇 살인데 아직도 이년저년이냐고요. 커가는 자식들이 부모한테 무얼 배우겠어요?"

"얼씨구 점점 지껄이는 소리 좀 봐라. 누가 촌년을 이렇게 유식하게 만들었나 궁금하네."

"내가 식당에서 부대낀 세월이 얼만데요. 손님들이 밥만 먹나요. 그들이 나누는 화제가 내 귀에도 들어오거든요."

"저한테 유리한 것만 주워 들었구먼. 하지만 과히 틀린 말 같지 않으니 앞으로 노력은 해보지 뭐."

이런저런 일을 겪으며 시간은 갔다. 어느새 아들이 열일곱 살이다. 가정형편상 위로 두 아이는 중학교에 보내지 못했다. 아이들 역시 공부는 지겨워해서 크게 불만은 없었다. 정호는 어디에 섞여 있어도 눈에 뜨이지 않는 평범한 아이다. 때늦게 사춘기가 온 듯, 요즈음 들어 불만을 입에 달고 산다.

엊그제 초등학교를 졸업한 딸 수희도 어느새 열다섯 살이다. 가슴이 봉긋하게 솟아오르고 달거리도 시작했다. 수희 얼굴은 흠잡을 데도 없고 딱히 예쁜 구석도 없다. 그렇다고 장점이 전혀 없는 건 아니다. 키도 크고 행동이나 말씨에 귀염성이 있다. 게다가 성격도 모난 데가 없어 어디가나 환영받는다.

열두 살짜리 막내 영호는 조금 달랐다. 외모도 번듯하고, 성품도 온순한데다 공부까지 잘했다. 이웃들은 두 사람 사이에 어떻게 저런 아이가 나올 수 있나 의심스럽다고 놀렸다. 잘난 막내는 정임이의 유일한 자랑거리다. 그래도 온 동네에 떠벌리고 다닐 만큼 빼어난 아이는 아니다.

정호와 수희는 어릴 때와 달리 사춘기에 들어서며 조금씩 멀어지기 시작했다. 피차에 관심이 달라진 탓이다. 관심과 행동이 다르면 말도 달라지게 마련이다. 전과 같지 않게 때때로 의견충돌이 일어나 언성이 높아지기도 했다.

어느새 막내인 영호 뒤치다꺼리는 수희 몫이 되었다. 영호가 아침에 학교로 가면 수희는 식당에 나와 잔심부름으로 시간을 보냈다. 다행히 식당과 집은 가까워서 전혀 무리가 없었다. 오후에 막내가 학교에서 돌아올 시간이 되면 얼른 집으로 돌아와 함께 놀아주며 스스로 보호자가 되어주었다.

정호는 아버지와 잦은 의견충돌로 집에 정을 붙이지 못했다. 그러다보니 아버지를 피해 밖으로 나가 혼자 쏘다녔다. 거리에는 비슷한 아이들이 있게 마련이어서 어울리기 시작했다. 거기도 사람 사는 세상이니 그런대로 재미를 붙이는 모양이다. 거리 아이들은 가정환경도 다르고 사연도 다르지만 한가지 공통점이 있다. 아픔이다. 상처받은 영혼들은 함께 하면서 동지애도 싹트고 서열도 정해진다. 수희하고 다닐 때와 달리 날마다 새로운 것을 보고 새로운 경험을 하게 된다. 그동안 몰랐던 세상을 접하며 하루하루가 신기할 지경이다.

밖에서 긴 시간을 보내려면 돈이 필요했다. 처음에는 각각 주머니를 털어 해결했다. 그러다보니 돈이 없는 아이는 굶었다. 물론 정호는 굶는 아이다. 결국 그 일은 오래가지 않았다. 다음은 부잣집 아이가 대신 내 주었다. 그것도 오래가지 않았다. 한 아이가 집에서 돈

될 만한 물건을 하나씩 가져오자고 의견을 내었다. 그것 역시 오래 가지 않았다.

아이들은 머리를 맞대고 궁리한 끝에 과자든, 김밥이든, 먹을 만한 것을 훔치기로 합의를 보았다. 혼자는 못해도 어울려하니 쉬웠다. 몸이 날랜 아이는 훔치고 동작이 둔하고 생각이 떨어지는 아이는 망을 보았다. 처음 몇 번은 훔치는 행위에 죄책감을 느꼈지만 같은 일을 거듭할수록 죄의식은 흐려졌다. 그나마 배짱이 길러지며 과자부스러기나 먹고 다니는 건 시시해지기 시작했다.

영화관도 가고 점심도 사먹으려면 현금이 필요했다. 아이들은 빵이나 과자 훔치기에서 헌 자전거나, 장난감, 옷가지로 눈을 돌렸다. 훔친 물건은 그날로 장물아비에게 넘어갔다. 본격적인 좀도둑 대열에 들어선 것이다. 도둑질로 늙은 장물아비 중 한 사람은 잡히지 않고 훔치는 방법을 알려주었다.

바늘 도둑은 어느새 젓가락 크기가 되었다. 정임이는 아들이 밖에서 무슨 짓을 하는지 몰랐다. 다만 너무 쏘다니는 게 염려스러워 충고는 아끼지 않았다. 그러나 아이 귀에는 엄마 충고가 쓸데없는 잔소리로 들렸다. 그나마 처음에는 못들은 척하더니 언젠가부터 어머니 말을 듣기 싫어했다. 그리곤 오래지않아 냉큼 받아치기 시작했다. 게다가 아버지까지 나서는 날에는 일은 수습하기 어려워진다.

정호의 반항소리가 수시로 담장을 넘어가자 동네사람들은 싹수없는 놈이라 수근거렸다. 물론 정호 차림새도 머리부터 발끝까지 달라졌다. 그때부터 경태에게 쏟아지던 비난은 조금씩 정호 몫이 되어갔다. 사람들은 가끔 골목길에서 정호와 마주치면 대놓고 차가운 눈초리를 거두지 않았다. 가난한 사람들은 쉽게 마을을 떠나지 못해 오랜 기간 이웃으로 살아서 서로 잘 안다. 게다가 청소년들은 경태와 초등학교를 함께 다니던 친구나 선후배들이다. 아이들끼리는 더 잘 알기에 자식이 질 나쁜 아이와 어울릴까 염려되어 감시를 늦추지 않는 것이다.

정호도 거리 생활이 좋기만 한 것은 아니다. 취직해서 잘 살아보고 싶어도 거리를 배회하며 거저먹고 살다보니 일은 하기 싫었다. 그렇다고 옷가지나 훔치고 헌 자전거 도둑질이나 하며 사는 건 희망이 없음을 조금씩 느끼고 있었다.

무슨 일이든 꼬리가 길면 밟히게 마련이다. 언젠가부터 정임이 내외도 정호가 남의 물건에 손대는 걸 눈치로 알게 되었다. 경태는 노름에 술주정은 심해도 남의 물건에 손댄 적은 없다. 그것은 부잣집 아들이라는 그의 유일한 자존심이다. 그러나 정호는 제 아버지 자존심은 아랑곳없이 작은 도둑이 되어가며 부모 가슴에 돌덩이를 안겨주었다.

정호는 어느새 사춘기가 지나 열아홉 살이 되었다. 가끔 남의 집 담을 넘는 똘똘한 친구 하나가 함께 일을 하자고 했다. 그 유혹이 싫지 않았다. 하지만 친구 따라 강남으로 가면 결국에는 큰 도둑이 될 것이다. 언젠가는 잡힐 것이고 종착역은 감옥이다. 그나마 형기를 마치고 출옥해도 사회 적응이 어려워 별이 두 개, 세 개, 하다가 스물넷, 스물다섯으로 올라간다는 건 이미 아는 사실이다. 정호는 더 깊이 빠져들기 전에 거리를 벗어나고 싶었다.

사촌들은 나름대로 공부를 잘 한다는 소식이 들렸다. 고향에 사는 작은 아버지가 서울에 오면 가끔 전해주고 간다. 정호는 저만 낙오된다는 조바심에 누군가에게 의논하고 싶었다. 머리를 짜내어 궁리하니 대상이 하나 떠올랐다. 큰아버지다. 친척들은 경태 행패가 두려워 거주하는 도시 조차 알려주지 않아 아는 집이 없다. 아는 집이라고는 고향에 사는 작은아버지네와 큰댁뿐이다.

아직도 화천에 사는 큰아버지를 찾아가려고 버스에 올랐다. 어렸을 때 어머니 따라 큰댁에 간 적이 있어서 쉽게 찾았다. 대문을 들어서자 10세 전후 남자 아이 셋이 마당에서 놀다 멀거니 바라보았다. 짐작으로 사촌 동생들 같아 반가움에 곁으로 다가갔다. 아이들은 낯선 청년의 접근에 경계심을 나타내며 슬금슬금 안으로 들어가 버리고 대신 경수와 애란이가 나왔다.

"누구요?"

"안녕하셨어요? 정호입니다."

"정호? 정호가 누구지."

"경태 서방님 큰 아들이잖아요."

"경태 아들이라고? 네놈이 여기는 왜 온 거냐?"

경수는 정호라는 이름 대신 네놈이라 부르며 안색까지 변했다. 그 순간 정호는 가슴이 철렁했다. 세월이 흘렀어도 오면 안 될 곳이었다. 애란이 역시 정호라는 한마디에 뒤도 돌아보지 않고 안으로 들어가 버렸다. 마당에는 경수와 정호만 남아 말없이 마주 보았다. 둘 사이에 어색한 침묵만 흐르고 기대에 어긋난 정호는 무안하다 못해 슬그머니 분노가 치밀었다.

어린 시절, 큰댁에 왔을 때가 생각났다. 큰아버지는 어머니에게 남부끄러우니 새끼들을 우르르 끌고 찾아오지 말라 했다. 어머니는 큰댁을 나온 후 한 번도 가지 않았다. 이제와 십년 만에 찾아 온 조카를 그 때처럼 마당에 세운 채, 멀거니 바라만 보았다. 그것도 잠시뿐, 큰아버지는 주춤거리며 들어오라는 말 한마디 없이 현관 쪽으로 몸을 돌렸다. 그 순간 정호는 새 삶을 살아보려던 의지는 치솟는 분노가 몽땅 덮어버렸다.

"큰아버지, 제가 전염병 환자인가요? 십년 만에 찾아온 조카를 어찌 이리 푸대접 하십니까?"

"이놈 봐라. 버르장머리 없이 어디다 대고 큰소리야. 따라 들어오면 되지 뭔 말이 그리 많아. '들어오시지요. 조카님.' 이럴 줄 알았어? 도대체 네놈들이 무슨 대접받을 일을 했다고 언성을 높이는 거야?"

"어떻게 해야 대접 받나요? 돈이나 한 뭉치 들고 오면 될까요?"

"말하는 싹수가 그 애비에 그 새끼네. 네 소식은 이미 듣고 있었다. 우리집안에 도둑놈은 없다. 그냥 돌아가라. 우리 애들이 물들까 겁난다."

"물들다니요? 나는 물들이러 온 것도 아니고 구걸하러 온 건 더욱 아닙니다. 이제부터라도 바르게 살아보려고 큰아버지 가르침을 받고 싶어서 왔습니다."

"가르침은 하루아침에 되는 게 아니다. 정 받고 싶으면 네 애비한테 받아라. 대물림은 너희끼리 하라는 말이다."

경수는 그 말만 한마디 남기고 현관문을 보란 듯이 '쾅' 하고 닫아버렸다. 텅 빈 마당에 혼자 남아 우두커니 서있으려니 하늘도 돌고 땅도 돌았다. 그때 담벼락에 세워진 도끼가 보였다. 정호는 성큼성큼 다가가 날선 도끼를 집어 들었다. 거침없이 현관문을 향해 다가갈 때 어머니 얼굴이 떠올랐다. 자식들이 배고플 때도 울지 않았고, 추위에 떨 때도 울지 않던 어머니가 울고 있다. 오히려 우는 것은 사치라고 말하던 어머니였다. 정호는 잠시 하늘을 올려다본 후 도끼로 냅다 현관문을 내려찍고 울며 대문을 열고 나왔다.

집안에 있던 경수도 손 놓고 있진 않았다. 창문으로 정호 동태를 살피던 중, 도끼를 집어드는 걸 보았다. 경수는 지체 없이 세 아이는 방으로 들여보내고 냉큼 수화기를 집어 들었다. 창밖으로 빤히 보이는 정호는 제 아비처럼 도끼를 들고 설쳐대기만 할 뿐, 문짝만 한번 내려찍고 대문을 발로 걷어차며 나가버렸다.

정호가 다녀갔다는 소문은 삽시간에 친척들에게 쫙 퍼졌다. 덧붙여서 제 애비보다 더 지독하게 괴롭힐지도 모른다는 경계경보가 크게 울렸다. 대물림이 두려운 친척들은 예전보다 신속하게 정보를 교환하며 대비태세에 들어갔다.

남들처럼 평범하게 살아보려던 어린청년의 꿈은 한순간에 사라져버렸다. 평범이 가장 쉬운 것 같지만 아니었다. 어떤 사람에게는 쉬운 일도 다른 사람은 어렵다는 걸 정호는 너무 빨리 알아버렸다. 이제 당치도 않은 꿈은 꾸지 않기로 했다.

며칠 후 거리를 지나다 자전거가게에 진열된 멋진 새 자전거를 보았다. 순간 비싼 자전거로 거리를 달리며 친구들 앞에서 뽐내고 싶은 충동이 일어났다. 그동안 친구들과 함께 어울려 다녔지만 정호 자리는 늘 뒷전이었다. 힘이 모자라거나 꾀가 없어 그런 게 아니라 딱히 내세울 게 없어서였다.

정호는 다음날 자전거가게에 들어가 전날 보아두었던 자전거를 끌고 나오다 주인에게 들켰다. 물건 훔치다 들킨 게 이번이 처음은 아니다. 전에는 길거리에 세워진 헌 자전거나 싸구려 옷가지여서 주인에게 들키면 물건을 집어던지고 도망치면 그것으로 끝났다. 그러나 이번은 달랐다. 마음에 쏙 드는 자전거를 놓치고 싶지 않아 자전거에 올라 페달을 밟았다. 비싼 새 자전거를 훔쳐 타고 달리는 정호 뒤를 주인도 자전거 타고 쫓아왔다. 정호는 일이 틀어졌다는 걸 알아채었다. 게다가 자전거 타는 솜씨가 정호보다 자전거가게 주인이 월등하게 앞섰다. 사실 정호는 한번 타보고 싶었을 뿐 아주 가질 생각은 없었기에 당장 내리고 싶었다. 하지만 내릴만한 시간이 없었다.

이제 곧 잡힐 지경에 이르렀다. 그때 건널목의 노란 신호등이 깜빡였다. 정호는 이것저것 재 볼 틈도 없이 무작정 건널목으로 진입했다. 뒤따라오던 자전거포 주인은 정호만 쫓느라 신호등도 안 보고 건널목으로 들어섰다.

앞서가던 정호가 정신없이 페달을 밟아, 건너편 인도에 다다랐을 때 뒤에서 요란한 마찰음이 들렸다. 뒤돌아본 저만치에 처참한 광경이 벌어졌다. 건널목 중간에 트럭과 충돌한 자전거포 주인이 바닥에 쓰러져 있었다. 영화필름이 돌아가듯, 보여지는 상황은 오히려 남의 일처럼 현실감이 없었다. 그때 구경꾼 중에 청년 하나가 정호를 유심히 바라보았다. 그 눈매가 무서워 자전거는 골목에 버려두고 얼른 집으로 들어갔다.

세상이 아무리 넓다 해도 갈 곳은 집밖에 없다. 마침 아버지가 밖으로 나갔는지 방은 비어있었다. 그나마 단칸방이어서 숨을 데라고는 이불속뿐이다. 한쪽 구석에 개켜놓았던 이불을 뒤집어쓰고 눕는 순간 온몸이 떨리기 시작했다. 그때 아버지가 들어왔다.

"이놈이 별일이네. 이 시간에 집에 있다니. 어디 아프냐?"

"…."

"이제 컸다고 대꾸도 안하는 것 좀 보게. 아픈 모양이니 애비가 이번만 참는다."

그날 밤 라디오에 남자아나운서가 감정 없는 메마른 목소리로 자전거포 주인이 죽었다고 했다. 사건 전말도 눈으로 본 듯이 정확하게 말했다. 목격자 증언도 대강 맞아떨어졌다. 그러나 정호는 판단능력을 상실해 언제라도 경찰이 들이닥칠 것만 같았다. 만약에 잡힌다 해도 정호가 지은 죄는 절도죄만 성립될 것이다. 법해석에 따라 조금은 달라질 수도 있겠으나 중죄인은 아니라는 이야기다. 게다가 경찰은 자전거가 없어진 것을 몰라 단순 교통사고로 처리했다.

법을 모르는 정호는 사람을 죽인 것도 두렵고 감옥은 더 두려웠다. 인생의 황금기인 젊은 날을 도둑질로 보내는 것도 모자라 감옥을 드나들 처지가 되었다. 감옥이 싫으면 도망 다니며 살아야 한다. 또 도망 다닌다 해도 숨을 곳도 없고 숨겨줄 사람은 더 없다. 누구와 상의할까 궁리해 봐도 주변에 사람이 없다.

아버지가 알면 그 자리에서 경찰서로 끌고 갈 것이고 어머니는 울기만 할 것이다. 또 감옥에 갔다나온다 해도 같은 생활이 반복될 것이다. 어린 청년의 터무니없는 해석은 감당하기 어려울 만치 부풀어졌다. 온밤을 지새우며 궁리한 끝에 결론을 내렸다. 그 결론은 몹시 비관적이었다. 비록 짧은 삶이었지만 지금까지 살아온 경험으로 보아 인생은 애써 살만한 가치가 없다는 것이다.

어렸을 때는 밥이 없어 배고팠다. 철이든 지금은 밥을 많이 먹어도 배가 고프다. 또 어렸을 때는 옷이 없어 추웠다. 이제는 겹쳐 입는데도 춥다. 배고픔과 추위는 죽을 때까지 따라다니며 괴롭힐 것이다. 그 지겨운 고통에서 벗어나는 길은 하나밖에 없다는 게 정호가 내린 결론이다.

이튿날 아침 일찍 동대문시장 농약상에 들어가 아무거나 슬쩍 집어 들었다. 솜씨가 워낙 날래어 주인은 눈치 채지 못했다. 가게를 나와 청계천 후미진 골목으로 들어섰다. 정호는 병뚜껑을 따려다 손을 딱 멈추었다. 갑자기 어머니 얼굴이 떠올라서였다. 보고 싶다는 생각이 드는 순간 숨이 꽉 막혀 저도 모르게, 헉, 하며 일어섰다. 아들의 죽음을 어머니가 어떻게 받아들일지 상상이 된다. 마지막으로 어머니 앞에서 따뜻한 밥 한공기라도 먹고 가야할 것이라고 마음을 돌렸다.

농약은 쓰레기더미에 잘 감추어두고 버스에 올랐다. 창밖에 스치는 사람들은 삶에 지친 듯, 하나같이 무표정한 얼굴이 행복해보이지 않는다. 남들은 온갖 것을 누리고 사는 줄 알았는데 왜 행복해보이지 않을까 잠시 의문이 스쳤다.

집근처까지 왔으니 미운 아버지지만 마지막으로 얼굴이라도 보려고 담배 한 갑을 샀다. 담뱃가게 앞 길거리 좌판에서 영호에게 줄 운동화도 한 켤레 산 뒤 집으로 들어갔다. 마침 아버지는 집에 있었다. 정호는 아버지와 마주앉아 담배 한 갑을 슬며시 내밀었다. 난생처음 아들이 주는 담배 한 갑이 의아한지, 냉큼 손을 내밀지 않는다. 정호는 아버지 손에 담배를 쥐어줄 때 쭈그러진 손이지만 따스함이 전해왔다. 그렇게 차갑게만 느꼈던 아버지 손도 따뜻한 피가 흐르는 걸 여태껏 모르고 살았다.

"아버지, 이것만 피우고 앞으로 담배는 끊으세요. 몸에 해롭다고 하더라고요."

"네 이놈, 지금 애비를 훈계하는 거냐? 내일은 서쪽에서 해가 뜰 모양이네."

"어쩌면 그럴지도 모르지요. 내일 아침에 일찍 일어나 서쪽 하늘을 꼭 보세요."

"이놈이 이제야 사람이 되나? 애비한테 잔소리도 하고 농담까지 하다니, 참 많이 컸다."

아들이 고분고분하게 말대꾸해주니 꽤나 기쁜 모양이다. 경태는 어린아이처럼 금세 얼굴이 환해지며 담배를 만지작거린다. 오늘은 아버지를 바라보아도 전혀 밉지 않다. 아니다. 오히려 가족들과 어울리지 못하는 아버지가 가여운 생각이 든다. 아버지와 지금 제 모습이 겹쳐 보인다. 닮았다. 더 일찍 마음을 열었더라면 지금쯤 둘이는 좋은 관계가 되었을지도 모른다는 의문이 잠시 스쳤다.

정호는 속옷부터 갈아입으려고 옷장을 뒤졌다. 그동안 옷 도둑질은 했지만 집으로 가져온 적이 없다. 아무리 뒤적여도 변변한 팬티 한 장 보이지 않는다. 그중에 제일 말끔한 것으로 갈아입고 겉옷도 멋진 걸로 찾아 입었다. 양말을 신으며 아버지에게 작별인사라도 한마디 건네야하는지 판단이 서지 않아 잠시 망설였다. 무심한 아버지는 텔레비전에 정신 팔려 정호에게는 전혀 신경 쓰지 않았다.

"아버지, 못난 아들이어서 죄송해요."

"이놈이 뭐 하자는 거냐? 네가 이러는 건 안 어울린다고. 생긴 대로 살아라. 죽어도 안 변하는 게 사람이야. 애비 보면 모르겠냐? 한마디 더 하자면 너를 못난 놈이라고 생각한 적은 없다. 애비를 잘못 만난 불쌍한 놈이지."

"아버지 점심상 차려드릴까요?"

"벌써 먹었다. 그런데 너 죽으러 가냐? 아까부터 안하던 짓을 하고 그래. 싱거운 놈 같으니라고."

과연 아버지다운 답변이다. 막내동생 영호에게 줄 선물은 책상 위에 올려놓고 집을 나섰다. 터벅터벅 언덕길을 내려가는 다리가 천근이다. 어째서 발걸음이 이리도 무거울까? 아직도 세상에 미련이 남은 건 아닌지 생각해 보았다. 그것은 아닌 것 같다. 다리는 무거워도 마음은 담담하다.

정임이가 일하는 식당은 집에서 십분 거리에 있다. 빠른 걸음도 아닌데 그날따라 십분은 매우 짧았다. 어머니를 만날 생각만으로도 칼로 베이는 듯, 가슴이 아프다. 막상 어머니를 보면 마음이 약해질까 두려워 손잡이를 잡은 채, 잠시 망설이다 문을 밀고 들어갔다. 정임이는 수희와 음식 나르느라 분주한 중에도 정호를 보고 금세 얼굴이 환해졌다.

"정호야 네가 웬일이냐? 엄마가 일하는 식당을 다 오고."

"엄마하고 밥 한 그릇 먹고 싶어서 왔어요. 힘들지 않아요?"

"에구! 고맙기도 하지. 내 새끼가 어느새, 철이 들었네."

"엄마는 평생 가족을 위해 애쓰시는데 자식 된 도리를 제대로 못해서 죄송해요. 수희한테도 미안하고."

"애야 그게 무슨 소리야. 엄마는 너희들을 보기만 해도 힘이 펄펄 솟는단다. 그리고 엄마한테는 그런 인사치레는 안 해도 된다."

"글쎄 말이야, 오빠가 그런 말도 할 줄 알고. 참 많이 변했네. 오빠, 무얼 먹을 거야? 내가 사줄게."

"설렁탕 한 그릇 먹어볼까. 아침부터 쏘다녔더니 배가 등에 붙었나봐. 지금 지쳐서 보이는 게 없다니까."

평소에 가족들과 대화가 많지 않았던 정호가 너스레를 떨어대자 정임이 얼굴이 환해졌다. 정임이는 하던 일을 멈추고 두 아이와 식탁에 마주 앉았다. 옆에서 지켜보던 눈치 빠른 동료가 식당주인 지시로 재빨리 한상 챙겨준다.

정호는 일부러 맛있는 양 훌쩍거리며 먹기 시작했다. 요즈음 들어 이렇게 고분고분해보기는 처음이다. 정임이는 갑자기 달라진 아들 모습이 낯설어 슬금슬금 훔쳐보았다. 정호는 설렁탕 한 그릇을 억지로 다 비운 뒤 어머니와 수희를 향해 손을 흔들고 밖으로 나왔다. 진심어린 마지막 사랑의 표현이다.

정호는 청계천골목으로 돌아가 감추어 두었던 농약병을 들고 죽을 자리를 찾았다. 그곳은 이미 사람들 왕래가 많아 장소를 옮기기로 했다. 죽는 마당에 남의 시선이 두려울 건 없으나 비참한 모습을 아무에게도 보이고 싶지 않아서다. 고향으로 가자. 고향이라 할 것도 없지만, 할아버지 할머니가 묻힌 선산이 좋을듯했다.

늦은 점심때를 지나 대전행 버스에 올랐다. 서울을 벗어나자 비슷비슷한 풍경이 끝없이 펼쳐졌다. 소도시를 지나고, 농촌도 지나고, 산모퉁이도 지났다. 예전에는 어렸던 탓에 건성으로 보아 넘겼던 풍경이 제법 아름답다.

버스는 해거름에 대전에 도착했다. 근처 여관이라도 가려고 주머니 속 돈을 몽땅 꺼냈다. 남은 건 동전 몇 개뿐이다. 그날 밤은 대합실에서 보내기로 했다. 누가 기다리는 것도 아닌데 밤길을 헤맬 필요가 없지 않은가.

마지막 밤을 농약병을 든 채, 의자에 앉아 잠을 청하려니 빈창자가 꾸르륵대었다. 하지만 꾸르륵 소리와 상관없이 배고프지 않았고 잠도 오지 않았다. 죽으면 어차피 긴 잠에 빠질 터인데 단 몇 시간이라도 자두려는 심사가 어이없어 벌떡 일어났다. 일단 밖으로 나가 보자. 느린 발걸음으로 낯선 몇 개의 건물을 지날 때 수만 가지 생각이 스쳐갔다. 단 몇 분 사이에 어찌 그리 많은 생각들이 떠오를 수 있을까?

할아버지 산소까지 가려면 또 버스로 가야한다. 이제는 버스값조차 없다. 무리하게 할아버지 산소까지 가야할 필요가 있나? 적당한 곳에서 죽음을 맞이하기로 했다. 정호는 가까운 빌딩사이로 들어가 컴컴한 곳을 찾았다. 그리곤 적당한 자리를 잡고앉아 농약병 뚜껑을 땄다. 뚜껑 열린 병을 내려다보며 약을 마시면 얼마나 고통스러울지 잠시 상상해 보았다. 짐작이 안 간다. 하기야 죽는 마당에 고통의 강도를 알아 무엇 하랴.

정호는 그 순간 이 선택이 옳은가 하는 의문이 스쳤다. 차라리 감옥에 가면 숨은 쉴 것이다. 그러나 비참한 삶은 계속될 터인데 숨만 쉬면 무엇 하랴 싶어 그냥 마시기로 했다. 그리고 마셨다. 사이다 마시듯 꿀꺽꿀꺽 마셨다. 알싸한 감촉이 목 줄기를 타고 내려가자 빈 위속은 단 한순간도 견뎌내지 못하고 곧이어 불이 났다.

이내 농약병은 날아가고 저도 모르게 한 길이나 튀어 오르다 그 반동을 이기지 못해 무릎이 꺾이며 순식간에 바닥으로 널브러졌다. 오장육부가 녹아내리는 고통으로 이리저리 구르던 중, 갑자기 죽음이 두려웠다. 이것은 분명히 잘못된 선택이다. 누군가에게 구원을 청하려고 힘껏 소리 질렀다. 야속하게도 목소리는 원하는 만큼 나오지 않았다. 그마저 거리의 소음이 삼켜버렸다.

이제는 두 발로 달려가 구조를 요청해야 한다. 살겠다는 판단이 서는 순간 건물사이의 입구를 향해 달려가려고 했다. 그러나 일어서지 못했다. 그렇다면 굴러가야 한다. 겨우 이십 미터 샛길을 기고, 구르며 가는 동안 머리는 이쪽 벽에 부딪히고 저쪽 벽에 부딪혔다. 그나마 내부 고통이 하도 커서 벽에 부딪힌 머리는 통증조차 느낄 겨를이 없었다. 그것도 오래 가지 않았다.

점점 정신이 흐릿해지며 이리저리 구르기만 할 뿐 뜻대로 된 건 하나도 없다. 어느덧 입에는 하얀 거품이 일고 새로 갈아입은 깨끗한 팬티는 생똥으로 범벅되었다. 곧 꿈틀거림마저 서서히 멈추고 밤안개는 소리 없이 가엾은 죽음을 덮어주었다.

밝은 아침, 빌딩 앞을 오가는 사람은 많아도 틈새를 들여다보는 사람은 없었다. 낮 열한 시쯤 청소부가 지나가다 빌딩 사이에 누워 있는 사람을 보았다. 청소부는 낮술에 취한 취객으로 알고 큰소리로 말했다.

"이봐요. 지금이 몇 시인 줄 알고 아직도 여기서 자고 있어요?"

청소부가 가까이 다가가도 대답이 없다. 엎드려 자는 사람을 돌려 뉜 청소부는 고함치며 골목을 달려갔다. 그리고 삼십 분 후 골목 앞은 노랑 줄이 쳐졌다.

정임이는 지난밤에 큰아들이 안 들어온 걸 아침에 알았다. 아들이 안 들어왔어도 크게 염려하지 않았다. 귀가시간이 일정하지 않아 아무도 신경 쓰지 않는다. 오늘도 예전처럼 들어오고 싶은 시간에 올 것이다.

경태는 어제저녁부터 담뱃갑을 만지작거리며 표정이 환하다. 정임이는 아침상을 물리고 대강 정리한 뒤 수희와 집을 나섰다. 오래 전부터 정임이도 식당열쇠를 하나 소지하고 있어서 식당문을 따고 들어갔다. 주인은 일정 부분에 한해 재량권을 준 지 오래다. 종업원 관리며 식자재 구입까지 정임이 몫이었다. 주인은 아침에 잠깐 둘러보고 밤에 수금하러 오는 날도 있었다. 이제는 월급도 제법 올랐고 수희도 같이 버는 덕분에 끼니 걱정은 없다.

마침 점심시간으로 직장인들이 몰려들어 한참 바쁠 때였다. 남편이 경찰 한 명을 데리고 식당에 들어섰다. 경태는 집에서 온갖 행패를 다 부려도 식당에 들어온 적이 없었다. 그것은 쥐꼬리만큼 남은 그의 자존심이다.

경찰은 잠시 머뭇거리다 정임이 앞으로 다가왔다. 왠지 모르게 가슴이 섬뜩하다. 아들은 밖으로 나돌며 말썽을 부렸어도 경찰이 찾아온 적은 없었다. 경찰은 조심스럽게 다가와 정임이를 향해 차렷 자세로 경례를 부쳤다.

“박정임씨, 놀라지 마십시요. 아드님에게 변고가 생겼습니다.”

“변고라니요. 우리 아이가 사고를 당했나요?”

“사고라면 사고라 할 수 있지요. 애석하게도 아드님이 음독자살했습니다."

"음독자살이라니, 어제도 멀쩡했는데. 우리 아들이 아닐 겁니다."

"아드님 바지 주머니에서 나온 주소 성명을 남편께서 이미 확인했습니다."

자살이라는 말 한마디에 귀가 윙윙대어 아무것도 생각할 수가 없다. 고개를 돌려 바라보니 경태는 사람들 시선이 버거운 듯, 창밖을 보고 있었다. 이건 아니다. 잘못 되어도 한참 잘못 되었다. 이제는 배고프지 않아도 되고, 춥지 않아도 된다. 아직 제대로 피어 보지도 못했는데 아이가 어디로 갔단 말인가.

어지럽다. 어지러워서 더는 견딜 수가 없다. 정임이는 맥없이 무릎이 꺾이며 그 자리에 풀썩 엎어졌다. 사람들이 우왕좌왕하는 사이 구급차가 문 앞에 도착하고 정임이는 구급차 뒤 칸에 실려졌다. 언제 잠들었을까? 눈을 떴을 때는 병원 침상에 누워 있었다. 침상 옆에는 남편도 있고 딸도 있고 막내도 있다. 오로지 큰 아들만 보이지 않는다. 기다려도 큰 아들은 오지 않았다.

"네 오라비는 어디 있니? 어미가 병원에 누워있어도 코빼기도 안 내미는 것 좀 봐라. 이놈이 이렇다니까."

"엄마, 괜찮아요?"

"그게 무슨 소리야. 괜찮지 그럼. 한숨자고 일어났을 뿐인데. 수희야. 내가 왜 여기 누워 있는 거니?"

"엄마가 정신을 잃었어."

"그래? 너무 과로한 모양이네. 오빠에게는 아무 말 하지마라."

"엄마 검사해 봐야 한대. 조금 기다려봐."

"아픈데 없어. 의사가 돈 벌려고 수작 부리는 거야. 병원비 많이 나온다. 어서 집으로 가자."

정임은 자식들 권고를 뒤로한 채, 병실을 나와 버렸다. 그때 멀찍이 서서 기다리던 경찰이 조심스럽게 다가섰다.

"아주머니, 이제 아드님에게 가시겠습니까?"

"우리 아이가 어디 있는데요?"

"대전입니다. 제가 대전 경찰서에 연락하겠습니다."

"글쎄 아까 무언가 들은 것 같기는 하네요. 그런데 우리 아들이 거기까지 무엇 하러 갔대요? 아무튼 가봅시다."

정임이는 가족과 함께 택시에 올랐다. 딸 옆에 앉아 바라본 창밖은 예전에 오가며 보던 풍경 그대로다. 무심코 고개를 들어 하늘을 보았다. 정호 얼굴이 스친다. 몇 시간 전에 있었던 일이 서서히 떠오른다. 경찰이 찾아와 아들은 죽었다고 했다. 그렇다. 맏아들 정호가 죽었다고 분명히 말했다. 그러나 아들은 제 목숨을 스스로 끊을 만큼 독하지 못하다. 왜 죽었을까?

이십일 년 전, 시집가던 날이 떠오른다. 시집간 지 팔 개월 후 큰아들을 임신하고 입덧이 심했던 기억이 새삼스럽다. 정호를 임신했을 때 잠시라도 행복했었나? 행복했던 것 같기도 하고 아닌 것 같기도 하다. 그렇다면 정호는 행복했을까? 아닐 게다. 행복했으면 죽을 리가 없다.

태어난 지 두 달 만에 풀밭에 누웠던 아이는 자라는 내내 배고픔과 추위에 떨며 폭력에 시달렸다. 거리에 나가도 설 곳은 없었다. 뒷골목에서 서성이며 어찌어찌 견뎌내다 결국 시멘트 바닥에서 죽었다. 무능한 엄마 탓으로 자식이 불행한 삶을 떠안은 건 아닌지 되짚어본다.

대전에 도착하고 경찰서를 찾아갔다. 아들은 보이지 않았다. 빌딩 사이, 시멘트 바닥에 누웠던 아이는 병원 영안실 침상에 옮겨져 있었다. 하얀 보자기를 들치고 아들을 보아도 눈물이 안 난다. 딸과 막내는 정호를 붙들고 서럽게 울어대고 남편은 돌아서서 슬며시 눈물을 훔쳤다. 지금까지 한 번도 보지 못한 눈물이다. 저놈도 울 줄 아는 놈이었던 모양이다. 정임이는 획 돌아서며 비쩍 마른 남편 엉덩이를 냅다 걷어찼다. 방심한 채, 서있던 경태는 어린 아이가 패대기친 개구리처럼 맨바닥에 쭉 뻗어버렸다.

"네놈이 죽어야지 왜 정호가 죽냐고."

경태는 두 눈을 꼭 감은 채, 널브러진 그대로 엎드려 있었다. 딸과 막내가 얼른 제 아버지를 일으켜 세웠다. 경태는 벽에 기댄 채 눈을 감고 마네킹처럼 그대로 서있었다.

간단한 절차가 끝나고 아들은 선산으로 옮겨졌다. 솔잎 끝으로 바람만 스쳐갈 뿐, 주위에 문상객 하나 없다. 경찰 한명과 인부들 몇 명, 그리고 정임이네 네 식구 뿐이다. 정호는 오래전에 굶어 죽은 제 동생 옆에 묻혔다. 두 아이가 잠든 위로 시어머니가 있고 그 옆으로 시아버지가 있다. 그런대로 시부모가 곁에 있어서 살짝 안심이 된다. 매장을 끝내고 모두 산을 내려간 뒤 정임이는 두 팔을 벌려 무덤을 감싸 안았다.

"애야 이제 편히 쉬거라. 너에게 미안한 것뿐이구나. 호의호식 한 번 못하고 멸시천대만 받게 해서 어미 가슴이 찢어질 것 같단다. 얼마나 살기 힘들었으면 삶의 끈을 놓았겠느냐. 못난 어미를 용서해다오."

넋두리는 나와도 눈물은 나오지 않았다. 아니다. 눈물은 피가 되어 용트림을 해대고 있었다.

폭풍이 쓸고 간 자리

큰아들을 매장하고 돌아와 다리에 힘이 풀려 일어설 기력조차 없었다. 식당주인의 양해를 얻어 한 달간 식당에 나가지 않았다. 수희도 제 어미 옆에서 온갖 시중을 들어가며 작은 힘이나마 보태려고 애를 썼다. 막내도 학교만 오갈 뿐, 찍소리가 없다. 매일 자고 깨도 웃는 소리도, 우는 소리도 들리지 않았다. 늘 집에 있던 경태는 숨이 막히는지 오히려 밖으로 나돌았다. 큰아들이 마지막으로 사준 담배는 반쯤 남은 채, 선반 위에 올려져있다.

한 달이 지나 식당사장이 찾아왔다.

"조카, 힘들지? 내가 이렇게 힘든데 조카는 오죽할까. 그러나 털고 일어나야지 어쩌겠어. 이제 슬슬 움직여봐. 게다가 가게 종업원 하나가 나가서 정신이 없네. 웬만하면 내일부터 출근하면 고맙겠는데."

"아주머니 제 생각만해서 죄송합니다. 내일부터 나갈께요."

이튿날 아침 정임이는 수희를 데리고 다시 일터로 갔다. 막상 가게로 나가기만 했을 뿐, 일하다 말고 수시로 우두커니 서있었다. 처음에는 못 본 체하던 종업원들도 몰려오는 손님들을 감당하기 어려워지며 눈치를 보았다. 그러나 넋이 나간 정임이는 아무런 낌새도 채지 못했다. 이해하려고 애쓰던 동료들도 시간이 갈수록 눈초리가 곱지 않게 변해갔다. 입장이 난처해진 주인은 정임이를 밖으로 데리고나갔다.

"조카, 이제는 마음을 수습하고 일에 열중해봐. 종업원들한테 미안해서 그래."

"아주머니 죄송해요. 저도 생각을 바꾸어보려고 하는데 잘 안되네요."

이렇게 살 바에는 차라리 아들 따라 죽어버리는 게 나을지 모른다는 생각도 했지만 그리하지 못했다. 세상에 미련이 많아 그런 것이 아니다. 아직 어린 막내가 있고 제 어미를 따라다니며 열심히 사는 딸을 두고 갈 수가 없어서였다.

자신으로 인해 주변 사람들이 편치 않다는데 방법이 없다. 곰곰이 생각한 끝에 정신 상태와 표정을 바꾸어보기로 했다. 이튿날 아침 곱게 화장하고 일터로 갔다. 식당에 들어서는 정임이 얼굴에 야릇한 웃음꽃이 번졌다. 웃는 것 같기도 하고 우는 것 같기도 한, 참으로 판단하기 어려운 얼굴이다. 그것뿐이 아니다. 주방과 홀을 넘나들며 두 몫 세 몫을 해내려고 덤벼들었다. 그 모습을 바라보는 식당주인은 가슴이 미어졌다.

"조카, 내가 생각을 잘못한 것 같아. 월급은 줄 테니까 한 보름쯤 어디 다녀와."

"지난달도 거저 주셨는데 이번 달도 또 거저 주시면 어떻게 해요."

"아니야. 조카는 받을 자격이 있어. 그동안 내가 조카 덕을 많이 보았잖아. 나에게도 갚을 기회를 주어야지."

난생처음 받은 휴가를 어디로 갈까 궁리해보아도 갈 곳이 없다. 넓은 천지에 찾아갈 곳은 아들이 잠든 무덤뿐이다. 이튿날 새벽 대전행 열차에 몸을 실었다. 대전에 도착하니 아직도 오전이다. 늦은 아침을 먹은 후 부여행 버스에 올라 아들을 찾아갔다. 한 달 전에 입힌 잔디는 뿌리를 내렸는지 제법 푸릇푸릇하다. 아마도 아들은 잘 있는 모양이다.

무덤을 한 바퀴 돌아보고 묘 옆에 주저앉았다. 태어나 19년이란 세월을 호강 한번 못시켜준 죄책감이 새삼 가슴을 찔러댄다. 아프다. 태어나자마자 밭둑에 누인 것도 미안하고, 배고프게 한 것도 미안하다. 누더기 입혀 추위에 떨게 한 것도 미안하고, 초등학교만 졸업시켜 거리를 헤매게 한 것도 미안하다.

어느새 정임이 온몸에는 피가 절절 끓어올랐다. 아파서 더는 견딜 수가 없다. 숨 막히는 고통을 견디지 못해 이리저리 구르다 언덕 아래로 곤두박질 쳤다. 언덕에는 장애물이 없어 속절없이 맨 아래 도랑에 처박혔다. 온몸에 진흙을 흠뻑 뒤집어쓴 채, 다리를 질질 끌며 풀잎을 잡고 기어 올라왔다. 다시 아들 무덤 앞에 엎드려 가슴을 칠 때 느닷없이 절규가 터져 나왔다.

"아들아. 아들아. 내 아들 정호야. 새끼 하나 지키지 못한 이 어미의 죄를 어찌 할고. 어미가 죄인이다. 삶이 얼마나 고달팠으면 어미를 두고 갔겠느냐. 이놈아. 그렇다고 한마디 말도 없이 가버릴 건 무엇이냐. 아니다. 잘했다. 그래 잘했다. 이놈의 세상 더 살아본들 무슨 호사가 있겠느냐. 아파하지 말고 편히쉬어라. 아들아 나는 네 앞에서 맹세한다. 어미는 이제 다시 태어날 것이다. 꼭 지켜보아라."

간난 아기가 굶어 죽은 후 울지 못했던 울음보가 20년 만에 터졌다. 어미의 애끓는 통곡소리는 앞산을 울리고 다시 돌아와 아들 무덤가에 깃들었다. 얼마나 울었을까. 벌써 해가 기울기 시작한다. 시집온 후 잠시 이웃집 아주머니를 따라 교회에 간 적이 있다. 웅크리고 앉은 정임이 뇌리에 교회에서 들었던 전능하신 하나님이 떠올랐다. 갑자기 하나님에게 빌어보아야겠다는 생각이 들었다.

{하나님 저는 기도할 줄 모릅니다. 오래전 교회에 몇 번 간 적이 있습니다. 그때 하나님께 기도하면 들어준다는 말을 들었습니다. 한 달 전에 제 아들이 하나님이 있는 거기로 갔습니다. 이놈이 어미한테 배운 게 없어 똘똘치 못합니다. 제발 제 새끼 좀 잘 보살펴 주세요. 하나님만 믿습니다. 대신 제가 교회를 열심히 다니며 좋은 일 하겠습니다. 부탁합니다. 하나님 부탁합니다.}

정임이는 믿었다. 하나님만 굳게 믿었다. 아니 일부러 믿기로 했다. 아들이 하나님 곁에서 호사할 것이라는 상상만으로도 한결 마음이 놓인다. 이틀 만에 출근한 정임이는 다른 사람이 되었다. 예전처럼 몸도 날렵해지고 얼굴에서 미소가 떠나지 않았다.

사람들은 정임이가 우울할 때 뒷말하더니 웃어도 또 뒷말을 했다. 슬픈 얼굴로 말없이 있을 때는 자기들까지 우울해진다며 뒷말을 했다. 생각을 바꾸고 밝게 웃으니 자식 잡아먹은 여자가 뭐에 그리 좋아 웃느냐고 쑥덕거렸다. 하지만 남의 말은 오래 가지 않았다. 며칠이 지나지 않아 정임이가 울거나, 웃거나, 아무도 신경 쓰지 않았다.

정임이는 하나님과 약속을 지키려고 가까운 교회로 새벽기도에 나가기 시작했다. 약속을 어기면 정호에게 해가 갈까 두려워서다. 그뿐이 아니다. 식당 앞에 지나다니는 거리 아이들을 성심껏 보살폈다. 어느새 아이들은 정임이를 엄마라 부르며 하나 둘 모여들었다. 물론 기독교신자였던 식당주인 협조가 크게 한몫했다.

정임이는 정호 앞에서 약속한 대로 새로운 길을 모색하기로 했다. 식당일로 끼니는 때우지만 인간답게 살기에는 많이 부족했다. 제명대로 살지 못한 정호를 보면 아이들을 굶기지 않는 것으로 부모 의무를 다했다고 볼 수는 없는 일이다. 어렸을 때와 달리 지금은 밥을 배불리 먹였는데도 아이는 스스로 갔다. 남들과 어깨를 나란히 할 여건을 만들어주지 못해서라는 걸 이제야 깨달았다.

남은 두 아이를 제대로 지키려면 먼저 돈이 필요했다. 궁리 끝에 돈이 적게 드는 포장마차를 해보기로 했다. 적당한 장소가 떠올랐다. 바로 지금 일하는 식당 앞이다. 먼저 식당주인 양해가 필요했다.

"아주머니 어려운 부탁이 있습니다. 하지만 아주머니에게 피해는 입히지 않을께요."

"말해 봐?"

"……"

"무언데 이렇게 뜸 들이는 거야. 어서 말해. 혹시 일을 그만둘 셈인가?"

"아닙니다. 식당문을 닫은 뒤에 요 앞에서 포장마차를 하면 어떨까 해서요."

"힘들어서 견딜 수 있을까? 식당일만으로도 벅찰 텐데."

"아주머니께서 근무시간을 조금만 줄여주시면 꾸려나갈 것 같기는 합니다."

"좋은 생각이네. 가난으로 새끼를 둘씩이나 잃었으니 한이 되었겠지. 근무시간은 염려하지 마. 식당이 정 바쁠 때는 나라도 거들지 뭐."

"이해해주셔서 고맙습니다. 남은 두 아이는 꼭 지키고 싶어요."

"그럴 꺼야. 다른 사람은 몰라도 나는 충분히 이해하지."

처음부터 일은 쉽게 풀렸다. 고맙게도 식당주인은 포장마차에 필요한 소소한 장비는 다 마련해 주겠다고 했다. 이튿날 주방 구석구석에 처박아둔 안 쓰는 지저분한 그릇이며 냄비를 찾아내었다. 바쁜 점심시간이 끝나자 성격이 화끈한 식당사장은 그 날로 쇠뿔을 빼자고 했다. 남은 일은 종업원들에게 맡겨두고 정임이와 남대문시장으로 나가 시장바닥을 샅샅이 돌며 빠진 물건들을 차근차근 사기 시작했다.

그릇만 구비된다고 장사를 시작하는 건 아니다. 포장마차가 필요했다. 새것을 알아보니 생각과 다르게 비쌌다. 이번에도 식당사장이 나서서 누가 쓰던 것을 싸게 샀다. 시장바닥은 넓다면 넓고 좁다면 좁아서 정보교환이 수월했다.

음식장사에 으뜸은 맛이다. 음식맛은 그동안 식당에서 일하며 어깨너머로 배운 덕에 어느 정도 자신 있었다. 하지만 막상 문을 열었을 때 터무니없는 자신감은 무용지물이었다. 길바닥에 널린 게 포장마차여서 웬만한 맛으로는 경쟁이 되지 않았다. 그 일로 더 안달하는 사람은 식당주인이다.

식당주인은 자신의 고자질로 육촌언니를 죽게 했을 뿐 아니라 정임이 앞길을 막았다는 자책으로 늘 편치 않았다. 식당주인도 전주에서 올라오던 남자를 지금도 기억한다. 정임이를 좋아한 그 남자는 인물로 보나 인품으로 보나 경태와는 비교대상이 아니었다. 게다가 재력까지 겸비해 놓치기에는 아까운 사람이었다.

만약에 정임이가 친정 조카며느리가 아니고 친동생이었더라면 어찌했을까? 그 남자를 잡으라고 충동질은 안했어도 묵인은 했을지도 모를 일이다. 그러나 육촌언니 때문에 그리하지 못했다. 오히려 정임이가 탈선할까봐 있는 노력을 다해 훼방했다. 그 결과는 참담했고 정임이 인생행로까지 뒤틀리게 만들었다. 그러나 정임이는 단 한 번도 원망하거나 눈살을 찌푸린 적이 없다.

이번에 정임이가 큰아들을 잃고 고통스러워할 때 자신도 다리 뻗고 잠들지 못했다. 오히려 정임이 가정에 분란이 일어날 때마다 죄인이 된 심정이었다. 이런저런 이유로 이번 기회에 정임이에게 무엇이든 도움이 되고 싶었다.

"조카도 알겠지만 음식장사는 맛이 첫째야. 남들과 비슷한 맛으로는 경쟁이 안 된다고. 후발주자는 맛에 특색이 있어야해. 서비스는 조카가 으뜸이지만, 맛내는 건 더 노력해야할 거야. 그리고 계절 따라 메뉴도 조금씩 바꾸고."

"네, 알고 있습니다. 그래서 더 걱정이 됩니다."

"나도 알아볼께."

정임이는 식당주인 배려로 바쁜 저녁시간을 비켜 밤 여덟시에 퇴근했다. 그리곤 식당 옆 공터에 세워둔 포장마차 장비를 꺼내어 수희와 함께 잘 펼쳐놓았다. 식당재료 구입할 때 함께 구입한 음식재료를 냉장고에서 꺼내와 이것저것 준비하는데 한 시간이 걸린다. 그런대로 일만 꼬이지 않으면 9시부터 손님을 받을 수 있다.

며칠 지나지 않아 식당문 닫을 시간이 지났는데도 오늘따라 불이 꺼지지 않는다. 그동안 정임이가 해오던 일을 식당주인 혼자 마무리 해야하기 때문이다. 불이 꺼지지 않으면 정임이는 괜히 신경이 쓰인다.

그럭저럭 보름이나 지났는데도 매상은 달라지지 않았다. 날이 추워서 인지 뜨거운 국물에 파만 집어넣은 홍합탕 한 가지는 잘 나갔다. 게다가 인건비도 나가지 않고 자릿세도 없어 팔면 파는 대로 얼마간 이익은 발생했다. 하지만 문제는 있었다. 이미 만들어진 음식을 당일에 처분하지 못하는 날도 있어서다. 불어터진 음식으로 인해 오히려 손해로 이어지기도 했다. 어차피 팔지 못할 바에는 자나가는 사람에게 거저라도 주고 싶었지만 끌어들일만한 숫기도 없다.

그렇다고 음식을 몽땅 버리지는 않았다. 남은 음식은 국물은 빼버리고 식당 냉장고에 보관했다. 이튿날 밤, 포장마차 문을 열기 전에 정임이를 어머니라 부르는 거리의 아이들을 불러다 한바탕 잔치를 벌인다. 한 가지 꺼림칙한 건 하나님과 약속을 지키지 못하는 것이다. 포장마차를 걷고 집으로 가면 그럭저럭 열두시가 훌쩍 넘는다. 그리곤 두시쯤 잠자리에 들면 새벽기도 가려고 네시에 일어나는 건 불가능하다. 어느 날 정임이는 목사님을 찾아갔다.

"목사님 제가 죽은 아들을 보살펴달라고 하나님한테 약속한 게 있답니다. 교회도 잘 다니고 좋은 일 많이 하겠다고요. 그런데 지금은 교회도 못가고 좋은 일도 못합니다. 약속을 안 지켜도 하나님은 제 자식을 잘 지켜주실까요?"

"물론입니다. 하나님은 행위보다 중심을 보십니다. 그러니까 자매님 마음을 보신다는 거지요. 잘 차려입고 취미생활 삼아 교회 와서 분란을 일으키는 사람보다 거리의 아이들에게 식은 음식이라도 대접하는 자매님 행위를 하나님은 훨씬 기뻐하십니다. 염려마시고 열심히 사십시요. 자리가 잡히면 그때 다시 교회에 나오십시요. 그리고 한가지 덧붙여 말씀드리자면 예수를 구주로 받아들였으니 자매님 몸이 성전입니다. 자매님이 예수님을 떠나지 않는 한 주님은 늘 그 안에 계십니다."

사실 목사님 하는 말을 지금 처음 들은 건 아니다. 설교시간에 여러 번 들어서 다 아는 사실이지만 왠지 목사님 입을 통해 확인받고 싶었을 뿐이다.

일이 손에 익지도 않은 어느 날 늦은 밤이다. 불량기가 있어 보이는 청년 두 명이 돼지껍데기와 소주를 주문했다. 선입견과 달리 그들의 대화는 조용했고 오늘따라 다른 손님들이 얼씬거리지 않는다. 청년들은 얼큰하게 취기가 오르자 처음과 달리 수희에게 수작을 부렸다.

"야 너 몇 살이냐? 이리 와서 우리랑 한잔할래?"

"나는 술은 못 마시는데요."

"괜찮아, 앉아만 있어도 돼. 아니면 극장에 가서 영화라도 함께 보던가."

돌아가는 모양새가 좋지 않다. 옆에서 듣고 있던 정임이는 하던 일을 멈추고 그들 곁으로 다가갔다.

"이봐요 청년, 술 먹으러 왔으면 술이나 마시고 조용히 돌아가요."

"아니 우리가 무슨 행패라도 부렸나? 왜 돌아가라는 거야?"

"그럼 술만 마셔요. 저 아이는 상관 말고."

"무얼 어쨌다고 난리야. 우리가 저 계집애 손을 잡았어, 엉덩이를 만졌어, 그냥 물어만 본거잖아."

"저 아이가 당신들 친구도 아닌데 그런 말이 왜 필요하냐고."

"얼씨구 이 여편네 봐라. 우리가 누군지 모르나보네. 여기서 장사해 먹으려면 우리를 괄시하면 안될껄."

"글쎄 누군지 모르지만 사람 사는 순리를 따라야지요."

"그럼 우리가 사람 사는 순리를 모른다는 거야? 도대체 순리가 뭔데? 그렇다면 당신이 좋아하는 우리만의 순리를 보여주마. 오랜만에 손맛 좀 보게 한판 놀아볼까."

청년들은 본보기로 음식재료가 가득 찬 통을 발로 걷어찼다. 물론 통은 우당탕 소리와 함께 넘어지고 음식재료가 쏟아져 내렸다. 청년들은 엄포로 한번 찼을 뿐인데 그 순간 알 수 없는 쾌감으로 잠자던 광기가 살아났다. 그 광기는 청년들을 무섭게 조종했다. 거침없이 포장까지 뜯어내고 미친 소처럼 날뛰는데 당할 재간이 없다. 수희는 얼른 뛰어가 막 퇴근하려는 식당주인에게 알렸다.

황급히 뛰어나온 식당주인은 영문을 몰라 잠시 서있었다. 오랜 세월 시장바닥에서 부대끼다 터득한 게 있다. 함부로 행동하다가는 오히려 상대에게 걸려들어 낭패를 당할 수도 있다는 것이다. 잠시 관망하던 식당주인 눈길이 한 청년에게 머물렀다. 금세 동공이 확대되며 머뭇거림도 없이 성큼 다가가 청년의 멱살을 휘어잡았다.

"이게 무슨 행패야? 이놈이 아직도 이 짓거리를 하고 다니네."

멱살 잡힌 청년은 동작을 멈추고 식당주인을 힐끗 쳐다보았다. 그 순간 청년은 솔개와 맞닥뜨린 참새처럼 바짝 움츠러들었다.

"네가 이 꼴로 다니는 걸 네 어머니는 아시냐?"

"……"

"이놈아 불쌍한 어머니를 생각해야지. 어쩌자고 이러고 돌아다니냐고. 앞서라. 당장 네놈 집으로 가자."

"아주머니 한번만 참아주세요. 어머니가 아시면 이번에는 돌아가실지도 모릅니다. 저도 사는 게 하도 답답해서 친구와 술 한잔하려고 나왔다가 옛날 병이 도져 순간적으로 어울렸습니다."

"젊은 놈이 뭔 할 짓이 없어서 이따위로 사냐고. 정 할일이 없으면 내일이라도 나를 찾아와. 내가 일자리를 마련해줄 테니까."

"사실은 직장이 있어요. 친구가 형무소에서 출소한 기념으로 술을 먹다가 그만 실수한 겁니다. 오늘일은 죄송하게 되었습니다."

"이놈아 하다하다 할 짓이 없어서 형무소 출소한 것도 기념 하나? 앞으로 다시는 시장바닥에 얼씬거리지 마라. 아니다. 이제부터 이 세계와 아주 손을 끊는 게 좋을 게다. 사람은 맺고 끊는 게 정확해야 삶이 편하다. 또 있다. 저기 서있는 아주머니께 사과드리고 가. 내 친정조카며느리다. 너하고는 어려운 사돈 간이야, 이 녀석아."

친구는 멀찍이 떨어져 사태를 관망하고 청년은 정임이에게 다가와 머리 숙여 사과하고 돌아갔다. 식당주인 말에 의하면 그 청년은 시가 쪽 조카란다. 사춘기 때부터 말썽만 부려대어 제 어미 속깨나 썩이더니 누군가를 심하게 패주었단다. 그러나 합의금을 마련하지 못해 감옥에 갈 처지가 되었다. 그때 합의금을 마련해준 사람이 식당주인이다. 청년의 홀어머니는 아들 때문에 근심으로 자고새다 끝내 우울증에 고혈압까지 겹쳐 투병중이라 했다.

정임이는 영호도 영호지만 수희 앞날이 더 걱정되었다. 이제 겨우 열여덟인데 식당에서 서빙하고 포장마차에서 설거지나 하며 청춘을 썩히게 할 수는 없는 일이다. 더구나 오늘밤 일로 보아 앞으로 무슨 일이 터질지 모른다. 어차피 자식들 장래를 위해 돈 벌려고 나선 터에 구태여 나중으로 미룰 이유가 없다. 또 살아보니 나중은 없지 않던가.

"수희야, 조금 늦었지만 지금부터 야간학교라도 다녀라. 이렇게 살다가 너도 어미처럼 될까 두렵구나."

"내 나이가 벌써 열여덟인데 이제와 무슨 학교를 다녀요."

"조금 늦었지만 방도를 찾아보자."

"무얼 알아야 찾지요."

"하기는 그렇구나. 내일이라도 네가 사장님과 상의해서 길을 열어봐. 내가 물어볼 수도 있지만 너도 나이가 있으니 네가 직접 하는 게 좋을 것 같다."

"알았어요. 사장님보다 사장님 아들인 세훈 오빠에게 물어볼께요."

식당주인 아들은 이미 장가도 들고 몇 년째 식품회사에 다니고 있었다. 세훈이 대답은 명쾌했다. 수희 나이가 있으니 중학교 가기에는 조금 늦었고 차라리 학원을 다니며 기술을 배우는 게 좋을 것 같단다. 미용이나 의류계통도 좋지만 수희가 어려서부터 보아온 요리사를 권했다.

수희 모녀도 그 말에 일리가 있다고 판단되어 며칠 후 요리학원에 등록했다. 그뿐이 아니다. 세훈이 권유로 이웃건물에 위치한 영어학원도 등록했다. 이미 정규과정은 늦었지만 영어를 구사할 줄 알아야 남들이 무시하지 않는다는 것이다. 수희는 아침 일찍 영어공부를 마치면 식당에서 서빙하고 밤에는 요리학원으로 달려갔다. 다행히 아이가 영리해서 순조롭게 따라갔다.

온가족이 바쁘게 나대도 딱 한사람 경태는 먼 산만 바라보았다. 그나마 가족들이 하는 일에 시비는 걸지 않아 다행이다. 경태는 큰아이 죽은 후 담배를 끊었다. 아들의 마지막 부탁을 지키고 싶었으리라. 담배를 끊었다고 사람까지 달라진 건 아니다. 고약한 성품도 그대로였고 술도 여전히 마셨다.

정임이 혼자 포장마차를 꾸려나가는 데는 한계가 있었다. 어쩔 수 없이 헛일삼아 경태에게 거들어달라고 부탁해보았다. 웬일인지 전과 다르게 신바람을 내며 앞장섰다. 하기야 고양이를 생선가게로 불러들이는데 마다할 이유가 없지 않은가.

경태는 정임이가 식당에서 일하는 동안 포장마차도 차려놓고 음식재료도 잘 정리해 놓았다. 평소에 보지 못하던 모습이다. 하기야 중년을 넘어서는 판국이니 철들 나이가 되기는 했다. 정임이는 달라지는 남편을 보며 이제야 사람이 되려나했지만 역시 헛꿈이었다.

그놈의 고양이가 처음에는 바닥에 어슬렁거리며 동정만 살피더니 조금 익숙해지자 슬그머니 부뚜막으로 오르기 시작했다. 한 달이 되지 않아 술 마시는 손님 옆에 앉아 너스레를 떨어대는데 누가 주인

인지 누가 손님인지 구별조차 할 수 없게 되었다. 그나마 곱게 술만 마시면 좋으련만 취기가 오르면 개차반이 따로 없다. 오래지않아 언성이 높아지고 끝내 싸움으로 이어져 포장마차는 난장판이 되기 일쑤다.

싸움은 대개 경태의 반말질로 시작되었다. 나이가 네댓 살 정도 많아 보이는 사람은 물론이고 심지어 열 살까지도 어물쩍 말을 놓았다. 어떤 사람은 모르는 체 넘어가지만 까다로운 사람은 생년월일까지 따져가며 윗사람 노릇을 하려고 들었다. 물론 지기 싫어하는 경태는 더 나대고 다음은 싸움으로 이어진다.

“여보 당신은 손님들과 아예 어울리지 말아요.”

“이 여편네가 무얼 몰라요. 내가 술 마시고 싶어서 마시냐. 나라도 열심히 마셔줘야 매상이 올라가잖아.”

“하지만 당신도 한턱 쏜다며 비싼 안주만 가져오라 하잖아요.”

“그 사람이 술을 샀으면 안주는 당연히 주인이 내야지. 당신은 사람 사는 이치를 모른다니까. 받은 게 있으면 그만큼 줘야 손님이 또 올 것 아니냐고. 그걸 바로 영업이라고 하는 거야. 도대체 말이 안통해요 말이.”

“안주뿐이 아니고 툭하면 반말질하다 싸우잖아요.”

“나도 반말질은 고치려고 노력중이야. 아버지는 손위 사람을 존중하라고 가르쳤지만 객지에서 살다보니 나보다 몇 살 많은 사람한테 반말하면 내가 잘난 것 같거든.”

“그래요? 내가 보기에는 반대 같던데.”

그날도 밤늦게 손님과 어울리다 제대로 싸움판이 벌어졌다. 경태는 체구도 작은데다 술로 곯아 힘을 쓰지 못했다. 결과적으로 얻어맞고 발길에 차이는 사람은 거의 경태였다. 하지만 그날만은 경태도

꼭지가 돌았다. 힘으로 감당이 되지 않자 분을 삭이지 못해 뜨거운 오뎅국물을 냄비째 들어 손님에게 획 던져버렸다.

다행히 손님은 두꺼운 외투를 입고 있었다. 게다가 국물도 펄펄 끓지 않아 화상이 깊어 보이지 않았다. 하지만 손님은 조금 달랐다. 갑자기 바닥에 널브러지는 것도 모자라 포장마차 밖으로 굴러가 사람들 앞에서 기절까지 해댄다. 곧 앰뷸런스가 오고 경찰도 왔다. 손님은 앰뷸런스에 실려 가고 겁에 질린 경태는 집으로 도망가 버렸다.

이튿날 오후 손님은 2도 화상에 삼 주간 치료가 필요하다는 진단서를 보내왔다. 치료비도 문제지만 상대방과 합의가 필요하다. 그는 당당히 100만원을 요구했다. 모아둔 돈이 없으니 100만원을 어디서 구한단 말인가. 생각 같아서는 감옥에 가거나 상대에게 죽도록 두들겨 맞도록 내버려둘 수도 있겠다. 그러나 살아온 정이 있고 두 아이 아버지이니 그럴 수도 없었다.

사정할 때라고는 또 식당사장 뿐이다. 식당주인은 혀를 차면서도 돈은 마련해주었다. 합의금을 받은 상대방은 연고 하나 사들고 그날로 병원에서 사라져버렸다. 덕분에 정임이도 상대방 치료비 걱정은 안 해도 되었다. 또 술김에 충동적으로 난 싸움이고 상대가 나타나지 않아 경태는 잡혀가지도 않았다.

"여보 앞으로 당신은 포장마차에 나오지 말아요. 내가 혼자 꾸려볼께요."

"사내들 틈에서 실컷 놀아보겠다 이거냐?"

"다 알면서 왜 그래요? 당신이 같은 실수를 할까봐 그러는 게지요."

"내가 괜히 싸웠냐. 당신은 도대체 누구편이야? 내가 부처님 가운데 토막도 아닌데 오장을 긁어대는 놈을 어떻게 보고만 있냐고."

"절에 있는 부처를 들먹일 게 아니라 상대방 수작에 넘어가지 말아야지요. 앞으로는 아예 손님상에 앉지 말아요."

"네가 앉으라면 앉고 서라면 설 것 같냐? 하지만 이번은 내가 양보한다. 앞으로 싸우지 않도록 노력은 해보지."

"또 있어요. 앞으로 나한테 욕하거나 해라를 하면 나도 똑같이 할 겁니다."

"보자보자 하니까 끝없이 기어오르네. 어디까지 오르나 두고 보자. 한방에 부숴버릴 테니까."

"그게 아니고 내가 장사하며보니까 그 사람이 쓰는 말투를 보면 어떤 사람인지 짐작이 가더라고요."

"뭐가 다른데?"

"깡패하고 목사는 말투부터 다르잖아요."

"어쭈구리 이제는 심리학 교수 자격증까지 딴 모양이네."

말은 그렇게 하면서도 말투를 고치려고 애쓰는 모습은 엿보였다. 경태는 그 밤에 또 포장마차를 차려놓고 기다리고 있었다. 하기야 그렇게만 해놓아도 일이 한결 수월하기는 했다. 하지만 술판에 끼어들면 어떤 일을 벌일지 불안하기 짝이 없다. 정임이 우려와 달리 경태는 술판에 끼어들지 않았다. 그 모습이 대견스럽기까지 하다. 일주일이 지나고 보름이 지나도록 조용하니 이제 사람구실을 하려나보다 하는 기대감마저 든다. 그럭저럭 한 달이 되어가던 날 밤이다. 오뎅 국물을 뒤집어썼던 사람이 포장을 들치고 들어섰다.

"어이 형씨, 안녕하시오?"

"안녕? 너 때문에 안녕하게 생겼냐?"

"미안하오. 우리 화해하는 의미로 함께 술 한잔합시다."

"젠장 100만원이나 뜯어간 놈하고 화해는 무슨 화해."

"사람이 그렇게 속이 좁으면 쓰나. 어쨌든 미안하게 되었오. 그러니까 사람이 약게 굴어야지 괜히 성질만 급해 가지고 실속을 못 차린다니까. 내가 특별히 인심 써서 한 수 알려주자면 싸움에는 성질 급한 사람이 지게 마련이라오."

"별로 잘나지도 못했구먼, 아니꼽게 아는 척은."

"어쨌든 그건 지난 일이고 내가 사과하는 의미로 한턱낼께 이리 앉아요. 아주머니는 안주나 골고루 챙겨주시고요."

둘이는 밤이 깊도록 술을 마셨다. 그날 밤은 아무 일도 일어나지 않았다. 그는 이튿날 밤에 또 왔다. 물론 술판이 또 벌어졌다. 그날 밤도 아무 일도 없었다. 둘 사이에 처음에는 형씨였으나 다음날은 너니 내니가 되고 또 다음 날은 이자식 저자식이 되었다. 그리고 일주일 되던 날 밤은 둘이 머리를 맞대고 쑥덕대다 부잣집 업 나가듯 슬그머니 사라져버렸다.

웬일인지 이튿날 아침이 되어도 경태는 돌아오지 않았다. 정임이는 경태와 같이 나간 사람의 신분을 알 수 없어 애는 탔다. 하지만 한가지 집히는 건 있었다. 오밤중에 사라졌으니 노름방에 따라갔을지도 모른다는 추측이다.

어젯밤 경태가 그 사람을 따라간 곳은 빈 창고였다. 그곳에서는 낯선 남자 둘이 기다리고 있었다. 그들은 경태가 들어서자 몇 십 년을 알고 지낸 친구처럼 친근하게 굴었다. 그 태도가 어찌나 자연스러운지 경태는 금세 무장해제를 해버렸다. 그곳에서도 또 술판이 벌어졌다. 경태는 먼저 마신 술기운이 아직도 남아있는 탓에 두세 잔에 정신이 알딸딸하다. 정신이 오락가락하면 헤퍼지는 건 입이다.

"형씨는 취미가 무엇이요?"

"취미는 무슨 놈의 취미. 매일 밥 먹고 똥이나 싸는 게지."

"그래도 한두 가지쯤은 있을 것 아니요?"

" 그야 전에는 있었지요."

"뭔데요? 혹시 노름 좋아하슈?"

"잘도 아네. 내가 이래봬도 전답을 수만 평 날려먹은 사람이라오. 그런데 말이유, 도사가 됐을 때는 이미 빈손이더라니까."

"긴가민가했더니 이 친구 말이 맞구먼. 아무튼 임자를 제대로 찾았네요. 우리는 노름하는 족족 잃기만 해서 선수를 찾는 중이었어요. 그래서 형씨를 이곳으로 모신 거고요. 오늘밤 우리들 사부님이 되어 주시겠오?"

"사부는 무슨 놈의 사부. 하지만 그놈의 돈이 있어야 가던가 말던가 하지요. 수중에 땡전 한 푼 없으니."

"걱정 말아요, 우리가 가진 노름밑천을 나누어줄께. 만약에 형씨가 따면 우리와 나누어갖고 또 잃는다면 어쩔 수 없는 일이지요. 우리가 손해보고 말아야지 어쩌겠어요. 하지만 한번뿐이유. 다음에 또 하려면 형씨가 자금을 마련해 와야 해요."

그들이 친구라고 자처하며 꺼내놓은 백만 원은 보기만 해도 손이 근질거린다. 물론 결정은 쉬웠다. 경태가 마음을 굳히자 그들은 백만 원은 도로 주머니에 집어넣으며 한마디 했다.

"형씨 그곳에 도착하면 일단 십만 원을 먼저 주고 만약에 처음부터 잃으면 상황을 보아가며 이 돈이 떨어질 때까지 대줄께요."

"좋을 대로 하슈."

"자 그럼 출발합시다."

경태는 망설임 없이 그들이 이끄는 대로 함께 택시에 올랐다. 초행길이어서 동서남북 구별이 안 되었지만 구태여 알 필요도 없었다. 그대로 한참을 달리다 택시에서 내리란다. 그곳은 외진 곳에 있는 멋진 저택 앞이었다. 단속을 피하기 위해 주택가에서 떨어진 곳에서 노름을 한다는 것이다. 물론 납득이 된다. 예전에도 노름꾼들은 사람들 눈에 뜨이지 않는 곳을 찾아 옮겨 다니지 않았던가.

"저 사람들은 낯선 사람을 경계하기 때문에 우리가 먼저 들어가 허락을 받아야 해요. 하지만 멤버로 인정하면 그때부터는 형씨도 출입이 자유로워질 겁니다. 형씨는 여기서 지켜보다가 만약에 수상한 사람이 나타나면 '나의 살던 고향'을 휘파람으로 불며 잽싸게 몸을 숨겨요."

"알았어요. 내가 이래봬도 눈치가 백단이라오. 그쯤은 염려 말아요. 그런데 집에 불이 안 켜졌네요."

"노름방은 지하실이야. 일부러 빈집처럼 위장하는 거지요."

"오래 걸립니까?"

"아니요. 10분이면 충분해요. 저 사람들은 의심이 많아 설득하는데 시간이 걸릴지 몰라 넉넉히 잡은 겁니다."

쥐보다 약은 경태지만 이미 마셔댄 술기운으로 정신도 알딸딸한 터에 여럿이 입을 모아 사부님이라고 치켜대자 분별력을 잃었다. 게다가 노름 밑천까지 확인하곤 기분이 내키는 대로 붕 떠올랐다. 그들이 안으로 들어가자마자 불이 켜지고 곧 여자 비명소리가 들렸다. 그러나 아악소리 한번을 끝으로 천지가 조용해져서 어떤 행동도 취하지 못하고 잠시 서 있었다. 그리곤 오분도 지나지 않아 그들은 황급히 뛰어나왔다. 그중 하나가 경태 손에 작은 상자를 쥐어주며 빠르게 말했다.

"흘리지 말고 잘 간직해. 우리도 각자 튀자. 형씨도 알아서 도망가고."

"무슨 일입니까? 여자 비명소리가 들리던데."

"그 병신 같은 새끼야. 아직도 짐작이 안 돼? 빨리 도망이나 가라고. 노름밑천 마련하려다 산통 깨진 거야."

"그런데 도망은 왜 가야하는데?"

"잔말 말고 따라와 이 새끼야."

경태는 미심쩍은 게 한두 가지가 아니었지만 발자국소리를 따라 무작정 뛰었다. 올 때는 택시로 왔고 술에 취에 거기가 어디쯤인지도 모르고 왔었다. 게다가 그들은 술을 마시는 척만 했고 경태만 취해있었다. 취한사람과 안취한 사람은 달리는 속도부터 달랐다. 어두움은 그들만 빨아드리고 경태만 길 위에 내동댕이쳐버렸다. 홀로 남겨진 경태는 방향도 모르는 채, 쭉 뻗은 차도를 따라 마냥 걸었다. 그때 맞은편에서 차 한대가 외진 길을 달려오고 있었다. 헤드라이트 때문에 무슨 차인지 식별이 안 되지만 무턱대고 손을 흔들었다. 경태 앞에 멈추어선 것은 경광등을 켜지 않은 경찰차였다.

"지금 어디서 오십니까?"

"왜요? 저쪽에서 오는 중인데요."

"일단 차에 오르십시요."

"고맙습니다. 지금 방향도 몰라 난감했거든요."

하지만 진짜 난감한 일은 그때부터였다. 경태는 영문도 모르고 경찰차에 태워져 다시 저택으로 갔다. 경찰은 경태를 데리고 집 안으로 들어갔다. 그곳은 상상도 못한 별천지였다. 허름한 단칸방에서만 살던 경태는 처음 보는 휘황찬란한 내부시설에 눈 둘 곳을 몰랐다. 현관 바닥은 매끄러운 대리석이고 천장에는 상들리에가 휘황한 빛을 반사하고 있었다. 소파 역시 평생 본 적도 없는 하얀 가죽이다.

경찰도 놀란 듯 잠시 주춤거리다 인기척을 내었다. 그제야 여자 하나가 안방문을 빼금히 열고 내다보았다. 경찰을 확인한 여자는 잠옷 바람인 것도 잊은 채 고래고래 고함만 질러대었다. 경찰은 잠시 망설이다 주방에서 물 한잔을 가져왔다. 여자는 물을 마신 뒤에야 아쉬운 대로 조리 있게 말하기 시작했다.

"도둑들이 다짜고짜 나를 옆방에 밀어 넣으며 방밖으로 한 발짝만 나오면 죽여버린다고 했어요."

"몇 명이었나요?"

"세 명이요."

"그들 중에 이 사람도 있었습니까?"

"아니요. 이 사람은 처음 보는데요."

"도난품은 무엇인가요?"

"지금 경황이 없어 자세히 모르지만 패물은 통째 없어지고 현금도 없어진 것 같아요. 현금 액수는 남편이 돌아와야 정확하게 알 수 있어요. 부엌일하던 아줌마는 아이가 아프다며 갑자기 집에 갔고 남편은 출장 중이거든요. 그리고 보니 하필이면 아이가 오늘 아플 게 뭐람. 그건 그렇고 경찰양반 나를 호텔로 데려다줄 수 있나요? 여기는 무서워서 혼자 못 있겠어요."

"당연히 모셔다드려야지요. 아저씨도 조사할 게 있으니 경찰서로 갑시다."

"나는 그 집 앞에 서있기만 했는데 무슨 조사를 한다는 거요?"

"하지만 아저씨가 서있기만 했다는 것을 증명할 사람이 있습니까? 당신은 절도용의자 중 한 사람입니다."

"뭔 소리를 하는 거요. 내가 왜 절도용의자냐고요."

"그건 당신이 결정하는 게 아니니까 조용히 협조하는 게 좋을 겁니다. 당신은 지금 현행범입니다. 괜히 나대면 이 자리에서 수갑을 채울 수도 있어요."

경찰서에 도착하자 경찰은 눈치 백단짜리 경태를 형사에게 인계하고 집주인 여자는 호텔로 데리고 갔다. 그날 밤 형사들은 경태 소지품을 몽땅 압수했다. 그리곤 즉시 유치에 집어넣으며 때가 꼬질꼬질한 담요 한 장을 주었다. 경태는 허름한 담요를 덮자마자 소갈머리 없이 마구 잠이 쏟아졌다. 그러나 꿀잠 자는 건 그날이 마지막이었다.

이튿날 아침부터 심문이 시작되었다. 횡설수설해대는 경태 때문에 갈피를 잡지 못한 새내기 형사는 진술서에 애꿎은 볼펜만 찍어대었다. 잠시 후 대타로 나온 나이 많은 형사덕분에 건질 건 다 건졌다. 경태 입을 통해 용의자 세 사람이 드러났다. 또 만나게 된 동기나 과정이 명확했다. 결정적인 것은 포장마차 드나들던 사람의 주소 성명이 병원진료기록에 또박또박 명시되어있었다. 오뎅국물로 생트집 잡아 빼앗은 백만 원과 감옥살이를 바꾼 셈이었다.

그렇다고 경태가 그 일에서 해방된 건 아니다. 어젯밤 현장에서 연행되었고 또 압수했던 소지품 중에 작은 상자 안에서 한 냥짜리 금목걸이가 말썽이다. 물론 금목걸이는 증거물로 채택되고 경태는 지체 없이 다시 유치장으로 들어갔다.

사실 경태는 상자 안에 무엇이 들어있는지 몰랐다. 어젯밤에 절도범들이 상자를 손에 쥐어주었을 때 어두워서 살펴보지 못했고 경찰차에 태워진 후 사태가 정신없이 돌아가 까맣게 잊고 있었다. 그놈의 술 탓이다. 돌아가는 상황으로 보아 약간 불안하기는 해도 크게 염려하지 않았다. 조사가 시작되면 무죄가 입증될 것이고 죄가 없으면 풀려나는 게 정해진 순서다. 그러나 경찰은 순서를 지키지 않았다. 오히려 죄인취급하며 가족에게 연락하라고 했다. 더구나 상자 안에 무엇이 들었는지 몰랐다는 경태 말은 듣지 않았다.

정임이는 밤새 남편이 돌아오지 않아 도박하는 버릇이 도졌다고 판단했다. 하지만 수중에 돈 한 푼 없으니 이삼일 지나면 틀림없이 돌아오리라 믿었다. 그러나 예상과 달리 이튿날 경찰서에서 식당으로 연락이 왔다. 정임이는 정호가 죽은 뒤 경찰이라는 말만 들어도 사지가 부들부들 떨렸다.

이번에도 또 식당주인이 앞장섰다. 경태는 망나니 조카지만 어린 시절 이웃에서 함께 자랐다. 몇 살 어린 조카는 그런대로 귀염성도 있고 의리도 있었다. 한 가지 흠은 재주는 많은데 공부에 집중을 못 했다. 부잣집 둘째아들은 끝내 밖으로 나돌기를 즐기다 술꾼이 되어 갔다. 그나마 청년기에 들어서며 서로 시집가고 장가간 후 멀리 떨어져 살게 되었다. 그래도 가끔 집안 모임에서 만나면 경태는 술주정으로 난장판을 만들기 일쑤였다. 이래저래 의도적으로 멀리하기는 했지만 관심까지 멀어진 건 아니다.

정임이와 식당주인이 경찰서에 들어갔을 때 경태 뒷모습이 먼저 눈에 들어왔다. 가뜩이나 마른 사람이 놀란 토끼처럼 허리를 잔뜩 웅크리고 있는 모습은 더 볼품없이 보였다. 형사는 절도용의자 아내인 정임이가 자리에 앉자 대충 설명했다.

하지만 경태는 달랐다. 식당사장을 보자마자 구세주를 만난 듯, 얼굴이 환해지며 마구 쏟아내는 말에 두서는 없어도 내막은 대충 알 수 있었다. 툭하면 똥바가지 들고 나내더니 본인이 진짜배기 똥바가지를 덮어쓴 게 분명했다. 경태는 노름에 술주정은 심해도 남의 것은 양말 한 짝 손댄 적이 없는 사람이다. 그것이 하다하다 이제는 절도죄로 몰린 것이다.

식당사장은 돌아가는 상황으로 보아 혼자 감당하기 어렵다고 판단되어 아들 세훈이를 불렀다. 형사를 만나본 세훈이 역시 고개를 흔들며 나왔다. 세훈이는 즉시 변호사를 찾았고 변호사 판단은 금목걸이가 올가미가 되어 범법사실을 벗어나기는 어려울 거라고 했다. 경찰은 경태 진술을 참고로 이틀 만에 진짜 범인 세 사람을 다 잡아들였다. 덤으로 그 집에서 일하던 아줌마까지 묻어와, 넷으로 늘어났다.

그들은 자신들 형량 줄이기에 급급해서 경태 따위는 안중에 없었다. 더구나 술 취한 멍청이 때문에 잡히지 않았던가. 그동안 도둑질로 제집보다 감옥에서 산 세월이 더 긴 그들은 자기들이 유리하게 조리 있는 진술로 상당부분을 경태에게 덮어씌웠다. 정임이 앞에서는 그토록 똑똑하게 굴던 경태는 판사 앞에서 똑똑하게 굴지 못했다. 결국 자의든 타의든 범행에 가담한 사실이 인정되어 유죄평결을 받았다. 세 사람은 재범이어서 일년 언도받고 경태와 일하는 아줌마는 육개월 언도받아 안양형무소로 갔다.

정임이는 경태가 형무소로 간 뒤 포장마차를 다시 시작했다. 그러나 노력에 비해 매상은 달라질 기미가 보이지 않았다. 물론 이유는 훤히 알고 있다. 지금 음식맛으로는 경쟁이 어렵다는 이야기다. 장사는 계획이나 의욕만으로 될 일은 아니라는 걸 확인한 것도 소득이라면 소득이었다.

식당주인도 나이 60을 바라보며 자기네 식당 관리만으로도 힘이 부쳐 정임이네 포장마차에는 관심이 줄어갔다. 어차피 혼자 알아서 해야할 일이다. 정임이는 한 계단을 오르기 위해 포장마차는 잠시 접기로 했다. 경쟁자들의 음식맛을 알아보려고 매일 식당일이 끝나면 손님이 북적대는 포장마차만 들어가 이것저것 먹어보았다. 맛은 크게 다르지 않았다. 어느 집은 화학조미료 맛이 강하고 어느 집은 달기만 했다. 그중에도 묘한 맛으로 손님을 끄는 집이 몇 군데 끼어

있었다. 하지만 비결을 알 수 없어 혼자 애쓰던 어느 날 식당주인이 불렀다.

"조카 특별히 맛있는 집을 찾기가 쉽지 않지? 혹시 찾아내었어도 요리비결은 오리무중이고 말이야. 내가 맛있는 집을 한군데 알아냈어. 짬 내어 한번 다녀와."

정임이는 그날로 종로 골목길 구석에 자리한 작은 가게를 찾아갔다. 주인은 허리 굽은 할머니였다. 정임이는 할머니 입장이 난처할까 염려되어 식당주인이 소개했다는 말은 하지 않았다. 그냥 슬며시 한 쪽 구석에 앉아 떡볶이 한 그릇을 시켜놓고 몇 개만 먹은 후 주방 쪽만 멀뚱멀뚱 바라보았다. 그것은 열 마디 말보다 강력한 힘으로 할머니 시선을 끌어당겼다.

"손님, 떡볶이가 맛없어요?"

"아닙니다. 맛있습니다. 어떻게 이런 맛을 내는지 궁리 중이었습니다. 죄송합니다."

"죄송은 무슨. 오뎅국물을 줄 테니 마셔가며 천천히 궁리해 봐요."

"감사합니다. 그런데요, 사장님 밤에 두어 시간 여기서 일 좀 할 수 없을까요. 보수는 안 받을 테니 요리비법 좀 가르쳐주세요."

"이봐요. 요리비법을 대놓고 가르쳐달라면 누가 가르쳐주겠어요. 젊은 사람이 말재주가 없구먼. 하기야 말재주만 번드르르한 사람보다 말재주 없는 사람이 더 편하지. 사실은 나도 남이 듣기 좋은 말은 못하는 편이거든."

"그러세요. 저는 돌려서 말할 줄을 모릅니다. 그래서 손해도 많이 봅니다."

"맞아요. 그건 세상살이에 이롭지는 않지요. 에구 내가 지금 무슨 소리를 하고 있는지 모르겠네. 그건 그렇고 떡볶이가 간단해보여도 몇 년간 실패를 거듭하며 얻은 비법인데 가르쳐달랜다고 냉큼 알려줄 사람이 어디 있어요."

"네 압니다. 그래서 더 염체가 없습니다."

"이 음식장사는 보기와 달리 시샘도 많고 비법이라고 내세우는 것도 각각이예요. 한가지 말해줄 것은 재료를 아끼지 말아요. 뭐니뭐니해도 맛이 첫째고 다음은 푸짐해야 해요."

"그래도 잠시 서서 구경이라도 할 수 없나요?"

"마음대로 해요. 구경만으로 비법을 알아낼 수만 있다면 그건 당신의 타고난 재주지. 그래도 내가 선심 쓰는 김에 우선 몇 가지는 가르쳐줄께요. 음식은 양념이 잘되어야 하지만 육수를 무시하면 안 돼요. 멸치, 다시마, 무, 양파, 버섯 등 기본적인 건 알지요? 그것만으로 맛을 내봐요."

"그렇다면 거두어주시는 겁니까? 고맙습니다. 노력해보겠습니다 맛있다고 판단될 때 가져올 테니 내치지 말아주세요."

"알았어요. 잘 해봐요."

"노력하겠습니다."

그 말을 뒤로하고 발길을 돌릴 때 주인할머니는 정임이 뒷모습을 찬찬히 바라보았다. 벌써 식당주인의 연락을 받은 할머니는 정임이가 누구인지 알고 있었다. 외모도 수더분하고 아이처럼 때가 묻지 않아 마음에 쏙 든다.

정임이는 이튿날부터 식당일이 끝나면 육수 만들기에 열중했다. 늘 하던 일인데도 솜씨가 나아지지 않고 그맛이 그맛이다.

"사장님 육수를 만들어왔는데 일단 맛 좀 보아주세요."

"생각대로 안 되지요? 누구나 생각대로 된다면 골목마다 맛집이 넘쳐나겠지. 나는 양념 개발하는데 삼 년이나 걸렸오. 아줌마를 보니 내 젊은 시절을 보는 것 같아 마음이 짠해요. 사실 나는 자식이 없어요. 물론 비법을 물려줄 사람도 없고. 그냥 소일거리로 하는데 언제까지 할 수 있을지 나도 모른다오."

"할머니가 다 전수해 주신다고해도 저는 대가를 치를만한 돈이 없습니다."

"이제와 내가 무슨 돈이 필요하겠어요. 이것은 비법이랄 것도 없지만 한수 가르쳐줄 테니 지금 장사는 하는 곳에서 계속 해봐요. 나도 여기서 하는 데까지 하다가 명이 다하면 저세상으로 갈 테니."

"할머니 어서 비법을 가르쳐주세요. 무엇인데요?"

"첫째는 정성이지요. 들어가는 재료의 양과 순서도 중요하고 적당한 시간과 불 조절만으로도 맛이 달라져요. 사람들이 대단한 비법이 있는 것처럼 허세부리지만 결국은 우리주변에 널린 재료를 활용하는 것뿐이니까 한마디로 손맛과 정성의 차이라고 보면 돼요."

정임이는 그날부터 밤이면 할머니 가게로 달려가 함께 육수도 만들고 양념도 만들었다. 아무리 애써도 정임이가 만든 음식맛은 한결같지 않았다. 그나마 할머니 앞에서 만들면 비슷한 맛이 나도 집에 와서 혼자하면 또 달랐다. 그런대로 시간이 지나며 솜씨는 조금씩 나아졌다.

밖에서 바쁘게 움직이는 정임이와 달리 형무소에 갇힌 경태는 하루하루가 죽을 맛이다. 함께 생활하는 죄수들은 신경도 예민하고 성질도 지랄 맞았다. 작은 일에도 말다툼이 일어나고 끝내 주먹질로 이어져 그 안에서 배려라는 단어는 찾기 힘들었다. 특히 경태는 사람들과 어울리지 못해 수시로 싸움질이다. 안에서나 밖에서나 늘 입이 문제였다. 물론 얻어터지는 사람도 경태다. 그들은 간수 눈길이

미치지 않는 사각지대를 잘 알았다. 그동안 집에서도 따돌림 받았고 사회에서도 따돌림 받아 외로움에 이골 났지만 험악한 죄수들 사이에 따돌림은 차라리 공포였다.

정임이는 매주 화요일이면 잠시 말미를 얻어 형무소로 간다. 경태가 눈이 빠지게 기다리는데 안갈 수도 없었다. 어쩌다 하루라도 안 가는 날에는 만나자마자 눈을 부라리며 욕부터 퍼부었다. 그래도 시간은 가게 마련이어서 달력을 여섯 장 떼어낸 뒤 경태는 집으로 돌아왔다. 그동안 심신이 꽤나 지쳤는지 자리 잡고 누워 입만 나불댈 뿐 한동안 일어나지 못했다.

그럭저럭 한 달이 지나 다시 포장마차를 기웃거렸다. 하지만 정임이가 아무런 반응을 보이지 않자 슬그머니 포장마차에 기어들었다. 그러나 뒷일만 거들 뿐, 손님들과 어울려 술을 마신다거나 소동을 벌리지는 않았다. 그것도 처음 몇 개월뿐이었다. 고양이는 언제라도 부뚜막에 오르기 마련이다. 오래지않아 온갖 참견을 다하며 나대기 시작했다.

어느새 수희는 스무 살이 되어 성인 몫을 하기 시작했다. 이미 요리학원을 마치고 일식조리사 자격증을 취득한지도 한참 되었다. 그러나 나이가 어린 탓에 선뜻 조리사로 쓰려는 식당이 없었다. 그러나 기다림은 그리 길지 않았다. 나이를 두 살 올려가며 여기저기 면접 본 끝에 일식집 부주방장으로 취직이 되었다. 또래보다 조숙해 보이는 외모가 한몫한 셈이다.

게다가 간단한 영어회화까지 가능해 외국에서 온 관광객 주문은 수희 몫이 되었다. 어느새 주방과 홀을 넘나들며 안팎으로 바빠진 수희 위상은 조금씩 올라갔다. 또 언행에 타고난 세련미가 있어서 어디에 내어놓아도 빠지지 않는다.

막내 경일이는 혼자 두어도 제법 공부를 잘했다. 교내에서 두각은 나타내지 못하지만 학급에서 열손가락 안을 오르내렸다. 다른 집 아이들은 학원을 전전할 때 단칸방에 쪼그리고 앉아 혼자 이루어낸 성과다. 그럭저럭 경일이가 고등학교에 진학하자 수희는 누가 시킨 것도 아닌데 동생 장래를 걱정하기 시작했다.

"엄마 경일이는 대학을 보내야지요. 나도 힘껏 도울께요."

"물론 대학을 보내야지. 포장마차도 그래서 시작한 거잖아. 늦었지만 너희 둘만이라도 잘 거두어보려고."

"대학에 가려면 입시학원부터 보내야 해요. 집에서 혼자 공부해서는 다른 아이들을 따라잡을 수 없다고요."

"잘하고 있잖아. 반에서 십등 안에 들기가 어디 쉬운 일이니? 지난번에는 삼등도 했던데."

"그 정도 실력으로는 어림없어요. 어쩌면 서울시내에 소재한 대학가기도 어려울지 몰라요."

"그래? 예전에 네 삼촌은 반에서 삼등 했을 때 천재 났다고 마을에서 난리가 났었는데 지금은 아닌 모양이네. 아무튼 자세한 건 네가 알아보거라."

사실 정임이는 아는 것도 없는데다 사는 게 바빠 이것저것 생각할 여유가 없었다. 더군다나 경일이가 공부까지 잘하며 부모에게 불만을 나타낸 적이 없어 특별히 신경 쓰지 않았던 것이다.

하지만 당사자인 경일이는 불만이 없었던 게 아니었다. 일곱 살까지 외할머니 손에 자랄 때 이미 외숙모 눈칫밥을 먹은 탓에 속마음을 드러내지 않는 습성이 생겼다. 또 속마음을 어머니에게 말하지 못하는 이유가 있었다. 돌아가신 외할머니가 엄마 같고 정작 엄마는 알 수 없는 거리감으로 당당하게 요구할 수 없었다.

수희는 학원 위치, 인지도, 학원비까지 꼼꼼히 따졌다. 예전의 수희였더라면 어림없었을 것이다. 학원 다니며 저도 모르게 잘 여물어가 어른 몫을 해내고 있었다. 또 경일이 역시 간절히 소원하던 일이어서 기쁘게 받아들였다.

포장마차 시작하고 사년 후 방 세 개짜리 전세를 얻어 이사했다. 물론 전세계약서 당사자는 식당사장이다. 정임이나 수희가 계약당사자가 되면 어떤 불상사가 일어날지 알 수 없어서였다. 식당개업도 마찬가지다. 식당일이나 포장마차를 그만두고 가게를 얻어나가면 경태는 물 만난 고기처럼 휘저어댈 게 뻔하다. 그것도 모자라 노름이나 싸움질로 사고 쳐가며 가게를 들어먹을지도 모를 일이다. 그리되면 늙어가는 처지에 거리에 나서게 되고 배고픈 시절로 돌아가는 건 시간문제다. 정임이는 상상만으로도 우물 밖으로 나가기 싫었다.

더구나 식당사장은 늙어가며 아픈 곳이 많아 정임에게 다 맡기다시피 했다. 물론 대가는 서운치 않게 지불한다. 정임이 역시 그곳이 좋았다. 젊었을 때부터 하던 일이어서 익숙하기도 했고 쓸데없이 모험하는 것보다 안정된 지금이 좋은 것도 이유 중에 하나이기도 하다.

어느새 경일이는 대학에 들어갔다. 물론 그동안 밤잠도 설쳐가며 최선을 다했다. 그러나 개천도 개천 나름이어서 용은 고사하고 이무기도 되지 못했다. 이름만 대면 누구나 아는 서울 시내에 소재한 대학에 들어갔을 뿐인데 정임이는 아들이 대학생이 되었다는 사실만으로도 어깨춤이 절로 났다.

수희도 스물세 살이 되어 어엿한 숙녀티를 풀풀 낸다. 게다가 영어학원을 오래 다녀서 외국사람들과 웬만한 대화는 가능했다. 사람은 누구와 어울리느냐에 따라 행동거지가 다르게 마련이다. 수희는 외모나 언어가 세련되어 잘 차려입으면 어느 축에도 빠지지 않았다.

경태는 옛 버릇이 도져 할일 없는 낮 시간에는 노름방을 드나들었다. 하지만 전날 매상 중 푼돈을 들고나가 도박꾼들 심부름이나 해주며 구경하다가 돌아오는 수준이었다. 예전 같으면 어림없는 일이었지만 경태도 자제하려고 노력은 했다.

경태 고질병이 어디 노름뿐이던가. 툭하면 싸우고 주사도 심했다. 주사와 노름의 공통점은 부작용이 따른다는 것이다. 그중에 가장 즐겨하는 건 술이어서 술값이 만만치 않다. 하기야 술값보다 누군가와 싸울 때 정임이 간은 더 오그라들었다. 불행이라 하기에도 애매하고 다행이라 하기에는 더 애매하나 남을 때리기보다 주로 맞고 들어왔다. 언제나 시비는 먼저 걸고 뒷감당은 못했다.

언젠가 정임이 코앞에서 싸움이 일어났을 때 일이다. 경태는 상대에게 때려보라며 머리를 마구 들이밀다 상대방이 살짝 피하는 바람에 제풀에 나가 떨어져 코피를 한사발이나 쏟은 적도 있다. 이제는 동네 파출소 순경도 경태라면 넌더리를 낼 정도다. 싸움이 났다하면 경태가 끼어있고 또 사흘들이로 파출소를 찾아가 취중 넋두리를 늘어놓는다.

막내 영호가 어느새 대학을 졸업하게 되었다. 졸업전날 정임이는 죽은 큰아들 정호 생각으로 온밤을 눈물로 지새웠다. 자신이 더 일찍 세상을 용기로 맞섰더라면 정호를 잃지 않았을지도 모른다는 자책감이 들어서다. 모든 게 운명이라고 체념했던 부산물은 가시가 되어 일생을 따라다니며 찔러대었다. 처음부터 운명과 맞섰더라면 충분히 할 수 있었던 것을 그때는 왜 엄두조차 내지 못했을까?

영호는 대학을 졸업하고 자원해서 군대에 갔다가 2년 6개월 만에 제대했다. 정임이의 자랑거리인 잘난 아들은 여기저기 이력서를 넣었다. 그러나 명문대학을 나오지 못한 탓인지 취업문은 쉽게 열리지 않았다. 그렇다고 어머니 그늘에서 허송세월만 할 수는 없었다. 대학졸업장은 집안에서만 대단할 뿐 밖에서는 개울가 자갈만큼이나 흔한 탓에 아무도 거들떠보지 않았다.

영호는 애써 취득한 대학졸업장이 한 장의 종이로 남게 된 것을 알아채었다. 어느새 영호는 먼 곳에 눈을 돌리고 망설임 없이 기계제작소 인부로 들어갔다. 문제는 정임이다. 아들이 대학만 졸업하면 매일 아침 넥타이 매고 출근할 줄 알았는데 정작 아들은 청바지에 도시락가방 하나 메고 거리로 나설 때 옆구리에 살짝 쥐가 났다.

어디나 신참에게 중요한 일은 맡기지 않는다. 영호에게 청소하고 심부름하는 막일이 주어졌지만 낙심하지 않았다. 묻고 또 물으며 틈틈이 어깨너머로 일을 배우고 청소할 때 기계 관리를 잘 익혀두었다. 얼마 후 신입직원 한사람이 채용되어 겨우 기계 앞에 설 수 있었다.

그제야 영호는 제 기능을 조금씩 발휘하기 시작했다. 이미 기계는 웬만큼 익숙해졌고 또 밤마다 뒤적인 전문서적은 남보다 앞서가는데 마중물 역할을 단단히 했다. 게다가 몸도 날렵하고 노력과 재능을 겸비해 삼 년 만에 유능한 기술자가 되었다. 제 아버지도 어렸을 때 영리하고 재치 있었다. 그러나 부잣집 둘째아들은 정서불안이 심해 처음부터 길을 잘못 들었다. 사실을 말하면 의학발달이 늦었을 뿐 경태 죄는 아니었다. 그 시절에 그런 병명이 있는 줄도 몰랐고 경태나 정임이는 죽을 때까지도 몰랐다. 그러나 아버지와 달리 가난한 집에서 태어나 눈칫밥으로 배불린 영호는 대학졸업장은 서랍에 넣어두고 아버지를 거울삼아 오히려 건실한 청년이 되었다.

이 년 전에 결혼한 수희는 딸 하나 낳고 잘살고 있다. 하지만 결혼하기까지 말 못할 사연이 있다. 일식집에 잘 다니며 가게와 집만 쳇바퀴 돌듯 해서 정임이는 딸의 이성문제에 크게 신경 쓰지 않았다.

오히려 마땅한 신랑감을 데려오기를 기다렸지만 수희는 이성에 관심이 없는 듯 내비치지도 않았다.

어려운 환경에서도 대체적으로 탈 없이 성장한 수희가 얼마 전부터 가끔 신경질을 부렸다. 낌새가 예사롭지 않아 눈여겨보아도 별다른 일은 일어나지 않았다. 한편 거친 사회에서 남들이 다 가진 중학교 졸업장조차 하나 없이 경쟁하자니 예민할 수도 있겠다싶어 그냥 덮어두었다.

몇 달 전 일이다. 아침을 먹던 수희가 갑자기 구역질을 했다. 남자를 사귄 적이 없어 체한 것이라 여기고 정임이는 소화제를 사다주었다. 딸 역시 체한 것 같다며 소화제를 먹었다. 그날은 정임이 앞에서 소화제를 먹었지만 단 하루뿐이었다. 다음날부터는 구역질이 나면 소화제를 들고 제 방으로 들어갔다. 그나마 구역질도 일주일 만에 끝났다. 그 후 몇 개월이 지나 요즈음 들어 수희 몸이 눈에 띄게 불어났다.

"수희야, 너 살찌는 거냐. 처녀가 몸 관리에 신경 써야지. 그렇게 마냥 뚱뚱해지면 어떻게 해."

"아이참, 엄마는 내가 무슨 살이 쪘다고 그래요."

수희는 벌컥 화를 내며 제 방으로 들어갔다. 평소와 다른 말투가 수상해서 따라가 보니 딸은 방바닥에 엎드린 채 울고 있었다. 정임이는 몇 달 전 수희가 구역질하던 일이 떠올라 불길한 예감으로 얼른 다가가 머리채를 잡아 올렸다.

"무슨 일이야. 말해."

"엄마, 어떻게 해. 나 임신했어요."

"뭐야? 한번도 말썽부리지 않아 철썩 같이 믿었더니 이년이 에미 발등을 찍네. 그래서 그동안 별나게 짜증 부렸던 거야. 도대체 아이

애비는 누구냐?"

"우리 식당 주방장이요."

"뭐라고? 그 사람은 홀아비라고 했잖아. 도대체 나이 차이가 얼마야?"

"겨우 열다섯 살 차이인걸요 뭐."

"겨우 열다섯이라고. 네가 정신이 있는 년이야. 자식도 있다면서?"

"아내는 삼 년 전에 죽고 아이가 둘 있대요."

"아이고 죽 쑤어 개주네. 나보다 아홉 살 어린놈을 사위로 삼아야하다니. 더구나 혹까지 달린 재취로."

이미 일은 벌어졌는데 어찌할 것인가? 정임이는 이튿날 일식 주방장을 불렀다. 막상 만나본 사윗감은 생각보다 싹싹하고 순해 보인다. 총각이 아닌 게 아쉽기는 해도 배불러오는 딸을 위해 지체 없이 사위를 삼았다. 사위는 이미 제집도 있고 가구도 잘 갖추어져 혼수는 예단만 준비하기로 합의를 보았다.

게다가 사돈댁에서도 아들은 재혼이고 며느리는 초혼이어서 미안한 탓인지 예단을 바라지 않았다. 그러나 정임이는 딸을 재취로 보내는 것도 억울한 터에 예단까지 생략하고 싶지 않았다. 예단은 수희가 모아둔 돈으로 할 수도 있는 일이나 어미가 해주고 싶었다. 사위는 예단이 필요 없다고 극구 사양했지만 정임이는 기어코 해주었다. 돈이 넘쳐나 그런 건 아니다. 내일로 미루다가 한을 남기고 싶지 않아서였다. 살아보니 내일은 없지 않던가.

문제는 전처소생이다. 일곱 살 때 엄마 잃고 이제 막 사춘기에 접어든 아들은 엄마 기억이 남아 저보다 열네 살 많은 수희에게 엄마라고 부르는 대신 의도적으로 누나라고 불렀다. 그뿐이 아니다. 착했던 아이는 제 아버지가 동으로 가라하면 서로 가고, 오르라하면 기어코 내려왔다. 그래도 본성이 착해서인지 그 해가 저물어갈 때 수희가 예쁜 여동생을 안겨주자 스스로 예전으로 돌아갔다.

이제 막내만 결혼시키면 한숨 놓아도 될 것이다. 정임이 바램대로 막내는 얌전한 처녀를 데려왔다. 그 아이는 고아였다. 갓난 아기 때 교회 앞에 버려져 보육원에서 성장했단다. 불우한 성장과정과 달리 성격도 구김살이 없고 언행이 단정했다. 정임이는 군말 없이 찬성했다. 경태 역시 안도하는 눈빛이다.

막내는 월급을 차근차근 모아두어 결혼식은 어렵지 않게 치렀다. 결혼 후 정임이는 집근처에 옥탑방을 전세로 얻어주었다. 전세가 거금은 아니어도 자식들을 위해 돈을 지불할 때마다 가슴이 뛰었다. 그렇다고 기쁘기만 한 건 아니다. 오히려 가슴에 밀려드는 통증으로 등허리가 축축할 지경이다. 돈 한 푼이 없어 굶겨 죽인 어린새끼와 농약 먹고 자살한 큰 놈이 떠올라서다.

며느리는 초라한 옥탑방에 살아도 섭섭한 기색이 없다. 오다가다 시댁에 들러 집안도 말끔히 치워놓고 밑반찬도 만들어왔다. 아들은 좋은 아내를 맞이한 듯하다. 이듬해 며느리는 아들 쌍둥이를 낳았다. 아들네는 술술 잘 굴러가는 것으로 보아 안심해도 될 것 같다.

쌍둥이 손자도 제법 말하기 시작하며 재롱을 피워대었다. 며느리는 두 아이를 거뜬히 건사하며 제 남편 뒷바라지까지 부족함이 없다. 어느새 삼 년이 지났다. 정임이는 정호와 수희가 안정권에 들어섰다고 판단되어 그런대로 편안한 밤을 보내던 어느 날이다. 영호는 뜬금없이 제 사업을 하겠다고 나섰다.

"나이도 젊고 경험도 없는데 무슨 공장을 차리겠다는 거야. 꼬박꼬박 나오는 월급으로 탈 없이 사는 게 낫지."

"월급쟁이는 전망이 없어요. 사내자식이 앞으로 수십 년을 남의 밑에서 일만하다 인생을 끝낼 수는 없지요. 그래서 변두리 빈 건물에 월세로 들어가려고요."

"어미가 무얼 알겠냐만 그래도 월급쟁이가 속편할 텐데. 내가 듣기에는 새로 시작하는 사업은 열 명 중에 여덟 명은 망한다고 하던데."

"그건 저도 알아요. 하지만 두 명은 성공하잖아요. 저는 기어코 두 명 안에 들 거에요. 게다가 남의 밑에 있으면 종업원은 사장만 바라보아야 해요. 저는 공장에 들어갈 때부터 내 사업체를 갖는 게 꿈이었어요. 그렇지 않으면 남들이 다 기피하는 기계공이 될 리가 없지요. 처음에 직장 구하러 다닐 때 월급 액수보다 어떤 사업이 전망이 있는지를 더 살펴보았거든요. 그때 적은 자본으로 할 수 있는 게 이 일이 제일 가능성이 있다고 판단되어 이 일을 택한 거고요. 그러니 저를 믿고 걱정은 내려놓으세요. 제가 다 알아서 할께요."

"네가 알아서 한다고? 아무것도 모르는 어미는 걱정조차 하지 말라는 말이냐?"

"그런 말이 아니잖아요. 어머니도 늙으셨나 봐요. 노여움을 다 타시네요. 자본금은 염려하지 마세요. 수익금을 나누어 주기로 하고 지인 보증으로 기계 몇 대를 월부로 들여놓기로 했어요. 물론 건물 임대도 지인이 책임지기로 했고요."

"네 주변에 그런 사람이 있어?"

"예. 살다보니 믿어주는 사람도 있던데요."

"에미가 보태주마. 집장만하려고 식당사장님한테 맡겨놓은 돈이 조금 있단다. 계를 들었는데 끝날 때마다 사장님 통장으로 들어갔거든. 그렇다고 많은 돈은 아니야. 네 아버지가 돈만 눈에 뜨이면 몽땅 들고나가는 바람에 큰돈은 모으지 못했지 뭐냐. 그나마 이것도 또 손댈까 무서워서 티를 못 냈어. 이제와 두 늙은이만 남은 터에 융자 끼고 내집을 사봐야 무슨 수로 할부금을 감당하겠니."

"어머니 괜찮아요. 어떻게든지 제 힘으로 해볼께요."

"동업은 형제간에도 하면 안 된다더라. 엄마가 주는 돈이 모자라면 차라리 은행빚을 얻어라. 그리고 엄마는 걱정 안 해도 된다. 몸이 건강하니 또 벌면 되니까."

정임이는 기어코 영호 손에 남은 재산을 몽땅 건네주었다. 영호는 변두리 빈 건물에 전세로 들어가 헌 기계 몇 대 들여놓고 공장을 차렸다. 오다가다 들여다보아도 기계소리가 시원치 않다. 거래처를 확보하지 못해 그런다는 설명이다. 그나마 월세가 나가지 않아 그럭저럭 버티는 모양이다. 그 후 몇 개월은 고전하는 듯, 하더니 기계는 쉬지 않고 돌아갔다. 삼 년 후 시내로 공장도 옮기고 종업원 수도 늘어났다.

해가 지면 달이 뜨려나

어느새 정임이도 환갑이 지났다. 환갑이 지났어도 식당일을 더 할 수 있었지만 식당에 남아 있기에는 무리가 있었다. 식당주인도 얼마 전에 가게를 팔았다. 젊은 주인은 나이든 정임이가 거슬리기는 해도 전주인이 특별히 부탁해서 입을 다물었다. 그러나 젊은 종업원들은 달랐다. 이젠 정임이가 그만두기를 바라며 대놓고 티를 낸다. 주변여건을 무시하고 자신의 형편을 빌미로 마냥 버틸 수는 없는 노릇이다. 환갑이 지난 그해 자의 반, 타의 반으로 식당일은 내려놓았다.

그때부터 포장마차에 매달렸다. 전에는 저녁 9시에 열었지만 이제는 오후 3시에 열었다. 그마저 오래가지 못했다. 새로 온 식당주인은 경쟁심으로 가게 앞에 포장마차가 있는 걸 꺼려했다. 술손님들이 모여들어 주변이 어수선하고 지저분하다는 이유였다. 하지만 그것은 핑계였다. 진짜 이유는 가게 손님을 빼앗길까 염려되어서였다.

전셋집은 아이들 결혼 후 방 한 칸짜리로 줄인지 벌써 삼 년이 지났다. 지금 사는 집은 냉장고를 더는 들여놓을 수 없을 만큼 좁았다. 게다가 식당 쿨러는 어차피 비는 공간이 많아 여전히 정임이네가 신세를 지고 있었다. 포장마차에서 팔다 남은 재료를 아직도 식당에 맡겨두고 화장실이나 물도 사용하기 때문이다.

어느 날 기어코 고름이 터졌다. 남의 신세를 지면 최대한 상대방에게 피해를 주지 않아야한다. 하지만 경태는 달랐다. 식당주인이 바

꿰었어도 제집인양 시도 때도 없이 드나들며 주방장에게 잔소리까지 해대었다. 둘 사이에 수시로 말다툼이 일어나면 식당주인은 팔이 안으로 굽었다. 하지만 딱 부러진 말이나 거친 행동으로 옮기지 못했다. 전주인과 현주인 사이에 정임이네가 장사하는 동안 편의를 제공한다는 별도 계약서가 있기 때문이다.

포장마차에 편의제공이 불만인 젊은 사장 얼굴은 정직했다. 자기도 모르게 경태를 대하는 태도가 불량했고 그게 거슬릴 때마다 경태는 그냥 넘어가지 않았다. 같은 일이 반복되며 어느새 둘이는 앙숙이 되어버렸다.

어느 날 술 취한 경태는 주방장과 말다툼 끝에 각목을 집어 들었다. 그리곤 조자룡이 헌 칼자루 휘둘러대듯 닥치는 대로 마구 휘둘러대었다. 물론 발 달린 사람들은 제발로 몽땅 도망갔다. 그러나 발 없는 식당장비는 그 자리에서 고스란히 두들겨 맞았다. 하지만 스텐이나 쇠붙이로 만들어진 식당장비는 소리만 요란스러웠을뿐 찌그러지는 게 없었다. 덤으로 밥 먹던 손님들은 밥값도 안내고 나가버렸다. 성이 덜 풀린 경태는 홀 가운데로 진출했다. 물론 유리창이며 테이블 여러 개가 박살났다.

부서진 식당장비로 인해 합의가 필요했다. 하지만 합의랄 것도 없이 일은 끝나버렸다. 경태한테 넌더리가 난 식당주인은 포장마차만 걷어버리면 재산상 손해배상은 청구하지 않겠다고 했다. 정임이는 그 금액을 지불할 능력이 충분히 있었다. 그러나 포기하기로 했다. 사장이 넌더리를 내는 터에 이쯤 되면 피차에 관계개선은 불가능하다고 판단되어서다. 물론 그날로 포장마차는 그 자리에서 사라졌다.

정임이는 다른 장소를 물색하지 않았다. 젊은 사람들이 극성스레 날고 뛰어 늙은 사람이 다시 시작하기에는 벅찬 것도 이유 중에 하나였다. 하기야 자신감보다 더 큰 이유는 아이들이 독립해서 제 앞가림을 잘 하기 때문이다. 사람은 운을 따라야 한다는 생각으로 모두 접기로 했다.

막상 이일저일 다 내려놓으니 경제적인 문제가 따라왔다. 아들 며느리는 같이 살자고 했지만 폭탄을 안고 들어갈 수는 없었다. 다시 취직자리를 찾아보아도 환갑 지난 할머니를 채용하려는 곳은 없었다. 서너 달 어물거리다보니 전세금마저 갉아먹는 상황이 되었다. 그렇다고 아이들에게 경제적인 어려움을 말하기도 힘들었다.

궁리 끝에 방세가 싼 곳으로 거처를 옮기기로 했다. 서울 외곽지역을 찾아다니다 안양 변두리에 전세로 옥탑방을 얻었다. 다행히 서울 시내보다 전셋값이 싸서 꽤 큰 방을 얻었다. 계단을 오르내리느라 불편하지만 술만 취하면 주정부리는 경태 때문에 안채와 떨어진 곳을 선택한 것이다.

이사 후 일주일 쉬고 이웃사촌 소개로 교통편까지 제공하는 농장 일꾼들 틈에 끼었다. 젊었을 때 들일 해본 경험이 있어서 일은 그리 어렵지 않았다. 그들은 계절 따라 아무거나 다했다. 영농기술 발달로 비닐하우스에 농사지어 본인만 건강하면 사계절 쉬는 날이 없었다. 그나마 다행인건 사람들이 힘든 일은 기피하는 탓에 일손부족으로 일당이 제법 쏠쏠했다. 또 장사할 때보다 일이 반으로 줄어 일상생활에 여유도 있었다.

어언 십이 년이 지나 정임이 나이 칠십이 가까웠다. 경태 머리에 하얀 서리가 내린지 오래고 정임이도 다를 바 없다. 온통 하얀 머리로 일하러 가면 밭주인은 돈만큼 일을 해내지 못할까 염려스런 눈으로 바라보았다. 그렇다고 일을 안 다닐 수도 없는 노릇이다. 틈틈이 염색해도 하얀 머리카락은 더 빨리 모습을 나타내었다.

경태는 나이 들어 술의 양이 줄다가 삼 년 전부터 아예 마시지 못했다. 오랜 세월 혹사당한 위와 간이 견디지 못한 탓이다. 손발이 떨리는 것은 물론이요, 술만 마시면 전날 먹은 것까지 토해내었다. 의사는 위궤양에 간경변이라 했다.

어느 날 일을 끝내고 집으로 가보니 남편이 없었다. 집주인은 경태가 아프다고 수선을 피워대어 구급차를 불렀다고 했다. 병원으로 급히 갔을 때 자식들은 이미 와있었다. 경태는 침상에 누워 생각에 잠긴 채, 아내를 보아도 말이 없다. 같이 늙어가는 사위가 다가와 입원해서 검사받아야 한다고 알려주었다.

며칠 후 나온 검사결과는 위암이었다. 일생동안 마셔댄 술로 견디지 못한 위가 기어코 반란을 일으킨 모양이다. 위암이라는 최후진단이 내려지며 경태의 검은 얼굴은 더 검어졌다. 의사가 병실문을 나가자 길길이 뛰어대었다.

"돌팔이 새끼가 제멋대로 지껄이네. 당장 병원을 옮겨야겠어."

"아빠, 의사가 시키는 대로 해야 해요."

"저 새끼들이 돈 벌어먹으려고 하는 수작이야. 그동안 약도 열심히 먹고 심하게 아프지도 않았는데 무슨 암이라는 거야. 다른 병원으로 가서 검사해보자."

그날로 퇴원하고 서울 큰 병원에서 다시 검사했다. 역시 위암이었다. 경태도 속으로는 예상했던 일인지 그제야 입을 다물었다. 자식들도 말이 없다. 정임이도 딱히 할 말이 없었다. 정임이는 아들을 앞세워 담당 의사를 찾아갔다.

"선생님, 환자상태가 어느 정도입니까."

"많이 진행되었습니다."

"얼마나 살 수 있을까요?"

"정황에 따라 차이가 있습니다. 현재 상태로 보아, 길면 일 년, 짧으면 몇 개월 입니다."

"수술은 할 수 있나요?"

"물론 할 수 있지요. 일단 열어보아야 자세히 알 수 있습니다."

"환자에게 자세한 말은 말아주세요. 우리가 적당한 기회에 말할게요."

그날 오후 처방전만 받고 퇴원시켰다. 돌아오는 차안은 조용했다. 울거나 싸우는 것보다 시간은 더 느리게 갔다. 집으로 돌아와 자리 펴고 누운 모습이 반송장이다. 가뜩이나 마른 사람이 그동안 알게 모르게 체중도 줄은 터에 암 진단을 받아 지레 초죽음이 된 탓이다.

집에서 이것저것 준비하며 기다리던 일주일 만에 수술 날자가 잡혔다는 기별이 왔다. 그 말 한마디에 경태 얼굴은 금세 화색이 돌았다. 친척들에게 연락하니 반응은 모두 같았다. 그럴 줄 알았다는 것이다. 그 중에 머리 좋은 애란이는 간암이 아니고 위암이냐고 반문한다. 친척들의 싸늘한 반응에 괜히 연락했다는 생각이 들어 힘없이 수화기를 내려놓았다. 하기야 자식들이나 정임이도 그중 하나이기는 했다.

수술결과는 예상대로였다. 암세포는 위를 모두 침범해서 손쓸 길이 없어 다시 봉합했단다. 마취에서 깨어난 경태는 수술결과부터 물었다.

"수술은 잘 되었대? 많이 번지지는 않았다고 하지? 요즈음에 조금 아팠을 뿐, 멀쩡했잖아."

"잘 끝났대요. 며칠 후 퇴원해도 된다네요."

"며칠 후에 퇴원하라고? 그럴 줄 알았어. 내가 누구냐고. 어려서부터 큰 병 한번 걸린 적이 없었다니까."

경태는 퇴원 후 한동안 자리에 누워있었다. 그 후 웬만큼 거동할 수 있게 되자 정임이를 앞세워 버스나 전철로 병원을 드나들었다. 가끔 병원에 다녀올 때마다 의사가 실력이 없어 보인다느니 간호사가 불친절하다느니 사사건건 트집을 부렸다. 물론 그 트집은 집에 돌아오면 정임이에게 이어졌다.

경태 병수발로 농장일은 할 수 없었다. 아들과 딸이 매달 생활비로 얼마간 보태주었지만, 그것만으로는 어림없는 일이다. 그렇다고 모아둔 돈이 있는 것도 아니다. 정임이는 매일 아침 남편 수발이 대강 끝나면 고물이라도 주우러 리어카를 끌고 거리로 나갔다. 거리로 나간다고 구석구석 쌓인 고물이 정임이 몫은 아니다. 부지런한 사람은 새벽에 한차례 다녀갔고 어떤 사람은 연고가 있는 사람에게만 건네주었다. 이리 치이고 저리 치이다 남은 것만 정임이 몫이 되었다. 어렵사리 모아들고 고물상에 가도 쓰레기에 가까운 물건으로 취급되어 몇 푼 받지 못했다. 그나마 아이들 가슴에 못이 될까 염려되어 고물 주우러 다닌다는 말은 하지 않았다.

단돈 몇 천 원이라도 받아, 죽거리를 장만해오면 경태는 눈을 부라리며 성질부터 부렸다. 못된 성질머리도 장장 오십 년 가까이 겪는 일이어서 이제는 무신경에 가까워졌다. 아무 대꾸 없이 주방으로 들어가면 경태는 침대에 누운 채, 고래고래 악을 써대었다. 그렇다고 온 집안에 쩌렁 울리지는 않는다. 열 평도 못되는 집인데도 정임이 귀에는 모기소리보다 조금 크게 들렸다.

정임이도 지쳐가고 경태도 지쳐갈 무렵 구급차 신세를 또 지게 되었다. 수술한 지 석 달만이다. 경태는 구급차가 도착하기 전에 통증을 견디지 못해 잔뜩 웅크리며 정임이 손을 잡았다.

“여보, 이제는 내가 갈 모양이네. 그동안 미안했어. 아니 늘 미안했었지. 다 알면서 말하지 못해 더 미안해."

"괜찮아요. 나도 잘한 것은 없지요."

"아니야. 당신은 최고의 아내였어. 나에게 여자는 당신 하나뿐이었지. 내가 술집을 그렇게 드나들었어도 외입 한 번 하지 않았다고. 내 인생이 꼬인 분풀이를 당신에게 했던 거야. 삼 년 전부터 오래 살지 못할 줄은 알고 있었어. 당신에게 사과하고 싶었지만 입이 안 떨어졌어. 또 당신에게 더 큰 잘못을 저지른 것도 있고."

"더 큰 잘못이라니? 그게 무슨 말이예요?"

"우리가 젊었을 때 이야기야. 당신이 낚시터로 나를 찾아오기 석 달 전에 그 남자가 왔었어. 물론 나는 그 놈을 물속에 처박아버렸지. 글쎄 그놈은 물속에서 기어나오면서도 포기할 수 없다는 거야. 세 번째 찾아왔을 때 다시 찾아오면 네놈 대신 내 아내를 죽여 버리겠다고 협박했어. 그제야 다시 오지 않더라고. 참 지독한 놈이었어. 그 후 내가 집으로 돌아온 거야. 당신 옆에서 지키고 있으려고."

"그랬군요. 그런데 당신은 왜 나한테 사랑한다는 말은 한 번도 안했어요?"

"부끄러워서 그랬어. 사랑한다는 말 대신 욕을 퍼부었던 거지."

"이번에 치료받고 나가면 우리도 남들처럼 행복하게 살아봅시다."

"여보, 고마워. 다행히 얼마라도 더 살 수 있다면 당신한테 정말 잘 할께."

경태는 일주일간 병원에 머물렀을 뿐 살아오지 못했다. 구급차가 병원에 도착하자 즉시 응급실로 들어갔다. 거기까지였다. 의사들은 진통제만 투여했을 뿐 아무 일도 하지 않았다.

병실로 들어온 경태는 잠시 통증이 멎은 듯 눈동자가 안정을 찾았다. 그것도 얼마 지나지 않아 다시 통증이 시작되자 조금 전에 했던 말은 깡그리 잊어버리고 금세 예전으로 돌아갔다. 이것저것 요구할 때마다 냉큼 알아채지 못하면 자기가 아는 악담은 모두 퍼부어대었다.

통증이 올 때마다 하도 고함을 질러대어 같은 병실 환자들과 그 가족들의 불만이 대단했다. 중환자들을 불안하게 한다는 이유로 다른 병실로 옮기고 그곳에서도 하루를 넘기지 못했다. 그러나 병실 순례도 오래가지 못했다. 불행히도 그 병원 병실은 수백 개가 아니었다. 일주일 머무는 동안 모든 환자와 환자가족들의 기피대상이 되고 간호사들간에도 유명인사로 떠올랐다.

아들 딸은 매일 와도 오래있지 않았다. 사위와 며느리는 더 형식적이었지만 꼬박꼬박 예의는 지켰다. 그날 오후 수십 년간 단 한번도 찾지 않던 시댁식구들이 우르르 몰려왔다. 경태는 의식이 잠시 돌아왔을 때 형제들을 알아보았는지 말은 못해도 눈물만 철철 흘렸다. 하지만 형제들은 맨숭맨숭한 얼굴로 하나마나한 위로의 말과 함께 병원비에 보태라며 몇 푼씩 내밀었다. 죄책감을 덜어보려는 성의 없는 봉투가 전혀 고맙지 않았다. 그래도 외톨이 남편이 불쌍해서 내색하지 않고 예의를 다해 공손히 받았다. 그리고 삼 일 후 남편은 안식을 찾았다.

연극은 끝났다

남편은 요란스레 살다, 요란스레 갔다. 자식들은 제 아버지 떠나고 한 동안 매일 들여다보더니 이제는 전화로 안부만 묻는다. 두 달이 넘어갈 때쯤 정임이 주변은 조용해지다 못해 파리 날아다니는 소리까지 다 들릴 지경이 되었다. 며느리는 저희 집으로 들어오라 하지만, 아직 기력이 있고 자식들 가정에 질서를 깨고 싶지 않아 다시 품팔이로 나섰다. 게다가 평생 일만하고 살았던 탓에 집에 들어앉으면 누구와 무엇을 하면서 시간을 보낼지 그것도 걱정이었다.

남편이 속 썩일 때는 남편 없는 편한 세상을 살아보고 싶었다. 바램을 이루었는데 조금도 기쁘지 않다. 다 죽어가는 남편이라도 살아있을 때는 어서 집으로 가야하는 이유가 있었다. 이제는 집에 들어가도 자신의 숨소리밖에 들리지 않는다.

일터에서 돌아오면 텔레비전부터 켠다. 사람 소리가 필요해서다. 텔레비전에선 남녀 아나운서가 번갈아가며 연신 떠들어대었다. 경기가 바닥을 친다느니, 관광산업이 위축되었다느니, 쉬지 않고 쏟아내었지만 내용은 전혀 중요하지 않았다. 집안에 사람소리가 들리는 것만으로도 족했다.

샤워하고 식탁에 앉아도 수저소리만 달그락거린다. 예전에 남편이 살아있을 때는 밥 한번 편하게 먹지 못했다. 국이 싱겁다느니, 나물이 질기다느니. 말도 많고 탈도 많았다. 트집 잡을 게 없으면 물이 뜨겁다거나 차다고 시비를 걸었다. 이제야 그 이유를 알 것 같다. 온종일 혼자 있었던 남편은 사람이 그리웠던 거였다.

역시 사람은 사람 냄새를 맡아야 하나보다. 어서 자고일어나 사람들 틈으로 가려고 초저녁부터 텔레비전을 껐다. 텔레비전을 끄니 머릿속에서 오만 가지 생각이 넘쳐난다. 텔레비전을 다시 켜고 자기로 했다. 텔레비전을 밤새 켜고 자면 전기세가 얼마나 나올까 그게 또 걱정이다. 이 생각 저 생각을 넘나들며 밤 열두시가 지나 설핏 잠들었다.

이제는 기력이 현저하게 떨어져 못 먹고 못 자면 막노동하기에는 힘이 부친다. 일하기 위해서는 어떻게든지 먹고 자야했다. 그리고 보니 일하기 위해 사는 것인지 살기 위해 일하는 것인지 구분조차 어려울 지경이다.

그동안 박정임이라는 이름으로 저금통장을 가져본 적이 없다. 남편이 없으니 돈이 남아돌아 통장부터 만들었다. 포장마차 할 때도 통장을 만들지 않았다. 남편이 노름방으로 들고나갈까 염려되어 식당주인에게 맡겨두었었다. 이상하게도 남에게 맡겨둔 돈은 내 돈이라는 실감이 나지 않았다. 그나마 정임이 손을 거쳐가기만했을 뿐 직접 들고나가 마음껏 써본 적은 한 번도 없었다.

난생처음 만든 통장이지만 흡족한 마음에 장롱 깊이 감추어두고 생각날 때마다 꺼내보았다. 한푼 두푼 모아지는 돈은 위력이 있었다. 통장에 돈이 쌓일수록 어깨가 저절로 펴지고 목소리에 힘이 들어갔다. 하기야 돈이 늘어난다고 해서 생활이 크게 달라진 건 아니다. 늙은 여자가 좋은 옷이 필요한 것도 아니고 비싼 화장품이 필요한 것도 아니다. 삼시 세끼 꼬박꼬박 밥만 잘 먹으면 그것으로 족하다.

날이 가며 외로움도 익숙해지고 통장에 돈도 늘어났다. 막상 살아보니 차곡차곡 쌓이는 돈은 생각만큼 기쁘지 않았다. 이렇게 저축해 보아야 누구랑 쓴단 말인가. 온전히 혼자만의 노후대책일 뿐이다. 하기야 자식들이 함께 살자고 간곡하게 권해도 정임이는 가고 싶지 않았다. 칠십 평생에 처음으로 느껴보는 자유가 좋아서였다.

시댁과 왕래가 없다가 남편 장례식에 형제들이 참석한 후 다시 끈이 이어졌다. 오랫동안 경조사에 연락조차 안하던 사람들이 이제는 수시로 불러댄다. 막상 참석해도 예전에 냉대 받던 기억이 사라지지 않아 늘 서먹하다. 그나마 한 가지 다행인 건 통장에 돈이 있으니 이것저것 사들고 갈 수 있어서 전처럼 위축되지는 않았다.

남편 떠난 이듬해 봄이다. 시어머니 추도예배로 고향 시동생 집에서 모인다며 참석하라는 연락이 왔다. 물론 정임이는 한보따리 챙겨들고 갔다. 그들은 저마다 조금씩 달라져있었다. 젊은 날 기고만장하던 시아주버니 경수는 한쪽 구석에서 웅크린 채, 두 눈만 껌뻑거리고 좌중을 휘어잡던 둘째시누이 성자도 조용하다.

큰동서 옥순이는 시어머니 돌아가신 뒤 소식을 끊고 살다가 정임이가 온다는 소식을 듣고 처음으로 참석했다. 딸들이 해준 값비싼 옷으로 휘감은 옥순이가 대문에 들어서자 시누이 시동생들은 우르르 몰려나가 난리법석을 피워대었다.

멋쩍게 앉아 그 모습을 구경하는 사람이 있었다. 경수와 애란이다. 경수는 옥순이를 소 닭 보듯 했고 애란이는 시댁식구들 태도에 질투심으로 붉으락푸르락 해대었다. 애란이 심사가 뒤틀린 이유는 있다. 자기는 이집에 들어와 사십 년을 넘게 살았어도 큰며느리 대접을 받아본 적이 없다. 그러나 집나갔던 며느리가 수십 년 만에 나타났는데 세월을 건너뛰어 어제 본 사람 오늘 또 보는 것처럼 피차에 스스럼이 없다. 끝내 안방에는 경수와 애란이만 남겨지고 모두 옥순이가 있는 건넌방으로 들어가 버렸다.

사실 옥순이는 가족모임에만 안 나타났을 뿐, 시누이 시동생들과는 늘 왕래가 있었기에 새삼스러운 일은 아니다. 애란이도 나름대로 시댁식구들에게 잘해보려고 노력했다. 그런데 오늘 시댁식구들이 옥순이에게 하는 꼬라지를 보니 자신은 여지껏 헛 공들였다는 걸 뼈저리게 느꼈다. 게다가 호적도 40년 전 그대로고 시누이 시동생들 태도도 그대로다. 한마디로 이 댁 큰며느리는 아직도 옥순이였다.

그러나 옥순이는 눈곱만큼도 기쁜 얼굴이 아니다. 늙은 여우는 더 늙은 곰에게 다가갔다. 그리곤 슬며시 손을 내밀었다. 그러나 곰은 여우 손을 잡지 않았다. 하늘을 찌르는 오기는 40년이 지났어도 변함없이 오뉴월 서리가 내리고 있었다. 그 후 옥순이는 다시는 오지 않았다.

지금까지 고향에서 붙박이로 살아온 셋째시동생과 동서도 변해있었다. 젊은 날 작은동서 미순이는 남편 말에 토를 달지 않았다. 게다가 시어머니 생전에 공양도 잘해서 일등 며느리로 인정을 받았다. 그렇게 순하고 착하기만 했던 미순이는 거세어지고 시동생 경욱이는 민망스러울만치 풀이 죽어있었다.

미순이는 제 남편에게만, 변한 게 아니다. 시댁식구들한테는 더 변했다. 예전에 가족모임이 있을 때면 말석에 앉았던 미순이가 이제는 고개를 번쩍 들고 떠들어대는 목소리에 기가 펄펄 넘쳤다. 자식들이 용돈도 넉넉히 주고 패물도 수시로 사다준다는 자랑도 잊지 않았다.

부모님 산소가 그곳에 있어서 명절이나 기일이 되면 모두 고향으로 찾아든다. 몇 년 전 시어머니 기일 때 있었던 일이란다. 이것은 막내시누이 성희가 옆에서 귓속말로 정임이에게 해준 이야기다.

"장 봐온 것 어디 있어? 다들 모이기 전에 어서 준비해야지. 불고기감은 내가 재워왔으니까 국이나 끓이고 밑반찬만 차리면 될 꺼야."

"아무것도 안 해놨는데요. 이제는 힘들어서 음식을 못하겠네요."

"우리가 같이할 건데 무슨 걱정이야. 그리고 자네 나이가 몇 살인데 늙은 사람 앞에서 호들갑이야. 어서 준비하세."

"저도 이제 칠십이 다되어 가는데 삼십 년 넘게 시댁식구 뒤치다꺼리를 왜 우리만 해야 한대요."

"일 년에 두어 끼 같이 먹는 건데 그게 그리 힘드나? 산소가 여기 있어서 모여드는 거지 밥 먹으러 오는 게 아니잖아. 대강 먹으면 될 것을 그것도 못하겠다니 할 말이 없네. 비용도 우리가 넘치게 주는데 그것으로 부족한가?"

"그 돈을 저한테 주지 말고, 식당에서 사먹으면 되지요."

"시내까지 가려면 이십 리 길인데 밥 사먹으러 거기까지 나가야 해?"

"못할 것도 없지요. 얼른 산소에 가서 절하고 가시는 길에 식당에 들르면 되잖아요."

"모처럼 형제들이 만나 산소에 절만 삐쭉하고 그냥 돌아가라고? 사람이 늙어가며 나쁜 쪽으로 변하면 안 돼. 지난날 자네 형편이 어려울 때 그 오랜 세월을 우리가 어떻게 했는지 다 잊은 모양이네."

" '형님 생색내지 마세요. 우리도 할 만큼은 했어요."

"무얼 할 만큼 했는지는 모르겠지만 지금 가족끼리 저울질하자는 거야?"

"저울질이 아니고요, 힘들다는 얘기예요."

"저울질이 맞는데 뭘 그래요. 그때는 넙죽넙죽 잘도 챙기더니 이제는 자식들도 잘되었고 주머니까지 두둑하다 이거지 뭐."

옆에서 막내시누이 성희가 냉큼 한마디 툭 치고 나왔지만, 효과는 없었다. 그 후로는 그곳에서 밥 한 끼도 못 먹게 되어 시누이들이 해온 음식을 먹는단다. 이듬해 추석 전에 모이자는 연락을 받고 시동생네로 갔을 때 경욱이가 보이지 않았다.

"동서 서방님이 안보이네. 어디 편찮으신가?"

"예, 입원했어요."

"어디 아픈데?"

"알려고 하지마세요."

정임이 뿐이 아니다. 아무도 경욱이 행방을 알지 못했다. 어렸을 때부터 재치 있던 둘째시누이 성자가 슬그머니 사라졌다가 금세 돌아왔다. 성자는 돌아오는 즉시 미순이 방문을 거칠게 열고 들어갔다. 몇 마디 대화가 오고가다 음성이 커지기 시작했다.

"아니 어떻게 사람을 요양원에 가두어둘 수 있어. 전화도 안 받고 집으로 데려오지도 않으면 어쩌자는 거야."

"병수발 드는 것도 이제는 징글징글해요. 내가 살면 얼마나 산다고 언제 끝날지 모르는 환자 뒤치다꺼리만 하냐고요."

"아니 동생이 십 년을 아팠어, 이십 년을 아팠어. 치매기가 약간 있기는 해도 중증도 아니고, 더구나 본인이 집에 오고 싶어 한다면서? 평생을 함께 산 사람을 어떻게 강제로 입원시키냐고."

"어디 치매뿐인가요. 신경질을 웬만큼 부려야지요. 젊은 날 들볶은 것도 모자라 이제와 다시 시작하더라니까요."

"아파서 내는 짜증도 못 받아주면 어떻게 해. 그 환자가 누구야? 수 십 년간 온힘을 다해 가족을 거두어준 자네 남편이잖아. 지금 자네가 등 따습고 배부른 게 누구 덕인지 몰라? 사람이 입장을 바꾸어 생각할 줄도 알아야지."

"쓸데없이 입장을 왜 바꾸어 생각해요. 다 타고난 팔자대로 사는 거지요. 그 사람 복은 재산을 모으는 것이고 누리는 건 내 복이겠지요."

"이사람 말하는 것 좀 보게. 예전에는 순하고 얌전하기만 하더니 이제보니 영 딴판이네."

"이제는 무서울 게 없는데 왜 참고 살아요. 죽기 전에 하고 싶은 말 다 하고 살아봐야지요. 나는 남편 병수발보다 내 인생이 더 중요해요. 그러니까 동생이 그렇게 안타까우면 형님이 데려가세요. 말리지 않을 테니까."

물론 모두 입을 닫았다. 형제들은 돌아가기 전에 요양원에 들렀다. 경욱이는 표정이 어눌하기는 해도 의사소통이나 행동거지가 크게 불편해 보이지 않았다. 몇 마디 오고가지 못했는데 환자는 누나들을 붙잡고 어린아이처럼 울기만 했다. 그 후 경욱이 상태가 궁금해서 시누이들이 전화하면 받는 사람이 없었다. 그나마 그 일도 오래가진 않았다. 육개월 후 경욱이가 사망했다는 소식이 날아왔다. 그토록 집으로 돌아오고 싶어 했던 제집을 지척에 두고 요양원에서 숨을 거두었단다.

형제들이 달려갔을 때 기고만장하던 경욱이 처는 한쪽에 웅크리고 앉아 눈을 마주치려고 하지 않았다. 경욱이와 이별식을 마친 형제들은 미순이에게 형식적인 위로만 몇 마디 건네고 그 자리에서 흩어져 버렸다.

장례를 치루기 바쁘게 자식들마저 가버리고 미순이 주변에는 찬바람만 맴돌았다. 제 아버지를 요양원으로 보내자고 했을 때 동의했던 자식들은 막상 아버지가 숨을 거두자 혼자 남은 어머니를 거추장스러워했다. 그리곤 장례식이 끝나기 바쁘게 제 앞으로 남겨진 재산만 챙길 뿐 어머니 노후를 책임지겠다는 자식은 하나도 없었다. 오히려 며느리들은 예전에 선물로 주었던 패물을 이 핑계 저 핑계로 회수하려고 들었다. 다 늙어서 패물이 무슨 필요가 있냐는 것이다.

게다가 이제는 힘도 부치고 맥이 빠져 농사일은 물론이고 텃밭조차 가꾸기 싫었다. 모두 떠난 빈집에 홀로 남겨진 미순이는 대문만 바라보는 신세가 되었다. 그러나 가끔 바람만 문을 두드릴 뿐 밖에서 열리는 일은 없었다. 기다림에 지친 미순이는 아침이면 마을회관으로 갔다가 저녁까지 얻어먹고 해질녘에 돌아왔다.

경욱이가 죽은 이듬해 추석이다. 경욱이도 없으니 모일 장소가 문제였다. 미순이는 자청해서 제집에서 모이라했지만 가족 모두 몸짓으로 거부했다. 상의 끝에 집결장소를 산소로 잡았다. 정임이는 제 가족을 만나려고 일부러 일찍 갔다. 그곳에는 시부모 말고도 남편과 두 아이가 있기 때문이다. 무덤 하나하나 마주앉아 대화를 이어갈 때 흐르는 눈물 맛은 예전보다 덜 짰다.

얼마 후 산 아래가 수선스러워졌다. 살아있는 사람들이 죽은 사람을 찾아 하나둘 모두 모여드는 것이다. 그들 손에는 저마다 음식보따리가 들려있었다. 이내 성묘가 끝나고 소풍간 아이들마냥 묘지 앞에 음식을 펼쳐놓았다. 물론 미순이는 예전처럼 조용히 말석에 앉았다. 이제 산자들의 추석잔치가 시작된 것이다.

"이것도 괜찮네. 아버지 어머니 앞에서 밥 먹는 게 얼마만이야."

"진작에 이럴 걸 괜히 눈칫밥만 먹었잖아. 앞으로는 쭉 이렇게 하자고."

그때 맨 뒤에 앉았던 미순이가 작은 소리로 웅얼거리듯, 말했다.

"제가 잘못했습니다. 저희 집에서 모여주세요. 외로움이 이렇게 클 줄 알았더라면 좀 더 잘 살았을 텐데 그때는 몰랐습니다. 새끼들도 멀어지고 마을 사람들까지 차가운 시선을 거두지 않네요. 제 앞에서 말은 없었지만 마을사람 모두 남편과 한편이었나 봐요."

"당연하지. 같은 마을에서 태어나 오랜 세월 함께한 정이 얼만데 자네 편을 들 리가 없지. 사람은 자기가 직접 겪어보지 않으면 아무것도 모르는 게 맞는 것 같아. 하기야 다 안다면 사람 사는 재미가 없을 거야. 자네도 늙은 처지에 여러 사람 뒤치다꺼리는 벅찰 테니 앞으로는 그때그때 상황을 보아가며 결정하자고."

정임이는 시댁 경조사에 다니기 시작했어도 늘 손님 같았다. 자식들은 인제 와서 무엇 때문에 불려다니느냐고 핀잔을 주지만, 다시 발을 끊고 살기에는 외로움이 더 컸다. 그런대로 시댁식구들이 남보다 조금 나은 편이어서 만나면 이런저런 이야기를 듣는 것만으로 위로가 되었다. 가슴 아픈 사연도, 또 슬픈 사연도 이제는 담담히 말할 수 있어서 그런대로 좋았다. 남편 가고 삼 년 후 암 진단받은 지 삼 개월 만에 일생을 옭아매었던 운명의 고리가 풀렸다.

눈 내리던 날 우리의 박정임여사는 하얀 눈 위에 홀로 누워 잠들었다. 시신을 태운 재는 자식들 배려로 친정어머니 묘지가 마주보이는 고향 뒷산 소나무 아래 묻혔다. 그곳은 정임이가 어린시절 산나물 캐고 고사리 꺾던 곳이다. 어머니 생전에 고향을 몹시 그리워하던 게 생각나 아이들이 임의로 그리 한 것이다. 또 형제들에게 따돌림 받았던 아버지와 두 동생 유골함도 따라와 일가족의 안식처를 만들었다. 바람이 스치는 소나무 아래에는 낡은 성경책 한 권과 장례 치루고 남은 이십만 원이 찍힌 박정임의 소중했던 통장도 함께 있었다.

유경자 장편소설

운명의 고리

초판 발행_2016년. 10월. 27일
지은이_유경자

펴낸이_노승택
펴낸 곳_도서출판 다트앤
편집/표지 디자인_김명선 임정호

등록_1998년 9월 15일
등록번호_제22-1421호

서울 영등포구 선유로 274(양평동 4가)
Tel 02-582-3696
Fax 02-3672-1944

값 12,000원
ISBN 978-89-6070-609-5